btb

DAVID JAMES POISSANT

SOMMERHAUS AM SEE

Roman

Aus dem amerikanischen Englisch
von Sibylle Schmidt

btb

Für meine Eltern, die mir Wasser gaben,
und für Marla, die mich Schwimmen lehrte

ERSTER TEIL

FREITAG

1

Der Junge im Heck des Motorbootes lacht.

Der Himmel zinngrau, es sieht nach Regen aus.

Michael Starling, dreiunddreißig, sitzt im Angelboot seines Vaters und blickt auf das andere Boot, das Kind, die Bucht – das Wasser, das ihm nie gehören wird, weil seine Eltern das Haus verkaufen wollen.

Gestern sind sie angekommen – Michael mit Diane, Thad mit Jake – und haben es erfahren: Richard und Lisa Starling werden sich nicht an diesem See zur Ruhe setzen. In einer Woche wird das Sommerhaus verkauft, damit die Eltern ihren Lebensabend auf irgendeinem Streifen Strand in Florida verbringen können, mit Margaritas, Sand und allerlei Zeug, das überhaupt nicht zu den Starlings passt.

Die Entscheidung sieht Michaels Eltern nicht ähnlich. Sie sind einstige Hippies, Akademiker, kein Florida-Volk. Die beiden lieben kalte Bergseen und klare Flüsse, Bäume, deren Laub sich im Herbst färbt. Den Sommer verbringen die Starlings seit Langem unter dem Sternenhimmel von North Carolina, in dem Mobilheim, das die Familie liebevoll *unsere Blockhütte in der Wildnis* getauft hat.

Was ist nur aus Michaels Eltern geworden? Wer sind die zwei närrischen Alten, die an diesem Sommertag mit Schwimmringen im stillen Wasser des Lake Christopher herumplanschen?

Am Ufer stochert ein Reiher im Schilf nach Fischen. Wolken sind aufgezogen, verdecken die Sonne.

Ein Vormittag am See – Sandwiches, Schwimmen –, das war der Plan der Starlings, bevor der Eindringling auftauchte, ein großes Motorboot, das die Oberfläche mit schäumendem Kielwasser zerschlitzte, obwohl das hier verboten ist. Viel zu nah wurde Anker geworfen, dann riss der Mann am Steuer seine Kappe – eine Kapitänsmütze! – vom Kopf und schwenkte sie johlend. Spuckte ein Stück Kautabak ins Wasser und stellte dröhnend laute Musik an.

Das gehört sich nicht hier am See. Das sind miserable Manieren.

Lake Christopher ist kein Partysee, und an den Ufern geht es ruhig zu. Wer hier schon lange lebt, setzt sich hartnäckig dafür ein, dass das so bleibt. Seit Jahrzehnten wehrt man sich gegen die geplante Erschließung und hat zwei Enteignungsoffensiven – eine private, eine von staatlicher Hand – erfolgreich abgeschmettert.

Von dem penetranten Gefährt mit der rosa Aufschrift »Partyboot« dröhnt ein Countrysong herüber. Die Pontons des Bootes glänzen grau unter grauem Himmel.

Michaels Vater scheint sich von alldem nicht gestört zu fühlen. »Kommt ins Wasser!«, ruft er dem Mann mit der Kapitänsmütze zu. Alle springen von Bord, bis auf den Jungen (*Ohrenentzündung, ein Jammer,* ruft die Mutter Richard zu) und die ältere Schwester, die auf den Kleinen aufpassen soll. Doch kurz darauf liegt sie unterm Sonnendach, Augen zu, Earbuds in den Ohren.

Michael beobachtet den Jungen und sehnt sich nach einem Drink.

Der Kleine mag vier oder fünf sein. An seinen Oberarmen sitzen Schwimmflügel, orange wie Halloween-Kürbisse. Er läuft zum Außenbordmotor und hockt sich breitbeinig darauf, ein Jockey in silbrigen Badeshorts. Sein Pferd hört auf den Markennamen *Evinrude*, das glitzernde Wasser ist die Rennbahn. »Hü-hott!«, schreit der Junge.

Manch einer hätte das niedlich gefunden. Michael nicht.

Die Schwimmflügel sind aufgeplustert wie Blutdruckmanschetten. Eine Hand lässt die imaginären Zügel los und versenkt sich in die Tüte Cheetos auf dem Schoß. Der Junge späht zu seiner Schwester hinüber, die Eltern schwimmen etwa fünfzig Meter entfernt. Michael folgt seinen Blicken, und als er wieder auf den Jungen schaut, sieht er einen Finger, grellorange vom Käsefarbstoff. Es ist ein Mittelfinger, und er ist in Michaels Richtung gereckt.

Er schließt die Augen. Wieso beobachtet er dieses Kind? Er mag Kinder überhaupt nicht. Als er die Augen wieder öffnet, streckt der Junge ihm die Zunge heraus.

Hey, würde Michael den achtlosen Eltern gern zurufen, *euer missratener Sohn zeigt mir den Stinkefinger, und eure missratene Tochter pennt*.

Eigentlich sollte er auch schwimmen, aber er hat Fledermäuse im Kopf. Sobald er nüchtern ist, flattern sie dort wild herum. Echoortung unter den Augenlidern. Er bräuchte dringend Wodka, hat aber beim Aufwachen nur einen leeren Orangensaftkrug vorgefunden und keinen Alkohol an Bord schmuggeln können. Seine Familie ist ziemlich tolerant, aber Wodka vor dem Lunch geht zu weit.

Der Junge schüttet sich den Rest der Chips in den Mund, jetzt sind auch Gesicht und Brust orange. Dann schmeißt er die Tüte in den See und starrt zu Michael hinüber, wartet auf die Reaktion.

Von einem Kind provoziert zu werden ist eine neue Erfahrung für Michael. Und er würde sehr gern darauf verzichten.

Er stützt den Kopf in die Hände. Sein Schnapsschrank in Texas fehlt ihm, sein Haus nicht. Er ist lieber hier. An diesem See hat er seit seinem zweiten Lebensjahr jeden Sommer verbracht. Wenn er überhaupt irgendwo innerlich zur Ruhe kommt, dann hier.

Der Junge kniet jetzt auf dem Außenbordmotor und späht ins Wasser.

Die Familie ist nicht von hier, vermutet Michael. Aber Touristen leihen sich Boote aus, und das hier ist kein Leihboot. Diese Pontonschüssel ist ein Avalon Ambassador, dafür blättert man locker neunzigtausend Dollar hin. Dagegen wirkt das Angelboot der Starlings, ein Sechssitzer, wie Tom Hanks' Holzfloß in *Verschollen*. (Michaels Vater hat das Familienboot *Seekuh* getauft und den Namen mit blauer Fassadenfarbe draufgepinselt. Jetzt, dreißig Jahre später, ist nur noch »kuh« übrig.) Nein, diese Leute – die Mutter mit der Dolce-&-Gabbana-Sonnenbrille, der Vater mit der Kostümkapitänsmütze – sind weder Einheimische noch Urlauber. Das sind eindeutig frischgebackene Besitzer eines Seeanwesens, sie weihen gerade das neue Spielzeug ein, das sich der Kapitän zur Midlife-Crisis selbst geschenkt hat. Vermutlich hat die Frau noch die Preisschilder von den Badehandtüchern abgeschnitten, während das Boot schon die Bucht ansteuerte.

Laute Menschen, die mit ihrem Wohlstand laut herumprotzen. Für Michael verkörpern solche Leute alles, was 2018 mit den USA nicht stimmt.

Bässe wummern, Gitarren kreischen. Kann bitte endlich jemand Jimmy Buffett seinen verfluchten Cheeseburger ins Paradies bringen?

Der Reiher am Ufer stößt zu, erbeutet aber nur Schlamm.

Das Mädchen, das auf den kleinen Bruder aufpassen soll, schläft. Teenager im Bikini, Fitnessfigur, honigbrauner

Teint. Diane war etwa in diesem Alter und auch so schlank, als Michael sie vor fünfzehn Sommern in dieser Bucht kennenlernte.

Der Junge geht auf dem Motor in die Hocke. Die Schwester bewegt sich im Schlaf, und Michael fällt auf, wie groß der Altersunterschied zwischen den beiden ist. Der Kleine könnte ein Missgeschick gewesen sein.

Das erste Kind überschüttet man mit Liebe. Die folgenden ziehen sich selbst groß, hat er mal gehört.

Michael will gar keines. Das war die Abmachung. Und zwar *von Anfang an.*

Diane liegt in einem Schlauchboot auf dem Rücken, treibt auf dem blauen Wasser. Man sieht es ihrem Bauch noch nicht an, obwohl Michael manchmal schwören könnte, dass sich die Konturen verändern, dass sie schon dicker geworden ist. Seine Frau ist beileibe nicht dick, aber auch nicht mehr so schlank wie dieses Mädchen auf dem Pontonboot. Er wünschte, sie wäre es noch, weiß aber, dass er dafür heutzutage irgendein Schlagwort mit Hashtag verpasst bekäme. Er will nicht so einer sein, der sich eine schlanke junge Frau wünscht. Aber der Wunsch geht nicht weg, nur weil er »so einer« nicht sein will. Ihm fehlt die Jugend, seine eigene und die seiner Frau.

Ist er deshalb sexistisch? Seine Mutter würde das wohl bejahen, sein Vater verneinen. Seinem Bruder Thad wäre es egal, und Jake würde das Thema gar nicht verstehen. Jake, Thads reicher, attraktiver, schlanker Partner, ist jung und naiv. Er lebt in New York und malt Bilder für andere reiche, attraktive, schlanke Menschen, die in New York leben. Michael kommt es so vor, als interessiere Jake an seinen Mitmenschen lediglich, ob sie bereit sind, die Dollarbeträge zu berappen, die an seinen Gemälden stehen.

Jake und Thad werfen sich im Wasser einen Fußball zu.

Michaels Vater und der Kapitän lachen lauthals, Schwimmnudeln ragen zwischen ihren Beinen auf, rot und obszön. Die Mütter treten Wasser und unterhalten sich, Diane treibt in ihrem Schlauchboot neben ihnen.

Das Mädchen auf dem Pontonboot setzt sich auf und sagt etwas zu dem Jungen, das Michael wegen des Radaus nicht versteht. Dann tippt das Mädchen auf seinem Handy herum, lässt es sinken, legt sich wieder hin und schließt die Augen.

Diane würdigt Michael keines Blickes.

Fünfzehn Jahre lang waren sie glücklich zusammen. Ziemlich glücklich jedenfalls. Zufrieden zumindest, bis Diane alles auf den Kopf gestellt hat. *Menschen verändern sich eben*, hat sie gesagt. Michael weiß nicht, ob das stimmt. Hat Diane sich wirklich verändert oder ihn hinters Licht geführt? Hatte sie das von Anfang an so geplant?

Er geht zum Steuer und schaltet den Fischfinder ein. Der See ist hier achtzehn Meter tief. Bei fünfzehn Metern treibt etwas Großes, Graues über den Bildschirm, ein Wels vielleicht oder ein Ast, der sich in Algen verfangen hat.

Michaels Mutter rückt ihren breitkrempigen Sonnenhut zurecht – den *Antikrebshut*, wie sie ihn gern nennt –, aber Michael findet diese bemühte Lockerheit furchtbar. Wahrscheinlich erzählt sie gerade von ihrem überstandenen Hautkrebs. *Und dann Florida? Im Ernst?*

Die Fledermäuse sausen herum wie verrückt. Bald werden seine Hände zu zittern anfangen. Er braucht wirklich unbedingt sofort einen Drink.

Der Junge auf dem Motor zeigt ihm noch mal den Stinkefinger. Der Schwester sind die Kopfhörer aus den Ohren gerutscht, ihr Mund steht halb offen im Schlaf.

Der Reiher am Ufer gibt auf und erhebt sich fischlos in die Lüfte. Der Junge schaut ihm nach, Michael auch.

Dann lächelt der Junge. Stellt sich auf den Motor. Und fällt ins Wasser.

Das Körpergewicht zieht das Kind nach unten, die Arme flutschen aus den Schwimmflügeln wie der Korken aus einer Sektflasche. Kurz taucht eine Hand auf, schlägt um sich, aber die Schwimmflügel gleiten auf dem Wasser davon wie Amphibien. Dann kommt keine Hand mehr zum Vorschein.

Und nur Michael hat alles beobachtet: wie der Junge sich hinstellte; wie er ausrutschte, mit dem silbrigen Po auf den Außenbordmotor prallte und in den See glitt; und wie in seinen Augen, zwischen Sonne und Wasser, eine Botschaft übermittelt wurde, von Kind zu Mann, ein einziges Wort: *bitte*.

Michael springt auf, streift die Schuhe von den Füßen, reißt sich das Hemd vom Leib. Er schreit, aber die anderen hören ihn bei dem Getöse nicht. Er springt ins Wasser, schwimmt, ruft noch einmal um Hilfe, aber er darf nicht anhalten, er muss weiterkraulen.

Keine Bewegung auf dem Wasser, keine Hand.

Drei Züge noch, dann hat Michael die Stelle erreicht. Er holt tief Luft und taucht. Hält Ausschau nach silbrigen Badeshorts, weißen Zähnen, irgendetwas, das im Bauch des Sees Licht reflektiert. Aber schon in drei Metern Tiefe ist das Wasser trübe und dunkel.

Er hält sich die Nase zu, presst Luft aus den Ohren, um den Druckausgleich herzustellen.

Etwa fünf Meter, dann sechs. Er tastet um sich, blindlings. Wasser, aber kein Junge.

Halt durch.

Mit aller Kraft taucht er weiter nach unten. Wie schnell sinkt ein Körper?

Jetzt ist der letzte Rest Licht verschwunden, das Wasser wird kälter. Er muss sich auf jeden Fall merken, wo oben und wo unten ist.

In seiner Schulzeit konnte er eine ganze Minute lang die Luft anhalten, aber das ist lange her. In seinen Ohren hämmert es, seine Lunge brennt höllisch. Nicht mehr lange, dann wird er unwillkürlich nach Luft schnappen. Und dann darf er nicht mehr unter Wasser sein.

Er muss auftauchen, sonst ertrinkt er. Auftauchen oder ertrinken. Aber. *Aber*.

Da ist etwas. Ganz nah. Etwas Schwebendes. Badeshorts. Rosa Fingernägel. Entweder es ist der Junge, oder Michael halluziniert.

Dann bekommt er die Hand zu fassen.

Er kann sie nicht sehen, spürt sie aber in seiner. Die Hand ist da, eindeutig. Er wird sie fest umklammern und nach oben schwimmen.

Später, im Krankenhaus, wird Michael grübeln. Ob er ruhiger gewesen wäre, wenn er vormittags einen Drink gehabt hätte. Ob er länger durchgehalten hätte, wenn er am Vorabend nicht wegen der schockierenden Nachricht vom Hausverkauf so viel getrunken hätte. Ob er dann mit dem Jungen aufgetaucht wäre.

Aber so ist es nicht.

Sondern Michael tritt den Jungen.

Nicht mit Absicht, aber ein Körper hat auch unter Wasser Gewicht, und mit einem Arm zu schwimmen ist schwer. Der Körper des Jungen zieht nach unten. Er wird getreten. Und die Hand ist plötzlich weg.

Michael hat keine Luft mehr in der Lunge.

Er schwimmt in die falsche Richtung. Der Junge ist unten. Warum schwimmt Michael nach oben? Er kann nicht ohne das Kind auftauchen. Er muss umkehren, aber sein Körper lässt es nicht zu. Etwas in ihm hat die Oberhand gewonnen. Und dieses Etwas will leben.

Er tritt Wasser, rudert mit den Armen, hat aber den Richtungssinn verloren. Ohne die Sonne als Kompass keine Orientierung.

Dann ein matter Lichtschein. Etwas Großes bewegt sich über ihm.

Er hat Geschichten gehört. Über Welse, so riesig wie Zeppeline. Drei Meter lange Störe, gepanzert wie Alligatoren. Oder das Ding da oben ist seine Seele, die aufsteigt und ihn zurücklässt.

Nein.

Er ist am Leben. Er lebt, und er schwimmt. Dieses Ding, der Fisch oder die Seele, wird noch größer, er schwimmt darauf zu.

Entfernung, Raum, Zeit – dafür hat er jegliches Gefühl verloren. Es gibt nur eine Dimension: *Wasser*. Unter seinen Augen ein Feuerwerk, und eine schrille Sirene verlangt, dass er atmet.

Atme ein, denkt er. *Folge dem Jungen. Dann ist alles erledigt.*

Aber sein Leben gehört nicht mehr ihm. Er wird *Vater*. Sein Leben ist bestimmt von etwas Heranwachsendem. Diese Wahrheit trifft ihn mit solcher Wucht, dass er kaum spürt, wie sein Kopf mit dem Boot kollidiert.

Überall Wasser. Dann Licht. Und Luft.

Er hustet, keucht, erbricht sich. Er atmet.

Über ihm schreit das Mädchen. Ihr Bruder liegt am Grunde des Sees. Inzwischen ruht das Kind bestimmt. Inzwischen hat es den Kampf sicher aufgegeben, hat aufgehört, unter Wasser den Namen seiner Schwester zu rufen.

Michael schmeckt Salz. Das Salz ist Blut, und das Blut ist sein eigenes.

Er kann nicht wieder abtauchen. Wenn er es noch mal versucht, stirbt er.

Aber er wird Vater.

Sein Leben gehört nicht mehr ihm.

Jetzt schwimmen die anderen aus allen Richtungen auf ihn zu. Und in der Ferne zucken orangefarbene Flügel auf dem Wasser, taumeln, abgetrennt vom Körper, in Strömungen. Wissend umkreisen sie einander, auf Augenhöhe mit dem schrecklichen Zwinkern des Sees.

2

Boote kreuzen in der Bucht, fischen nach dem Jungen. Lisa Starling beobachtet sie durch ihr Fernglas. Nachdem sie ans Ufer geschwommen ist, vom Haus aus den Notruf gewählt und Michael betreut hat, bis der Krankenwagen da war, hätte sie sich trockene Kleider anziehen können, aber sie ist sofort mit ihrem Fernglas zum Ufer zurückgelaufen. Und erst jetzt fällt ihr auf, dass sie noch ihren Badeanzug trägt, der in der warmen Luft schon fast getrocknet ist.

Als sie am Morgen aufgewacht ist, war der Himmel blau. Jetzt ist er wolkenverhangen. Grau wie Kadaver, denkt sie, obwohl das nicht viel Sinn ergibt. Aber ein Kind liegt am Grunde des Sees, da ergibt die ganze Welt keinen Sinn mehr.

Lisa glaubt an Gott, doch heute würde sie Gott lieber nicht begegnen wollen.

Überall in der Bucht stehen Nachbarn auf Terrassen und Bootsstegen, haben sich am Ufer und auf der Landzunge versammelt. Ein Mann in voller Tauchermontur mit Sauerstoffflasche tritt aus seinem Haus und springt ins Wasser.

Zwei Polizeiboote sperren die Bucht ab. Sie sind weiß und blau, Warnlichter blinken unter dem bleigrauen Himmel. Ein Helikopter bricht durch die Wolken.

Lisa lässt ihr Fernglas sinken. Es ist ein Swarovski Swarovision aus der EL-Serie, weil sie ihre Vögel farbgetreu sehen will. Klein, weil sie gern leichtes Gepäck hat. Eines der besten Ferngläser der Welt. So hat sie es letztes Jahr für ihr Institut an der Cornell University bewertet.

Sie schaut wieder hindurch. Ihr Angelboot ist auch noch draußen, liegt neben dem Ponton vor Anker. Dazwischen schaukelt ein drittes Polizeiboot. Von dem sind vor ein paar Minuten zwei Taucher mit Taschenlampen, groß wie Megafone, in den See gesprungen.

Richard, Lisas Mann, ist an Bord des Pontonboots. Er wirkt erschöpft, fahl, starr. Seine Hand ruht auf der Schulter des Mannes, den sie vor wenigen Stunden noch nicht kannten. Der Mann hat Sonnenbrille und Kapitänsmütze abgelegt, sitzt neben seiner Frau, hält ihre Hand. Die Tochter hat das Gesicht im Schoß der Mutter verborgen. Beide weinen seit einer Stunde, während die beiden Männer stumm auf den See starren.

Lisa lässt das Fernglas wieder sinken. Das Band an ihrem Hals ist kühl.

Sie hätte Michael und Diane ins Krankenhaus begleiten sollen, hatte aber das Gefühl, hier gebraucht zu werden. Es gibt Geschichten von Kindern, die nach zwanzig oder dreißig Minuten unter Wasser geborgen und wiederbelebt worden sind. Kein Wunder, sondern Biologie. Wenn die Bedingungen passend sind. Wenn das Wasser kalt genug ist. Wenn lange genug jemand am Ufer steht und aufpasst.

Aber Lisa gesteht sich ein, dass man jetzt nur noch nach einer Leiche sucht.

Sie steigt den Hügel zu ihrem Haus hinauf.

Das Haus ist klein und alt. *Betagt*, würde Richard sagen. *Nicht alt, genauso wenig wie ich*. Aber allmählich kann man das nicht mehr leugnen. Lisa ist sechzig, ihr Mann wird bald siebzig. Das Sommerhaus ist älter als ihre Kinder, ein großes

Mobilheim aus den Siebzigern, in den Achtzigern ausgebaut zu einem Haus mit festem Fundament. Sie haben es kurz nach Michaels Geburt spontan gekauft. Um ihre Ehe stand es damals nicht gut. Sie waren schon zweimal getrennt gewesen und hatten sich dann geeinigt auf: *klare Verhältnisse*. Sie wollten verheiratet bleiben, komme, was wolle. Das Sommerhaus hat diesen Entschluss besiegelt.

Und was für ein Haus es war, damals. Lang und flach leuchtete es mit seinen weißen Fensterläden und den rot gestrichenen Zedernholzwänden auf der Anhöhe wie ein Feuerwehrwagen. Es hatte eine umlaufende Veranda mit niedrigem Geländer, der hintere Teil war geschützt durch Fliegengitter. Im Garten hing zwischen zwei Bäumen eine Hängematte. Eine Sprinkleranlage mit Timer sorgte dafür, dass der Rasen nicht vertrocknete, und in der separaten Garage für zwei Autos war genug Platz, um Forschungsmaterial zu lagern, wenn die Büros in Ithaca zu voll wurden.

Dann kamen die Orkane 1986 und '90, der Schneesturm '93 und der Tornado 2011, von dem das Haus knapp verschont blieb. Und dann noch die Ameisenplage 2017. Sie haben immer versucht dranzubleiben, aber ein Sommerhaus zu erhalten macht viel Arbeit, und davon hatten sie ohnehin schon reichlich. Richard lehrte noch an der Cornell University, Lisa war dort in der Forschung, beide publizierten. Im Sommer wollten sie sich ausruhen, nicht Reparaturen erledigen. Deshalb ist das Haus ein bisschen heruntergekommen. Oder, nun ja, ziemlich heruntergekommen.

Inzwischen ist die Veranda abgesackt, die Wände sind grau und schimmelfleckig. Auf dem Dach fehlen Ziegel, die verbliebenen sind moosbewachsen. Und bildet Lisa sich das ein, oder ist das gesamte Haus leicht *schief*? Die Hängematte ist längst vergammelt, der Rasen voll trockener Stellen, Ameisenhügel und Unkraut.

Während der Verkaufsverhandlungen letzten Monat haben Lisa und Richard wegen des Mängelberichts vom Gutachter so viele Zugeständnisse gemacht, dass ihnen Zehntausende durch die Lappen gehen. »Nicht so voreilig«, hat ihr Makler gewarnt. »Richten Sie doch erst mal alles wieder her. Der Markt wird besser. In einem Jahr kriegen Sie zwanzigtausend mehr dafür.«

Aber wozu? Selbst in einwandfreiem Zustand würde dem Haus der Abriss bevorstehen. Die Gegend ist im Wandel, Investoren sind am Werk. Letztlich verkaufen Lisa und Richard nicht das Haus, sondern das Grundstück.

Es sei denn, Lisa bläst noch alles ab. Noch wäre ein Rückzieher möglich. Behalten oder verkaufen, bleiben oder gehen – Richard wird alles mitmachen. Weil sie damals eine Absprache hatten, die er nicht eingehalten hat. Er hat vergessen, was Ehe bedeutet. Deshalb muss das Haus abgestoßen werden. Das ist keine Strafe, sondern eher eine Frage der Balance. Um zusammenzubleiben, müssen sie einen Neuanfang machen. Und für diesen Neuanfang müssen sie das Haus verkaufen. Für Lisa steht das fest. Und dass Richard nicht weiß, dass sie Bescheid weiß, ist noch lange kein Grund, einfach so weiterzumachen wie bisher. Oder?

Lisa ist sich nicht ganz im Klaren.

Aber eines weiß sie genau: Die Entscheidung liegt bei ihr. Richard hat indirekt entschieden und damit sein Mitspracherecht verwirkt.

Den Hügel hinauf. Die Verandatreppe. Die Stufen ächzen. Darunter, wo die Kinder immer gern gespielt haben, ist alles mit Efeu überwachsen, ein idealer Ort für Schlangen. Lisa lässt die fünfte Stufe aus, die ist vermodert. Das Geländer ist instabil, das Holz mürbe wie schadhafte Weinkorken, die zerbröseln, sobald sie mit dem Korkenzieher in Berührung kommen.

Auf der obersten Stufe dreht Lisa sich um und schaut noch einmal durchs Fernglas, stellt es scharf. Da ist die Mutter. Lisa hätte bei ihr bleiben sollen. Aber dann wäre sie erneut zu einer leidenden Mutter geworden, und das hat sie schon einmal durchgemacht. An dieses Unglück will sie nicht mehr rühren.

Und warum passiert gerade jetzt so eine Katastrophe, in ihrer letzten Woche am See? Warum wird die Freude am Zusammensein mit der Familie geraubt?

Doch diese Gedanken sind böse. Einen Moment lang verabscheut Lisa sich dafür.

Die andere Mutter heißt Wendy. Im Wasser hat sie sich vorgestellt, und Lisa dachte an Peter Pan, nicht an den Disney-Film, sondern an das Buch. Ein Lieblingsbuch ihrer eigenen Mutter, die sie vor drei Sommern verloren hat. Krebs, Tod der Eltern – die unwürdigen Begleiterscheinungen des *Betagtwerdens*.

Oh Gott, Wendys Gesicht, als sie die Schwimmflügel sah. Wer hat den Jungen beaufsichtigt? Wer hätte ihn beaufsichtigen *sollen*? Ganz bestimmt nicht Michael, der alles beobachtete, sich ins Wasser stürzte und beim Auftauchen mit dem Pontonboot zusammenstieß.

Armer Michael. Arme Wendy. Wendy ist erledigt. Sie wird sich niemals vergeben können.

Und wo sind sie dann? Das hat sich Lisa schon so oft gefragt. Wo landen sie, Wendys Sohn und Lisas erstgeborenes Kind, die Seelen all jener Kinder, die diese Welt zu früh verlassen haben?

Wenn es den Himmel gibt, sind sie gewiss dort. Sie sind

schließlich Kinder. Nicht unschuldig, aber doch ziemlich. Lisa stellt sich ein Nimmerland für sie vor, einen Ort, zu dem die Geister von Kindern fliegen können, um dort zu warten, bis sie wieder mit ihren Eltern vereint sind.

Sie hofft, dass es diesen Ort gibt. Sie betet dafür.

An manchen Tagen hält nur dieser Gedanke sie aufrecht: Wenn Gott Liebe ist, dann wird sie ihre Tochter wiedersehen.

3 Jake duscht, Thad lehnt sich im Badezimmer übers Waschbecken. Noch immer begreift er nicht, wie das alles passieren konnte – der Junge, das Boot, Michaels Verletzung. Im Spiegel sieht er auch keine Antwort, nur sein bleiches unrasiertes Gesicht. Jetzt beschlägt das Glas, und Thad wischt es ab. Seine Augenbrauen müssten getrimmt werden.

Nach dem Unfall ist Thad mit den anderen hastig ans Ufer geschwommen, dann sind sie alle zum Haus hinaufgeeilt. Seine Mutter hat angerufen. Michael bestand darauf, selbst zu fahren, während Diane ihm weinend einen Waschlappen auf die blutende Wunde drückte und Thad ihm gut zuredete. Als der Krankenwagen eintraf, stieg Michael, begleitet von Diane, widerstrebend ein, und seine Mutter postierte sich mit ihrem Fernglas am Ufer. Als Thad endlich auf die Idee kam, nach seinem Freund zu suchen, fand er ihn im Badezimmer.

»Bist du noch da?«, fragt Jake jetzt aus den Wasserdämpfen heraus.

»Ja, bin ich.«

Und wer ist dieser Junge, fragt sich Thad, mit dem ich seit zwei Jahren zusammen bin? Jake ist sechsundzwanzig, vier Jahre jünger als er, benimmt sich aber manchmal wie sechzehn. Sie sind an einen Punkt gekommen, an dem sie entscheiden müssten, ob sie sich wirklich aufeinander einlassen oder getrennter Wege gehen wollen. Dass Jake das nicht zu erkennen scheint, macht Thad traurig.

»Lässt du mich bitte mal allein?«, sagt Jake.

Thad hofft, dass er das falsch deutet. Er zieht den Vorhang beiseite. Jake ist klein und schmal gebaut, hat Akne auf der Brust. Er steht mit einer Erektion im Wasserstrom, Schaum an beiden Händen.

»Nicht dein Ernst, oder?«, sagt Thad.

Jake zieht den Vorhang zu. »Lass mich in Ruhe.«

»Ein Kind liegt tot im See. Mein Bruder ist im Krankenhaus.«

»Ich bin gestresst«, erwidert Jake. »Das passiert, wenn ich gestresst bin.«

Thad geht raus, knallt die Tür hinter sich zu.

Gestresst. Es gibt eine Erklärung für Jakes Verhalten, aber die hat nichts mit Stress zu tun. Jake ist einfach geil. Dauergeil.

Das war Thad auch mal. Bevor er so viel Marihuana geraucht hat. Vor der Herrschaft von Alprazolam, Paroxetin und Seroquel. Sein Schwanz funktioniert, aber das Verlangen ist weg. Er sollte Jake begehren. Jake ist hinreißend. Erfolgreich. Und er geht gut mit Thad um, oder zumindest ziemlich gut. Und mit *ziemlich gut* sollte er sich angesichts seiner früheren Beziehungen eigentlich zufriedengeben. Aber das klappt nicht.

Wenn Jake nur mal richtig zuhören, ihn nach seinem Tag fragen, auch mal ohne Sex zärtlich sein würde. Das würde Thad als Liebe empfinden.

Er tritt an den Küchentisch.

Das Haus bietet eigentlich für Küche, Essbereich und Wohnzimmer nur einen einzigen Raum. Zwei Beine des Tischs stehen auf Teppichboden, zwei auf Linoleum, das den Farbton ungekochter Nudeln hat. Es ist so alt, dass es an den Schuhsohlen klebt. Thad merkt, dass er Hunger hat, und schämt sich dafür. Was gebietet der Anstand? Wie lange soll man nach einer Tragödie warten, bis man etwas isst?

Durchs Fenster sieht er seine Mutter den Hügel heraufkommen. Das Gras steht hoch, wenn sie nicht aufpasst, könnte sie über einen Stab vom Hufeisenspiel stolpern.

Jake hat im Bad zu pfeifen begonnen, ein Kirchenlied. Als abtrünniger Baptist kennt er die alle in- und auswendig. Er musste mittwochs, samstags und sonntags zweimal am Gottesdienst teilnehmen. Thad war höchstens ein- bis zweimal pro Monat am Sonntagmorgen in der Kirche, und auch nur dann, wenn seine Mutter darauf bestand. (Seinen Vater in ein Gotteshaus zu locken, ist ihr nie gelungen.) Thad gab der Religion seiner Mutter eine Chance, wusste aber schon früh über sich Bescheid. Ihre Kirche verdammte ihn zwar nicht, aber wenn er dort vom Gebet aufblickte, sah er niemanden von seiner Art. Paare waren hetero, die Singles auch. Die Geistliche war mit einem Mann verheiratet. Das war nicht gerade einladend. Jemand wie er kam dort einfach nicht vor.

Das letzte Mal war er mit zwölf in einer Kirche. Und obwohl er Jakes manchmal kindisches Benehmen verurteilt, fühlt er sich selbst hin und wieder wie ein Kind. Seit er sein Studium abgebrochen hat, kommt es ihm vor, als habe er Kurse versäumt, die alle anderen absolviert haben. *Wie man Steuern zahlt. Wie man Geld aufs Konto kriegt. Wie man einen Job behält.*

Und wie haben seine Eltern es geschafft, dreißig Jahre lang fest angestellt ihren Beruf auszuüben und seit siebenunddreißig Jahren verheiratet zu sein? Ihre Liebe ist echt.

Sie haben wertvolle Arbeit geleistet. Wenn man die Namen der beiden googelt, bekommt man zahllose Ergebnisse.

Weshalb sind dann beide Söhne zu Vollidioten geraten?

Seine Mutter ist auf der obersten Treppenstufe stehen geblieben und blickt durchs Fernglas auf den See.

Das Haus wird Thad fehlen, die Sommer hier, mit Kartenspielen, Hufeisenwerfen, Bratfisch, Musik, Eis und Liebe. Aber es ist nicht mehr das Haus, das er in Erinnerung hat. Die Wände sind verunstaltet von Löchern und Haken, an denen einmal Bilder hingen. In den Ecken stehen Kartons, gestapelt oder offen, halb voll. Die Bücherregale sind leer. Der Krimskrams seiner Mutter und die Keramiksachen vom Flohmarkt sind in Zeitungen gewickelt und eingepackt. Die Familienbilder lehnen, von braunem Papier verhüllt, an den Wänden.

Einzige verbliebene Dekoration im Raum ist ein Gemälde von Jake, er hat es den Starlings letzten Sommer bei seinem ersten Besuch hier geschenkt. Eine junge Frau ist darauf zu sehen, die einen halben Granatapfel in der Hand hält. Über der Schulter schwebt eine Putte. Ein Kompass zu Füßen der Frau zeigt Richtung Norden. Eine Brust ist aus dem Kleid gerutscht. Das hat irgendeine symbolische Bedeutung, aber Thad könnte beim besten Willen nicht sagen, welche. Ob Jake etwas Einleuchtendes dazu sagen könnte, ist die Frage. Er mag genial sein, aber vielleicht denkt er sich auch einfach nur irgendwas aus. Und wer dann etwas in seine Bilder hineindeutet, macht sich lächerlich. Thad weiß noch, wie froh er damals war, dass seine Mutter sich nicht über die eigenwillige Brust aufregte.

Grundsätzlich ist seine Mutter rücksichtsvoll und höflich. Thad stellt sich vor, wie sie sich beim Packen den Kopf darüber zerbrochen hat, ob sie das Bild Jake zuliebe noch hängen lassen soll. Was vermutlich eine gute Idee war, denn Jake hat ein großes Ego und ist sehr empfindlich. Aber vielleicht hat er auch gar nicht gemerkt, dass sein Bild als einziges übrig ist. Er kreist manchmal sehr um sich selbst. Mit vierundzwanzig hatte er bereits zwei Einzelausstellungen, ein Jahr später Besprechungen in führenden Kunstmagazinen und Zeitungen. Letzte Woche erst hat der *New Yorker* seiner dritten Ausstellung drei Seiten gewidmet, Jake als kommenden Künstlerstar von Brooklyn bezeichnet und die »abgründige Ironie« und die »erfrischenden Exzesse« seiner Bilder gepriesen. Jake tat, als sei ihm das egal, aber Thad hat mitbekommen, dass er den Artikel mehrmals gelesen hat. Bislang gab es nur eine einzige negative Kritik. In *Art in America* gab es großes Lob für eine Gruppenausstellung, Jakes Arbeiten aber wurden als »unbeholfen, hilflos und gefällig« verrissen. Woraufhin er sich drei Tage lang ins Bett legte.

Das Pfeifen im Bad ebbt ab, stattdessen sind jetzt Bässe zu hören. Jake hat das teure Designer-Duschradio eingeschaltet, das er den Eltern Starling zu Weihnachten geschenkt hat und das außer ihm wohl noch nie jemand benutzt hat.

Thad geht in den Flur. Er lauscht an der Badezimmertür und hört es. Trotz Wasserrauschen, Ventilatorbrummen und Bell Biv DeVoes »Poison« ist ein rhythmisches Geräusch zu vernehmen, das bedeutet, dass sein Freund sich in der Dusche einen runterholt.

Thads Mutter ist jetzt auf der Veranda. Er tritt ins Bad und schließt die Tür hinter sich. Sofort kommt er sich vor wie unter Wasser, in dem Raum ist mehr Dampf als Luft.

Wie hat sein Bruder das geschafft? Sich durch so viel Schlamm und Dunkelheit zu kämpfen?

»Du musst aufhören«, sagt Thad. »Oder leiser sein.«

Das Klatschen wird schneller.

»Jake.« Thad will nicht den Vorhang aufziehen.

Das Geräusch lässt nach. Jake ist fertig. Die Musik verstummt. Das Wasser wird abgedreht. Der Vorhang geht auf, und Jakes Kopf erscheint, die Augen leuchtend blau, die Zähne strahlend weiß wie in einer Zahnpastawerbung.

Diese Augen. Thad liebt diesen Jungen einfach. Er hat seinem Herzen zwar schon x-mal übel zugesetzt, aber Thad hat auch nichts dagegen unternommen. Man kann nicht nur dem Vorschlaghammer die Schuld geben, sondern muss sich auch eingestehen, dass man nicht ausgewichen ist.

Jake wischt sich Wasser vom Gesicht.

Der Plan für morgen steht fest, aber Thad sollte ihn absagen. Würde Jake dann allein nach Asheville fahren oder hierbleiben? Ein Kind liegt tot im See. Es gibt Wichtigeres als Lunch mit Jakes Ex-Lover von der Kunstakademie.

»Ich kann das einfach nicht fassen«, sagt Thad.

»Jetzt red mir kein schlechtes Gewissen ein.«

»Tu ich nicht. Ich finde es nur respektlos.«

»*Respektlos*? Was ich mit meinem Schwanz mache …«

»Berührt dich das überhaupt?«

Thad kommt sich vor, als wäre er in einem Mund. Spiegel, Armaturen, Oberflächen – alles ist feucht und glänzt. Jake ist tropfnass. Thad hält ihm ein Handtuch hin.

»Ob es mich berührt, dass ein Junge gestorben ist?«, sagt Jake und greift danach. »Selbstverständlich, ich bin doch kein Monster.«

Thad klappt den Klodeckel hinunter und setzt sich drauf. Jake frottiert sich in der Duschkabine die kurzen dunklen Haare. Durch diese Haare zu streichen, wenn sie frisch und weich sind, gehört zu Thads Lieblingstätigkeiten. Aber Jake klatscht sich immer so viel Gel rein, dass er aussieht wie ein Igel unter Strom.

»Ich will nur sagen, dass es für alles eine richtige Zeit und einen richtigen Ort gibt.«

Jake lacht. »Das glaubst du doch selbst nicht. Du glaubst nur, dass du das glaubst, weil man es dir so beigebracht hat. Kein Sex. Nicht in so einer Situation. Du bist *respektvoll*.«

»Meine Mom …«

»Ja? Deine Mom?«

Thads Arm juckt, er streicht mit dem Finger über die lange wulstige Narbe, die in der feuchten Wärme angeschwollen ist. »Ich hab dich durchs halbe Haus gehört. Willst du, dass sie das mitkriegt?«

»Ah«, erwidert Jake. »Das ist was anderes. Da geht es um Manieren. Hinter Manieren stehe ich voll.«

Er beherrscht sie auch. In New York ist er für seinen Charme genauso berühmt wie für seine Kunst. Frank DiFazio, der gefürchtete und geachtete Besitzer der Gallery East in Chelsea, der Mann, der Jake berühmt gemacht und umbenannt hat (vor Frank war Jake noch »Jacob«), hat seinem Schützling die notwendigen Umgangsformen beigebracht. »Ich hab den Jungen aus Memphis rausgeholt und Memphis aus dem Jungen«, hat Thad Frank einmal zu einem Freund sagen hören.

»Tut mir leid, wenn ich unhöflich war«, sagt Jake und trocknet sich ab. Sein Körper ist schlank, aber männlich, muskulös, aber nicht muskelbepackt. Thad sah früher auch so aus, hat aber in den letzten Jahren Gewicht zugelegt. Zu viel Weed. Zu viele Mitternachtssnacks.

Jake lächelt. Es ist schwer, ihm lange böse zu sein.

Thad steht auf, Jake lässt das Handtuch fallen und legt seinem Freund eine Hand auf die Wange.

»Ich kann dich trösten«, sagt Jake, und die andere Hand gleitet zu Thads Hosenbund. »Komm schon. Ich bin auch ganz respektvoll.«

Thad stößt ihn so heftig weg, dass Jake gegen die Wand prallt.

»Großer Gott«, sagt Jake.

Thad geht zur Tür. Er muss raus, bevor er in Tränen ausbricht. Er will sich nicht mit Jakes Ex treffen. Er will Jake nicht verlieren. Er will nicht, dass dieser kleine Junge tot im See liegt.

»Meinst du, sie finden ihn?«, fragt er und dreht sich wieder um, aber Jake kehrt ihm jetzt den Rücken zu. Ein Gitter zeichnet sich darauf ab, das Muster der Kacheln.

»Tut mir leid«, sagt Thad.

Jake beachtet ihn nicht mehr, ist mit einer kleinen schwarzen Dose beschäftigt, die er aus seiner Kulturtasche genommen hat. Er schraubt den Deckel auf, steckt zwei Finger in die Dose, verteilt das Gel dann sorgfältig in seinen Haaren.

4 Diane Maddox atmet aus. Diane Maddox, die Tennessee gegen Texas eingetauscht hat. Diane Maddox, deren Eltern geschieden sind. Diane Maddox, die Michael vor zehn Jahren geheiratet hat, aber seinen Namen nicht annehmen wollte. Diane Maddox, die ein Kind im Bauch trägt. Diane Maddox, die während ihrer Highschool-Zeit eine Abtreibung hatte und diese Entscheidung nicht bereut, das aber nicht wiederholen will. Diane Maddox, die zuerst Kunst studiert, dann aber, getreu der Devise »Wer nichts kann, wird Lehrer«, auf Lehramt umgesattelt hat. Diane Maddox, die sich fragt, ob dreiunddreißig zu früh ist für eine Midlife-Crisis und ob damit mehr verbunden ist als Lust auf ein rotes Motorrad und eine Affäre. Diane Maddox, die über ihren winzigen Platz in der gnadenlosen, anstrengenden Welt nachdenkt. Diane Maddox, die gern lange verspielte Ohrringe trägt. Diane Maddox, die immer mal nach Reykjavík reisen wollte. Diane Maddox, die mit *Verrückt nach dir* aufgewachsen ist und sich wünschte, Helen Hunt zu sein. Diane Maddox, die sich in der achten Klasse bei der Folge, in der Paul und Jamie sich trennen wollten, die Augen ausgeweint hat. Sie haben dann noch einen Versuch gemacht, wie Dianes Eltern, die so viele »Versuche« unternommen hatten, dass dieses Wort für die Tochter identisch war mit Schmerz, dem Schmerz, den sie durchlitt, wenn der Vater am

einen Tag beim Frühstück saß und die Mutter am nächsten Tag sagte: »Ich hoffe, der Scheißkerl fährt sich mit dem Scheißding zu Tode.« Diane Maddox, die in ihrer Ehe nicht glücklich ist, Scheidung aber nicht in Betracht zieht (vielleicht um ihren Eltern etwas zu beweisen oder aber *Verrückt nach dir*, das weiß sie selbst nicht so genau). Diane Maddox, die sich fragt, ob alles besser gelaufen wäre, wenn sie den Namen ihres Mannes angenommen hätte, obwohl ein Name allein auch nicht die Rettung sein kann. Ein Name kann keine Ehe retten, kein Eigenheim vorm Zwangsverkauf bewahren, keinen Jungen wieder lebendig machen.

Diane im Krankenwagen. Diane weint nicht, sondern bewahrt Ruhe. Diane befolgt die Anweisungen des Sanitäters, der Michaels Blutdruck misst, während der Wagen über kurvige Landstraßen rast. Diane Maddox-nicht-Starling – eigentlich ist es nie zu spät, etwas zu ändern, manchmal aber eben doch – drückt das feuchte Tuch an die Stirn des Mannes, den sie liebt. Oder geliebt hat. An manchen Tagen, ganz ehrlich, ist sie nicht mehr sicher. Blut tränkt das Tuch, *furchtbar viele Blutgefäße in der Stirn*, sagt der Sanitäter, und *schlimmer, als es aussieht*, womit er wohl meint, *sieht schlimmer aus, als es ist*, denkt Diane, ist sich aber nicht sicher. Man wird nähen müssen, sie hofft, dass es keine Gehirnerschütterung ist, keine gravierende Verletzung, denn kann die junge Frau, die gelobte: *in Gesundheit und in Krankheit*, noch für die dreiunddreißigjährige Diane sprechen? Wenn Michael ins Koma fällt und für den Rest seines Lebens Windeln tragen und mit Strohhalm trinken muss? Liebt die Diane, die sagte: *Ja, ich will*, diesen Mann noch genug, um ihm die nächsten fünfzig Jahre den Hintern zu wischen? Und wie einen Mann lieben, der zwar nicht mit Worten, aber mit Stirnrunzeln und Seufzen und der Art, wie er Fädchen aus seinen ausgefransten Jeans-Shorts zupfte, zu verstehen gegeben hat, dass er das Kind nicht will? Liebt sie Michael genug, um bei ihm zu bleiben? Liebt sie sich selbst genug, um ihn zu verlassen? Diane weiß es nicht, sie weiß nur, dass sein Blut real und warm ist und aus seinem Kopf quillt.

Der Krankenwagen hält an, die Tür geht auf, Diane atmet.

Die Klinik sieht anders aus als erwartet. Ein kleiner beiger Kasten, wirkt eher wie ein Bankgebäude, das man auf diesem Gelände im Wald abgesetzt hat. Beim Aussteigen wird Diane sachte von einer Krankenschwester beiseitegeschoben, man verfrachtet Michael in einen Rollstuhl und trägt ihm auf, das Tuch selbst an die Stirn zu drücken. Keine der Ängste, die Diane kennt – vorm Fliegen, vor Schlangen, vorm positiven Ergebnis des Teststreifens –, war so schlimm wie die Angst, die sie jetzt beim Anblick von Michaels Blut spürt. Der Sanitäter schiebt den Rollstuhl, die Schwester hält eine Tür auf, Diane tappt hinterher, kommt sich nutzlos vor.

Das Wartezimmer ist leer, der Boden kariert wie ein Schachbrett, die Frau am Empfang ruppig. In den Gängen ist es heiß, im Röntgenraum kalt.

Dann liegt Michael auf einem OP-Tisch, die Stirn wird desinfiziert, er zuckt zusammen. Die Spritzen, Diane muss wegschauen. Sie hält Michaels Hand. Als sie wieder hinschaut, sieht die Stirn aus wie bei Frankenstein, genäht mit acht Stichen, zwischen linker Augenbraue und Haaransatz.

Die Röntgenbilder treffen ein, alles ist gut – *für diesen Landarzt zumindest* –, aber Michael wirft Diane einen Blick zu, der besagt: *Wenn wir zu Hause sind, hole ich eine zweite Meinung ein.* Was sie sich aber gar nicht leisten können, denn sie schaffen kaum die Hypothekenraten für das Haus, das nur noch halb so viel wert ist wie beim Kauf 2007, haben vier Kreditkarten bis zum Anschlag belastet, und Diane muss ihr Studiendarlehen zurückzahlen, aber da geht gerade gar nichts. Dennoch ist sie froh, dass Michael spricht und lächelt. Aber vor allem ist sie glücklich, ihm nicht die Windeln wechseln zu müssen, bis dass der Tod sie scheidet.

Eine Art von Windeln würde sie allerdings liebend gern wechseln, in weniger als sieben Monaten.

Diese Liebe zu etwas Ungeborenem, einem Wesen, das noch nicht einmal ein Wesen ist – wie soll sie ihrem Mann diese Liebe erklären? Sie hatte ihm versprochen, kein Kind haben zu wollen, und damals war das Versprechen aufrichtig. Der Fehler war nicht, schwanger zu werden. Der Fehler war, etwas zu versprechen, das sie nicht halten konnte.

Der Arzt wäscht sich die Hände. Sagt, dass eine Schwester ihnen die Wundpflege erklären wird, trocknet sich die Hände ab, geht raus.

Michael liegt immer noch auf dem OP-Tisch. Sein Blick ist auf ihren Bauch gerichtet, als könnte er da hineinschauen.

Wir behalten es, will Diane sagen, tut es aber nicht, noch nicht.

Religiös ist sie nicht, doch sie ist abergläubisch. An diesem Tag über das Baby zu debattieren könnte Unglück bringen, den Geist des toten Jungen anziehen, sodass womöglich ein Kind mit blauen Lippen geboren wird, ein Kind, das nicht atmet.

Wenn Schicksale durch Gedanken gelenkt werden, durch Worte, dann sollte sie das Thema an diesem Tag nicht zur Sprache bringen. Deshalb hält sie die Hand ihres Mannes und lächelt. Und vieles, so unendlich vieles, bleibt ungesagt.

5 Drei Mal hat Richard Starling seine Aussage gemacht. Drei Mal hat er erklärt, dass er nichts mitbekommen hat, bis alles vorbei war, bis er Michael mit aufgeplatzter Stirn im Wasser sah und das Mädchen auf eine Weise schrie, wie Richard es nie mehr hören will.

Der Polizist, der noch kaum Bartwuchs hat, stülpt zweifelnd die Lippen vor. Er befragt die anderen, die Familie Mallory. Glenn heißt der Vater, die Mutter Wendy, Trish die Tochter. Den Namen des Jungen hört Richard nicht, und er kann sich nicht überwinden zu fragen.

Glenn erzählt seine Version des Geschehens, dann Wendy. Trish kann nicht aufhören zu weinen. Der Polizist verlangt, dass sie noch einmal aussagt. Glenn steht auf. Richard steht auf.

Richard neigt nicht zur Gewalttätigkeit. Er war Hippie. Er war in Woodstock. 1969 wurde er einundzwanzig. Sein Geburtstag im Dezember wäre ihm zum Verhängnis geworden, aber seine Plattfüße haben ihm das Leben gerettet. Statt in Vietnam zu landen, durfte er sein Studium abschließen. Er hat nie jemanden geschlagen, aber vor seiner Unikarriere hat er fünfzehn Jahre lang an einer Oberschule in Atlanta unterrichtet und etliche Prügeleien beendet. Er weiß, wann eine Faust und ein Gesicht nur eine Parabel weit voneinander entfernt sind.

Der Polizist ist noch jung, einer von der Sorte, die sich an freien Tagen betrinkt und sich von der Ehefrau jeden Abend die Uniform bügeln lässt. Der Mann hat noch keine Ahnung von Verlust, kann das Leid auf diesem Boot nicht begreifen.

Richards Hand legt sich auf Glenns Schulter.

»Ich würde die Familie gerne nach Hause begleiten«, sagt Richard.

Der Polizist runzelt die Stirn. Sie stehen auf Glenns Boot, das im Wasser schwankt. Richard hält sich an der Rückenlehne eines Sitzes fest und schaut zum Ufer. Lisa ist nicht mehr zu sehen.

Polizeiboote kreisen auf dem See. Taucher suchen im Wasser.

Als Richard damals seine kleine Tochter tot in ihrem Stubenwagen vorfand, glaubte er hartnäckig, man könne sie wiederbeleben. Den Tatsachen zum Trotz war er noch stundenlang überzeugt, dass man eine neue Methode entwickeln könnte. Das liegt viele Jahre zurück, aber noch immer vergeht kein Tag, an dem Richard seine Tochter nicht vermisst.

Doch diese Eltern hier, Glenn und Wendy. Ist es ihnen klar? Oder hoffen sie noch, dass ihr Sohn auftauchen, ihnen zuwinken und ans Ufer schwimmen wird?

»Sir«, sagt der Polizist, »Sie müssen sich wieder hinsetzen. Sie beide.« Er schaut Glenn nicht in die Augen. Das ist immerhin ein Anfang, ein Signal – wenn dieser junge Mann sich schon nicht für sein Verhalten schämt, weiß er doch zumindest, dass er es tun sollte. Glenn setzt sich nicht, Richard auch nicht.

»Sir!«, wiederholt der junge Polizist, aber jetzt erscheint ein weiteres Polizeiboot.

Der Mann am Steuer ist älter, die Augen unter der Schirmmütze blicken gütig. »Brockmeier«, sagt er zu dem Jüngeren, »kommen Sie mal rüber.«

»Corporal …«, beginnt der junge Polizist, verstummt aber angesichts der Miene seines Vorgesetzten. Er klettert in das andere Boot und händigt das Klemmbrett aus, auf dem er die Aussagen notiert hat. Sein Vorgesetzter legt die Hand an die Mütze und nimmt zu jeder Person der Familie Blickkontakt auf. »Ma'am. Ma'am. Sir.« Dann sagt er zu Richard: »Sir, wir übernehmen jetzt. Wenn Sie bitte Ihr Boot von hier entfernen, ich bringe die Familie nach Hause.«

»Wir bleiben«, sagt Glenn. Aber seine Frau, an seine Brust gelehnt, berührt ihn bittend. »Okay. Bringen Sie uns weg von hier.«

Der junge Polizist streckt eine Hand aus, um zu helfen, aber niemand ergreift sie. Trish steigt in das Polizeiboot, dann Wendy. Glenn dreht sich zu Richard um, und der merkt erst jetzt, dass seine Hand noch auf Glenns Schulter ruht. Er lässt den anderen Vater los.

Dann sieht er dem Polizeiboot nach und steigt auf die *Seekuh* um. Er durchquert die Bucht, steuert das Boot in den Schuppen, betätigt den Lift, um es aus dem Wasser zu heben. Der Bootsschuppen verfällt, genau wie das Haus oben am Hang. Das Vordach ist gespickt mit Wespennestern, die Insekten schwirren herum wie gelbe Drohnen. In einer Ecke des Schuppens stehen Richards Angeln, in schlechtem Zustand. Sie bräuchten neue Schnüre, neue Rollen. Richard ist unschlüssig, ob es sich lohnt, sie nach Florida mitzunehmen. Er hat noch nie im Meer geangelt. Wahrscheinlich braucht er eine komplett neue Ausrüstung.

Bei diesem Gedanken schmerzt sein Magen.

Florida ist okay. Er mag Florida. Dort gibt es Vögel für Lisa und Bibliotheken für ihn. Er liest gerne diese reißerischen Krimis, die in Florida spielen – in Miami, Morde am Strand und dergleichen. Nach den ersten fünfzig Seiten hat er den Fall gelöst, liest das Ende, hat immer recht. Außerdem gibt es da unten jede Menge Unis. Falls ihm langweilig werden sollte, kann er jederzeit wieder unterrichten.

Doch Florida ist eben nicht Lake Christopher. Florida war nie vorgesehen. Der Plan war, hier zu bleiben, für immer. Richard will den See nicht verlassen, aber wie kann er sich weigern, nach dem, was er getan hat?

Warum hat er es überhaupt getan? Warum hat er im letzten Sommer mit Katrina am Mathematikerkongress in Montreal teilgenommen? Er hatte nicht damit gerechnet, dass etwas passieren würde, aber er hat auch nichts dagegen unternommen, die einzige Grenze zwischen ihnen war die dünne Wand zwischen ihren Hotelzimmern. Und hat er nicht sogar seine Tür offen gelassen?

Was machst du nur?, hat er sich damals die ganze Woche gefragt, als beobachte er einen Fremden bei Dingen, die er selbst niemals tun würde.

Er hätte sich ihr in diesem Club niemals nähern dürfen. Richard hat ihr einen Drink angeboten, aber Katrina wollte nur tanzen. Sie tanzte. Richard sah ihr zu. Als sie an die Bar zurückkam, war sie schweißbedeckt und lächelte. »Nette Jungs, diese Kanadier«, sagte sie. »Zu nett.« Richard war vierzig Jahre lang nur mit Lisa zusammen gewesen, aber er wusste sofort, was passieren würde. Katrina hätte gar nicht zwinkern und ihm über den Arm streichen müssen.

Sie war eine exzellente Professorin, Physikerin, Stanford University. Für Richard interessierte sie sich wegen der Lie-Theorie, wegen der differenzierbaren Mannigfaltigkeiten und ihrer Anwendung in der mathematischen Physik. Sie müsse sich in Mathematik weiterbilden, sagte sie, und er sei der Grund, weshalb sie für ihr Sabbatjahr die Cornell University ausgewählt habe. Nach der Jahrtausendwende hatte Richard in Zusammenarbeit mit einem weiteren Mathematiker und einem Physiker Lisis E8-Theorie widerlegt. Das hatte ihm kurzen Ruhm eingebracht (für Mathematikerverhältnisse), Forschungsgelder und einen Vertrag für ein Buch, das er schrieb und das sich gut verkaufte (ebenfalls für Mathematikerverhältnisse). Dabei lässt sich nicht einmal absehen, ob Lisi nicht am Ende recht behält. Womöglich kann man die »Große Vereinheitlichte Theorie« beweisen. Vielleicht lässt sich sogar irgendwann die Weltformel überzeugend darstellen, aber Richard bezweifelt, dass er das noch erleben wird.

In seiner Zeit in Cornell ist er vielen genialen Köpfen begegnet, aber niemand war so jung wie Katrina. Sie war mit Mitte dreißig bereits Professorin. In der Grundschule hatte sie Klassen übersprungen, ihr Studium in drei Jahren absolviert und mit vierundzwanzig ihre Doktorarbeit verteidigt. So etwas war so gut wie noch nie vorgekommen, und Richard merkte, dass er sie dafür verehrte.

»Entspann dich«, sagte sie. »Es ist Sex, keine Falle.«

Nach dem Club landeten sie in Katrinas Hotelbett. Zuerst hatte Richard Mühe, ihn hochzukriegen, dann nicht mehr. Sie war oben und ritt ihn, und er dachte nur daran, dass er auch mal jung gewesen war.

Er hat Katrina nicht geliebt, und sie hat klargestellt, dass sie ihn auch nicht liebte. Richard liebte – *liebt* – Lisa, seine Frau. Aber ein Leben reicht eben nie aus. Wenn er könnte, würde er noch hundert Varianten leben. Er ist ganz sicher, dass er sich auch in hundert Leben niemals langweilen würde.

Im Bootsschuppen rast eine Wespe auf ihn zu, er hängt

die Rettungswesten an die Haken. Dann hievt er die Kühlbox mit den nicht verspeisten Sandwiches aus dem Boot. Sie ist schwer. Es wird seinem Rücken nicht guttun, sie den Abhang hinaufzuschleppen.

An der Tür vom Bootsschuppen schaut Richard noch einmal zurück, und ihm kommt der Gedanke, dass dies womöglich sein letzter Tag auf dem See war. Nach diesem Ereignis wird vielleicht niemand mehr aus der Familie angeln oder schwimmen wollen. Vielleicht reisen sogar alle ab.

Er macht sich an den Aufstieg. Das Gras müsste gemäht werden. Der Himmel ist düster, Regen droht. Richard stellt die Kühlbox ab, um Atem zu schöpfen. Früher ist er hier mit seinen Jungs um die Wette gelaufen. Er war immer ein alter Vater, vierzig bei Thads Geburt, aber früher auf jeden Fall wesentlich fitter.

Ein Hufeisen vom Spiel liegt im Gras. Er will es aufheben, lässt es aber bleiben, weil er an seinen Rücken denkt.

Die Affäre mit Katrina dauerte drei Monate. Sie waren vorsichtig, benutzten immer Kondome, ein neues Gefühl, an das er sich erst gewöhnen musste. Und Katrina rief ihn kein einziges Mal zu Hause an. Schließlich hat er das Ende herbeigeführt. Nicht weil er fürchtete, ertappt zu werden, sondern weil er Schuldgefühle hatte. Katrina umarmte ihn, sagte, sie könne ihn verstehen, und zupfte seine Fliege zurecht. Sich selbst gab sie keine Schuld an Richards Untreue. Wer seine Ehe schützen wollte, trug selbst die Verantwortung dafür.

Im Herbst und auch im Frühjahr arbeiteten sie Seite an Seite, als sei nichts gewesen. Jeden Freitagnachmittag holte Katrinas neuer Freund sie am Labor ab. Er machte einen netten Eindruck, sah gut aus und war etwa in ihrem Alter. Die beiden wirkten glücklich zusammen, und Richard wünschte ihnen das Beste. Eigentlich hätte er erleichtert sein müssen. Weshalb war er dann verletzt?

Was *will* er denn?

Seinen Körper will er wiederhaben, zum einen. Die Kondition und Muskelkraft eines viel jüngeren Mannes. Und er will bewundert werden, nicht als Mathematiker, sondern als Mann.

Er will außerdem, dass Lisa ihn nicht verlässt. Richard fürchtet, dass sie es weiß, aber woher?

In seinem Handy tauchte Katrina als K auf. Was würde er an manchen Tagen darum geben, diesen Buchstaben auf dem Display blinken zu sehen, grün auf schwarz. Aber seit dem Ende des Sommersemesters haben sie kein Wort mehr gewechselt. Sie war auch nicht bei seiner Emeritierungsfeier im Mai, einem recht bescheidenen Empfang. Wahrscheinlich hört er erst wieder von ihr, wenn sie ein Empfehlungsschreiben für ein Stipendium oder einen Auslandsaufenthalt braucht, das er natürlich bereitwillig verfassen wird.

Die Fliegengittertür klappt, Lisa kommt aus dem Haus und hilft ihm beim Schleppen der Kühlbox. Dann setzen sie sich auf die unterste Stufe der Verandatreppe.

»Haben sie ihn gefunden?«, fragt Lisa, und Richard schüttelt den Kopf. Sie hat geweint, ihr Gesicht ist rot und verquollen.

»Diane hat angerufen. Michael ist genäht worden, aber es geht ihm gut. Sie müssen nur abgeholt werden.«

»Ich mach das«, sagt Richard.

Der Helikopter dreht vom See ab, fliegt über sie hinweg. In der Bucht steigen Taucher in die Boote.

»Geben die schon auf?«, fragt Lisa.

Richard weiß es nicht. Vielleicht hat es mit dem Wetter zu tun. Er nimmt die Hand seiner Frau.

»Diese armen Menschen«, sagt sie. »Dieser arme Junge.«

»Alles so weit okay mit dir?«, fragt Richard.

»Nein. Nein, ganz und gar nicht.«

Sie stehen auf und tragen gemeinsam die Kühlbox die Treppe hinauf und über die Veranda. Dann folgt Richard Lisa ins Haus.

6

Im Traum rennt Jake weg. Sein Vater hat ihn im Visier. Im Traum ist die Flinte immer zielsicher, und die Schrotkugeln schlagen in Jakes Rücken ein wie ein Blitz.

Im Traum ist er in Phoenix im Konversionslager. Er betet, betet und betet und ist immer noch schwul. Männer schreien ihn an. Ein Betreuer presst seine Erektion an Jakes Rücken.

Im Traum nennt sein Vater ihn *Schwuchtel, Homo, Tunte.*

Im Traum sagt sein Vater: *Du bist nicht mein Sohn.*

Aus dem Traum schreckt Jake auf. Thad beobachtet ihn von der anderen Seite des Zimmers her.

»Wie lang war ich weggetreten?«, fragt Jake.

»Nicht lang«, sagt Thad. »Mein Dad holt Michael und Diane ab. Mom macht Essen. Du kannst noch eine Weile schlafen, wenn du willst.«

Jake setzt sich auf. Das umgebundene Handtuch rutscht weg, er ist nackt. Sein Freund sitzt an dem Tisch, den seine Eltern für dieses Zimmer angeschafft haben, als Thad erklärte, er sei Dichter und brauche im Sommerhaus einen Platz zum Schreiben. Es ist ein Schränkchen mit einer Tischplatte zum Ausklappen.

»Wie nennt man so einen Schreibtisch gleich wieder?«, fragt Jake.

»Sekretär.« Thad wendet sich seinem kleinen Notizbuch zu, von dieser Sorte hat er immer eines dabei, was Jake albern findet. Er selbst trägt nie ein Skizzenbuch mit sich herum. Vielleicht sind Thads Gedichte gut, aber das kann Jake nicht einschätzen. Bei einem Gemälde erkennt er in zwei Sekunden, ob es etwas taugt, was die künstlerische Absicht war und wie viel Zeit in seine Entstehung investiert worden ist – oder hätte investiert werden *sollen*. Ob ihm das Bild gefällt, spielt dabei keine Rolle. Was zählt, sind Leidenschaft, Sorgfalt und handwerkliche Qualität. Die Leidenschaft ist bei Thad vorhanden. Was den Rest angeht, ist Jake nicht so sicher. Er empfindet die Welt in Thads Gedichten als verschwommen, etwa so, als betrachte man den Mond durch ein umgedrehtes Teleskop. Aber Jake hat Lyrik noch nie verstanden.

Er steht auf, geht zum Tisch und beginnt Thads Schultern zu kneten. Thad klappt das Notizbuch zu und lässt den Stift sinken.

»Bitte nicht«, sagt Thad. »Ich möchte schreiben.«

»Mach doch. Niemand hindert dich daran.«

Jake massiert weiter. Das Polohemd ist blau und kratzig, das Lacoste-Krokodil mit dem aufgerissenen Maul sitzt auf Nippelhöhe. Thad braucht unbedingt neue Hemden, seit letztem Jahr sind sie alle zu eng. Zuerst hat er behauptet, die Reinigung sei schuld, aber dann räumte er ein, dass er wohl etwas zugelegt hat, das ihr Freund Wes als »Muffin-Top« bezeichnet. »Wenn man erst mal dreißig ist …«, hat Wes bemerkt. Darauf sah Thad Jake mit einem Blick an, der deutlich besagte, dass sie mit Wes nicht mehr ins Bett gehen würden.

Jake lässt die Hände über Thads Rücken und unter das Hemd gleiten.

Thad erstarrt. »Ich hab *nicht* gesagt. Ich hab *bitte* gesagt.«

Jake zieht seine Hände zurück. »Ich wollte nett sein.«

»Warst du aber nicht.« Thad wirft seinen Stift weg, er rollt vom Tisch.

Jake geht weg, nimmt seinen Laptop aus dem Rucksack, legt sich aufs Bett. Er klappt den Laptop auf, macht es sich bequem. Dann ruft er Chat-N-Bate auf, klickt auf *Mann für Mann*, überlegt es sich anders und klickt auf *Mann solo*.

Auf dem Bildschirm erscheint ein Mann, der auf einem Bett sitzt. Das Bett ist schmal, an der Wand dahinter Poster von Metallica, Korn, Tool. Auf einem Tisch eine Lavalampe und ein Bücherstapel. So stellt sich ein Dreißigjähriger ein Studentenzimmer vor, und der Mann ist mindestens dreißig. Aber Jake versteht, was das soll. College-Look ist hip, und wer hip ist, kriegt Trinkgeld. Jake gibt nie was, aber er schaut gern zu.

Der Oberkörper des Mannes ist nackt, die Jeans hängen an den Knöcheln. Er ist rasiert, der Penis lang, nicht beschnitten. Der Mann masturbiert und schaut dabei in die Kamera, als könne er Jake sehen. Was natürlich nicht so ist, aber diese Illusion soll entstehen.

DannyK nennt er sich. Im Chat neben dem Livestream erscheinen Kommentare. Wenn jemand etwas postet, ist ein Piepen zu hören, bei Trinkgeld ein Klingelton. Heiße Schnuckel sollen angeblich damit reich werden, aber Jake hat noch nie erlebt, dass einer mehr als fünfzig die Stunde eingefahren hätte. Höllisch, seinen Lebensunterhalt so zu verdienen. Jake kann sich nicht vorstellen, so oft zu wichsen. Drei-, viermal am Tag sind für ihn okay, aber acht Stunden am Tag? Da wird man doch wund. Oder langweilt sich furchtbar. Wobei – vielleicht auch nicht. Sex ist nie langweilig, findet Jake.

Der Knabe reibt und reibt, bis Jake merkt, dass er steif ist. Er schaut auf. Thad beobachtet ihn.

»Nicht dein Ernst«, sagt er und steht auf. Er steckt sein Notizbuch ein und geht raus.

Jake schließt die Augen. Der Laptop ist warm auf seinem Bauch, wo Luft rausgepustet wird, ist die Haut kühl.

Als sein Vater ihn beim Masturbieren ertappt hat, war er sechzehn. Masturbation als solches galt im Glauben der Familie – Southern Baptist – schon als schlimm genug, ganz besonders innerhalb ihrer Kirche in West Memphis. Aber Jake masturbierte mit *Pornos*, und damit nicht genug, es waren auch noch *schwule* Pornos. Eine sündige Dreifaltigkeit, für die er auf jeden Fall Fegefeuer und Folter zu erwarten hatte.

Der Vater schlug Jake nicht, damals noch nicht, sondern klappte Jakes Bibel auf. Er hatte sie zum Geburtstag bekommen, in einer Ecke des Einbands prangte in Blattgold sein Name. Die Bibel lag zwischen ihnen auf dem Bett, und der Vater sprach über diverse Passagen. Das Hohelied ließ er aus, konzentrierte sich auf Stellen, in denen Unzucht verurteilt wurde. Sein Vater war versiert in der Apologetik, und die diversen Interpretationen von *arsenokoitai* kamen zur Sprache. Er ließ sich über David und Bathseba aus, und Onans Vergehen wurde sehr ausführlich erörtert.

Der Vater räumte ein, dass Jungen in Jakes Alter Bedürfnisse hätten, betonte jedoch, dass man sie zu unterdrücken habe. Es wurde keine Alternative angeboten, lediglich die Tatsache akzeptiert, dass es manchmal zu Verfehlungen kommen könne. Dann solle Jake Gott um Vergebung bitten und dafür beten, dass der Allmächtige den Ständer verschwinden ließe. Der Vater betonte ausdrücklich, dass Jake kein Homo, sondern lediglich verwirrt sei.

Doch genau das war er nicht. Während seiner Zeit in der Middle School hatte er mit einem Freund Videos angeschaut, die dessen Stiefvater gehörten. Die Frauen in den Filmen hatten Jake vollkommen kaltgelassen. Stattdessen beäugte er die Männer und dann seinen Freund. »Schau nicht mich an, sondern die«, hatte sein Freund gesagt.

Später, in der Highschool, hat Jake schon für viele Jungen geschwärmt, aber nie etwas ausgelebt. Bis zu einem Ferienlager, wo er das Zelt mit Sam McIntosh teilte. Sie hatten sich nur geküsst, aber Sam ging am nächsten Tag zum Gruppenführer, Mr Doug. Die Jungen waren gleich alt und in der gleichen Kirche, aber das spielte keine Rolle. Sam tat als Erster Buße und behauptete, Jake habe es »von ihm verlangt«. Jake wäre beinahe exkommuniziert worden, Sam erlangte Vergebung, wurde erneut getauft, galt als geläutert. Für Jake waren Jugendgruppen und Missionsfahrten gestrichen. Er durfte am Sonntag mit den Eltern zum Gottesdienst gehen, weiter nichts. Seine Mutter weinte, sein Vater schlug ihn und sprach dann wochenlang nicht mit ihm.

Ein paar Monate später wurde Jake achtzehn, und man schickte ihn in dieses dreitägige Lager in Arizona. Es wurde von alten Schwulen geleitet, die vorgaben, keine zu sein. Gott könne eingreifen, wurde immer wieder behauptet. Gott könne einen normal machen. Wie Schuppen würde es einem von den Augen fallen, und im Nu wäre man ganz versessen auf Titten.

Jake hat es versucht. Er nahm an allen Zeremonien teil, beantwortete jede Frage, sang jedes Lied mit, das heilig machen sollte. Er wollte ein guter Christ sein. Er wollte, dass sein Vater stolz auf ihn sein konnte. Er wollte lieben, und er wollte von Gott geliebt werden.

Jake öffnet die Augen. DannyK ist immer noch dabei. Im Livechat wimmelt es von Bildern und GIFs, ein ständiges Piepen und Klingeln. Jemand schreibt: »Mach schon, Alter!«

Jakes Erektion ist hinüber, er klappt den Laptop zu. Aus der Küche hört er die Stimme von Thads Mutter, die telefoniert.

Die Tür geht auf, Thad späht herein. »Sie sind auf dem Heimweg«, sagt er. »Michael ist okay. Musste nur genäht werden.«

»Gut«, sagt Jake. Er mag Michael nicht sonderlich, weil der ihn auch nicht sonderlich mag, aber es soll ihm natürlich nicht schlecht gehen.

»Vielleicht magst du dich anziehen, es gibt bald Essen«, sagt Thad.

Sie sehen sich an. Jake hat nicht die Absicht, sich für seinen Sextrieb zu entschuldigen. Dennoch hat er ein schlechtes Gewissen. Thad beherrscht es perfekt, Schuldgefühle zu erzeugen. Und Jake beherrscht es perfekt, sich schuldig zu fühlen.

Thads Wampe streift den Türknauf. Dieses Polohemd. Früher hat es die Geschlechtsteile bedeckt, jetzt hängt der Saum eine Handbreit darüber. An Thad ist alles dürr bis auf den Bauch. *Muffin-Top*. Wenn sie in Brooklyn unterwegs sind, sieht Jake in Blicken oft die Frage, was er wohl an Thad findet.

Der zieht sich zurück, schließt die Tür.

Draußen Donnerkrachen. Jake schaut nicht zum Fenster hinaus. Er will den See nicht sehen, die Polizeiboote. Er checkt sein Handy. Eine Nachricht. *Marco*.

Die Verabredung morgen ist ein Fehler. Er sollte da nicht hinfahren. Er weiß das, wird es aber trotzdem tun.

Neugier ist schuld. Fügung. Und Facebook. Marco hatte plötzlich eine Nachricht geschickt, er lebe jetzt in Asheville. Eine Woche später rief Thads Mutter an und sagte, sie sollten alle noch diesen Monat zu Besuch kommen. Das Timing ist zu schicksalhaft, um es zu ignorieren. Asheville wartet, nur eine Stunde Fahrt entfernt. Nur Thad muss noch überredet werden.

Jede offene Beziehung hat Grenzen, und die ihren lauten: immer gemeinsam. Nur wenn beide wollen. Nie mit einem Ex.

Eine Art Mantra: *Immer. Nur wenn. Nie Ex.*

Zwei Jahre lang haben die Regeln gut funktioniert. Zu Anfang war Thad nicht erpicht auf den Offen-Teil der Beziehung, aber darauf verzichtet Jake unter keinen Umständen. Er lässt sich nicht einschränken, weder von der Kirche noch von Männern. Lieber Fuckboy sein als Kirchensklave. Mal schlechter Sex ist leichter auszuhalten als ewiger Verzicht.

Aber die Geschichte mit Marco ist speziell. Er ist nicht nur ein Ex, sondern war auch Jakes erster Sexpartner, seine erste Liebe. Mit Marco kann *nur Lunch* eigentlich nicht *nur Lunch* bedeuten, oder?

Morgen? Hat Marco geschrieben. *Bleibt dabei?*

Ja, bleibt dabei, antwortet Jake. Thad erwähnt er nicht, tippt aber noch etliche x und o, die er als belanglos abtun könnte, falls Thad spioniert, die Marco aber deuten kann. Sollte er irgendwas deuten wollen.

Jake steht auf und steckt den Laptop in den Rucksack zurück, schlüpft in Boxershorts und Hose.

Draußen schüttelt der Wind die Bäume wie Maracas. Der See dahinter schlägt Wellen, die Boote sind verschwunden.

Jake geht auf alle viere und sucht nach Thads Stift, findet ihn unter dem Sekretär. Es ist kein schönes Schreibwerkzeug, sondern ein Bic-Kuli, weiß mit schwarzer Kappe, die Billigsorte, die man im Zehnerpack kaufen kann. Thad schreibt mit allem, was Jake ebenso liebenswert wie nervig findet. Er steckt die Kappe auf und legt den Kuli auf den Ausklapptisch.

Noch ein bisschen Zeit bis zum Essen. Eigentlich sollte er irgendwie produktiv sein, nachdem er sich schon die Mühe gemacht hat, seine Ölfarben mitzunehmen. Hatte alle Materialunterlagen für die Security im Flughafen dabei, musste sie aber gar nicht vorzeigen. Die Frau am Check-in hat die Tuben kaum beachtet. »Farben«, hat er gesagt und konnte ungehindert ins Flugzeug gehen. Terpentin und Lackbenzin hätte er sicher nicht durchgekriegt, aber als Verdünner kann er sich Benzin vom Rasenmäher abzapfen. Er hat Leinwände dabei und Reißzwecken, für den Trick mit dem Müllsack, um die Bilder feucht nach Hause zu befördern. Pinsel, Palette und seine klappbare Reisestaffelei hat er hier. Von Palettenmessern abgesehen, hat Jake alles, was er braucht.

Er hat auch ein Geheimnis.

Jake Russell, der neue Star am New Yorker Künstlerhimmel, Frank DiFazios jüngster Protegé, der Mann, der in *Artforum* ein *neuer Symbolist fürs einundzwanzigste Jahrhundert* und *amerikanischer Edvard Munch* genannt wurde, hat seit einem halben Jahr kein Bild mehr gemalt.

7 Dämmerung naht, Zwielicht. Die leichenfahle Zeit vor dem Abendessen, Unheil verkündend.

Lisa sitzt am Küchentisch. Sie hat Hunger, und der Duft vom Brathuhn mit Rosmarin und Zwiebeln macht sie noch hungriger. Vor ihr steht ein Teller, darauf eine halbe Zuckermelone in ihrem Saft, säuberlich gespalten wie eine orangefarbene Geode, die Mitte weich und matschig. Lisa müsste nur die Samen herausschaben, aber der Löffel in ihrer Hand scheint zu klein, die Aufgabe zu mühevoll.

Richard müsste längst wieder hier sein.

Die Fenster sind schmutzig, und sie steht auf, um sie zu putzen. Sie entriegelt ein Fenster, öffnet es. Der See ist jetzt dunkelgrau. Die Boote sind verschwunden.

Eine Windbö rüttelt am Fliegengitter und schreckt einen Käfer auf – smaragdgrüne Flügel, Beine wie dürre Zweigchen. Lisa weiß nicht mehr, wann die Fenster das letzte Mal geputzt worden sind. Sie weiß auch nicht mehr, wann Richard oder sie den Küchenboden gekehrt oder gewischt hat. Dass sie das Haus vernachlässigen, bedeutet vielleicht, dass sie es nicht verdient haben. Einerlei. Bald werden sie kein Haus mehr haben, in dem sie nicht sauber machen.

Das Insekt liegt rücklings auf dem Fensterbrett, eine Anklage. Ein Donnerschlag lässt die Scheiben erzittern. Jetzt hat Lisa wenigstens eine sinnvolle Aufgabe.

Sie holt die Eimer, platziert sie an den richtigen Stellen. Die Griffe an den Seiten sehen aus wie Smileys. In einen Eimer tropft Wasser vom Dachfirst, ein anderer steht unter einem tarantelförmigen Fleck an der Decke.

Alles marode, hat der Gutachter erklärt, als er von der Leiter stieg. Lisa hat sich Sorgen gemacht, dass man den Verkauf abblasen müsste, aber die Käufer haben nicht gezögert. Woraufhin ihr klar wurde, dass die auf das Haus keinen Wert legen. In einer Woche werden die besten Jahrzehnte von Lisas Leben dem Erdboden gleichgemacht.

Nie wieder wird sie Thads kleinen Popo durchs Haus sausen sehen (er hatte als Kleinkind mal eine Flitzerphase). Nie wieder wird sie Michael zuschauen, wie er einen zappelnden Wels den Hügel heraufschleppt. Und nie wieder wird sie von der Veranda aus einen Gürtelfischer beobachten, diesen Vogel mit der Punker-Frisur und dem großen Schnabel.

Sie werden auch nicht in den kommenden Jahren hier vorbeischauen und klingeln, werden nicht sagen »in diesem Haus haben wir früher mal gewohnt«, in der Hoffnung, dass man ihnen die renovierte Küche oder die neu gestaltete Veranda zeigt. Denn es wird keine Küche und keine Veranda mehr geben. Jedenfalls keine, die mal ihre war. Irgendein absurd luxuriöses Gebäude wird den Platz ihres Sommerhauses eingenommen haben.

Warum dann die Eimer? Weshalb dann Wasserflecken verhindern?

Weil das Haus ihr gehört. Ein paar Tage noch, und Lisa trägt Sorge für das, was ihr gehört.

Sie könnte den Abschluss noch verhindern, müsste nur Nein sagen. Doch das ist genau das, was sie eben nicht tun kann. Ein Opfer ist vonnöten. Aber ein Opfer für wen? Im Namen von … was? Zu welchem Zweck?

Doch das sind die falschen Fragen. Genauso gut könnte man fragen, wer unser Leid hortet, wer aus dem Streichholzbriefchen unserer Tage die Leuchtkraft entfernt.

Ihr erstes Liebeserlebnis hatte Lisa mit einem Jungen namens Nick, 1978. Sie war zwanzig, hatte gerade mit dem Studium begonnen, und ihr erstes Mal fand in ihrem Chevy Vega statt. Zwei Jahre später lernte sie Richard kennen, und als sie ihn nach kurzer Zeit heiratete, bestand sie darauf, den Wagen zu verkaufen. Richard wollte nicht. Der Vega sei doch in bestem Zustand. Wenn sie ihn nicht leiden könne, solle sie seinen Dart fahren. Aber Lisa gab nicht nach. Sie wollte Richard nicht in diesem Auto sehen und auch nicht mehr darin fahren. Sex war ihr zu wichtig. Sex prägte alles, was damit in Berührung kam. Das Auto wurde verkauft.

Wäre dieses Haus nur nicht der Ort, an dem sie auf Richard gewartet hat, während er fremdging, im letzten Sommer. Hierher kehrte er von seiner Konferenz zurück, mit falsch sitzender Fliege, und da wusste sie, dass eine andere Frau seinen Hals berührt hatte. Als Lisa seine Kleidung wusch, hat sie die Fremde gerochen.

Nein, das Haus muss weg, die geknickte Seite muss geglättet werden, das Rückgrat ihrer Tage wieder aufgerichtet.

Sie braucht einen Neuanfang: neue Gegend, neues Haus, neue Vögel, neue Freunde, neues Leben. Das ist nicht der einzige Weg nach vorne, aber da Lisa sich entschieden hat, ist er es eben doch.

Lisa rückt die Eimer zurecht. Das hat sie schon so oft gemacht, aber sie findet Trost in diesem Ritual, Halt in dem Wissen, dass zumindest der Regen aufgefangen wird, wenn auch sonst nichts.

8 Thad schleift den Krocketschläger hinter sich her, über Ameisenhügel und Gras, das viel zu hoch ist. Dicht am Tor hockt wie ein Tumor ein roter Ball, und Thad pflückt ihn aus einem Löwenzahnbüschel.

Tags zuvor hat Richard das Spiel aus der Garage geholt, die Schläger ausgepackt und Tore in den Rasen gesteckt, aber von den anderen machte niemand mit. Nicht dass in ihrer Familie jemals anständig nach den Regeln gespielt worden wäre. Man vereinbarte irgendwelche Punktzahlen für die Tore und schlug dann munter drauflos. Auf der Verpackung sind die offiziellen Regeln angegeben, aber Thad hat sie noch nie gelesen. Sich mit den Feinheiten von Krocket zu befassen, empfindet er als widerwärtiges High-Society-Gehabe. Seine Eltern mögen ein Haus am See besitzen, aber es ist immer noch ein umgebauter Trailer, ein getarntes Mobilheim, hier errichtet, lange bevor der Lake Christopher in North Carolina als Geheimtipp galt und ein Grundstücksentwickler den halben See aufkaufte.

Dass Richard das Krocket ausgepackt hat, bestätigt Thads Befürchtung: dass seine Eltern innerhalb einer Woche das gesamte Programm durchziehen wollen. Dass sie alles, was sie an diesem Ort immer geliebt haben, noch einmal durchleben wollen: Bootsfahrten, Angeltouren, Picknick und sämtliche Spiele, von Hufeisenwerfen über Rasen-

Dart bis zu Kartenspielen. Ein Parforceritt in die Vergangenheit.

Jake findet alle Spiele im Sommerhaus toll, ist ein Wettbewerbstyp. Thads Vater und Jake ticken in mancherlei Hinsicht ziemlich gleich. Für Jake besteht das Leben aus Kunst, Sex und Spielen. Kunst und Sex *sind* für ihn Spiel. Und alles hat Wettbewerbscharakter.

Donner grollt mehrstimmig. Die farbigen Kugeln schimmern in den Schatten des Zwielichts. Thad zieht sein Moleskine-Notizbuch aus der Tasche, hat aber keinen Stift dabei. Er müsste ins Haus gehen, will jedoch Jake nicht begegnen.

In den Schatten des Zwielichts. Und er nennt sich Dichter. Schwachsinn.

Er zieht die Tore aus dem Rasen und steckt sie in die Hülle. Einen Schläger hat er gefunden, einer ist in der Schachtel. Fehlen noch zwei. Er wandert über den Rasen, hofft, dass nirgendwo Schlangen sind, entdeckt den dritten. Er ist ramponiert, der Hammer eingedellt.

Wenn ihr Vater nicht in der Nähe war, hat Michael früher Nacktschnecken zerschmettert. Seinen Lieblingsschläger nannte er »Schnecken-Terminator 3000«. Michael schwang ihn über den Kopf, stieß Kriegsgeheul aus und schlug zu. Was übrig blieb, war Brei, magisch glitzernd wie Quecksilber. Einmal zertrümmerte Michael eine Schnecke mit Haus und behauptete, das sei doch nur eine Nacktschnecke mit Hut. Aber das Knacken war zu viel. Michael erbrach sich, Thad weinte. Danach wurde keine Schnecke mehr getötet.

Das Gewitter naht, in den Wolken zucken Blitze. Thad findet den letzten Schläger und rettet sich gerade mit allem in die Garage, als der Regen einsetzt.

Die frei stehende Garage wurde nie für Autos genutzt. Inzwischen ist sie vollgestopft mit allem Möglichen, was sich früher im Haus befand. Türme von Umzugskartons, dicht an dicht, alle unbeschriftet, was typisch ist für seine Eltern. Zerstreute Professoren. Aber diese Kisten interessieren Thad ohnehin nicht. Er hält Ausschau nach langen weißen Kartons.

In seiner Jugend hat er Comics gesammelt, sogar noch während des Studiums, bis er es abgebrochen hat. Vor allem X-Men-Hefte, aber von den heiß geliebten Mutanten hat er sich abgewendet, nachdem Matt Fraction als Autor aufgehört hatte. Danach verlor er das Interesse an der Serie. Dennoch kauft er sich ab und zu noch mal ein Heft. In der letzten Ausgabe von *Rogue and Gambit* kommen die beiden Figuren aus dem Superheldenteam endlich zusammen, was Thad vor zwanzig Jahren endlos begeistert hätte. Heutzutage hätte er die beiden liebend gerne gegen schwule X-Men eingetauscht.

Die meisten seiner Comic-Hefte hat Thad aus Ithaca mit in Jakes Wohnung genommen, aber weil die Sommer immer am See verbracht wurden, ist der Rest der Sammlung hier. Thad ist kein fanatischer Sammler, aber die Lücken in den Reihen würde er schon gerne wieder füllen. Er könnte die besten Runs noch mal lesen. Oder sie bei eBay verticken. Er weiß nicht, was sie heutzutage wert sind. Vielleicht ein paar Tausend Dollar. Damit könnte er sich ein paar Monate über Wasser halten, für den Fall, dass …

Doch über diesen Fall will er gar nicht nachdenken.

Er rückt Stapel beiseite und hebt Kisten hoch, aber die langen weißen Kartons sind unauffindbar. Wenn sie nicht in andere Kisten gepackt wurden, sind sie verschwunden. Was aber eigentlich nicht sein kann. Seine Eltern würden doch nicht die Comic-Hefte ihres Sohnes wegwerfen.

Aber das alte Teleskop fällt ihm in die Hände, sicher verstaut in seiner Lacklederhülle. Als er es hochhebt, löst sich der Griff von der Hülle. Thad lässt ihn fallen, legt sich das Teleskop wie ein Gewehr über die Schulter, zieht die Garagentür zu und eilt durch den Regen zum Haus.

Seine Mutter ist in der Küche. Auf dem Tisch steht ein großes Brathuhn, der Duft zieht durch das warme Haus.

»Ich hab das Teleskop gefunden«, sagt Thad. Er ist wieder wie ein kleiner Junge, will, dass seine Mutter stolz auf ihn ist.

»Okay, aber bring bitte nicht die ganze Garage durcheinander. Wenn die Kartons nicht geordnet sind, verlangen die Umzugsleute mehr Geld.«

Thad legt das Teleskop auf den Tisch und tritt zu dem hufeisenförmigen Küchentresen, an dem seine Mutter geschmolzene Butter aufschlägt.

»Hast du das Krocket aufgeräumt?«, fragt sie.

»Hab ich.«

Noch zwei Tage, dann ist die Rollenverteilung wieder wie früher: sein Vater schweigsam, Michael mürrisch, Thad um die Liebe von allen buhlend.

Seine Mutter buttert das Huhn mit einem Küchenpinsel. Die Haut ist goldgelb, hat noch nicht das knusprige Goldbraun angenommen.

»Ich hab Jake den ganzen Nachmittag nicht gesehen«, sagt sie.

»Er malt«, lügt Thad. »Arbeitet fleißig für die nächste Ausstellung.«

»Sehr gut«, sagt seine Mutter, scheint aber nicht richtig zuzuhören. Sie streift gelbe Backhandschuhe über und schiebt das Huhn wieder in den Ofen.

Es ist still im Haus. Der Donner hat sich verzogen. Jetzt hört man nur den Regen aufs Dach prasseln und das Wasser in die Eimer tropfen.

»Mom«, sagt Thad, aber das Timing ist falsch. Seine Mutter hat die Augen geschlossen, die Arme vor der Brust verschränkt. Dieser Tag war zu schwergewichtig, es wäre herzlos, sich jetzt nach Comics zu erkundigen.

Zuerst mal essen. Dann was spielen. Vielleicht wird die Woche ja doch noch ganz angenehm.

Als Thad das denkt, fällt ihm die andere Familie wieder ein, und er wirft sich Mangel an Empathie vor. Er findet sich rücksichtslos, und weil er sich rücksichtslos findet, fühlt er sich minderwertig. »Paralyse durch Analyse«, würde sein Therapeut Steve sagen, ein Ausdruck, den er von den Anonymen Alkoholikern übernommen hat, vermutet Thad.

Wenn er morgen früh aus dem Fenster schaut und die Boote sind wieder da, hat man den Jungen bislang nicht gefunden.

Seine Mutter weint. Er schließt die Augen.

Bei diesem ganzen Leid kann er nur eines tun: dafür sorgen, dass er so schnell wie möglich hackestoned ist.

9

Richard mischt die Karten, Diane hebt ab.

Ihr *Spades*-Spiel ist abgewandelt für sechs Personen, sie haben zwei Dreierteams, und innerhalb der Teams wechseln die Spieler sich ab. Richard vermerkt Runden und Punkte.

Sie sitzen am Küchentisch. Lisa hat Tee gekocht, den nur sie trinkt, und eine Schale mit Salzbrezeln gefüllt, die niemand isst. Niemand hat je von den Brezeln gegessen, aber die kleinen verschlungenen Knoten sind ein erfreulicher Anblick. Draußen regnet es in Strömen.

Richard teilt aus. Michael und Jake sind bei ihm im Team, Lisa, Diane und Thad bilden das andere. So ist die Aufteilung, seit Jake mit von der Partie ist. Richard kommt mit Jake am besten klar, weil der das Spiel wirklich versteht. Er stellt sich auf Richard ein. Und vor allem will Jake gewinnen. Ansporn ist wichtig. Klar, es soll vor allem Spaß machen, aber wenn keiner gewinnen will, macht es eben keinen Spaß. Gewinnen gehört einfach dazu.

Jake ist ein klasse Typ, charmant, erfolgreich. Bisschen sehr von sich eingenommen, aber wer wäre das nicht, wenn er mit sechsundzwanzig reich und berühmt ist? Richard beobachtet ihn über den Tisch hinweg und wünscht sich – man möge ihm verzeihen –, dass seine Söhne mehr wären wie er. Und er selbst wäre auch gerne so jung schon so erfolgreich gewesen. Er hat spät im Leben geheiratet, spät Kinder bekommen, spät beruflichen Erfolg gehabt. Aber vielleicht ist es für seine Söhne noch nicht zu spät. Michael ist klug und an sich vernünftig. Und Thad ist okay, solange er seine Medikamente nimmt. Da war diese üble Sache im Winter 2005 und vor zehn Jahren ein zweiter Versuch. Aber Thad sagt, das sei jetzt wirklich vorbei, und Richard möchte es glauben.

Lisa rührt ihren Tee um.

Beim Kartenspielen taugen sie als Paar gar nichts. Nach siebenunddreißig Jahren Ehe sollte man sich eigentlich durch Gedankenlesen und Blicke verständigen können, aber Richard findet es unerträglich, dass Lisa dauernd unterbietet und ständig vergisst, was zuletzt ausgespielt wurde. Am liebsten würde er immer sagen: *Es sind nur zweiundfünfzig Karten! Das kannst du dir doch wohl merken!* Richard liebt seine Frau. Er würde für sie sein Leben riskieren. Aber wie sie *Spades* spielt, kann er auf den Tod nicht ausstehen.

Jetzt zieht sie den Teebeutel aus der Tasse, lässt ihn darüber austropfen und dann auf den Tisch fallen. An ihrem Platz gibt es eine Stelle, an der Teebeutel im Laufe der Jahre den Lack zerfressen haben. Richard merkt, dass Lisa nicht bei der Sache ist. Er auch nicht, aber er kann besser vortäuschen. So lange Zufriedenheit vortäuschen, bis er sie tatsächlich spürt, immer eine gute Strategie.

Das Essen war eine wortkarge Angelegenheit, das Brathuhn zäh, das Gemüse matschig, was sonst nicht der Fall ist. Dennoch haben alle gegessen. Und alle haben gesagt, das Huhn schmecke köstlich, also haben alle gelogen und es voneinander gewusst und es dabei belassen, weil man das in Familien so macht. Lisa sprach kaum, Jake und Thad schienen einander zu ignorieren, und Michael, mit Schmerzmitteln vollgepumpt, betastete alle paar Minuten den dicken Verband an seinem Kopf, worauf Diane ihn mahnend ansah und seine Hand wegzog.

Das Abendessen gestern war aus anderen Gründen sehr unerfreulich. »Euer Vater und ich«, hat Lisa begonnen, und Richard hat die bestürzten Mienen seiner Söhne beobachtet, als sie erfuhren, dass ihnen das Sommerhaus genommen wird.

Richard teilt die letzte Karte aus. Wenn sie jetzt einfach zu spielen anfangen …

»Sollen wir abreisen?«, fragt Diane in die Runde. Richard zieht es vor, sich nicht zu äußern.

»Was meinst du damit, meine Liebe?«, fragt Lisa.

Zu Jake hat sie noch nie »mein Lieber« gesagt. Richard vermutet, dass Jake liebevolle Ansprachen bekommen wird, wenn Thad und er verheiratet sind, vorher nicht. Bei Lisa muss man sich alles verdienen.

»Nach dem, was passiert ist«, sagt Diane. »Wollen wir da noch hierbleiben?«

Ist es geschmacklos, einfach weiterzumachen, Karten zu spielen, nachdem ein Kind im See ertrunken ist?, fragt sich Richard. Stehen sie alle noch unter Schock, ist Diane die Einzige, die klar denken kann?

Lisa lächelt wie jemand, der mit den Tränen ringt und darüber plötzlich wütend wird.

»Wo sollen wir denn hin?«, erwidert sie.

Lass sie doch abreisen, wenn sie wollen, denkt Richard. *Lass sie los, wenn es das ist, was sie wollen.*

Er will seiner Frau nicht wehtun. Aber er möchte Diane unterstützen. Er liebt Diane. Sie ist gut für Michael und nett zu ihnen allen, aber Lisa verhält sich ihr gegenüber immer noch kühl, was Richard schwer erträglich findet.

»Natürlich könnt ihr abreisen«, sagt er. »Klar fänden wir es schöner, wenn ihr bleibt, aber …«

Lisa runzelt die Stirn und umklammert die Tasse so fest, dass ihre Fingerknöchel weiß werden.

»Wir machen euch keine Vorwürfe, wenn ihr eure Pläne ändert«, fügt Richard hinzu.

Seine Frau starrt ihn an. Sie will, dass er sie anschaut, aber er weicht ihrem Blick aus. Richard sieht sie nur aus den Augenwinkeln, betrachtet Michaels Verband, orange befleckt vom Desinfektionsmittel. Wenn sie die Fäden ziehen, wird eine Narbe zurückbleiben.

»Schlaft wenigstens eine Nacht drüber«, sagt Lisa. »Wenn ihr morgen früh immer noch abreisen wollt, dann macht es.« Sie beobachtet Richard, während sie mit Diane redet. Richard sieht Michael an. Michael schaut auf den Tisch.

Jake greift nach einer Brezel, überlegt es sich aber anders und dreht stattdessen die Schale. Es ist eine Arbeit von Diane. Sie ist gut in Keramik, weniger gut als Malerin. Jake ist sie eben nicht. Auch das wissen alle, und niemand spricht es aus.

Aus seinen Karten blickt Richard der Herz-König mit dem Schwert im Kopf entgegen. Ganz schlechtes Blatt. Wenn Jake nicht ein paar starke Pik-Asse hat, beginnt das Spiel sehr lahm.

»Ich könnte einen Drink gebrauchen«, sagt Richard und steht auf.

»Ich auch«, sagt Michael.

Dass sein Sohn kräftig trinken kann, ist Richard nicht entgangen. Michael trinkt mehr, als er sollte. Den anderen scheint es nicht aufzufallen. Richard sieht seinen Sohn nur eine Woche über Weihnachten und eine Woche im Sommer, vielleicht hat es mit Urlaub zu tun. Diane würde es ihnen wohl hoffentlich sagen, wenn Michael ein Problem hätte. Es sei denn, sie weiß etwas und hat Angst, es zu äußern. Das befürchtet Richard, aber er wagt nicht zu fragen.

Er nimmt das letzte Weckglas dieses Sommers aus dem Kühlschrank und zwei Tumbler aus dem Regal über der Spüle. Dann gießt er zwei Fingerbreit ein. Der schwarzgebrannte Moonshine-Whiskey heißt »Apple Pie«, und Richard hat die Einheimischen, die ihn herstellen, nie kennengelernt. Er ruft nur eine Nummer an, hinterlässt eine Nachricht, fährt zur Müllhalde und geht zwanzig Minuten spazieren. Wenn er zurückkommt, ist das Geld unter dem Fahrersitz verschwunden, der Moonshine im Auto. Seine Unikollegen würden diese Transaktion riskant finden, aber so macht man es hier seit Jahrzehnten. Es ist Usus in North Carolina, und Richard ist damit vertraut, kennt die Menschen hier. Er ist als Südstaatler geboren und wird als Südstaatler sterben, daran ändert auch seine Unikarriere nichts.

Er stellt Michael ein Glas hin und setzt sich wieder.

»Lass es langsam angehen«, sagt er, und Michael nickt und trinkt. Moonshine plus Wein beim Essen plus Schmerzmittel ist keine gesunde Mischung, aber Richard verkneift sich eine Bemerkung.

Der Regen lässt allmählich nach.

»Du warst sehr mutig«, hat Richard im Auto gesagt, als er mit den beiden nach Hause fuhr. Er hätte gerne noch etwas hinzugefügt, doch er wusste, dass für jemanden, dem der Tod begegnet ist, jeder Trost fade klingt.

Jetzt schaut er wieder auf seine Karten, obwohl er sich sein Blatt beim ersten Blick eingeprägt hat. In dieser Runde spielen Jake und er gegen Thad und Diane. Diane ist gut, sie trägt Thad und Lisa mit.

Diane bietet. Richard trinkt einen Schluck. Der Moonshine

schlägt mit Wucht zu, erzeugt glühende Freude. Dieses Elixier, das er sich schon den ganzen Sommer über zu Gemüte führt, tändelt nicht herum. Die Zunge füllt seinen Mund, sein Rückgrat fühlt sich leicht an.

Jake bietet niedrig, sein Blatt taugt also nichts. Thad bietet hoch, das heißt, er hat alle Trümpfe. Richard bietet, spielt seine Kreuz-Karte aus, und Michael steht auf. Er geht zum Tresen, kippt sich direkt dort einen Shot hinter die Binde, kehrt mit neu gefülltem Tumbler zum Tisch zurück. In seinem ganzen Leben hat Richard noch nie drei Gläser Moonshine an einem Abend getrunken.

Er schaut von einem Sohn zum anderen. Beide haben von ihm die hohen Wangenknochen, die tief liegenden Augen, die Hakennase geerbt. Aber Michael ist auch so schlank und groß wie sein Vater, ähnelt ihm mehr.

Während die Jungen heranwuchsen, machte Lisa manchmal ein Gedankenspiel, das sie *Intelligent, Glücklich, Herzensgut* nannte. Sie glaubt, dass Menschen all das zugleich sein können. Richard denkt, dass höchstens zwei der Faktoren möglich sind. Er ist intelligent. (Bescheidenheit ist Lug und Trug, schlimmer noch: Zeitverschwendung.) Glücklich ist er auch dann und wann, herzensgut aber selten. Natürlich ist er auch kein böser Mensch, aber Lisa meint damit, dass man anderen dient, mit aufopferungsbereiter Liebe. Darin besteht das Spiel: Strebst du in deinem Leben Wissen, Glück oder gute Taten an? Eigentlich muss sich das nicht gegenseitig ausschließen, aber es ist nun mal oft so. Er hatte bösartige Kollegen, die glücklich waren mit ihrer Gemeinheit, Freunde, die herzensgute Dummköpfe waren. Also sieben Kombinationen. Sieben Menschenarten, acht, wenn man noch diejenigen mitzählt, die keinerlei Tugend haben. Wenn man die Reihenfolge der Eigenschaften umstellt, gibt es natürlich wesentlich mehr Permutationen, aber so weit geht er dann doch nicht.

Thad ist intelligent und herzensgut. Aber es gelingt ihm nicht, glücklich zu sein. Michael ist auch intelligent, hat aber eine Neigung, falsche Entscheidungen zu treffen und dummes Zeug zu reden. Lisa – ja, auf Lisa trifft vielleicht wirklich alles zu.

Thad spielt das Herz-Ass aus, das Jake mit einem Trumpf sticht. Richard nimmt sich vor, darauf zu achten, welche Herz-Karten Jake ausspielt. Der schummelt nämlich manchmal, was die Integrität des Spiels zerstört, und das kann Richard nicht leiden. Es macht keinen Spaß zu gewinnen, wenn der Sieg kein echter Sieg ist.

»Was ich gerne mal wissen möchte«, sagt Michael, »was ich wissen möchte, ist, was zum Teufel sich diese Eltern gedacht haben.« Er spricht schleppend, Alkohol und Schmerzmittel. Leert sein Glas in einem Zug und stellt es lautstark ab.

»Michael«, sagt Lisa. Sie klingt entschieden, aber auch unterschwellig ängstlich. *Tu das nicht*, scheint sie zu sagen. *Zerstör das jetzt nicht.* Als sei die Woche nicht ohnehin schon ruiniert.

»Diese Leute«, sagt Michael.

»Glenn und Wendy.« Richard legt seine Karten verdeckt auf den Tisch.

»Wer?«, fragt Michael.

»Die Leute, die du gerade verurteilen willst«, sagt Richard. »Sie haben Namen. Sie heißen Wendy und Glenn.«

»Wendy und Glenn«, wiederholt Michael. »Für diese Scheißleute würden mir noch ein paar andere Wörter einfallen.«

»Ausdrucksweise!«, sagt Lisa.

Sie ist nicht rigide. Lisa ist gläubig, aber von der entspannten, progressiven, Gott-ist-Liebe-Sorte, nicht von der fanatischen, frömmlerischen. Doch das Sommerhaus ist heilig. Da wird Lisa kategorisch. Fluchen hat seine Zeit, und Sich-Beherrschen hat seine Zeit. Es gibt einen Raum für Zorn und einen Raum für Frieden. Für Lisa ist das Sommerhaus seit jeher ein Raum des Friedens.

Richard empfindet Frieden als Illusion. Es gibt fraglos Schönheit auf der Welt, aber schau mal genauer hin. Die Welt will dich tot sehen und wird nicht ruhen, bis sie ihr Ziel erreicht hat.

Jake spielt die Karo-Dame aus, was ein schlechter Zug ist. Thad kontert mit Karo-Zwei. Richard wirft Kreuz ab, und Diane macht ihren Stich.

»Ich meine, wer nimmt denn ein Kind, das nicht schwimmen kann, auf ein Motorboot mit?«, sagt Michael.

»Schatz«, sagt Diane, aber Michael schlägt auf den Tisch. Die Brezeln erzittern. Es hat aufgehört zu regnen.

»Diese Leute verkörpern alles, was mit Amerika nicht stimmt«, sagt Michael mit schwerer Zunge. »Unkultiviert, weiß, bürgerlich.«

»Michael«, wendet Lisa ein. »Wir sind auch weiß und bürgerlich.«

»Aber anders.« Michael schüttelt den Kopf. »Diese Leute gehören in den Knast.«

Lisa springt auf. Setzt sich wieder. Sie ist so selten wütend, dass Richard vergessen hat, wie sie dann aussieht. Jetzt ist sie wütend.

»An manchen Dingen hat niemand Schuld«, sagt sie. »Sie passieren einfach. Sie passieren, und niemand kann etwas dafür.«

Sie schaut zur Decke. Lisa ist Mutter. Sie hatte drei Kinder. Jetzt hat sie noch zwei.

»Bitte«, sagt sie. »Lass diese bedauernswerten Menschen in Ruhe.«

Aller Augen sind auf Michael gerichtet. Von ihm hängt ab, was als Nächstes geschieht. An diesem Tisch hat es immer wieder gewaltigen Krach gegeben, meist ausgelöst durch Bemerkungen von Michael. Vor zwei Jahren hat er seine Mutter zum Weinen gebracht. »Kein Sohn von mir wählt Donald Trump«, rief sie damals aus und stürzte hinaus. Doch an diesem Abend bemüht sie sich, diplomatisch zu sein.

Michael hebt das leere Glas, als wolle er einen Toast ausbringen. Vielleicht streckt er aber auch die Waffen. Die Geste ist jedenfalls keine Entschuldigung, das spürt Richard. Dann rülpst Michael. Es ist ein langer lauter Rülpser über mehr als eine Oktave, der die Stimmung auflockern soll. Aber heute Abend lacht niemand.

Michael schließt die Augen. Als er sie öffnet, ist er wieder bei sich. Ein alter Trick, hat Richard bemerkt, den sein Sohn anwendet, um nüchtern zu werden.

»Warum vergessen wir das nicht alles und gehen Eis essen?«, fragt Michael.

Lisa steht auf und tritt hinter ihren Sohn.

»Wunderbarer Vorschlag«, sagt sie.

Sie reibt ihm die Schultern und küsst ihn auf den Kopf. Dass sein Haar schütter wird, erwähnt sie mit keinem Wort. Und sie rüttelt Michael auch nicht, als wolle sie sagen: *Ich bin immer noch deine Mutter, und du hast mich mit Respekt zu behandeln.* Sie hat ihm schon verziehen, ohne dass sie darum gebeten wurde.

Und ist es ein Wunder, dass Richard sich fragt, ob er auch Gnade finden wird? Aber er ist nicht der Sohn. Dem Sohn vergibt man, was auch geschieht.

Er steht auf, die anderen tun es ihm gleich. Es werden

Gläser gespült, die Brezeln wieder eingepackt, die Karten weggeräumt.

Sie werden nach Highlands fahren und Eis essen.

Es ist noch nicht zu spät. Das Eis wird sie retten. Alles wird gut.

Dieser Gedanke ist so schlicht, dass Richard einen Moment lang beinahe daran glaubt.

10

In Thads Erinnerung ragt *Nico's* wie ein narzissengelbes Wunder auf dem Hügel auf, eine Zitadelle mit verschnörkelten Türmchen und Giebeln, schon von der Straße aus zu sehen. In Thads Erinnerung leuchtet *Nico's* stolz wie ein Leuchtfeuer in der Nacht, verheißt Eiscreme aus frisch gebackenen Waffeln, die vor den Augen der Kunden in Hörnchen verwandelt werden. Im Fluss unterhalb wimmelt es von Fischen – Bachsaibling, Regenbogen- und Seeforellen –, so dick wie Arme von Bodybuildern. Auf dem Geländer der Veranda warten Futterautomaten auf Münzen, um Fischfutter in kleine Hände fallen zu lassen, und unten warten die Fische auf die sandbraunen Pellets. Die fliegen ins Wasser, und *darauf* hast *du* gewartet, wichtiger als das Eis ist diese Kakofonie aus Blubbern und Schnappen, von Kiemen wie Blasebälgen, dieses Flimmern von Flossen und Schuppen, und das hast *du* vollbracht, mit deiner Münze, mit *deinem* Wurf hast du den Fluss zum Zappeln gebracht, lebendig gemacht. In der Erinnerung …

Aber *Nico's* ist, wie auch das Sommerhaus der Starlings, nur noch ein Schatten seiner selbst. Bedrängt von Kastanien, mit verwitternden Wänden, scheint das Gebäude auf dem Hügel in sich zusammenzusacken. Die Futterautomaten gibt es nicht mehr, das Verandageländer besteht aus groben Planken. War ein Fehler von Nico, sein Reich Teddy zu überlassen. Teddy ist der dauerbekiffte einzige Nachfahre, der *Nico's* vor zwei Jahren geerbt hat und jetzt dort Ware vertreibt, die vermutlich auch den Eisverkauf ankurbelt.

Ja, wer in Highlands high werden will, geht zu *Nico's*. Fragt nach dem dicken Typen, dem schon der Schweiß ausbricht, wenn er nur den Deckel von einer Dose Schokoriegel abzieht, dem Typen mit den zwei Kobra-Tattoos (eins je Unterarm). Das ist Teddy. Und Teddy verhökert nicht einfach nur Weed. Er verkauft *erstklassiges* Weed. Indica, Sativa, Hybridsorten, Buds, fertig gedrehte Joints, Edibles. Alles, was Thad in Brooklyn kaufen kann, gibt es günstiger und in besserer Qualität aus Teddys Mahagonitruhe.

Abends ist es normalerweise voll bei *Nico's*, doch heute ist es spät, die Kundschaft, die nach dem Essen vorbeikommt, ist schon weg. Und wahrscheinlich hat auch der Regen die Leute ferngehalten. Alles ist nass: die Treppe, die angeschimmelte Türschwelle, der abblätternde rosa Schriftzug *Nico's* auf der Fensterscheibe neben der rosa Eingangstür. Thad hält sie auf, für alle außer Michael, der das nie zulässt, der immer nickt und mit der Hand wedelt, damit die andere Person vorausgeht.

Die Eisdiele ist leer. Niemand steht hinterm Tresen, was Thad schlagartig in Panik versetzt. Wenn Teddy nun verhaftet worden ist? Oder tot? Thad ist sich nicht sicher, ob er heute Nacht ohne Weed schlafen kann.

Dann verbreitet sich ein Geruch im Raum. Ein vertrauter Körpergeruch, ein Gemisch aus Schweiß, Marihuana und Hühnersuppe. Auf den Geruch folgt das Klappern der weißen Saloon-Holztüren hinter der Theke. Ein Wanst kommt zum Vorschein, gefolgt vom Rest von Teddy.

»Thaddeus!«, posaunt er. Seit ihrer Jugend ersteht Thad seine Drogen bei Teddy, der damals aus dem mit Stickern vollgeklebten Kofferraum seines klapprigen Toyota Corolla verkaufte. Sie sind befreundet, jedenfalls so weit man mit einem Ticker, den man zweimal im Jahr sieht, befreundet sein kann.

Teddy nähert sich der Theke, wird dort abgebremst von seinem beträchtlichen Leibesumfang. Thad kann das nachfühlen. Kein Verständnis hat er allerdings für Teddys Verwahrlosung. Verschwunden sind Nico's weiß-rosa gestreiftes Hemd und Papierhütchen. Teddy trägt eine umgedrehte Basecap von den Boston Bruins und ein teebraunes Mossimo-T-Shirt, das Thad als weiß in Erinnerung hat. Es sitzt eng wie ein Unterhemd, Teddys Brustwarzen zeichnen sich ab wie Druckknöpfe. Aus dem Kragen quillt ein Büschel krausen Haars, das irgendwie obszön wirkt und an Schamhaar erinnert. Saddam Hussein direkt nach der Festnahme, scheint der angestrebte Look zu sein. Saddam mit Eishockey-Cap.

Teddy streckt eine fleischige Hand aus, und Thad ergreift sie. Nur Michael und Jake wissen, dass Teddy sein Dealer ist. Die anderen sollen doch denken, was sie wollen.

Teddy tritt zu dem Waschbecken hinter der Theke, wäscht sich die Hände und zieht Plastikhandschuhe über.

Jake ist als Erster dran, und er gibt eine komplizierte Bestellung auf, die nicht auf der Karte steht. Wer Jakes Essensbestellungen hört, würde nie auf die Idee kommen, dass er mit Milch und Maisbrot aufgewachsen ist, mit Fleisch von Hühnern, die er eigenhändig enthauptet und gerupft hat. So jedenfalls stellt Thad sich Jakes Kindheit vor, über die er nicht viel erfahren hat. Wenn er Jake auffordert, etwas von früher zu erzählen, sagt der: »Es war einmal ein Junge, dessen Eltern Gott mehr lieb hatten als ihren Sohn.«

Thad wünschte, er hätte diesen Jungen, Jacob, noch kennengelernt. Doch als sie sich begegneten, hatte Frank DiFazio bereits um den einstigen Jacob eine New Yorker Geschichte gesponnen, für die reiche Sammler fünfstellige Summen pro Gemälde berappen. Wenn Jake noch berühmter wird, ist es nur eine Frage der Zeit, bis jemand von der Presse nach Memphis pilgert, an Türen klopft und Aussagen von Nachbarn, Verwandten und Freunden sammelt. Und selbst dann wird Frank seine Version promoten: *Landmaus wird in Großstadt reich und berühmt!*

Jakes Bestellung ist länger als alles, was Thad jemals in einer Schlange bei Starbucks gehört hat. Teddy rückt seine Kappe zurecht. Er scheint schon länger nicht mehr zugehört zu haben.

»Momentchen«, sagt er. »Becher oder Hörnchen?«

Thad muss nicht hinschauen, um zu wissen, dass sich jetzt auf dem Gesicht seines Partners Wut und Empörung abzeichnen.

Jake ist wirklich kein schlechter Mensch. Thad hat erlebt, wie Jake jemandem in der vollen U-Bahn seinen Platz angeboten hat. Wie er stehen geblieben ist und einen Zwanziger in den Henkelbecher eines Obdachlosen gesteckt hat. Bei Werbung für Tieradoption pflegt Jake in Tränen auszubrechen. Er mag jeden, ob Mensch oder Tier. Aber Leute, die er näher kennenlernt, gehen ihm schnell auf die Nerven. Thads Familie zum Beispiel. Thad ist sich ziemlich sicher, dass Jake lediglich für Richard etwas übrighat. Wenn das stimmt, hat der arme Teddy keine Chance.

»Becher«, sagt Jake und wiederholt seine Bestellung Wort für Wort. Am Ende erklingt ein *Bitte*, das auch *Wage es nicht, das zu vermasseln* bedeuten könnte.

Teddy wischt sich mit dem Handrücken über die Stirn und führt Jakes Bestellung so schnell und akkurat aus, als hätte er sie von Anfang an im Kopf gehabt. Dann bedient er alle anderen und kassiert bei Richard ab, denn der lässt nie jemand anderen bezahlen.

Als alle draußen sind und sich in den gelben Stühlen auf der Veranda niederlassen oder am Geländer stehen und nach Fischen Ausschau halten, geht Thad um die Theke herum und folgt Teddy durch die Saloon-Türen. Hinten dienen zwei von den weißen Zwanzig-Liter-Eimern, in denen das Eis geliefert wird, umgedreht als Hocker, eine Spanplatte auf Betonziegeln als Tisch. Darauf steht Teddys Mahagonitruhe. Thad stellt seinen Becher mit Eis daneben.

»Dein Freund ist ein ziemliches Arschloch«, sagt Teddy, eine Bemerkung, die sich nur ein alter Freund, der außerdem der persönliche Drogendealer ist, erlauben kann.

»Tut mir leid«, sagt Thad. »Wir hatten einen anstrengenden Tag. Haben was erlebt.« Er will aber nicht darüber reden oder hat jedenfalls keine Worte dafür. Lieber sein Zeug kaufen und schnell verschwinden.

»Erlebt?«, fragt Teddy.

»Ein Reh«, sagt Thad. »Wir haben miterlebt, wie jemand ein Reh überfahren hat.«

Die Lüge geht ihm leicht über die Lippen. Teddy setzt seine Kappe ab. Darunter weiße Kopfhaut, brauner Haarkranz, Bruder Tuck, wie er im Buche steht.

»Dude«, sagt Teddy. »Üble Nummer.«

»Ja.«

»So was ist immer echt scheiße.«

»Ja.«

»Du brauchst auf deine Mutter nicht mehr zu warten, Bambi …« Teddy öffnet die Truhe, und Thad entspannt sich bei dem vertrauten Prozedere.

Er bräuchte einen Job, und das könnte er echt gut. Er

könnte auf jeden Fall gut Drogen verkaufen. Sein Therapeut hat schon mehrmals angeregt, dass er sich Arbeit suchen soll. Nicht so sehr wegen des Geldes – Jake hat Geld wie Heu –, sondern weil sie in Amerika leben. Weil Arbeit hier gleichbedeutend ist mit Selbstwertgefühl und Selbstachtung. Und wenn Thad ehrlich ist, muss er sich eingestehen, dass ein mäßig publizierter Dichter zu sein, auch nicht gerade seine Tage ausfüllt. Der wichtigste Grund ist allerdings: Was soll aus ihm werden, falls er sich irgendwann nicht mehr auf Jake verlassen kann?

Zumindest bräuchte er *geregelte Abläufe*. Etwas Monotones, Arbeit am Fließband zum Beispiel. Die Befriedigung, die darin liegt, endlosen Reihen von Shampooflaschen einen Deckel aufzusetzen, oder den beruhigenden immer gleichen Vorgang, Nähte an Hemdmanschetten zu überprüfen und anschließend seine Identifikation aufs Waschetikett zu kleben: *Prüfer Nr. 5*. Thad könnte durchaus *Prüfer Nr. 5* sein. Den würde keiner unter Druck setzen. Oder sein Arbeitsverhalten bemängeln, wie die Lehrer in der Grundschule das von Thad.

Nur dass eine Manschette sich nicht mit einem unterhalten kann. Und eine Shampooflasche kann auch nicht ihre Meinung zum neuesten Spike-Jonze-Film zum Besten geben. Thad braucht Menschen um sich. Wenn er nicht mit Jake zusammen ist, dann ist er entweder high, oder er schläft. Alleinsein ist ihm schon immer schwergefallen.

Er könnte sich natürlich mit dem Schreiben mehr Mühe geben. Wie kriegt Jake das hin, stundenlang, viele Tage vor derselben Leinwand zu stehen? Thad würde durchdrehen, wenn er so lange allein in einem Raum sein müsste. Außerdem verliert er nach zehn Zeilen eines Gedichts den Faden. Jake behauptet, das läge am Kiffen, und vielleicht hat er sogar recht. Jake raucht nicht.

Thad sollte mal entgiften, eine Woche nichts rauchen. Aber ohne Marihuana weiß er einfach nicht, wie er mit der Welt zurechtkommen soll. Er ist nicht wie die anderen. Er ist nicht so intelligent wie Richard, nicht so talentiert wie Jake, nicht so liebenswürdig wie Diane. Er verfügt auch nicht über Michaels Zynismus als Schutz und nicht über den Glauben, in dem Lisa Trost und Zuflucht findet. Glücklich will er sein, aber wie soll das gehen ohne Joint in der Hand? Wie soll er leben ohne die Liebe von anderen? Wie kann er froh und zufrieden sein, wenn er stocknüchtern und allein sein muss?

Auf dem Eimer zu sitzen ist unbequem, und es ist drückend in diesem Hinterzimmer, aber was sich in Teddys Truhe befindet, ist herrlich. In jedem Fach steckt ein Döschen mit einem Bud, das zu sagen scheint: *Du würdest der Welt fehlen, wenn du nicht mehr da wärst.* Daran muss Thad glauben.

Sein Eis schmilzt schnell, aber er ist nicht zum Eisessen hier, kümmert sich nicht darum.

»Blueberry ist neu«, sagt Teddy, hält ein Döschen auf Augenhöhe und schüttelt es leicht. Durch den Glasdeckel sieht Thad die blaugrüne Blüte. »Ist ein Indica, also tiefenentspannend. Northern Lights hab ich, Klassiker, hattest du aber schon mal. Was Sativa angeht, wäre K2 im Angebot und ein ganz anständiges Kiwi Green. Bei den Hybriden gäb's Kush-Sorten, OG oder Kandy. Und hier hab ich noch ein paar weitere Hybride.«

Während er spricht, berührt Teddy ein Döschen nach dem anderen. Er hat riesige Hände mit langen Fingern.

»Das da«, sagt er, »ist Blue Cross. Genug Sativa, damit du gut high bist, aber nicht so heftig, dass du auf Paranoia kommst.«

»Nehm ich«, sagt Thad.

»Gute Wahl. Wenn du willst, dreh ich dir gleich einen.«

»Danke, aber weißt du …« Thad weist mit dem Daumen Richtung Tür. Wahrscheinlich fragen sie sich schon, wo er steckt. Andererseits wäre ein dicker, fetter Joint vielleicht genau das, was seine Familie jetzt braucht. Er stellt sich vor, wie seine Mutter kichert, wie sein Vater mit Diane über die Veranda tanzt. Michael hat während der Schulzeit manchmal einen mitgeraucht, also wer weiß? Würde ihm vielleicht guttun.

Thad zieht zwei Hunderter aus Jakes Brieftasche, die er immer bei sich trägt, und Teddy drückt ihm zwei Tütchen samt Papers und Feuerzeug in die Hand.

»Wenn du was brauchst – du weißt ja, wo du mich findest.« Teddy lächelt, gelbe Zähne kommen zum Vorschein. Dann klappt er die Truhe zu, sichert sie mit einem Zahlenschloss.

Thad blickt auf die Tüten. Das ist mehr Weed, als er rauchen kann, bis er am Flughafen wieder durch die Sicherheitskontrolle geht. Das heißt, er muss nicht noch mal kommen. Das heißt, er wird Teddy nie mehr wiedersehen und sollte etwas sagen, aber im Abschiednehmen war er noch nie gut. Es ist einfacher, Teddy in dem Glauben zu lassen, dass nächsten Sommer alles sein wird wie immer. Einfacher, aber nicht netter.

Beim Händeschütteln weiß Thad, dass die Woche endlos und voller Abschiede sein wird: letztes Mal im See schwimmen. Letztes Mal Hufeisenwerfen auf dem Rasen. Letztes Mal am Bootssteg dem Mond zuschauen, wie er Stern um Stern am Himmel höher steigt.

Er steckt Feuerzeug, Papers und Tütchen ein, greift nach dem Becher. Geht durch die Saloon-Türen, an der Theke vorbei, nach draußen auf die Veranda.

Richard und Michael stehen am Geländer, lecken Eis, schauen hinunter auf den Fluss. Diane sitzt in einem Gartensessel, die Arme um die Knie geschlungen. Lisa steht neben ihr, Jake ist nirgendwo zu sehen.

»Ich möchte einfach nur wissen, was hier abläuft«, sagt Michael. »Darauf habe ich ein Recht. *Wir* haben ein Recht darauf.« Er wirft seinem Bruder einen Blick zu, der besagt: *Gib mir Rückendeckung*, aber Thad hat keine Lust auf dieses Gespräch.

Außerdem ist er in Konflikten selten auf der Seite seines Bruders. Michael ist ihm schon vor Jahren fremd geworden. Thad kann nicht nachvollziehen, warum Michael den Studienplatz an der Cornell University nicht angenommen hat und stattdessen Diane nach Georgia gefolgt ist. Warum er Republikaner geworden ist. Warum Diane und er nach Texas gezogen sind, ausgerechnet.

»Plant ihr das schon lange?«, fragt Michael.

Ihr Vater schmunzelt. »Es gab keine Geheimnistuerei, Sohn. Eure Mutter und ich haben nie behauptet, dass wir uns hier am See zur Ruhe setzen wollen.«

Darum geht es also. Michael, der schon sein Haus in Dallas kaum finanzieren kann, ist scharf auf das Sommerhaus. Oder sauer, weil er vor dem geplanten Verkauf nicht gefragt wurde. Das wiederum kann Thad verstehen, er findet das auch enttäuschend. Aber sie können von den Eltern schlecht verlangen, dass sie ein Haus erhalten, in dem sich ihre Söhne bestenfalls zwei Wochen pro Jahr aufhalten, oder? Ihr Vater wird siebzig. Es ist verständlich, dass die beiden ihre Lebenshaltungskosten senken und irgendwo leben wollen, wo für alles gesorgt ist.

»Mag keine Geheimnistuerei gewesen sein«, sagt Michael, »aber ich fühle mich verdammt verarscht.« Sein ganzes

Gesicht wirkt verquollen, nicht nur die Stirn mit dem riesigen Verband.

Thad sehnt sich heftig danach, unter Jakes Bettdecke aus ägyptischer Baumwolle zu liegen, mit Popcorn, einer Bong und irgendeinem miesen Film im Fernsehen. Er wünscht sich, nach New York teleportiert zu werden. Bloß weg aus dem Süden.

»Ich hoffe einfach nur, dass niemand demnächst stirbt«, sagt Diane. Zusammengekauert, das Kinn auf den Knien, sieht sie aus, als würde sie gleich zu weinen anfangen.

»Ach du meine Güte, nein, Liebes.« Lisa geht neben dem Sessel in die Hocke, ergreift Dianes Hand. »Niemand stirbt. Alles in Ordnung.«

»Weil es so plötzlich kam«, sagt Diane. »Da hab ich befürchtet, einer von euch könnte schwer krank sein.«

Lisa richtet sich auf, wendet sich ihren Söhnen zu. Thad bemerkt Altersflecken in ihrem Gesicht und Falten auf der Stirn, die ihm noch nie aufgefallen sind. Ein seltsames Gefühl, wenn man plötzlich sieht, dass ein Elternteil binnen kurzer Zeit gealtert ist.

»Euer Vater und ich haben das Ganze falsch angefangen«, sagt Lisa. »Wir haben über diesen Schritt schon jahrelang nachgedacht und hätten euch früher informieren müssen. Das haben wir versäumt, und ich möchte mich dafür entschuldigen. Ihr braucht euch keine Sorgen zu machen, es gibt kein Geheimnis dahinter. Wir sind einfach reif für eine Veränderung.« Sie runzelt die Stirn, als sei sie sich ihrer Worte nicht ganz sicher, spricht dann aber weiter. »Das Sommerhaus wird nächste Woche verkauft, ich vollende mein letztes Jahr an der Uni, dann suchen wir uns einen Ort, an dem wir leben wollen.«

»Und was ist mit dem Haus in Ithaca?«, fragt Michael.

»Es gibt sicher genug frischgebackene Profs, die uns das aus den Händen reißen werden.«

Michael wendet den Blick ab.

Richard isst den Rest von seinem Eishörnchen und verschränkt die Arme vor der Brust. »Falls ihr euch Sorgen um euer Erbe macht …«

»Bitte, Dad«, sagt Thad. »Das ist uns nicht wichtig.«

»Doch, mir schon«, sagt Michael.

Ein Windstoß peitscht die Äste der Bäume am Flussufer. Grillen haben zu zirpen begonnen.

Michael stützt sich auf das Geländer. Thad rechnet damit, dass sein Bruder den Eltern vorwirft, sie könnten nicht mit Geld umgehen, oder wissen will, ob er noch Testamentsvollstrecker ist, aber Michael schweigt, scheint nur in stummem Dialog mit dem Fluss zu sein. Vielleicht geht es auch gar nicht um Geld. Vielleicht ist Michael einfach nur traurig. Dieser Gedanke öffnet Thads Herz ein wenig, aber nicht genug, dass er sich auch ans Geländer stellen würde, an die Seite seines Bruders.

Diane steht auf und umarmt Lisa und Richard. Thad wirft den Becher mit dem Eis in einen Mülleimer.

Wo ist *Jake*? Thad geht die Treppe hinunter zur unteren Terrasse, aber da ist sein Freund auch nicht. Ein Pfad aus Feldsteinen führt zum Flussufer.

Er will jetzt high sein, ist reif für den Stoff, der seine Antennen ausrichtet, seinen Empfang schärft, die Lachkonserve ein paar Dezibel runterregelt. High kann er am besten denken, obwohl er das vielleicht auch nur denkt, weil er so oft high ist. Er schmeckt schon das Papier auf der Zunge, spürt den süßen, heißen Rauch in der Brust.

Der Pfad führt am Ufer entlang zu einer Stelle, wo der Fluss breiter wird und die Forellen so tief abtauchen, dass man sie nicht mehr sehen kann. Zwischen den Bäumen weiter hinten leuchtet ein heller Fleck. Thad tritt auf eine Lichtung, und da steht Jake am Flussufer, Haare perfekt in Form, Hose hauteng, Zähne weiß glitzernd im Handylicht.

»Ich krieg hier kein Netz«, sagt er.

Wen will er anrufen, Marco? Den kann Thad nicht leiden. Er hat den Mann zwar nie kennengelernt, kann ihn aber trotzdem nicht ausstehen. Das erste Mal prägt sich tief ein, liebesnass und erinnerungsschwer, und bestimmt ist Marco für Jake mit solchen Gefühlen verbunden.

Nur Lunch, hat Jake gesagt, aber welcher Lunch ist bei Jake einfach nur Lunch?

»Wegen morgen«, sagt Thad.

»Du musst nicht mitkommen«, sagt Jake, ohne vom Handy aufzuschauen.

»Und wenn ich wirklich nicht mitkomme?«

»Dann ist das so. Ich hab kein Problem damit.«

»Aber wenn ich ein Problem damit habe?«

Jake lässt das Handy sinken.

»Ich will nicht«, sagt Thad. »Ich hab keine Lust auf diesen Lunch.«

Er nimmt Weed und Papers aus der Tasche, dreht sich einen Joint, zündet ihn an, nimmt einen Zug. Der Gehirnnebel verzieht sich, das Rauschen verstummt, der Sound ist kristallklar.

Er bietet Jake den Joint an, weiß aber, dass sein Freund ablehnen wird. Jake ist religiös erzogen worden, das hat Spuren hinterlassen. Thad wundert sich oft, wie vieles Jake, ein Künstler, der in einer offenen Beziehung mit einem Mann lebt, noch als Sünde empfindet.

Jake umarmt ihn. »Ich liebe dich. Glaubst du mir?«

 Thad nickt. Er möchte es gern glauben.

»Marco ist nur ein Freund. Früher war das anders, heute nicht mehr. Wir essen zusammen. Mehr nicht.«

Jakes Hand berührt Thads Gesicht, aber Thad weicht zurück, nimmt noch einen Zug, atmet langsam aus.

»Michael will nicht, dass meine Eltern das Haus verkaufen.«

Jake checkt sein Handy. »Das ist dumm. Deine Eltern können sich was Besseres leisten als dieses Haus. Die kriegen doch beide eine Pension, oder nicht?«

»Du verstehst das nicht.«

»Doch, ich versteh das sehr wohl«, erwidert Jake. »Ich verstehe die Bindung. Glaubst du vielleicht, ich will alles verkaufen, was ich male? Aber deine Eltern müssen an die Zukunft denken. Manchmal muss man loslassen, was man liebt, damit man lieben kann, was man hat.«

Thad könnte schwören, dass er das schon aus Franks Mund gehört hat. Oder in einem Film, wo solche Sätze nur nach Wahrheit klingen, wenn sie von schwülstiger Musik unterlegt sind.

»Mir ist auch klar, dass dieses Sommerhaus einen ideellen Wert hat«, spricht Jake weiter. »Aber der reale Wert? Wenn ich einen Dummen finden würde, der dieses Ding kauft, würde ich das Geld nehmen und mich schleunigst verdrücken. Dein Dad weiß das. Ich begreife nicht, wieso Michael mit ihm streitet. Wer legt sich denn schon mit einem Genie an?«

Thad schüttelt den Kopf. »Mein Vater ist kein Genie.«

»Er hat doch diesen Genie-Preis bekommen.«

»Die McArthur Fellowship«, sagt Thad. »›Genie-Preis‹ ist nur so ein Spitzname dafür. Das heißt nicht, dass er wirklich …«

»Fühlst du dich angegriffen?«

»Nein. Nein, tu ich nicht.«

Thad nimmt einen Zug. Teddys Stoff ist stärker als früher, und einen Moment schwankt die Welt. Thad würde sich gern hinsetzen, fürchtet aber, dass er dann nicht mehr hochkommt. Außerdem macht Natur ihm Angst. Welke Blätter und Würmer, Ameisen und Gras. Pflanzen sind zum Rauchen da, nicht zum Draufsitzen.

Am Himmel werden Abertausende von Sternen eingeschaltet. Scheiße. Thad setzt sich hin.

»Jedenfalls«, sagt er, »glaube ich ohnehin nicht, dass mein Vater das eingefädelt hat. Für mich hört es sich an, als wäre das die Entscheidung meiner Mutter.«

Er nimmt einen letzten Zug und drückt den Joint aus.

»Wessen Entscheidung es auch war«, sagt Jake, »sie ist gut. An einem Ort, wo es schöner und wärmer ist als hier und wo sie nicht auch noch Einkommensteuer zahlen müssen, geht es den beiden garantiert besser. Florida ist ein bisschen klischeehaft, klar, aber die Leute ziehen ja nicht grundlos scharenweise da hin. Ist eben ein Alte-Leute-Paradies.«

Thad ist zum Weinen zumute. Vom starken Gras vielleicht oder wegen des Jungen. Oder wegen Marco, der Angst vor morgen. Aber vor allem ist ihm wichtig, dass Jake versteht. Er müsste das Haus vor dreißig Jahren erlebt haben. Als es sauber war, strahlend. Als der Teppichboden die Füße liebkoste, sobald man die Schuhe auszog. Als der Duft von Fisch und Kartoffeln in der Luft lag, gebraten in der alten gusseisernen Pfanne. Als einem die Kehle eng wurde, wenn man das Haus ein Jahr lang nicht erlebt hatte und endlich wieder durch die Tür trat.

Er wünschte, er könnte Jake vermitteln, dass man solche Erinnerungen nicht mit einem Preis versehen kann. Dass Zeit flüchtig ist und jeder Versuch, sie zu verlangsamen, etwas zu bewahren, mehr wert als hundert Strandapartments in Florida.

Aber vor allem möchte er Jake klarmachen, dass all das nichts mit ihm zu tun hat.

»Nur Lunch?«, sagt Thad. Unter ihm dreht sich die Erde. Neben ihm bahnt sich der Fluss seinen Weg zum Meer.

Jake seufzt, steckt sein Handy weg. Er bleibt stumm, Thad auch. Dann wendet Jake sich ab und geht flussaufwärts, lässt Thad allein.

Am Ufer gibt es einen großen Felsen, auf den kriecht Thad jetzt. Der Felsen ist nass und rau, mit Flechten bewachsen. Thad setzt sich hin. Er atmet tief ein. Und endlich weint er.

11 Lisas Geschichte ist traurig, aber nicht außergewöhnlich. Jährlich verlieren dreitausend Familien ein Kind, das sie einfach nur schlafen gelegt haben. Plötzlicher Kindstod: eine falsche Bezeichnung für diese Todesart. An Ersticken ist nichts *plötzlich*. Ersticken kann bis zu sieben Minuten dauern. Heutzutage macht man Unterschiede: SIDS, Tod durch Ersticken oder unbekannte Ursachen. Damals war SIDS ein Sammelbegriff für alles, wenn man den Eltern nicht mitteilen wollte: *Hey, wir hatten doch gesagt, keine Bettumrandung, keine Decken, keine Stofftiere. Wir hatten gesagt, das Baby muss auf dem Rücken liegen.* Heutzutage ist der Wissensstand höher, die Todesrate um zwei Drittel niedriger als in dem Jahr, in dem June starb. Lisa sollte diese Entwicklung eigentlich tröstlich finden, denn sie war daran beteiligt. Forschung, Infoveranstaltungen, Spendenläufe. Sie ist so viele Kilometer gelaufen, hat so viele T-Shirts angesammelt. Aber wer ein Kind verloren hat, findet keinen wirklichen Trost.

Es gibt kein Wort für das, was die Familie des ertrunkenen Jungen jetzt durchmacht; kein Wort umfasst den mit Zorn durchwirkten Schmerz, den Lisa an dem Morgen empfand, als ihre Tochter nicht mehr atmete und niemand erklären konnte, warum.

Lisa putzt sich die Zähne, kämmt sich das Haar. Sie trägt

eine Creme auf, die Falten um die Augen mildern soll. Sie wirkt nicht und ist teuer, aber Lisa benutzt sie dennoch, genau wie ihre Mutter früher, halb aus Gewohnheit, halb aus Eitelkeit.

Als sie Richard kennenlernte, war sie zweiundzwanzig. Tolles Alter, tolle Haut. 1980, tolles Jahr. Benzin kostete dreißig Cent. Sie zahlten pro Monat dreihundert Dollar Miete. Im Weißen Haus regierte ein Demokrat, im Radio lief David Bowie, und kaum hatte sie ihr Studium abgeschlossen, bekam sie auch schon eine Stelle.

An ihrem ersten Arbeitstag erklärte ihr ein neun Jahre älterer Mann die Bedienung des Kopierers. Der Mann sah gut aus und trug keinen Schnurrbart. Damals bestand das Lehrpersonal an Highschools hauptsächlich aus Frauen. Und die wenigen männlichen Lehrer, die es gab, trugen Schnauzbart. Vielleicht ist das heute immer noch so, das weiß Lisa nicht. Aber sie weiß, dass sie keine gute Lehrerin war. Der Mann ohne Schnurrbart dagegen war ein sehr guter Lehrer. Das hatte sie schon morgens festgestellt, weil er den Parkplatz für die »Lehrkraft des Jahres« benutzen durfte.

»Schauen Sie, so«, sagte der Mann am Kopierer, drückte auf etliche Knöpfe, und das Gerät erwachte surrend zum Leben. Kurz darauf spuckte es Papier aus.

»Ich heiße Richard«, sagte der Mann, und Lisa merkte zu ihrer Bestürzung, dass sie rot anlief.

Während des Studiums hatte sie Beziehungen mit Männern in ihrem Alter gehabt. Aber dieser Mann. Damals sah sie vor sich, wie sie auf Zehenspitzen stand, um ihn vorm Altar zu küssen, und wie dabei ihre Brillen zusammenstießen.

Nach einer Woche fragte Richard, ob sie mit ihm ausgehen wolle, nach einem halben Jahr machte er ihr einen

Heiratsantrag. Sie heirateten in aller Stille noch im selben Sommer und kehrten im August als Mr und Mrs Starling an die Schule zurück. Lisa war dreiundzwanzig.

»Wieso hatten wir es so eilig?«, fragen sie sich manchmal gegenseitig. »Warum wollten wir nicht warten?« Sie können es nicht mehr nachvollziehen. Auf Ronald Reagan wurde geschossen. Auf den Papst wurde geschossen. Das Leben in den dunklen Wintertagen Anfang 1981 wirkte plötzlich kurz und bedroht. Man konnte jederzeit von einem Attentäter umgebracht werden, warum dann nicht den Menschen lieben, mit dem man zusammen war? Warum nicht heiraten?

Lisa schraubt die Cremedose zu, verstaut sie. Wäscht sich die Hände, feilt sich die Nägel.

Im Oktober '82 war Lisa schwanger. Im Juli '83 starb ihre Tochter, einen Monat alt. In den folgenden zwei Jahren trennten Richard und sie sich, kamen wieder zusammen, gaben die Schullaufbahn auf, um zu promovieren, und trennten sich erneut. Da oft trauriger nostalgischer Sex nach Trennung/Wiedervereinigung die Folge ist, wurde Lisa nach einer Weile wieder schwanger.

Doch es war nicht das Baby, das den Neustart ihres gemeinsamen Lebens ermöglichte. Nach Michaels Geburt erwog sie sogar, sich endgültig von Richard zu trennen. Zu viel Qual bei ihnen beiden. Zu viel von June in Richards Lippen, seinen Augen, der feinen Rundung seiner Ohren. Nein, was den Neubeginn bewirkt hat, war das Sommerhaus.

Aber man kann sich nicht nur in einen Menschen verlieben, sondern auch in einen Ort, nicht wahr? In die Linie eines Hügels, das Knarren eines Bootsstegs. In Sonnenlicht und Windhauch. In das »V« eines Gänseschwarms am Himmel, gespiegelt im Wasser eines Sees.

Und genau das hat Lisa erlebt.

Im Sommer '86, als Michael ein Jahr alt war, mieteten sie ein Haus am See. Sie hatten gehofft, etwas an den Finger Lakes oder auf Cape Cod zu bekommen, aber Geld war knapp, und was sie in Neuengland oder Upstate New York für ein Wochenende hätten ausgeben müssen, reichte in den Carolinas für eine ganze Woche. Und so kamen sie zum Lake Christopher, einem kaum besiedelten See in den Blue Ridge Mountains, eine Stunde Fahrt von Asheville entfernt. Richard war als Kind oft dort gewesen.

Sie stellten fest, dass sie an diesem See andere Menschen waren. Glücklichere Menschen. *Bessere* Menschen. Hier waren sie nicht mehr gestresste Eltern eines schreienden Kleinkinds, sondern liebevolle Betreuer eines bisweilen anspruchsvollen Sohnes. Waren nicht mehr das gelangweilte Ehepaar, das sich wegen Sex zankt, sondern feinfühlige Liebende, aufmerksam und großzügig. Mit ihrem letzten Geld mieteten sie das Haus eine zweite Woche. In der dritten Woche entschlossen sie sich zum Kauf.

Der eigentlich schier unmöglich war, eine schreckliche Investition, für die sie sich von beiden (nicht wohlhabenden) Elternpaaren Geld leihen mussten zu einer Zeit, als man einen furchtbar hohen Zinssatz bezahlte. Ganz zu schweigen von der Tatsache, dass das Haus überhaupt nicht zum Verkauf stand. Es gehörte einem Investor, der mehrere Mietimmobilien besaß und keinerlei Grund sah, sich von einer zu trennen. Am Ende bezahlten sie, gegen den Rat ihres Maklers, mehr für das Haus, als es wert war. Sie hätten am selben See ein anderes haben können, aber nein, es musste dieses sein. Dieses Haus, diese Bucht – hier hatten sie die Liebe wiederentdeckt.

Es war unvernünftig, aber es war die beste Entscheidung, die sie je getroffen haben.

Der See hat nicht nur ihre Ehe gerettet. Jener Sommer damals brachte ihr Leben wieder ins Lot. In den folgenden zwei Jahren schlossen sie beide ihre Habilitationsschrift ab, Richard bekam eine Professur an der Cornell University und Lisa eine Stelle am dortigen Institut für Ornithologie, traumhaftes Berufsglück für Eheleute, heutzutage kaum noch denkbar. Thad kam auf die Welt, und die Starlings richteten sich ein in dem, was sie während der nächsten dreißig Jahre als *ihr Leben* betrachteten.

»Kommst du ins Bett?«, ruft Richard aus dem Schlafzimmer.

Lisa geht zu ihm. Sie hätte Ohrentropfen benutzen sollen nach dem Schwimmen im See. Aber sie ist so furchtbar müde, will sich nur noch im Bett verkriechen und für immer dort bleiben.

Das Abendessen war misslungen, das Eisessen noch schlimmer. Macht sie zu viel Druck wegen dieser Woche? Sollte sie allen erlauben abzureisen? Aber wie sollen sie das Haus verkaufen, wenn niemand Zeit hatte, davon Abschied zu nehmen?

»Ich mache mir noch einen Tee«, sagt sie in der Schlafzimmertür. »Willst du auch einen?«

Richard liegt im Bett und liest einen seiner Noir-Krimis mit reißerischem Cover, die in Florida spielen. Jetzt lässt er das Buch sinken und lächelt. Das Lächeln ist dünn, wirkt gezwungen. Fältchen entstehen um seinen Mund, wie bei Rauchern, obwohl Richard nie geraucht hat.

»Schlafenszeit?«, fragt er. Lisa nickt, und er erwidert das Nicken.

In der Küche füllt sie den Wasserkessel. Sie hat für diese Woche nur noch Teller, Gläser, Tumbler, Henkelbecher und Besteck griffbereit. Bratpfanne, Teekessel, einen Topf, ein

Küchenmesser. Die anderen Utensilien sind bereits verpackt. Sie mag Stoffservietten, findet sich aber für diese wenigen Tage mit Papier und Plastikbehältern ab – natürlich nur recycelbar. »Nimm doch Styropor«, hatte Richard vorgeschlagen, und Lisa hatte ihm einen Blick zugeworfen, der besagte: *Du müsstest mich wirklich besser kennen.*

Sie stellt den Kessel auf den Herd, er beginnt zu zischen, und sie schaltet den Abzug an. Auf der Tapete windet sich Efeu an den Wänden hinauf. Die Blätter sehen aus wie Schaufeln. Das kennt Lisa schon: Wenn sie etwas einmal auf eine bestimmte Art wahrnimmt, bleibt das für immer so. Diese Efeublätter sind schon seit Jahren Schaufeln.

Lisa schließt die Haustür ab. Spült einen Teller, der nicht sauber geworden ist. Bringt ein feuchtes Händehandtuch in den Waschraum, nimmt ein trockenes aus der Schublade. Am nächsten Morgen wird ein Sohn eine Grapefruit aufschneiden und die Theke mit Saft vollkleckern. Der andere wird seine Müslischale stehen lassen, und es werden noch Rice Krispies am Rand kleben. Lisa wird klaglos alles sauber machen. Sie ist eine gute Gastgeberin, aber das ist nicht der einzige Grund. Ihr fehlt das Gefühl, Mutter zu sein. Ihre Söhne brauchen sie nicht mehr wie früher. Das ist gut und richtig so. Sie sind beide jenseits der dreißig und sollten ihre Mutter nicht mehr brauchen. Aber, nicht mehr gebraucht zu werden, tut weh. Deshalb spült Lisa die Schüsseln und räumt ihren Söhnen hinterher. Das ist ihre Art, *Ich hab euch lieb* zu sagen, ob die Jungs es nun mitbekommen oder nicht.

Sie vermisst die beiden kleinen Jungen, acht und elf, wie sie mit einer Backform ausgestochene Sandwiches futterten, unter denen immer ein Keks versteckt war. Sie vermisst Michael am Bootssteg, in der Hand die Angel, an der ein Fisch zappelte. Sie vermisst Thad, den Strahlemann, der das Schlafengehen hinausschob, indem er auswendig das Gedicht vom Jabberwocky aufsagte, bis es ihr endlich gelang, ihn ins Bett zu bringen.

Doch diese Jungs gibt es nicht mehr. Sie sind zu Männern geworden, wütenden, verwirrten, angstvollen Männern. Lisa war ihr Leben lang von Männern umgeben – und von männlichen Stimmen, fordernd, drängend und ach so selbstsicher. Das Haus soll verkauft werden. Es kann ihr doch egal sein, wenn ihnen das nicht gefällt. Hat jemand mal gefragt, was ihr nicht gefällt?

Das Wasser brodelt.

Sie hat damit gerechnet, dass Michael Einwände haben würde, war aber nicht darauf gefasst, dass er sich so aufführt. Er hat sie sogar dazu gebracht, sich zu entschuldigen – wofür? Dass sie ohne *seine* Erlaubnis *ihr* Haus verkauft? Das steht ihm nicht zu. Obwohl das Sommerhaus natürlich eng mit der Geschichte der Familie verknüpft ist. Michael hat am Lake Christopher seine Frau kennengelernt. Wenn er schon wütend ist, dann hoffentlich deshalb, und nicht wegen des Geldes.

Keine Entschuldigungen mehr. Sollte Richard den Grund für den Verkauf mutmaßen – auch gut. Er wird die Affäre eines Tages gestehen oder auch nicht. Das ist ihr einerlei. Das Geständnis braucht sie nicht. Was sie braucht, ist Veränderung.

Nach Junes Tod hat ein Trauerberater ihnen zu Ruhe geraten. »Nehmen Sie keine großen Veränderungen in Ihrem Leben vor«, sagte er. »Man kann Trauer nicht hinter sich lassen, indem man umzieht.«

Aber war es nicht genau so? Und könnte das nicht ein weiteres Mal funktionieren? So leben schließlich viele Leute.

Indem sie für immer unterwegs sind in der Landschaft ihres Leids, erhalten sie die Hoffnung am Leben.

Der Kessel pfeift. Lisa gießt das wirbelnde kochende Wasser in zwei Becher, die Teebeutel treiben an die Oberfläche. Sie stellt den Kessel zurück auf den Herd, bewegt ihren Beutel mit einem Löffel hin und her.

Glaubt man der Bibel, lädt Gott einem nie mehr auf, als man tragen kann. Ha. Das sage man mal Eltern, die ein Kind verloren haben. Es ist lange her, dass Lisa in der Bibel Rat gesucht, in einer Kirchenbank oder mit geschlossenen Augen im Bett die Hand Gottes gespürt oder seine Stimme gehört hat. Aber sie betet regelmäßig, morgens und abends. Sie bittet um Trost. Sie bittet darum, anderen ein Trost sein zu können. Sie bittet darum, erhört zu werden.

Jetzt drückt sie den Teebeutel mit dem Löffel an die Innenseite des Bechers. *Nicht*, sagt Richard immer. *Lass ihn doch ziehen*. Aber sie kann das nicht. Lisa mag es, wenn das Wasser sich durch den Druck dunkel färbt. Nun nimmt sie sich Richards Becher vor, drückt den Teebeutel, fest.

Als sie ins Schlafzimmer kommt, ist Richard eingeschlafen. Sie pflückt das Buch von seiner Brust, zieht an der Kette der Nachttischlampe. Geht in die Küche und schüttet Richards Tee in den Ausguss.

Unten am Bootssteg unterhalten sich ihre Söhne. Die anderen sind in ihren Zimmern, schlafen oder tun so, als ob.

Lisa setzt sich auf ihren Lieblingsstuhl. Wie viele Vögel hat sie von diesem Stuhl aus beobachtet? Wie viele Bücher hat sie hier gelesen? Wie wird ihr weiteres Leben mit Richard aussehen?

Seid stille, steht im Buch der Psalmen. *Seid stille und erkennet, dass ich Gott bin.*

Stillsein gelingt Lisa. Das *Erkennen* ist der Teil, der ihr immer wieder aufs Neue schwerfällt.

Sie zieht die Füße unter sich und trinkt in kleinen Schlucken den heißen Tee. Es ist immer kühl im Haus, durch die Aircondition. Lisa blickt auf den See, wartet, dass ein Kind auftaucht. Sie wartet, schaut hinaus, und bald erfüllt der Tee seine Aufgabe. Wenn sie nicht auf der Stelle ins Bett geht, wird sie hier einschlafen und später mit schmerzenden Knochen erwachen.

Sie wird nicht hier sein, wenn ihre Jungs vom Bootssteg heraufkommen, wird sie nicht auf die Stirn küssen und ins Bett schicken. Doch sie kann sich vorstellen, wie sie später, wenn beide schlafen, die Türen einen Spalt öffnet und in die Zimmer späht, nicht darauf achtend, von welchen Armen ihre Söhne umfangen werden, nicht darauf achtend, wie männlich ihre Körper geworden sind. Sie wird in der Tür stehen und ihren Söhnen beim Schlafen zusehen, wie früher, was noch gar nicht so lange zurückliegt – wie früher, als sie so viel Liebe kaum aushalten konnte.

12

Früher waren die Nächte besser. Als es das Golf-Resort noch nicht gab, als die anderen Buchten nicht bebaut waren, haben viel mehr Sterne am Himmel geglitzert. Sie sind zwar noch zu sehen, aber schwach, nur als leuchtende Stecknadelköpfe. Früher war der Himmel ein schimmerndes Gewölbe.

Michael sitzt, die Füße im Wasser, neben seinem Bruder auf dem Bootssteg. Thad wirft die Angel aus, neben ihm liegt ein glimmender Joint. Michael trinkt, hält das Glas in der schweißnassen Hand, und das leise Liebessäuseln des Moonshine macht den Fledermäusen in seinem Kopf den Garaus. Er trinkt zu viel, was er vor den anderen bislang so effektiv verborgen hat, dass es Tage gibt, an denen er selbst nichts davon weiß.

Als Kind hatte er einmal eine Grippe, bei der das Fieber auf fast vierzig stieg. Das Schlimmste waren nicht die schmerzenden Glieder, auch nicht der Schüttelfrost. Das Schlimmste war, dass er nicht mehr klar denken konnte. Bei vierzig Grad Fieber war sein Gehirn zischendes Fett in einer Pfanne, die Gedanken wurden gebrutzelt. So fühlt sich der erwachsene Michael, wenn er nüchtern ist. Er muss trinken, sonst ist er wieder dieser Junge, dessen Gedanken gebrutzelt werden.

Am übelsten ist das Aufwachen am Morgen. Er trinkt

nicht vor zehn Uhr, und darauf ist er stolz, auch wenn er sonst wenig Anlass hat, stolz zu sein. Früher hat er bis zwölf gewartet. Dann bis elf. Aber irgendetwas sagt ihm, dass Trinken vor zehn Probleme heraufbeschwört. Was nicht bedeutet, dass der Alkohol nicht schon um halb zehn eingegossen wird und das Glas griffbereit dasteht.

Zu den Nachtgesängen der Frösche und Insekten lässt Michael den Whiskey durch seine Kehle rinnen. Thad raucht seinen Joint.

»Ich will nicht über das Haus reden«, sagt Thad.

»Ich will nicht über den Jungen reden«, sagt Michael.

Die Bucht vor ihnen ist so breit wie drei Footballfelder. In der Mitte ragt eine Landzunge ins Wasser, mit einer Felsgruppe, auf der ein Fahnenmast steht. Heute wurde vergessen, die Fahne einzuholen, sie flattert im Wind. In solchen Nächten schwammen die beiden Brüder früher zu den Felsen, kletterten hinauf, berührten die Fahnenstange und kraulten in Windeseile zurück. Michael war immer Sieger.

»Was für einen Köder hast du dran?«, fragt Michael.

Thad holt die Angel ein. An der Schnur hängt nur ein Bleigewicht, kein Haken, kein Köder.

»Ich wollte ein bisschen üben«, sagt Thad und spricht mit Südstaatenakzent weiter. »Wollt nur mal schaun, ob's noch geht. Hab seit 'nem Jahr nichts mehr ins Wasser gehängt.«

Michael grinst. Das Spiel mit dem Akzent treiben sie schon ihr Leben lang, wenn auch seltener, seit sie erwachsen sind. »Darüber macht man sich nicht lustig«, hat ihre Mutter früher immer gesagt. »Wie jemand spricht, sagt nichts über die Intelligenz eines Menschen aus.« Michael weiß das. Er wollte sich nie lustig machen.

Als jemand, der im Norden aufgewachsen ist, viel Zeit im Süden verbracht hat und jetzt in Texas lebt, fand er es seit jeher faszinierend, dass schon eine Tagesfahrt entfernt Dinge vollkommen anders benannt werden. Und Texas erst. Texas hat eine ganz eigene Sprache.

Seine Eltern stammen aus dem Süden, und ihr Akzent war früher, als die Starlings frisch aus Atlanta in den Norden gezogen waren, stärker. Michael hat ihn nie übernommen, Thad auch nicht. Aber in den Sommern am See haben sich beide Brüder die Sprechmelodie angeeignet. Als Michael etwa zehn war, konnte er die Einheimischen perfekt imitieren, ob es nun die Nachbarn waren, Clyde vom Jachthafen oder der Schlachter. Mit anderen Stimmen zu sprechen, ist ihm schon immer leichtgefallen.

»Auswerfen?«, fragt Thad.

»Klar«, sagt Michael, und Thad reicht ihm die Angel.

Es ist eine Billigvariante mit Kapselrolle, Plastikdruckknopf und Metallgehäuse. Früher konnte Michael nur mit dieser Sorte umgehen, bei anderen verhedderte sich sofort die Schnur.

Er stellt sein Glas ab, wiegt die Angelrute in beiden Händen.

Thad übt nicht fürs Angeln. Sie wissen beide, dass am Grunde des Sees etwas liegt, das man nicht am Haken haben möchte.

Michael holt weit aus, und das Gewicht saust übers Wasser, versinkt mit einem Platschen. Der Mond ist heute Nacht so hell, dass man die konzentrischen Ringe auf dem Wasser noch weit draußen erkennen kann.

Auch Michael hat seit einem Jahr keine Angel mehr angerührt, aber das war ein verdammt perfekter Wurf.

»Verdammt perfekter Wurf«, sagt Thad. Brüder.

Michael holt die Angel ein, legt sie weg, greift nach seinem Glas und trinkt einen großen Schluck. Der Moonshine, im

Verbund mit den Schmerzmitteln, tut das Seinige. Michael spürt die Stiche nicht mehr, spürt sein ganzes Gesicht nicht mehr. Er reicht seinem Bruder das Glas, Thad trinkt und gibt es zurück.

»Rauchst du noch Gras?«, fragt Thad.

»Darf ich nicht. Sieht man bei Drogentests.«

»Du musst Drogentests machen?«

»Könnte jederzeit passieren. Steht in meinem Vertrag.«

Es gibt einen Witz über den Preis, den man bezahlt, wenn man geregelter Arbeit nachgeht, aber Michael erzählt den Witz nicht. Thad ist ziemlich empfindlich gegenüber Anspielungen darauf, dass er Jake auf der Tasche liegt. Aber dann auch wieder nicht so empfindlich, dass er sich in den vergangenen zwei Jahren mal nach Arbeit umgesehen hätte.

»Dann halt lieber die Luft an«, sagt Thad. Er zündet den Joint, der ausgegangen ist, wieder an und nimmt einen Zug. Bläst den Rauch in die andere Richtung, aber der Wind pustet ihn Michael ins Gesicht.

Scheiß drauf. In all den Jahren, die er für die Firma arbeitet, hat es noch nie einen Test gegeben. Zu teuer. Zu viel Aufwand. Die Drohung als solche ist denen Abschreckung genug.

Michael streckt die Hand aus.

»Ganz sicher?«, fragt Thad, reicht dann den Joint weiter.

Michael zieht. Sein Hals brennt, aber die Fledermäuse sind weg. Noch besser sogar, die Viecher, die Höhle, alles ist explodiert, sein Schädel klafft auf, nimmt die Nacht in sich auf. Michael fühlt sich *gut*.

Er gibt den Joint zurück und streckt sich auf dem Steg aus. Seine Füße hängen jetzt in der Luft, sein Körper ist so leicht, als läge er in einer Hängematte, als würde er von den alten schiefen Planken unter ihm in den Schlaf gewiegt.

»Das ist nicht der Shit, den wir in unserer Schulzeit geraucht haben«, sagt er.

»So sieht's aus. Dieser Shit ist Lichtjahre entfernt von dem Weed, das wir als Kids in die Finger gekriegt haben. Hier haben wir's mit Hydrokultur zu tun, mit raffinierter Beleuchtung, da sind Experten am Werk.«

»Die haben es geschafft, Shit zu veredeln?«

»Jo. Haben's geschafft, Shit zu veredeln.«

Michael will noch einen Zug. Er kommt sich vor, als hätte er sein Leben lang nur Fertiggerichte essen müssen und bekäme plötzlich ein Steak vorgesetzt. Ein Spitzensteak, mit ein paar Garnelen dabei. Und Jakobsmuscheln. Mit Butter.

»Dieses Weed ist fein wie Butter«, sagt er.

Die Sterne schimmern. Der Wind streichelt seine Arme wie zarte Finger. Thad lacht, und die Laute ringsum, Froschgesänge und Grillenrufe, passen sich dem Rhythmus des Lachens an. Es klingt sogar, als stimmten sämtliche Wesen ein und sängen. Einen Moment lang hört Michael die ersten Töne von »Sweet Caroline«.

»Dude«, sagt er. »Die Grillen singen heute Abend Neil Diamond.«

Thad kann nicht antworten, weil er zu heftig lachen muss. Lacht er über Michael? Scheint fast so.

»Ich werde Papa«, sagt Michael lachend, aber Thad verstummt abrupt.

»Was hast du gesagt?«

»›*Hands*‹«, sagt Michael. »›*Touching hands. Reaching out, touching me, touching you.*‹«

Der Steg ist aus Seide. Die Sterne wandern.

»›*Sweet Caroline*‹*!*«, singt Michael lauthals. »›*Good times never seemed so good!*‹«

Thad rüttelt ihn. »Hey, hey, zu laut, Bruder. Viel zu laut!«

Aber Michael kann nicht anders. Sein Körper will singen. »›*I'd be inclined*‹« schallt seine Stimme über die Bucht, »›*to believe they never would*‹*!*«

Plötzlich landet eine Hand auf seinem Mund, fleischig und schweißig, und Michael leckt sie ab, worauf Thad quiekt und sie wegzieht.

Sterne schlagen ein Rad. Der Mond schmilzt. Michael rappelt sich hoch, zieht sich aus und springt in den See. Das kalte Wasser macht ihn wach. Der Verband rutscht ihm übers Auge, und er reißt ihn ab, lässt das ganze tropfnasse Gebilde aus Mull und Pflaster auf den Steg fallen.

»Michael«, sagt Thad. »Ich glaube, deine Naht sollte lieber nicht nass werden.«

Michael versucht, sich zu erinnern, was der Arzt gesagt hat. Seewasser ist jedenfalls eklig, so oder so, da sind Amöben drin. Michael will noch einen Drink, kein Kind. Obwohl ein Junge vielleicht schon cool wäre. Aber teuer. Kinder kosten viel Geld, das sagt jeder.

Er tritt Wasser, das Wasser ist kalt. Die Tierlaute sind jetzt wieder Quaken und Zirpen. Nichts mehr mit Neil und »Sweet Caroline«.

Die Musik fehlt Michael. Sein Bruder fehlt ihm, wie es früher zwischen ihnen war, diese Ich-steh-für-dich-ein-Glückseligkeit von Jungen, das Vertrauen darauf, dass einer für den anderen durchs Feuer gehen würde, dass man alles zusammen durchsteht, Haie, Horror-Clowns und jeden anderen Mist.

Michael schwimmt zur Leiter zurück, steigt aus dem Wasser.

»Rühr dich nicht vom Fleck«, sagt Thad und flitzt los. Kurz darauf kehrt er mit Handtuch, frischem Verband und einer Flasche Reinigungsalkohol zurück. Michael trocknet sich ab, zieht sich an. Das Nacktsein ist ihm nicht peinlich. Es ist ihm auch nicht peinlich, vor seinem Bruder betrunken und high zu sein. Was ihn eher beunruhigt, ist, dass er wohl gerade die Schwangerschaft ausgeplaudert hat. Aber vielleicht ist das zwischen Singen und Schwimmen untergegangen.

Jedenfalls braucht er jetzt eine Ablenkung. Ein anderes Geheimnis. Er setzt sich wieder ganz vorn auf den Steg, die Füße im Wasser, Thad lässt sich neben ihm nieder.

»Diane und ich sind pleite«, sagt Michael, während er sich die Haare frottiert. Er riecht wie der See und liebt diesen Geruch, trotz Schmodder und Gänsescheiße. »Wir arbeiten uns beide den Arsch ab und können trotzdem die Rechnungen nicht mehr bezahlen.«

»Das ist ja furchtbar«, sagt Thad. »Aber wie kann das sein?«

Michael legt das Handtuch weg. Weil das Glas leer ist, isst er die Eiswürfel.

»Zu viel Haus«, sagt er. »Wir haben das Hypothekendarlehen bekommen, aber das war nicht richtig. Es hätte nicht so hoch sein dürfen und nicht variabel. Wir hätten besser rechnen müssen. Haben das Haus 2007 gekauft, just vor dem Bankencrash, dann gab es an Dianes Schule Gehaltskürzungen. Unser Haus wird nie so viel wert sein, wie wir dafür bezahlt haben. Die Projektentwickler haben die Siedlung nicht mal fertig gemacht.«

Thad durchtränkt ein Wattebällchen mit Alkohol, was Michael durstig macht. Inzwischen wird er schon beim Geruch von Fensterreiniger gierig.

»Du bist dran«, sagt er.

»Womit?«

»Ein Geheimnis zu offenbaren.«

Thad presst die Watte auf die Stiche, Michael zuckt zusammen. Trotz der benebelnden Wirkung von Marihuana, Moonshine und Schmerzmitteln spürt er einen stechenden Schmerz.

»Ich wusste nicht, dass wir das spielen«, sagt Thad. »Ach, Mist.«

»Was ist?«

»Die Watte. Hängt an den Nähten fest.« Er zupft daran, der feuchte Watteball dehnt sich, als sei er aus Knete, nimmt die Form einer Federwolke an. »Diese Fäden sind der reinste Klettverschluss.«

»Mach einfach ein Pflaster drüber.«

»Ich weiß nicht, ob …«

»Schon okay. Kleb das fest, und erzähl mir ein Scheißgeheimnis.«

Irgendwo bellt ein Hund, ein anderer Hund antwortet.

»Du wirst unangenehm, wenn du betrunken bist«, sagt Thad.

Ein dritter Hund mischt sich ein, und eine Weile übertönt das Gebell alles. Dann gehen weiter hinten am Ufer Lichter an, die Hunde werden ins Haus geholt.

»Ich glaube, dass die Eltern meine Comics weggeschmissen haben«, sagt Thad.

»Das soll ein Geheimnis sein? Erzähl mir was Spannendes.«

Die Lichter gehen wieder aus, eins, zwei, drei.

»Wir haben Sex mit Männern«, sagt Thad, »Jake und ich.«

Michael lacht. »Und was soll nun daran geheim sein?«

»Ich meine, mit *anderen* Männern. Ménage-à-trois. Swinger. Offene Beziehung. So was.«

Darauf weiß Michael erst mal nichts zu sagen. Ohne Drink weiß er auch immer nicht, wohin mit seinen Händen. Er greift nach der Angel, fühlt sich aber zu schwerfällig, um sie auszuwerfen. Stattdessen rollt er ein bisschen Schnur ab, das Senkblei taucht ins Wasser. Wieder konzentrische Kreise. Die Stille ist belastend.

»Ist das üblich?«, fragt er schließlich.

Thad verschließt den Alkohol, nimmt ein Pflaster aus der Box und zieht die Streifen ab.

»Na ja, ich kann nicht …«

»… für alle schwulen Männer sprechen, schon klar. Aber was sagt die Statistik?«

»Statistik?«

»Leben viele schwule Männer in offenen Beziehungen? Ich meine, in meiner Welt kommt so was eher nicht vor.«

»Das denkst du nur. Gibt viele Heteros, die Swinger sind, glaub ich. Halt still.«

Das Pflaster, das sich Michaels Gesicht nähert, ist gigantisch. Wenn Thad es richtig platziert, wird es ein großes Stück Haut zwischen Augenbraue und Haaransatz bedecken. Wenn er es falsch macht, wird der nächste Verbandswechsel übel.

»Also fährt Jake auch auf andere Männer ab«, sagt Michael. »Kommst du damit klar?«

»Ich weiß, dass Jake mich liebt.«

Das überzeugt Michael nicht. Es hört sich nicht nach seinem Bruder an, sondern so, als hätte Jake ihm diesen Satz eingetrichtert.

Das Pflaster wird aufgeklebt, und Michael spürt, dass es die Augenbraue erwischt.

»Ach, Mist«, sagt Thad.

»Nicht schlimm. Willst du behaupten, dass du nicht eifersüchtig bist?«

»Auf Jake? Natürlich nicht. Ich mach ja mit. Oder bin auf jeden Fall im selben Raum.«

Michael holt die Angel ein und legt sie weg. Er greift nach

dem Glas. Als ihm einfällt, dass es leer ist, betastet er das Pflaster. Es haftet auf jeden Fall an der Augenbraue.

»Also, ich weiß ja nicht«, sagt er. »Ich könnte das nicht.«

Er stellt sich vor, wie irgendein Typ Diane vögelt, und wird sofort wütend – auf einen Mann, den er selbst gerade erfunden hat.

»Hast du denn nicht Angst, dass er sich dabei in jemand anderen verliebt?«, fragt er.

»Hast du Angst, dass Diane sich in jemand anderen verliebt?«

»Nein, aber wir haben auch keinen Sex mit Fremden.«

Thad schüttelt den Kopf. »Glaub mir, bei diesen kleinen Stelldicheins geht es nicht um Liebe.«

Aber vor seinem Bruder kann Thad seine Gefühle nicht verbergen, der Gesichtsausdruck verrät ihn. Da ist irgendwas. Nicht unbedingt Angst, aber Sorge. Zumindest eine Art Verwirrung. Es ist, als hätte Michael mit seinen Fragen Thads inneres Mobiliar umgestellt. Oder Jake hat das schon vor geraumer Zeit getan, und Thad merkt erst jetzt, dass etwas nicht stimmig ist.

Er zündet den Joint wieder an, raucht ihn zu Ende, wirft den Stummel in den See.

»Wenn Diane eines Tages sagen würde, ›Michael, ich liebe dich und bin glücklich mit dir. Aber noch glücklicher wäre ich, wenn wir auch mal Sex mit anderen haben könnten.‹ Was würdest du dann sagen?«

»Scheiße, nein!«

»Nicht mal, um sie glücklich zu machen?«

Michael steht auf. Er friert und will ins Bett. »Selbst wenn sie glaubt, es würde sie glücklicher machen – wer weiß? Vielleicht würden bei Sex mit anderen alle möglichen anderen Themen auftauchen.«

»Und? Sind andere Themen nicht auch manchmal wichtig?«

»Klar«, sagt Michael. »Vor der Hochzeit. Bevor man die Bindung eingeht.«

Thad nimmt das Handtuch, die Pflaster, die Flasche an sich. »Das leuchtet mir ein. Ihr seid verheiratet. Aber Menschen ändern sich. Ihr seid auch nicht mehr die, die ihr mit dreiundzwanzig wart.«

»Ich will meine Frau nicht beim Sex mit einem anderen Typen sehen.«

»Okay, dann vielleicht mit einer Frau? Ist das nicht eine Fantasie von vielen Heteromännern? Was sagt die Statistik denn dazu?«

Michael schaut aufs Wasser. Er spürt, dass er schwankt.

Diane und er waren achtzehn, als sie sich kennenlernten. Er hatte in seinem ganzen Leben mit niemandem Sex außer mit ihr. Manchmal ist er stolz darauf, manchmal findet er das peinlich. Aber er hat selten das Gefühl, dass er etwas versäumt. Diane ist gut im Bett. *War* gut. Sie hatten seit Wochen keinen Sex mehr. Seit jenem Morgen, als sie aus dem Badezimmer kam und er den Teststreifen in ihrer Hand gesehen hat.

»Du glaubst, Glück ist, wenn man kriegt, was man haben will«, sagt er. »Alles, was du willst, so viel davon, wie du willst, und genau dann, wann du es willst.« Seine Stimme zittert. »Aber wenn das gar kein Glück ist? Wenn Glück darin besteht, deinen Wünschen einen Arschtritt zu verpassen und zusammenzubleiben? Auch wenn was nicht gut läuft? Auch wenn man nicht mehr der Mensch ist, der man mal war?«

Er rülpst. Irgendetwas brodelt in seinem Magen. Weggetreten, wie er ist, merkt er trotzdem, dass er gerade Dianes

Argumentation übernommen hat, für das Baby, das er nicht haben will.

Wie leidenschaftlich wir jene verteidigen, die wir lieben. Bis hin zur Selbstverleugnung.

Michael lacht. Er lacht, und im Lachen erbricht er sich auf seinen Bruder. Kotzt ihn voll, der Magen entleert sich in einem einzigen Schwall. Michael sinkt auf die Knie, prallt auf die Bohlen des Stegs.

»Entschuldige«, murmelt er, doch als er sich umschaut, hat die Welt aufgehört, sich zu drehen, und sein Bruder ist schon fast oben am Haus.

ZWEITER TEIL

SAMSTAG

13

»Ich war ewig nicht mehr bei den Wasserfällen«, ruft Dianes Schwiegervater vom Rücksitz. »Ist Jahre her.«

Ganz der Kavalier, besteht Richard darauf, dass sie vorn sitzen soll, obwohl Lisa und er ein kleines Hybridauto fahren. Seine Knie bohren sich in die Lehne des Vordersitzes. Niemand hat es bequem.

Michael biegt von der Tankstelle in die Landstraße ein, trommelt mit den Daumen aufs Lenkrad. Mit den Schenkeln hält er einen silbrigen Kaffeebecher fest.

Als Diane morgens vorschlug, sie könne fahren, bekam sie *den Blick* verpasst, begleitet von Stirnrunzeln. Sie hasst *den Blick*. Michael verengt dann die Augen auf eine Art und Weise, dass sie sich dumm vorkommt. »Du hast so ein Glück, dass dein Mann dich nie anschreit«, sagen ihre Freundinnen. Und Diane weiß nicht, wie sie ihnen erklären soll, dass sie manchmal lieber Streiten und Schreien ertragen würde als dieses Ausweichen, dieses Abdriften in ein Dasein, in dem man nur noch nebeneinanderher lebt.

Michael schaltet das Radio ein, Buddy Holly singt von einer Achterbahn und unsterblicher Liebe. Die meisten Leute halten Michael vermutlich für entspannt, aber Diane sieht den verkrampften Unterkiefer. Nachts trägt ihr Mann eine Zahnschiene, um sich nicht auf die Zunge zu beißen.

»Ausgeschlossen, es sind keine acht Kilometer mehr«, sagt Richard.

»Hat der Typ an der Tankstelle aber gesagt«, erwidert Michael.

Sie kommen an einer Farm vorbei, einem Apfelhain, einer Kuh auf einer Wiese.

Diane hat schlecht geschlafen und morgens als Erstes die Boote auf dem See gesehen. Sie bereitete Rührei mit Toast zu, konnte aber nichts essen. Lisa ist im Bett geblieben. Jake und Thad sind auf dem Weg zu einem Freund. »Wir müssen unbedingt aus dem Haus«, hat sie gesagt, und Michael schlug die Wasserfälle vor. Richard wollte auch mit, also zogen sie Badesachen an und fuhren los. Diane bestand darauf, unterwegs noch am Drogeriemarkt anzuhalten. Während sie wasserfeste Pflaster kaufte, haben Michael und sein Vater angefangen, darüber zu diskutieren, wie lange die Fahrt dauern wird.

»Stell doch den Tageskilometerzähler ein«, sagt Richard und schaut nach draußen auf die Bäume.

Diane fragt sich, woran er wohl denkt. Ihr Schwiegervater scheint immer in Gedankenwelten unterwegs zu sein. Lisa nennt ihn *den zerstreuten Professor*, aber Diane findet seine Geistesabwesenheit eindrucksvoll. Sie bereut nicht, dass sie Kunst studiert hat, nur sind die anderen Fächer zu kurz gekommen. Hätte sie mehr Mathe gehabt, könnte sie vielleicht besser mit Geld umgehen. Mehr Geografie, und sie wäre in der Lage, Island auf einer Landkarte zu finden.

»Den Kilometerzähler, Sohn«, wiederholt Richard. »Ich will wissen, ob es wirklich acht Kilometer sind.«

Michael tut, was sein Vater verlangt. Natürlich sind sie seit der Tankstelle schon etwa anderthalb Kilometer gefahren. Weshalb eine neue Debatte bei der Ankunft bevorsteht.

Sie werden die Entfernung erst bei der Rückfahrt korrekt messen können. Aber so ist das mit Familien – das Banale wird zum Bedeutsamen erhoben. Bei drei Paaren, die ein Wochenende unter einem Dach verbringen, wird alles zur Chiffre für etwas anderes.

Michael trinkt einen Schluck Kaffee, wischt sich den Mund mit dem Handrücken ab. Diane sieht ihm an, dass er denkt: *Mein Vater ist unmöglich.* Richard beugt sich vor, als wollte er zu ihr sagen: *Du bist doch bestimmt auf meiner Seite.*

Sie schließt die Augen, wird für den Rest des Weges so tun, als sei sie eingeschlafen.

Diese Männer mit ihren lauten Gefühlen, ihren unterschwelligen Machtkämpfen. Manchmal stellt Diane sich ein Leben ohne Männer vor, sieht sich und ihre Tochter auf einer Decke, auf einer Wiese mit Mohnblumen und purpurroten Vögeln, unter strahlend blauem Himmel. Eine Tochter. Aber es könnte ja genauso gut ein Sohn werden.

Sie werden langsamer, Diane öffnet die Augen. Reihenweise geparkte Autos am Straßenrand. Kein Hinweisschild, kein Schotterparkplatz, nur Gras, seit einem halben Jahrhundert an sonnigen Tagen von Reifen platt gewalzt. Michael findet eine Lücke, parkt ein, zieht den Schlüssel aus dem Zündschloss.

Die Luft ist heiß und schwül vom Regen letzte Nacht, der Himmel diesig. Hinter den Bäumen hört man Rauschen und Plätschern, Wasser, das sich in anderes Wasser ergießt.

Aus dem Wald tauchen zwei zerzauste Jungen auf. Einer hebt die Hand zum Abklatschen. »Voll krass, der Wasserfall!«, ruft er aus. Der andere schlägt so hart gegen die erhobene Hand, dass der erste Junge ins Taumeln gerät. Michael und Richard stehen ans Auto gelehnt und streiten über die

Streckenlänge und darüber, wer was gesagt hat. Aus der Entfernung wirkt Michaels Stirn entstellt, aufgequollen und purpurrot wie ein bizarres Meeresgewächs.

»Meine Herren«, ruft Diane. Sie hat nicht die geringste Lust, für die beiden die Schiedsrichterin zu sein.

Michael setzt sich in Bewegung, sein Vater folgt ihm. Beide haben sich ein Handtuch um den Hals gelegt, zeremoniell wie eine Stola. Jetzt verfallen sie in Gleichschritt – gleiche Größe, gleicher Gang –, Michael und der Mann, der er in vierzig Jahren sein wird.

Ein Pfad führt durch den Wald zu den Wasserfällen, Diane erinnert sich an den Weg. Nicht nur Michael ist oft hier gewesen. Ihre Eltern konnten sich kein Ferienhaus am See leisten, hatten aber Freunde, bei denen man jedes Jahr im Sommer unterkam.

Sie war achtzehn, als sie Michael kennenlernte. Damals trug sie noch Bikini, und Michael hatte noch einen Waschbrettbauch. Sie mochte seine leicht überlappenden Schneidezähne und fand ihn witzig und intelligent. Ein großer schlaksiger Typ mit großen Ohren und lieben Augen, er erinnerte sie an einen freundlichen Hasen. Und unterhalb der Gürtellinie ist er bemerkenswert gut ausgestattet, worauf Diane zu ihrem eigenen Erstaunen insgeheim stolz war.

Der Pfad windet sich zwischen Kiefern hindurch, die Nadeln glänzen silbrig, Harz schimmert bernsteingelb im Sonnenlicht. Das Rauschen des Wasserfalls wird lauter, das Platschen von Körpern, die mit Karacho in den Fluss plumpsen. Der Klang von Stimmen steigt durch die Baumwipfel himmelwärts. Dann liegt der Fluss vor ihnen, ein breites glitzerndes Band. Der Weg gabelt sich: Man kann dem Flusslauf folgen oder zu den Felsen überm Wasserfall hinaufsteigen.

Alles ist so wie früher. Diane fragt sich, weshalb sie Veränderungen befürchtet hat. Ein Fluss muss nicht betreut werden. Man darf ihn nur nicht verschmutzen, begradigen oder an der Quelle aufstauen. Dieser Fluss ist seit Jahrtausenden hier und wird auch in Jahrtausenden noch da sein.

Ein schriller Schrei, lautes Johlen, ein Junge saust den Wasserfall hinunter. Das Wasser ergießt sich hier nicht auf geradem Wege in die Tiefe, sondern über mehrere Felsplateaus. Kinder gleiten auf Po oder Bauch hinunter, lachen, kreischen, singen. Am Rand ist die Strömung nicht so stark, in der Mitte jedoch reißend. Nicht selten hat Diane hier Mädchen ohne ihr Bikinitop wieder auftauchen sehen.

Und das Wasser ist unberechenbar. Es sprudelt und mäandert, und selbst wenn man am Rand bleiben möchte, gibt es keine Garantie, dass man nicht in die wilde Mitte geschwemmt wird. Deshalb hat Diane es noch nie gewagt, sich hier in die Tiefe zu stürzen.

Der johlende Junge ist schlank und langhaarig, gleitet großspurig auf dem Hintern über die Plateaus und hechtet in den Strudel unten im Fluss. Als er auftaucht, schüttelt er seine Mähne, kraxelt ans Ufer und rennt wieder den Weg hinauf. Er hat haarige dünne Beine und trägt rosa Schwimmshorts.

Dieser Junge stammt eindeutig nicht von hier. Die einheimischen Männer tragen zum Schwimmen abgeschnittene Jeans oder gehen in Unterwäsche ins Wasser. Auf den zerschlissenen Basecaps ist nur ein Angelhaken abgebildet. Die Sonnenbräune ist echt, die Designer-Sonnenbrille Fake, und man trinkt Bier aus Dosen, die nicht in braunen Papiertüten stecken. Außerdem würde sich kein Einheimischer jemals in Rosa blicken lassen.

Urlauber sind leicht zu erkennen. Sie sind nicht reich,

haben aber genug Geld, um ein Ferienhaus zu mieten oder im *Blackstone Inn* abzusteigen. Ihre Badeshorts haben Paisley- oder Karomuster oder sind Werbegeschenke von Corona-Bier. Urlauber haben einen akkuraten Kurzhaarschnitt und sind glatt rasiert, im Gesicht wie auf der Brust. Ihre Sonnenbräune ist Fake, die Designer-Sonnenbrille echt.

Aber es wird schwieriger, alle auf Anhieb zuzuordnen, diese ganzen Hipster, Scheckbuch-Hippies, Mainstream-Ökos.

Als Diane Michael kennenlernte, hielt sie ihn für einen Einheimischen, bis sie erfuhr, dass seine Eltern an der Cornell University lehren. Michael benahm sich nicht wie jemand aus einer reichen Familie. Vielmehr benahm er sich nicht so, wie die achtzehnjährige Diane es vom Spross einer reichen Familie erwartet hätte. Er benahm sich wie sie. Er liebte sie, und nach einer Weile liebte sie ihn auch.

Ihr Blick fällt auf eine junge Frau mit einem kleinen Baby, die unweit vom Ufer im Wasser steht. Sie pustet der Kleinen ins Gesicht, taucht sie behutsam ins Wasser, hebt sie hoch in die Luft. Die Kleine lacht begeistert, und die Mutter drückt sie an sich. Auf den Pausbäckchen glitzern Wassertropfen.

Michael ist schon auf dem Weg nach oben, als Diane sich umdreht und seinen Namen ruft.

Ich liebe dich, sollte sie sagen. *Ich verzeihe dir den Kummer, den du mir in den letzten sechs Wochen gemacht hast. Komm, lass uns Hand in Hand durch den Fluss waten.* Das sollte sie sagen, doch sie sagt es nicht. Weil sie genau das von ihm hören möchte.

Stattdessen sagt sie: »Pass auf deinen Kopf auf.«

Oben am Wasserfall zieht Michael sein Hemd aus. Er ist immer noch schlank, kein Waschbrettbauch mehr, aber starke Armmuskeln und Brustwarzen, so hart wie Erbsen. Diane mag die Teile an ihm, die hervorstehen: die großen Ohren, den Adamsapfel, die Schlüsselbeinknochen. Richard folgt Michael, und Diane zieht ihre Schuhe aus und watet in das Becken unterhalb des Wasserfalls.

Die junge Frau tröpfelt dem Baby Wasser auf den Kopf und singt ein Lied, das Diane nicht kennt. Von einem Bach, rotem Lehm, einer Sonne am Grund eines Sees. Das Baby greint ein bisschen, und die Mutter schiebt ihr Oberteil beiseite und gibt ihm die Brust. Die Kleine nuckelt, und die Mutter schließt die Augen. *Glückseligkeit.*

Normalerweise würde Diane nicht auf die Idee kommen, ein Baby zu berühren, ohne vorher zu fragen. Aber dieses Kind zieht sie unwiderstehlich an, scheint sie zu sich zu rufen, während es friedlich trinkt. Und plötzlich ist sie bei den beiden, streckt die Hand aus, berührt mit zwei Fingern das zarte Köpfchen, und ihr ist, als ströme durch die Berührung Energie in ihren Schoß, als seien sie so alle vier für einen Moment wundersam verbunden.

Die Mutter öffnet die Augen und sieht Diane an. »Wie weit sind Sie?«

Dianes Miene gibt wohl alles preis, denn die Frau legt ihr beruhigend die Hand auf den Arm. »Entschuldigung. Sie sagen es noch niemandem.«

»Nein. Aber kein Problem«, sagt Diane. »Nur … wie …?«

Ein paar Jungen stürzen sich grölend in den Wasserfall.

»Man sieht nichts«, sagt die Frau. »Aber als Mutter spürt man so was. Manchmal zumindest. Letzte Woche lag ich mal daneben. War ziemlich peinlich, kann ich Ihnen sagen.«

Diane lacht und möchte die Fremde am liebsten umarmen. Möchte das Baby auf dem Arm halten. Sie und diese Mutter könnten gemeinsam ihre Kinder großziehen, frei von bedürftigen Männern und den Fallen der Liebe. Im Tierreich gibt es so etwas doch auch, manche Weibchen entledigen sich der Männchen, sobald die ihren Zweck erfüllt haben.

Aber Michael würde ihr fehlen. Die charmant schiefen Zähne. Seine Fähigkeit, ihren verlegten Schlüsselbund aufzuspüren. Wie er sie, wenn sie weint, in den Armen hält, ohne nach dem Grund zu fragen.

Das Baby ist an der Mutterbrust eingeschlafen, Milch rinnt ihm über die Wange. Die Mutter watet zum anderen Ufer und setzt sich, das Kind in den Armen, auf eine Decke. Dann merkt sie, dass ihre Brust noch entblößt ist, und zieht rasch den Badeanzug hoch. Die Frau winkt Diane zu, doch das Winken ist keine Einladung.

Aus dem Wald tauchen Leute auf, halten inne und blicken aufs Wasser. Oben stehen diejenigen an, die sich hinunterstürzen wollen, darunter auch Michael und Richard.

Unterwegs hat Diane sich gefragt, ob sie den Fluss wohl für sich haben würden, ob die Nachricht von dem Unglück am See Urlauber wie Einheimische von den Gewässern fernhalten würde. Aber so ist es mit dem Tod: Er erinnert einen daran, dass man selbst lebendig ist. Die Welt dreht sich weiter, und wer noch ein Leben hat, setzt es weiterhin aufs Spiel. Hätten die Starlings das Unglück nicht miterlebt, wäre es auch für sie nur ein Bericht in der Zeitung gewesen. Solche Unfälle geschehen täglich. Für die Familie ist es nur deshalb so schlimm, weil sie alle Zeugen waren.

Diane taucht an der Stelle unter, an der das Wasser von oben in das Becken prasselt, blickt auf ihre Hand mit dem Ehering. So leicht kann er vom Finger rutschen. Sie dreht den Ring, zieht aber nicht daran. Als sie wieder auftaucht, ruft Michael von oben. Er sieht aus wie ein kleiner Junge, der auf sich aufmerksam machen will.

Damals, als sie sich kennenlernten, schwamm sie im Fluss und sah ihn dort oben stehen. Sonnenstrahlen leuchteten in seinem Haar und auf seinen Beinen, folgten ihm, als er sich hinabstürzte und in den Strudeln über die Felsplateaus glitt. Sie erinnert sich an das Ziehen im Bauch, das aufgeregte Flattern im Herzen. Wie jung sie damals waren, mit Pickeln am Rücken und weicher Haut. Während sie ihm zusah, wusste sie, dass sie abends mit ihm schlafen würde.

Das liegt fünfzehn Jahre zurück. Inzwischen ist Michaels Haupthaar so dünn, dass kein Licht mehr darin schimmern kann, und die Haare an den Beinen sind nicht mehr golden, sondern drahtig und schwarz. Jetzt geht er am Felsenrand in die Hocke, zögernd und gar nicht mehr göttergleich.

Setz dich hin, denkt Diane. *Setz dich, bevor du ausrutschst und dir den Kopf noch mal aufschlägst.*

Ein junges Pärchen springt jetzt, händchenhaltend, das Mädchen im Bikini, der Junge mit Topfschnitt. Auf halber Strecke werden sie getrennt, im Becken unten wieder vereint. Lachend tauchen sie in der schäumenden Gischt auf, wieder Hand in Hand.

Richard setzt sich oben zu Michael auf den Felsen, der Wasserfall teilt sich hinter ihm.

Michael steht auf. Und rutscht aus. Er plumpst auf den Hintern, wird vom Strudel erfasst. Reißt die Hände hoch, als drohe ihm jemand mit einer Waffe, verschwindet in den Fluten, die ihn abwärtsschwemmen. Richard ist dicht hinter ihm. Michael taucht im Becken wieder auf, Richard kurz darauf, und Diane watet zu ihnen.

»Mein Hintern tut weh«, sagt Michael und reibt sich das Kreuz. »Saumäßig weh sogar.«

»Wahrscheinlich das Steißbein geprellt«, sagt Richard.

»Diese Art von Doktor bist du nicht«, erwidert Michael.

Diane tastet sein Steißbein ab, fühlt aber nichts Außergewöhnliches.

»Hast du dir den Kopf gestoßen?«, fragt sie.

»Nein.«

»Willst du ins Krankenhaus?«

»Auf gar keinen Fall.«

Das durchsichtige wasserfeste Pflaster, das Diane ihm auf dem Parkplatz vom Drogeriemarkt aufgeklebt hat, ist noch an Ort und Stelle. Die Fäden scheinen trocken zu sein.

»Sieht schon besser aus«, sagt Diane.

Das stimmt nicht. Die Wunde sieht aus wie zerfetztes Fleisch, das man mit einem Schnürsenkel zusammengeflickt hat. Die Narbe wird scheußlich werden.

»Tut mir leid mit deinem Steißbein«, sagt Diane, aber ihr Mann redet mit seinem Vater.

»Ich kann's nicht glauben, dass du echt runtergerutscht bist«, sagt Michael.

Er weiß es nicht. Dass sein Vater versucht hat, ihn festzuhalten, als er ausgerutscht ist, auf dem ganzen Weg nach unten die Hand nach ihm ausgestreckt hat.

Sie waten am Ufer entlang, an den tieferen Stellen schwimmen sie. Lassen sich von der Strömung zu einer Stelle treiben, wo ein weiteres Becken entstanden ist. Diese Stelle kennen die Urlauber nicht, sie ist ein Geheimnis der Einheimischen geblieben. Hier sieht man mehr Bier-Cooler, weniger Kleidung. Ein paar Leute schwimmen und planschen. Am Ufer flitzt ein vielleicht zweijähriger, nackter Junge herum, verfolgt mit einem Stock eine Eidechse.

Eine in den Stein gehauene Treppe führt hinauf zu einem Felsen, der ein paar Meter hoch ist. Von dort springen die Leute ins Wasser, machen Bauchklatscher oder Arschbombe oder sonstige Faxen. Hier ist es viel weniger gefährlich als am Wasserfall, das Becken ist tief und groß und der Felsen nicht allzu hoch, wenn es auch von oben so wirkt. Als Diane zum ersten Mal hier war, hat sie den Sprung gewagt, konnte sich aber kein zweites Mal überwinden.

»Michael«, sagt sie, aber er steigt schon die Stufen hinauf, hinter einem Jungen in gelben Smiley-Boxershorts.

Auf einem Felsen am Ufer hockt ein Mann in abgeschnittenen Jeans mit einer Bierdose in der Hand. Zu seinen Füßen liegen mehrere zerdrückte Dosen. Diane vermutet, dass er der Vater sowohl von dem kleinen Eidechsenjäger als auch von dem Jungen in den gelben Boxershorts ist.

Richard kommt zu ihr gewatet. Er ist so groß, dass ihm das Wasser nur bis zum Bauchnabel reicht, Diane dagegen bis zur Brust. Ihr Schwiegervater ist weißhäutig, aber fit und gepflegt, keine Haare in Ohren und Nase. Diane wäre zufrieden, wenn Michael in diesem Alter noch so gut aussieht. Vorausgesetzt, sie sind in vierzig Jahren noch zusammen, was angesichts der Umstände vermutlich nicht gelingen wird.

»Ist alles in Ordnung mit ihm?«, fragt Richard.

Jetzt springt ein Mädchen, gefolgt von seinem Vater. Michael wird gleich oben ankommen.

Nein, hätte Diane am liebsten geantwortet. *Michael ist schon seit Jahren nicht mehr er selbst.* Aber sie sagt: »Ich bin mir nicht sicher.«

Die Eidechse ist entkommen, der kleine Junge kriecht jetzt auf allen vieren herum und sucht sie unter Steinen.

»Ihr müsst nicht bleiben«, sagt Richard. »Ich weiß, dass Lisa euch hier haben möchte, aber es ist wichtiger, dass ihr Kinder auf euch achtgebt.«

»Ich will aber bleiben«, erwidert Diane.

Gestern Abend wollte sie abreisen, heute nicht mehr. Sie

will Christopher in North Carolina ein letztes Mal erleben – den Fluss, die Wasserfälle, den See, die Landschaft, das Städtchen. Sie will am Bootssteg einen Sonnenuntergang malen. Diane ist kein Jake, aber sie liebt die Kunst. Und mit Michael Frieden schließen, das will sie auch. Wenn das irgendwo möglich ist, dann hier.

Ein Aufschrei. Weil der Junge die Eidechse nicht mehr findet, rennt er weinend zu seinem Vater. Der trinkt einen großen Schluck Bier und legt dem Kind die Hand auf den Kopf. Der Junge verstummt sofort, hockt sich im Schneidersitz hin und inspiziert eingehend seinen Penis.

»Wollt ihr eines Tages vielleicht auch so was Kleines?«, fragt Richard.

Diane ist Fragen dieser Art gewohnt. *Warum habt ihr keine Kinder? Wollt ihr Kinder? Wann wollt ihr denn Kinder haben?* Von ihrer Mutter, von Freundinnen und Kolleginnen. Sie versteht nicht, warum Leute unbedingt wissen wollen, ob man sich fortpflanzen möchte. Von Richard allerdings findet sie die Frage noch erstaunlicher, denn er ist der diskreteste Mensch, den sie kennt. Seine Umgangsformen sind sehr traditionell. Diane findet sie manchmal ein wenig schrullig, aber auch liebenswert. Jedenfalls sieht es Richard nicht ähnlich, die Kinderfrage zu stellen, und einen Moment lang fragt sie sich, ob Michael etwas erzählt hat.

Unwillkürlich berührt sie unter Wasser ihren Bauch. Das Kind ist zehn Wochen alt, noch keine drei Zentimeter groß, hat aber schon Zehen und Finger, Nägel und Haare, das hat sie im Internet recherchiert.

»Mal schauen«, antwortet sie.

Der Junge mit den gelben Boxershorts springt, plumpst ins Wasser, taucht prustend wieder auf. Der Mann am Ufer pfeift anerkennend, und der Kleine beendet die Inspektion seiner Geschlechtsteile und beobachtet, wie sein Bruder ans Ufer schwimmt.

»Das war so schrecklich gestern«, sagt Richard.

Er wendet den Blick ab, und plötzlich begreift Diane etwas. Dieser stille, zurückhaltende Mann braucht jemanden, mit dem er sprechen kann. Den Wunsch kann sie erfüllen. Aber sie will nicht über den ertrunkenen Jungen reden.

»Ich weiß, dass Michael wütend ist, weil ihr das Haus verkauft. Aber ich verstehe euch«, sagt sie und staunt über sich selbst. Sie fühlt sich wie eine Verräterin, weil sie nicht die Position ihres Mannes vertritt. Außerdem begreift sie gar nicht, weshalb das Haus verkauft werden soll. Aber sie hat die Angewohnheit, zu sagen, was die anderen hören wollen. Das beunruhigt sie. Ist sie so versessen darauf, geliebt zu werden? Oder will sie sich um jeden Preis anpassen?

»Danke«, erwidert Richard. »Ich bin mir nicht sicher, ob Michael mir das verzeihen wird.«

»Es kam eben sehr überraschend. Er wird sich schon damit abfinden.«

Das wird er nicht tun. Diane kennt niemanden, der so nachtragend ist wie Michael.

Der Vater am Ufer steht auf, leert die Bierdose und zieht etwas aus der Hosentasche. Eine Einkaufstüte, die er auffaltet und mit den leeren Dosen füllt.

Für Diane ist die Unterhaltung mit ihrem Schwiegervater eine völlig neue Erfahrung. Worüber spricht man mit einem Physiker?

»Du beschäftigst dich doch mit diesem Multiversum und so«, sagte sie. »Und du hast mal gesagt, alle Kombinationen von möglichen Ereignissen passieren gleichzeitig.«

»Das ist nur eine Theorie«, erwidert Richard. »Die ich mit Skepsis betrachte.«

Ob es dieses Multiversum nun gibt oder nicht – Diane mag den Gedanken sehr. An schlechten Tagen tröstet sie sich mit der Vorstellung, dass sie in einem anderen Universum gerade glücklich ist. Dass sie dort keine Schulden haben und Michael immer lieb und freundlich ist. Dass sie ein Kind hat und die Liebe ihres Mannes niemals anzweifeln muss.

Michael hat jetzt den Gipfel erklommen, steht auf einem Fuß wie ein Kranich, die Arme überm Kopf. Er will, dass gelacht wird, und Diane tut ihm den Gefallen.

»Ist alles in Ordnung, meine Liebe?«, fragt Richard. »Du zitterst ja.«

»Mir ist nur ein bisschen kühl.«

Aber Diane friert nicht, sie ist traurig. Und gleichzeitig hoffnungsvoll, aufgeregt, euphorisch, ängstlich. Sie wird Mutter. Ob mit Michael oder ohne ihn: Sie wird neues Leben in die Welt bringen.

»Arschbombe!«, schreit Michael.

Wirbelnde Glieder, dann ist er in der Luft.

Diane legt die Hände auf die Verheißung in ihrem Bauch. Die Knie am Kinn, umfasst Michael seine Knöchel, und einen Moment lang sieht es aus, als steige er in die Höhe. Doch dann stürzt er in die Tiefe, so schwer wie das Geschoss, nach dem der Sprung benannt ist.

14

Antoine's in Asheville liegt an einer Straße mit Parkuhren, eingezwängt zwischen diverse pastellfarbene Läden und Lokale. Ein Zigarrenladen, ein Deli, Restaurants, vor denen mit Kreide beschriftete Tafeln Lunch-Angebote und besondere Drinks anpreisen. *Antoine's* sieht im Vergleich mit den anderen Lokalen ziemlich schäbig aus. Die pfirsichgelbe Farbe blättert von den Wänden ab, darunter kommen blaugrüne Bretter zum Vorschein.

Thad vermutet, dass die Klientel hier aus jungen Leuten besteht, auf den Armen Graffiti, die Ohren getunnelt. Doch dann sieht er nur Männer mit Schlips und Kragen. Das ist kein Ort für Tattoos, sondern einer für Geschäftsessen und Firmenkreditkarten.

Jake trägt das schwarze Pannesamt-Sakko, das er immer zu Vernissagen und Essen mit Käufern anzieht. Es ist auffällig, gewagt, ein Kleidungsstück, von dem ein schwuler Junge träumt, bis er zum ersten Mal Anzüge und Schuhe in Designer-Läden kauft und diesem Traum entwächst. Was bei Jake nicht der Fall zu sein scheint.

Thad hatte keine Kleidung für offizielle Anlässe eingepackt, und vor einer Stunde hat Jake auf dem Parkplatz einer großen Shoppingmall gehalten. »Wir müssen gut aussehen«, sagte er. Mit *wir* ist immer Thad gemeint.

Jake suchte eine khakifarbene Hose und ein graues Sakko

aus, Thad probierte beides an. Das Sakko war aus Wolle und zu warm. Die Hose hatte Bügelfalten.

»Ich seh aus wie ein Sargträger«, sagte Thad.

»Du siehst prima aus«, erwiderte Jake und starrte auf sein Handy. Es piepte schon den ganzen Vormittag, ständig kamen Nachrichten.

An der Kasse reichte der Kassierer ihnen eine Schere, Jake schnitt die Etiketten von den neuen Sachen. Thads Sneakers passen nicht zu dem Outfit, aber die Zeit war knapp. Jake legt zwar Wert auf gutes Aussehen, aber noch wichtiger ist ihm Pünktlichkeit.

Jetzt durchquert er mit polierten Schuhen, funkelnden Manschettenknöpfen und Gelfrisur das Restaurant, und Thad fragt sich, ob Jake ihm so spießige Klamotten verpasst hat, damit Marco ihn keines Blickes würdigt.

Eine Empfangsdame führt sie zu einem Innenhof. Es ist ein heißer Tag, und es gibt keine Sonnenschirme, nur eine efeuüberwachsene Pergola. An einem Tisch sitzt ein Paar: eine junge Frau, blass und dünn, und ein Latino mit schwarzen Haaren und rotem Hemd.

Der Mann steht auf. »Jacob!« Die Frau ist ohnehin so groß und aufrecht, dass es wirkt, als sei sie aufgestanden.

Thad registriert sie ebenso erstaunt wie Jake. Der scheint einen Moment zu zögern, dann liegt er in Marcos Armen. Jake umarmt gern lange, aber jetzt löst er sich so schnell, als wollte er erzwingen, Distanz zu wahren. Marco streicht mit dem Daumen über das Revers des Sakkos.

»Dieses alte Ding.«

»Frank will, dass ich es trage«, sagt Jake.

Das Gegenteil ist wahr: Frank versucht seit Jahren, Jake das Sakko auszureden. Aber die Lüge ist clever, Ausweichmanöver und Namedropping zugleich. Damit macht Jake klar, dass er seinen festen Platz in der Kunstwelt hat, bekundet aber auch die obligatorische Aversion gegen sie. Thads Erfahrung nach ist es das, was Jakes Malerfreunde alle wollen: so berühmt werden, dass sie verächtlich abtun können, worauf sie früher scharf waren.

»Wie geht's denn dem guten alten Frank?«, fragt Marco.

»Gut. Das ist Thad.«

Marco drückt Thad die Hand, und plötzlich versteht er, was an diesem Mann attraktiv ist. Sanfte Berührung. Markantes Kinn. Glatt zurückgekämmte Haare, Hemd ein paar Knöpfe offen, Brust enthaart. Die Ärmel spannen über den muskulösen Oberarmen. Imposantes Exemplar der Spezies Mann, aber mit einem entscheidenden Makel: Marco sieht aus wie ein Model – perfektes Äußeres, angepasst, *langweilig*. Was auch immer während des Kunststudiums an ihm interessant gewesen sein mag – es ist schon lange verschwunden. Aber es kann natürlich sein, dass Jake noch den jungen Marco in ihm sieht. So wie Jake für Marco immer der schüchterne Junge im schwarzen Samtsakko bleiben wird.

Thad hat Jake an einem Aprilabend vor zwei Jahren kennengelernt. Es war kalt, Regen drohte. Thad tappte erschöpft durch Chelsea, hatte keine Kohle und kein Weed mehr. Er war unterwegs zu einer Open-Mic-Lesung, wo er hoffte, einen Joint schnorren und jemanden fürs Bett abschleppen zu können, vorzugsweise beides. Die Miete war noch für einen Monat bezahlt, danach hieß es zurück nach Ithaca zu den Eltern. Lieber die Niederlage eingestehen als verhungern. Plötzlich sah er durchs Schaufenster einer Galerie einen jungen Typen, umschwärmt von Männern in Anzügen. Der junge Mann trug ein Samtsakko mit einer Rose am Revers, hatte wild gestylte Haare und große wache Augen. Wo er auch hinging, die Menge teilte sich vor ihm. All diese Leute waren offenbar seinetwegen hier. Wer war dieser Mann, dieser Fast-noch-Junge, und warum wurde er so verehrt? Dann begann es zu regnen, und Thad betrat die Galerie.

Marco schüttelt Thads Hand zu lange. »Schön, dich kennenzulernen.« Thad nickt. Er mag diesen Typen nicht.

Die junge Frau bleibt mit übergeschlagenen Beinen sitzen. Sie trägt ein kurzes schwarzes Kleid.

»Amelia«, stellt Marco sie vor. »Meine Partnerin.« Plötzlich findet Thad Marco ausgesprochen sympathisch.

Jake schaut zwischen Amelia und Marco hin und her. Thad spürt, dass sein Freund zutiefst schockiert ist, aber er bewahrt die Fassung.

Sie setzen sich. Der Tisch ist für vier gedeckt, in der Mitte steht ein schimmernder Glaskrug, der vermutlich Margaritas enthält. Eine halbe Limette schwimmt darin, Amelia schenkt allen ein. Thads Glas wird zu voll, ein Rinnsal läuft außen am Glas entlang.

»Ach, Entschuldigung«, sagt Amelia und beugt sich vor, um es mit ihrer Serviette abzutupfen. Thad hat fast das Gefühl, als flirte sie mit ihm.

Während der Schulzeit war er mit zwei Mädchen zusammen. Als er sich trennte, sagte die eine: »Ich glaube, ich liebe dich«, und weinte. Die andere war nur verwundert und sagte: »Ich glaube, du bist schwul.«

Amelia sieht aus, als sei sie genau in diesem Alter. Jedenfalls viel zu jung für einen wie Marco. Sie hebt ihr Glas und trinkt einen Schluck.

Jake redet jetzt wie ein Wasserfall. Thad sitzt zwischen Marco und Amelia, Jake müsste ihn automatisch zwischendurch anschauen. Aber es ist, als läge nicht nur ein Tisch zwischen ihnen, sondern eine ganze Galaxie. Im Auto haben sie besprochen, dass sie aufbrechen, falls Thad sich nicht wohlfühlt. Aber wie soll er das übermitteln, wenn er nicht mal angeschaut wird?

Schließlich ist es Marco, der Jakes Redeschwall beendet. »Und was machst du so, Thad?«

Der süße Duft von Geißblatt liegt in der Luft, und Thad spürt, dass er niesen muss. In North Carolina muss er immer niesen.

»Ach, Thad malt nicht«, sagt Jake.

»Das macht doch nichts.« Amelia legt Thad die Hand auf die Schulter. »Ich male auch nicht.«

Amelia trägt jede Menge Armbänder und hat ein Zeichen aufs Handgelenk tätowiert, einen Buchstaben aus einer fremden Sprache, der vielleicht Liebe, Frieden oder Kacke bedeutet, Tattookünstler haben auch ihren Humor. Thad ist froh, dass er in Amelias Alter an nichts heftig genug geglaubt hat, um es sich in die Haut ritzen zu lassen. Vielleicht findet sich im Lauf der Zeit noch etwas oder jemand ein, den er in seinem Fleisch verewigen will. An manchen Tagen denkt er, Jake könnte derjenige sein. Heute aber nicht.

Thad niest.

»Gesundheit«, sagt Amelia.

»Danke.« Thad trinkt, die Margarita ist stark.

Amelias Hand verschwindet von seiner Schulter.

»Na, komm schon, geheimnisvoller Mann«, sagt Marco. »Was machst du so?«

Er wendet sich ihm zu, beugt sich leicht vor, sieht ihn forschend an. Vermittelt seinem Gegenüber durch Körpersprache das Gefühl, aufmerksam wahrgenommen zu werden. Und plötzlich spürt Thad, wie lange er schon darunter leidet, nicht mehr *gesehen* zu werden.

»Thad schreibt ein Buch«, sagt Jake, und jetzt schaut er

ihn an. Bittet mit großen Augen darum, dass Thad mitspielen soll.

»Ein Buch«, sagt Marco. »Fantastisch! Worüber denn?«

»Ah, darüber spricht er nicht«, sagt Jake. »Um den Prozess nicht zu stören. Bisschen überkandidelt, ich weiß ...«

»Vögel«, sagt Thad und denkt an das Buch seiner Mutter. Einmal hat er versucht, es zu lesen, aber es ist keine Lektüre für Vogelbeobachter, sondern ein Fachbuch für Ornithologen. Es geht darin um Feinheiten der Taxonomie wie Klasse, Ordnung, Familie. Ein ganzes Kapitel ist einem Vogel namens »Mauerläufer« und der Frage gewidmet, ob der Mauerläufer der Familie der Spechtmeisen zuzuordnen sei oder nicht. Thad hat drei Seiten gelesen und dann aufgegeben. Aber als Kind hat er sich gern die Abbildungen auf dem glänzenden Papier in der Mitte des Buches angesehen. Die Illustrationen von den Vögeln mit den leuchtend bunten Schnäbeln und dünnen Beinen haben ihm gefallen. Und es hat ihn damals fasziniert, dass einzelne Teile wie Schwanzfedern oder Flügel mit einer römischen Zahl versehen waren, von der aus eine gepunktete Linie zum Rand führte. Abends im Bett hat er sich manchmal vorgestellt, er sei ein Cowboy mit Lasso. Er sattelte die Vögel, ritt auf ihnen. Und am Rand der Seite stand dann: Thaddeus, König der Vögel.

»Es ist ein Gedichtband über Vögel«, sagt Thad. Die Idee ist gar nicht so schlecht.

»Echt jetzt?«, sagt Amelia. »Marco malt Vögel!«

Die Blicke aller richten sich auf Marco. Der zuckt die Achseln, kratzt sich mit zwei Fingern am Kinn. »Ja, stimmt.«

»Oh mein Gott!«, ruft Amelia aus. »Marco, du *musst* das Cover machen!«

»Unbedingt!«, bekräftigt Thad und beobachtet Jake. »Fände ich super.«

Jake funkelt ihn nicht an, er bohrt sich nur die Zunge in die Wange und lächelt matt.

»Danke für das Interesse«, sagt Marco. »Aber bestimmt will dein Verlag meine Arbeiten erst mal sehen.«

»Nein, nein, nicht nötig«, erwidert Thad. »Du hast den Auftrag. Jake sagt, du seist ein toller Maler, und zu Jake habe ich volles Vertrauen. Er ist mit dem Verleger befreundet und kann euch beide zusammenbringen.«

In einem Comic wäre Jakes Gesicht jetzt puterrot.

»Na, dann geht der Lunch heute aber auf mich«, sagt Marco. Er beugt sich vor, stützt die Ellbogen auf. Die Augen leuchten, die Zähne schimmern strahlend weiß. Unterm Hemd zeichnen sich die Brustmuskeln ab. Bei Thad sind diese Stellen weich und haben kleine Dellen.

»Dein Buch«, sagt Marco. »Hast du schon einen Titel dafür?«

»Gefiederter Freund«, antwortet Thad. Etwas Schlimmeres hätte ihm kaum einfallen können, aber Marco und Amelia lächeln. Dann landet ihre Hand wieder auf seiner Schulter, und der Armschmuck klirrt. Thad hat nichts gegen die Berührung, kann sie aber nicht deuten, und das macht ihn nervös.

Eine Bedienung erscheint. Auf Marcos Empfehlung hin entscheiden sich alle außer Amelia für den Schwertfisch.

»Ich bin ziemlich speziell«, sagt sie und bestellt Huhn.

»Sie isst nichts, das schwimmt«, erklärt Marco.

Zwei Männer im Anzug lassen sich an einem Nebentisch nieder, ziehen das Jackett aus, hängen es über die Stuhllehne. Lockern ihre Krawatte und stecken sich eine Zigarette an.

Kurz darauf bringt die Bedienung vier Caesar Salads.

Amelia beginnt zu essen, und Thad fragt sich, ob sie nicht

weiß, dass in das Dressing Sardellenfilets gehören. Er würde sie gern warnen, will aber nicht für Unruhe sorgen. Er isst seinen Salat, trinkt die Margarita. Je weiter sich das Glas leert, desto stärker wird sie. Kaum stellt er das Glas ab, schenkt Amelia ihm nach.

»Und was machst du so?«, fragt er.

Amelia hält einen Finger hoch, weil sie noch kaut. Sie trägt kein Make-up, keinen Lippenstift, der verschmieren könnte. Bedächtig tupft sie sich den Mund ab, faltet die Serviette und legt sie wieder auf den Schoß. Tadellose Tischmanieren.

»Ich studiere«, antwortet sie. »An der Western Carolina, aber vielleicht wechsle ich zur NC State. Kommt auf mein Hauptfach an.«

»Thad hat Englisch studiert«, sagt Jake. »An der Cornell.« Natürlich erwähnt er nicht, dass Thad nach dem vierten Semester abgebrochen hat.

»Eliteuni, wow«, sagt Amelia.

Thad würde gern protestieren. Buchautor, Eliteuni – er ist nicht das Reichensöhnchen, als das Jake ihn hier darstellen will. Ohne seinen Freund ist er obdachlos, sein Bruder ist verschuldet. Beide haben von den Eltern nie ein Testament zu sehen bekommen, und Thad denkt sich, dass seine Mutter ihr Erbe Vögeln überschreiben wird und Richard das seine der Cornell University, der NASA oder diesem Teilchenbeschleuniger in der Schweiz, der ständig Pannen produziert. Seine Eltern haben aus dem Nichts einen gewissen Wohlstand erschaffen, was schön für sie ist, aber weniger toll für ihre Söhne, von denen offenbar die gleiche Leistung erwartet wird.

»Und wie fandest du es an der Cornell?«, fragt Marco, immer noch ihm zugewandt.

Er antwortet, und Jake wirkt gequält. Nicht im Mittelpunkt der Aufmerksamkeit zu stehen, ist er nicht gewohnt. Dieses Lunch-Treffen hat er sich anders vorgestellt.

»Wie habt ihr beide euch kennengelernt?«, fragt Thad jetzt.

Amelia tupft sich wieder die Lippen ab, legt die Serviette zurück auf den Schoß.

»Marco hatte eine Ausstellung hier, und mein Kunstprof hat uns den Besuch als Exkursion vorgeschlagen. Gab Bonuspunkte dafür.« Sie ergreift Marcos Hand. »So nenne ich ihn manchmal. Meinen kleinen *Bonuspunkt.*«

Die Hände lösen sich voneinander, Amelias Armbänder streifen klimpernd den Tisch.

»Du stellst aus?«, fragt Jake.

Er tut Thad jetzt fast leid. Dieser verzweifelte Versuch, das Gespräch an sich zu reißen, Marco für sich allein zu beanspruchen. Selbst wenn Jake nicht auf Sex aus ist, will er doch jedenfalls das Gefühl haben, dass Marco zur Verfügung steht. Was aber nicht der Fall ist, obwohl Jake das offenbar erwartet hat. Ob Marco ihm etwas vorgemacht hat oder Jake sich selbst, kann Thad nicht einschätzen.

»Oh, Marco stellt häufig aus«, sagt Amelia. »Er ist ganz groß hier in der Region. Seine Sachen hängen bei Zuzu's im River Arts District, das ist hier *die* angesagte Galerie.«

»Ist nicht die Gallery East«, fügt Marco hinzu, »aber für Asheville schon gut.«

»Schon gut?«, wiederholt Amelia, greift nach ihrem Glas und stellt fest, dass es leer ist. Als sie den Krug schüttelt, erweist sich der auch als leer. »Marco ist viel zu bescheiden. Er ist echt berühmt. Wartet mal ab, bis ihr unsere Wohnung seht.«

Marco bleibt stumm. *Unsere Wohnung* hängt in der Luft, eine Ansage.

»Ich würde eure Wohnung gerne sehen«, sagt Jake.

Amelia wirft Thad einen Blick zu, und der Tag fühlt sich plötzlich wieder gefährlich an. Er hatte beschlossen, Amelia zu mögen, aber jetzt ist er sich nicht mehr sicher.

Sie greift wieder nach ihrem Glas. Das immer noch leer ist.

Jake sieht Marco an. Marco sieht Thad an. Thad sieht Amelia an, die auf ihr leeres Glas blickt. Alle warten darauf, dass Thad etwas sagt, doch es bleibt ihm zum Glück erspart, weil das Essen serviert wird.

Teller werden abgestellt, Salatschalen weggeräumt, Wasser wird nachgeschenkt, und Marco bestellt noch einen Krug Margarita. Ein Telefon kreischt die ersten Akkorde von James Taylors »Carolina in My Mind«, und einer der Männer am Nebentisch steht auf und geht mit seinem Handy durch ein offen stehendes Tor. Dabei sagt er mehrfach mit Nachdruck: »Tantiemen.« Der andere Mann zündet sich die nächste Zigarette an. Im Aschenbecher ragt schon eine Pyramide aus Kippen auf.

Ein dreißig Dollar teures Stück Fisch starrt vom Teller zu Thad herauf. Es hat Grillabdrücke und knusprige golden schimmernde Haut. Die eine Seite wird von Salsa umschmeichelt, die andere von violettem Blattsalat liebkost. Der Fisch liegt erhöht auf irgendetwas, und das ganze Arrangement ist mit einer Soße, braun wie Zuckerrübensirup, besprenkelt. Marco sagt, dieser Fisch sei etwas ganz Besonderes, total angesagt bei der Foodie-Szene von Asheville.

In New York bekommt Thad häufig so etwas vorgesetzt. Er hat Jake zu zahllosen Geschäftsessen, Benefizveranstaltungen und Vernissagen begleitet, und überall werden Gerichte in diesem Stil serviert. Aber zurzeit ist er versessen auf simple Lebensmittel wie Erdnussbutter, Backmischungskuchen, Dosensuppe. Schon allein die Vorstellung, den Fisch anzuheben, um zu sehen, ob er auf Maisgrütze oder auf Chutney ruht, ermüdet ihn.

Er könnte den teuren Schwertfisch zurückgehen lassen und etwas bestellen, worauf er wirklich Lust hat, aber das macht er nicht. Er isst sogar lieber abgekühlte Speisen, als sich zu beschweren. Jake dagegen reklamiert ständig irgendetwas.

Thad nimmt einen Bissen und schmeckt nacheinander Safran, Honig, Balsamico und das Aroma des Meeres. Er nimmt den nächsten Bissen. Vielleicht ist Asheville doch nicht so übel.

»Köstlich«, sagt Jake. Sein Fisch ist schon zur Hälfte verspeist, auf dem Teller verteilt sich eine Masse, die tatsächlich Maisgrütze ist.

Marco wedelt mit der Hand vor seiner Nase herum. »Stört euch der Qualm auch?«

Thad hat ihn kaum registriert, er hat jahrelang selbst geraucht. Und nur wegen Jake aufgehört, der extrem geruchsempfindlich ist und vor allem Zigarettenrauch nicht ausstehen kann. Erst jetzt bemerkt Thad, dass sein Freund gerötete Augen hat. Oh Gott, ist Marco etwa sensibler und aufmerksamer als er?

»Bleib entspannt, Schatz«, sagt Amelia.

Marco steht auf und schiebt seinen Stuhl zurück. »Ich rede nur mal mit denen.«

Jetzt spürt Thad Energie, hier ist also das brodelnde Magma unterm Felsen. Er vermutet auch, dass Marco nicht für Amelia die Muskeln spielen lässt, sondern für Jake. Wenn das stimmt, handelt es sich hier nicht um einen Lunch, sondern um einen Krieg, ein Turnier geltungssüchtiger Männer, bei dem mit jeder Geste und jedem Wort demonstriert werden soll: *Ich brauche dich nicht. Schau nur, wie weit ich es gebracht habe.*

Thad fragt sich, wie lange Marco diese Szene schon geplant hat. Die Freundin, das teure Restaurant, *Das Essen geht auf mich?* Der Raucher allerdings vereitelt den Plan. Marco möchte, dass Jake neidisch wird, nicht dass er mit tränenden Augen früher aufbricht.

Marco sagt etwas zu dem Raucher, kehrt an den Tisch zurück. Die Kippe wird ausgedrückt, Marco setzt sich. Amelia verdreht die Augen, und Jake scheint beeindruckt. Was Sinn und Zweck der ganzen Aktion war.

Als der andere Mann vom Telefonieren zurückkommt, raunen die beiden und schauen zu Marco hinüber. Der lächelt zufrieden, und Jake himmelt ihn an.

Thad will nach Hause.

Er entschuldigt sich, geht auf die Toilette und ruft Jake an, aber der nimmt nicht ab.

Klo, schreibt Thad, *sofort, oder sieh zu, wie du nach Hause kommst.*

Nach einer Minute taucht Jake auf.

Thad würde gern herumbrüllen. Weinen. Jake die Hölle heiß machen. Aber vorher soll er noch eine Chance bekommen. Thad nimmt ihn in die Arme, küsst ihn auf die Wange, aufs Ohr. Zieht ihn an sich. Noch kann alles vergeben werden.

»Lass uns so was nicht machen«, sagt Thad. Jake versucht, sich loszureißen. »Bitte.«

Jake kann sich nur entziehen, indem er sich nach unten schlängelt. Dabei sinkt er auf den Boden. Das Sakko rutscht ihm über die Ohren, er sieht aus wie ein Junge in Sachen von seinem Vater.

 »Gib zu, dass es hier nicht um Lunch geht«, sagt Thad.

»Werd endlich erwachsen«, versetzt Jake, rappelt sich hoch, tritt zum Spiegel, streicht die Revers glatt.

Thad geht zu einem der beiden Waschbecken, dreht den Hahn auf. Formt mit den Händen eine Schale. Das Wasser ist kalt.

Jake betrachtet sich prüfend im Spiegel, zieht die Plastikstreifen aus dem Hemdkragen, schiebt sie wieder hinein. Danach liegt der Kragen besser, die Spitzen sind glatter.

»Schau mich an«, sagt Thad. Er hat es mit Sanftmut, Einfühlung, Achtung versucht. Jetzt ist es Zeit für die Handgranate.

»Schau mich an«, wiederholt er, und als Jake sich umdreht, spritzt Thad ihm das Wasser auf die Hose. Es sieht aus, als hätte Jake eingepinkelt.

Thad trocknet sich die Hände ab und geht raus.

»Du bist so kindisch«, ruft Jake ihm nach. Und noch mehr, aber das hört Thad nicht, weil die Tür schon hinter ihm zugefallen ist.

15

Das helle Singen des Eisens. Das Hufeisen trifft sein Ziel und kreiselt. Richard lächelt.

Am Abhang vor dem Haus ist auf halber Höhe ein Plateau angelegt und mit einer Natursteinmauer gegen Erosion abgesichert worden. Die Mauer ist nur kniehoch, ein Abbild der Kaimauer, die sich unten am See entlangwindet. Jeden Sommer schreitet Richard die Mauer um das Plateau ab, hält Ausschau nach den Stäben fürs Hufeisenwerfen. Wenn er sie findet, kniet er sich hin und klopft rundherum die Erde fest. Regelgerecht müssen die Stäbe vierzig Zentimeter hoch sein und zwölf Meter Abstand voneinander haben.

Die Hufeisen sind rostig. Richard findet eines, das von der Natur verziert wurde. Eine Weinranke hat sich durch ein Nagelloch geschlängelt und windet sich um das Eisen wie eine Spirale. Richard befreit das Hufeisen behutsam und schlägt es dann an die Mauer, um es vom Rost zu befreien.

In der Ferne rumpelt ein Lastwagen. Ein Rasenmäher beginnt zu brummen. Vögel tirilieren.

Richard hatte nicht damit gerechnet, dass Michael nach dem Ausflug zum Wasserfall Lust haben würde, Hufeisen zu werfen. Doch genau das machen sie jetzt wahrhaftig.

»Du liegst drei Punkte vorn, alter Knabe«, sagt Michael. Der Bluterguss hat sich ausgebreitet, Michaels Stirn ist jetzt tintenblau. Er hält den Reisebecher mit dem Deckel in der Hand, den er schon morgens dabeihatte, aber Richard hat nicht gesehen, wie Kaffee eingefüllt wurde.

Die Boote sind vom See verschwunden. Entweder wurde die Leiche gefunden, oder sie haben aufgegeben, zumindest an dieser Stelle.

Richard möchte seinem Sohn sagen, dass er mutig war und nicht mehr hätte tun können. Auch wenn ihm die Bemerkung sicher nicht hilft. Michael wird sich nie verzeihen, dass er nicht schneller war, nicht tiefer getaucht ist. Ebenso, wie die Eltern des Jungen sich nie verzeihen werden, dass er nur Schwimmflügel trug, und die Tochter sich nie verzeihen wird, dass sie eingeschlafen ist. Und genau so wird er selbst sich niemals verzeihen, dass er seiner kleinen Tochter eine Plüschente in den Stubenwagen gelegt hat. Junes kleine Faust. In seiner Erinnerung hält June für immer den Fuß dieser grünen Ente fest.

Lisa und Richard hatten erwogen, es ihren Söhnen eines Tages zu erzählen. Dann haben sie den Plan verworfen. Warum sie verstören? Warum ein Mädchen lebendig werden lassen, das man dann sofort wieder erstickt?

Noch heute ist June wie ein Luftballon, der an Richards Handgelenk gebunden ist. Sie schwebt ständig hinter ihm. Wenn er sich umdreht, ist sie da, irgendwo am Rande seiner Wahrnehmung.

Er setzt seine Brille ab, putzt sie mit einem Hemdzipfel. Dann wirft er das zweite Hufeisen.

Das Klirren lässt die Vögel verstummen. Ein weiterer Treffer.

Michael schüttelt den Kopf. »Trainierst du ständig, oder was?«

Richard blinzelt verblüfft.

»Im Ernst jetzt«, sagt Michael. »Sind das deine beiden ersten Würfe in diesem Jahr?«

So ist es, und Richard wundert sich über sein Glück. So gut war er seit zwanzig Jahren nicht mehr. Sonst hat er bei acht Würfen im Schnitt ein Mal getroffen. Und gegen Michael verliert er schon seit Langem.

Michael trinkt einen Schluck. Zwei Hufeisen warten auf der Mauer, aber er scheint es nicht eilig zu haben.

Im Haus oben ist es still. Thad und Jake sind in Asheville, Lisa hat das Schlafzimmer heute noch nicht verlassen. Richard sollte wohl zu ihr gehen, hat aber den Impuls, bei seinem Sohn zu bleiben. Und fragt sich, ob er deshalb ein guter Vater, aber ein schlechter Ehemann ist.

Er weiß es nicht. Doch er weiß genug über sich, um zu wissen, dass er sich nicht gut kennt. Lisas Versuche, ihn nach dem Tod von June in »Kontakt mit seinen Gefühlen« zu bringen, sind allesamt gescheitert. Trauergruppen, Eheberatung, Psychotherapie. Jede einzelne Sitzung beim Therapeuten geriet zu einer Runde Schiffeversenken. Wenn der Mann ihm emotional zu nahe kam, verschob Richard einfach seine Schiffe. Unter keinen Umständen wollte er sich in dieses Kinderzimmer zurückversetzen lassen und noch einmal in das Bettchen schauen.

Er sollte jetzt zu Lisa gehen. Er sollte den Abhang hinaufsteigen und seine Frau trösten. Aber die Sonne steht am Himmel, und er hat zwei Treffer gelandet. Michael lacht über die unglaublichen sechs Punkte Vorsprung, und dieses Lachen erwärmt Richards Herz.

»Okay, alter Knabe«, verkündet Michael. »Jetzt geht's dir an den Kragen.«

Er schnappt sich die Hufeisen und tritt zu den Kiefernzapfen, mit denen sie die Abwurflinie markiert haben.

Dann wird er abgelenkt. Zwei Boote sind in der Bucht aufgetaucht.

»Er ist immer noch da draußen«, sagt er.

»Lass uns ins Haus gehen«, sagt Richard. Er legt Michael die Hand auf die Schulter, um seinen inneren Kompass zu verstellen, doch der ist auf den See ausgerichtet. Michael springt von der Mauer, rennt hinunter zum Ufer. Richard folgt ihm langsam.

Das eine Boot war gestern schon hier, es wird von einem Polizisten in Uniform gesteuert. Das zweite ist viel größer, rotbraun, mit einer Besatzung von drei Mann, einer am Steuer, zwei am Heck. Ein Mann trägt ein T-Shirt mit einem Aufdruck vom Tasmanischen Teufel aus den Cartoons, der andere Basecap und tannengrünes Sweatshirt. Beide haben dicke Arbeitshandschuhe an. Eine Winde wird gedreht, ein gigantischer Eisenhaken an einer Kette im See versenkt.

Das Boot dreht eine Runde durch die Bucht, wird langsamer, ankert. Die Männer drehen die Winde, die Kette mit den riesigen Eisengliedern wird klappernd und ratternd aufgespult.

»Großer Gott«, sagt Michael. »Sie *angeln* nach ihm.«

Etwas erscheint, die Kette verharrt. Der Fang kreiselt tropfend.

Es ist kein menschlicher Körper. Sondern eine Kühlschranktür, mit Algen und Schlamm bedeckt. Sie baumelt einen Moment am Haken, dann bricht der Griff ab, und die Tür versinkt wieder im See.

Richard hätte ein Netz oder so etwas wie einen großen Kescher erwartet. Auf einen dreizackigen Eisenhaken war er nicht gefasst. Doch es leuchtet natürlich ein. Auf dem Grund des Sees liegt garantiert jede Menge Müll und Holz.

Ein Netz wäre da im Nu kaputt. Aber dennoch, so ein wuchtiger *Wurfhaken*.

»Lass uns gehen«, sagt Richard. Er kann den Anblick nicht ertragen.

Michael ist bleich. Es ist heiß.

»Lass uns doch ins Haus gehen«, sagt Richard.

»Du willst nur nicht verlieren«, erwidert Michael, und sie steigen wieder den Abhang hinauf, während hinter ihnen die Eisenkette rasselt.

Als sie oben ankommen, sitzt Diane auf der Mauer, sie trägt ein weißes Sommerkleid mit grauen und grünen Wirbeln und lässt die Beine baumeln. Die sind so lang, dass die Sandalen das Gras berühren. Diane reicht Richard die Hand, und er ergreift sie, um über die Mauer zu klettern.

Michael und Diane schauen einander nicht an. *Das bilde ich mir doch ein*, denkt Richard zunächst, doch nach einer Weile gibt es keinen Zweifel mehr. Zwischen den beiden stimmt etwas nicht.

»Ich hab euch Wasser gebracht«, sagt Diane.

Auf der Mauer stehen Campingbecher, und Richard nimmt sich einen und trinkt.

»Lisa ist aufgestanden«, berichtet Diane.

»Ich sollte nach ihr schauen«, sagt Richard.

»Sie ist in der Badewanne. Zumindest hab ich vor einer Weile gehört, wie Wasser eingelassen wurde.«

»Mom geht's bestimmt gut«, sagt Michael. »Können wir nicht wenigstens ein verdammtes Spiel fertig machen?«

Richard kann sich diesen Stimmungswechsel nicht erklären. Seit Diane da ist, wirkt Michael regelrecht wütend.

»Hast du Schmerzen?«, fragt sie und streckt die Hand nach dem Verband aus.

 Michael weicht zurück. Er hält ein Hufeisen in der Hand,

scheint es aber nicht werfen zu wollen, solange seine Frau dabei ist.

»Machen die Boote das, was ich glaube?«, fragt sie.

Richard hofft, dass sie den riesigen Haken nicht gesehen hat. Er nickt und wünscht sich, weise Worte parat zu haben, irgendetwas Tröstliches, das er den beiden sagen könnte, aber ihm fällt nichts ein.

Unten am Ufer jaulen Hunde.

»Ich geh wieder hoch«, sagt Diane. »Wenn Lisa euch braucht, sag ich Bescheid.«

Sie macht ein paar Schritte, kehrt noch einmal um und umarmt Michael. Er legt das Hufeisen nicht weg und erwidert die Umarmung nicht. Diane lässt ihre Wange ein paar Momente an Michaels Brustkorb ruhen, gibt ihm einen Kuss auf die Schulter und geht.

Michael sieht seinen Vater erst an, als sie am Haus ist.

»Was zum Teufel war das?«, fragt Richard.

»Was?« Michael nimmt einen Schluck aus dem Reisebecher, stellt ihn ab, trinkt Wasser.

»Ich weiß, dass du verstört bist wegen des Jungen. Und traurig. Aber lass das doch nicht an deiner Frau aus.«

Einen Moment lang sieht Michael wieder genauso wütend aus wie eben, aber er bleibt stumm. Wortlos geht er an der Kiefernzapfenlinie in Stellung, macht einen Schritt zurück und einen vorwärts, schleudert das Hufeisen. Eine Sekunde lang sieht es aus, als würde es zu weit fliegen. Doch dann fällt das Hufeisen über den Eisenstab und klackert daran entlang zu Boden.

Richard heult auf.

»Drei Punkte bist du schon los«, sagt Michael. »Mal schauen, wie's mit den restlichen aussieht.« Er sieht den Stab an, nicht Richard.

»Rede mit mir, Sohn.« Richard spürt, dass er Michael jetzt lieber nicht berühren sollte. »Setz dich.«

Michael runzelt die Stirn.

»Ich bin dein Vater«, sagt Richard. »Setz dich.«

Michael gehorcht, hockt sich im Schneidersitz auf die Mauer. Sähe er nicht so wütend aus, könnte man glauben, er wolle meditieren.

Richard setzt sich neben ihn. Die Mauer hat er vor Jahren selbst errichtet, die Steine mit Schnellzement zusammengefügt. Als junger Mann hat er alle Reparaturen im Haus eigenhändig gemacht, hat beim Auto Reifen und Öl selbst gewechselt. Dann kamen der Ruf an die Uni, Stipendien und Forschungsprojekte, Zeit wurde kostbarer, es lohnte sich nicht mehr, durch Handwerkeraufgaben Geld zu sparen. In der Stunde, die er fürs Rasenmähen brauchte, konnte er einen Antrag schreiben, der seinem Institut eine halbe Million Forschungsgelder einbrachte. Aber dieser Abschnitt seines Lebens ist vorbei. Keine Stipendien mehr, keine Anträge, keine Reisekostenerstattung. Richard ist im Ruhestand. Von jetzt an ist sein Leben ein dauerndes Sabbatjahr, finanziert aus Eigenmitteln.

»Weißt du«, sagt er, »deine Mutter und ich hatten auch unsere Probleme.«

»Was bitte?«

Eine Libelle landet auf Richards Bein, hebt wieder ab.

»Du und Diane. Ihr wirkt unglücklich.«

Michael seufzt. »Wir haben eine schwierige Phase. Es ist etwas passiert, worüber ich nicht sprechen kann.«

Richard hat eine Vermutung; nein, eigentlich *weiß* er es. Ihm ist völlig klar, was sein Sohn getan hat.

»Michael«, sagt Richard. »So was passiert nicht nur dir.«

»Wir waren uns einig, dass wir nicht … dass wir keine …«

Als Michael mit der Hand wedelt, fällt sein Reisebecher von der Mauer. Er hebt ihn auf, trinkt, setzt sich wieder hin.

Richard sieht seinen Sohn an. »Ich weiß, man glaubt, das sei das Ende. Aber das muss nicht so sein.«

»Ich liebe Diane, aber …«, erwidert Michael, »… ich sollte wirklich nicht darüber reden.«

»Das verstehe ich«, sagt Richard. Er schämt sich noch immer, aber er kann es jetzt aussprechen. Sie haben beide den gleichen Fehler gemacht. Michael wird Verständnis haben. »Ich hatte auch mal eine Affäre.«

Michaels Kopf dreht sich wie in Zeitlupe in seine Richtung, so langsam, als wollte der missbilligende Sohn den Vater absichtlich besonders lange quälen.

Richard hat sich verrechnet, gravierend.

»*Auch?*«, wiederholt Michael. »Du hast Mom *betrogen*?«

»Es gab da mal eine Frau …«

»Großer Gott.«

»… eine Professorin.«

»Nicht im Ernst.«

»Es war ein Fehler.«

»Und du dachtest, *ich* hätte …«

»Sprich bitte leiser, Michael.«

Michael stellt den Becher ab, zieht die Knie an die Brust, lässt den Kopf daraufsinken. »Ich will das nicht wissen. Ich will nichts davon hören, und ich will das überhaupt nicht wissen.«

»Es tut mir leid«, sagt Richard. »Ich dachte …«

»Du dachtest, ich gehe fremd? So was würde ich nie machen, Dad. Die Sorte Mann bin ich nicht.« Michael blickt auf und betrachtet seinen Vater forschend. »Und wieso bist du es?«

Sein Sohn hält sich für moralisch überlegen. Sein Sohn,

mit einem Becher voll Whiskey am helllichten Tag und einem Berg Schulden, hält sich für besser als sein Vater, der ein einziges Mal einen Fehler gemacht hat.

Michael streicht über die Mauer. Ein Stein ist locker, Michael drückt dagegen.

»Weiß Mom davon?«

»Manchmal kommt es mir so vor. Obwohl ich nicht weiß, wie sie es erfahren haben sollte.«

Richard schaut nach oben zum Haus. Er hätte zu ihr gehen sollen. Er sollte dort oben sein, bei seiner Frau.

»Ich wünschte, du hättest mir das nicht gesagt.« Michael packt den Stein mit beiden Händen, rüttelt daran. Richard denkt an die vielen Wochen, die er gebraucht hat, um diese Mauer zu bauen. Aber es spielt sowieso keine Rolle mehr. Die Mauer wird bald dem Erdboden gleichgemacht.

»Erst Thad«, sagt Michael. »Und jetzt du.«

»Thad?«

»Thad und Jake sind offen.«

»Was soll das heißen?«

»Offene Beziehung. Sex mit anderen Männern.«

»Oh«, sagt Richard. »Das hat Thad dir erzählt?«

Richard ist nicht naiv. Seine Söhne gehören einer anderen Generation an, und junge Leute leben anders als ihre Eltern. Er hat Thad nur immer für traditionell gehalten, was Beziehungen angeht.

Michael lässt den Stein los. Der Mörtel bröckelt ab, kleine Kiesel rieseln zu Boden.

»Hat Thad dir das im Vertrauen gesagt?«, fragt Richard.

Michael nickt, Richard schüttelt den Kopf.

»Dann hättest du es mir nicht erzählen sollen.«

»Und du hättest mir nicht erzählen sollen, dass du eine Affäre hattest.«

»Das ist etwas anderes«, erwidert Richard, bemüht, nicht die Stimme zu erheben. »Das ist mein eigenes Geheimnis. Aber du bist es deinem Bruder schuldig, seine Privatsphäre zu respektieren.«

»Und du bist es Mom schuldig, nichts mit anderen Frauen zu haben.«

Frau, möchte Richard korrigieren, aber was würde es nützen? Michael ist jetzt auf Verurteilung aus.

Lautes Rasseln veranlasst sie beide, zum See zu blicken. Die Männer auf dem Boot drehen die Winde. Der Haken taucht auf, leer.

»Sei ein besserer Bruder«, sagt Richard. »Und Diane liebt dich. Mein Rat? Was auch in dich gefahren ist – vermassel das nicht. Du hast nicht viel, aber du hast sie.«

Er steht auf, hält Michael das letzte Hufeisen hin. Kein weiteres Wort, nur noch dieses eine. »Wirf.«

Michael greift zu, bewegt sich schnell. Zielt nicht lange, als er an der Zapfenlinie steht, holt nur aus und wirft. Und dieser Wurf ist noch besser als der erste. Der erste war ein Glückstreffer. Aber der hier ist wuchtig, ein wütendes *Du kannst mich mal.*

Trotz des Rosts fängt das Hufeisen, dieses uralte Glückssymbol, Sonne ein. Es kreiselt und saust durch die Luft, als wollte es den Stab zur Explosion bringen.

Drei Punkte stehen auf dem Spiel, und beide Männer warten. Sie halten die Luft an und blinzeln nicht, warten gespannt, ob das Bestehende bewahrt, oder aber vernichtet wird.

16

In Bushwick würde man ein Apartment wie das von Marco nicht unter dreitausend im Monat kriegen, aber Jake vermutet, dass Marco hier höchstens tausendfünfhundert zahlt. Alles ist weiß – weißer Teppichboden, weiße Decke, weiße Wände. Kein gedecktes, sondern grelles Weiß, das steril wirkt. Jake hat schon lange keine Wohnung mehr mit so viel Teppichboden gesehen und stellt sich vor, wie Marco hier staubsaugt. Es gebe drei Schlafzimmer, sagt er bei der Führung, aber zwei Türen sind geschlossen, und er bietet nicht an, sie zu öffnen. Der dritte Raum ist groß und extrem ordentlich, mit begehbarem Kleiderschrank und breitem Doppelbett.

»Was kann ich euch zu trinken anbieten?«, fragt Marco. Er hat das Hemd einen Knopf weiter aufgemacht, die enthaarte Brust glänzt. Er ist durchtrainierter als in der Zeit mit Jake.

»Ich nehm gerne Kaffee«, sagt Jake und schaut verstohlen auf seine Hose. Kein Wasserfleck mehr, aber er ist verunsichert. Hat in der Herrentoilette im *Antoine's* so lange unterm Händetrockner gestanden, bis die Haut brannte.

Sie gehen zurück ins Wohnzimmer, zu den zwei weißen gedrungenen Couchen, zwischen denen ein Glastisch steht. Jake zieht sein Sakko aus, legt es über die Lehne, setzt sich. Thad lässt sich neben ihm nieder, Amelia gegenüber, Marco geht in die Küche. Jake kann nicht anders, er wirft einen

Blick auf Thad, dann auf Marco in der offenen Küche. Thad ist nicht so muskulös wie Marco, aber süß und jungenhaft mit seinem Babyface. Jake mag ihn wirklich richtig gern.

Thad lächelt und macht Konversation mit Amelia. Die Aufregung von vorhin scheint verflogen. Jake ergreift seine Hand, Thad lässt es zu.

In der Küche zelebriert Marco mit großem Tamtam das Kaffeekochen, öffnet Schränke mit Silbergriff, reiht diverse Kaffeesorten, Mühle, Presskanne auf dem Tresen auf.

Amelia sitzt lächelnd auf der Couch, die langen Beine unter sich gezogen. Jake weiß nicht, was er von ihr halten soll. Auf gar keinen Fall ist Marco hetero, schon bi wäre unwahrscheinlich. Nicht Jakes Marco, der von damals aus der Kunstschule.

Amelia fragt, was sie in Asheville machen, und Thad erzählt vom Haus der Eltern am See, dem letzten Besuch hier. Amelia streicht sich durchs Haar und legt den Kopf schief. Ihr Blick ist so einladend, dass Jake am liebsten laut lachen würde. *Kannst du vergessen, Mädel.*

»Genau genommen ist es ein Trailer, ausgebaut zu einem Haus«, sagt Jake, woraufhin Thad seine Hand loslässt. Warum er das gesagt hat, kann Jake sich auch nicht erklären. Wieso muss er so gemein sein?

»Meine Eltern leben auch in so was«, sagt Amelia. »Ganz viele Leute.«

Eine Gesprächspause entsteht, dann entfaltet Amelia ihre langen Beine und steht auf.

»Schatz, können wir was ziehen?«

»Weiß nicht«, antwortet Marco. »Was halten denn die Gäste davon?«

»Die Gäste finden das cool«, antwortet Thad.

Jake ist ziemlich sicher, dass Thad noch nie im Leben

gekokst hat, und spürt, dass Stress ansteht. Thad hat sich nicht beruhigt, sondern wartet im Gegenteil darauf zuzuschlagen. Er will kein Kokain. Sondern Jake fertigmachen.

»Jake?«, fragt Marco. »Ist das okay für dich?«

»Na klar.« Jake denkt an Antidrogen-Videos. Aber im echten Leben ist Neinsagen viel schwerer.

Der Wasserkessel pfeift.

Amelia geht raus, kommt mit einem *Boggle*-Würfelspiel zurück. Sie nimmt den Plastikdeckel ab, schüttet den Inhalt der Schachtel auf den Glastisch. Der Boden ist in kleine Fächer aufgeteilt, es gibt eine Sanduhr und etliche Würfel mit Buchstaben. Würden sie jetzt spielen, dann würde Thad alle übertrumpfen. Wörter sind absolut sein Ding. Aber Spielen ist jetzt nicht das Thema.

Amelia entfernt die Kappe von einem Ende der Sanduhr und schüttet die Hälfte des Inhalts auf den Tisch. Mit dem Rand des Schachteldeckels arrangiert sie kleine Ameisenhügel, dann Lines, streicht am Ende über den Deckelrand und leckt ihren Finger ab.

Jake hat Partys in sämtlichen Vierteln von New York mitgemacht, hat mitbekommen, wie die Kunstszene jede erdenkliche Droge gezogen, geraucht, geschluckt, gespritzt hat. Aber noch nie, wirklich nie, hat er erlebt, dass jemand für ein bisschen Koks einen derartigen Aufwand getrieben hätte. Ganz ehrlich, wer nimmt sich denn die Zeit, eine Sanduhr aus einem Würfelspiel zu füllen? Warum bewahren die beiden ihr Zeug nicht in Plastiktütchen auf wie jeder ehrenwerte Drogenkonsument?

»Wer am nächsten bei A ist, darf zuerst«, verkündet Amelia.

Thad nimmt sich einen Würfel und hat Q.

 Marco kehrt mit einem Silbertablett zurück, auf dem vier

zarte Porzellantassen, ein Sahnekännchen und eine Zuckerdose stehen. In der Mitte ragt die Presskanne auf. Der Pressstempel ist golden, der Deckel besteht aus einem Totenschädel mit Glitzersteinen als Augen.

Amelia schiebt die Würfel beiseite, damit Marco das Tablett abstellen kann.

»Thad hat ein Q gewürfelt«, sagt sie.

Marco lacht. Er setzt sich und würfelt.

Jake findet das alles ganz furchtbar. Er hat nur ein einziges Mal im Leben gekokst und davon so übles Herzrasen bekommen, dass er Todesangst hatte. Das will er auf keinen Fall noch mal durchmachen. Er wirft Thad einen hilfesuchenden Blick zu, aber der schaut demonstrativ zur Decke.

Jake sagt, er müsse mal zur Toilette, und verdrückt sich, hastet den Flur entlang. Aber er braucht kein Klo, sondern einen Ort, wo er sich einen Moment beruhigen kann, bevor der Zustand eintritt, in dem er Atemnot bekommt. Außerdem ist er neugierig.

Niemals hätte er erraten, was sich hinter der ersten Tür verbirgt. Normalerweise hängen Künstler bei sich nicht die eigenen Werke auf. Ganz bestimmt aber richten sie nicht für sich selbst eine Galerie ein. Doch genau das ist dieser Raum: ein Marco-Schrein. An den Wänden hängen die unverkauften Bilder aus Marcos Studienzeit. Jake kennt sie alle. Da ist die Stierkampfserie. Die Acrylarbeiten mit den ausgeweideten Ziegen. Das Selbstporträt mit Jod und Blut. Die Werke sind brutal und noch besser, als Jake sie in Erinnerung hat. Aber es ist nichts Neues dabei.

Sein Lieblingsbild anzuschauen, fällt ihm am schwersten, wie das mit Lieblingsbildern häufig so ist. Es stammt aus einer Serie, die Marco nach einer Tour durch einen Schlachthof gemacht hat; eine gemalte Collage aus bluttriefenden

Schnauzen, Schweineohren mit Stempeln und Klammern, drahtverschnürten blutigen Füßen mit Hufen. Authentizität kann man nicht künstlich erzeugen, und Jake fragt sich, wie wohl Marcos neue Bilder sind. Vielleicht ist ein Leben nach Asheville doch möglich. Vielleicht würde sich jemand in New York für Marco interessieren.

Jake verlässt den Raum und schließt die Tür hinter sich. Da er niemanden hört, huscht er noch ins nächste Zimmer. Es hat ein großes Fenster und gutes Licht, es ist ein Atelier. Leinwände liegen, mit Bettlaken verhüllt, auf dem Boden oder stehen mit der Vorderseite zur Wand. Auf Staffeleien wird gearbeitet, und Jake will sich die Bilder ansehen, die Vögel. Aber in dem Moment hört er eine Stimme und eilt hinaus.

Er geht rasch den Flur entlang zum Badezimmer, schließt hinter sich ab. Luxuriöse Ausstattung mit zwei Waschbecken, Dusche hinter Glas, Wanne mit Whirlpool. Der Raum ist über drei Meter hoch.

Jake setzt sich auf den Rand der Wanne, und jetzt erfasst ihn das Gefühl. Das Gefühl, nicht mehr atmen zu können.

Ist Marco der bessere Maler?

Wenn er nun nach New York zurückkehrt und angesagter ist als Jake?

Wenn Jake dann nicht mehr gut verkauft und Thad ihn verlässt? Er plant doch jetzt schon abzuhauen, da draußen auf dieser weißen Couch. Bald wird er allein sein, dann pleite. Dann obdachlos. Nachts werden Ratten kommen und ihm die Finger abnagen.

Er muss gleich kotzen. Nein, er wird sterben. Er wird sterben, hier, auf dem Badezimmerboden seines Ex-Freundes, während der sich gerade mit Jakes Lover Koks in die Nase zieht. Spitzenmaterial für Sensationsjournalisten.

 Jake geht zu einem der Waschbecken, klatscht sich kaltes

Wasser ins Gesicht. Auf dem Bord steht ein blauer Henkelbecher mit einem Umriss von North Carolina. Zwei Zahnbürsten ragen aus dem Becher auf. Eine sieht aus wie kaum benutzt, die andere wie eine Aufwachfrisur. Jake kann nicht mal mehr sagen, welche von beiden wohl Marco gehört. Der Mann ist ihm fremd geworden.

Das Wasser hilft. Er bekommt wieder Luft, trocknet sich mit dem Gästehandtuch das Gesicht ab. Dann öffnet er das Medizinschränkchen. Er erwartet Gleitcreme, verschreibungspflichtige Medikamente, irgendetwas, das Marco verbergen möchte. Aber das Schränkchen enthält lediglich Zahnpasta, Kämme und Cremes, das Übliche. Und Zahnseide, mit der er ein Stück Schwertfisch zwischen seinen Zähnen herausholt.

Er geht ins Wohnzimmer zurück. Der Kaffee ist fertig, die anderen trinken schon. Jake setzt sich, greift nach seiner Tasse. An einem normalen Tag würde er Zucker und Sahne nehmen, aber heute ist kein normaler Tag. Er fürchtet, dass seinen zitternden Händen das delikate Ballett mit Zucker und Löffel misslingen würde. Deshalb führt er die Tasse mit beiden Händen zum Mund und trinkt den Kaffee schwarz.

»Die letzte ist deine«, sagt Marco.

Die Line auf dem Tisch ist dick wie eine Raupe. Jake schüttelt so höflich wie möglich den Kopf.

»Ach, komm schon«, sagt Thad und rückt näher, bis ihre Schenkel sich berühren. Auf der Couch gegenüber sitzt Amelia Marco schon fast auf dem Schoß. Ihre Nase ist weiß bestäubt.

Neben der Spielschachtel liegt ein grüner Starbucks-Strohhalm, die Sanduhr ist umgekippt. Jake nimmt den Strohhalm zwischen Daumen und Zeigefinger, beugt sich vor und setzt den Halm an. Aber irgendetwas passiert, ein Hauch in der Luft, und er spürt Thads Mund am Ohr.

»Ich verzeihe dir«, raunt Thad. »Wir können sofort aufbrechen.«

Ein Teil von Jake will sich umdrehen und den Mann, den er liebt, umarmen, dann verschwinden und weiterleben wie bisher. Doch der andere Teil, der Druck und Scham verabscheut – der Teil, der ihm jetzt einflüstert, Stolz sei wichtiger als Liebe –, hält den Strohhalm an ein Nasenloch und zieht.

Zuerst spürt er gar nichts. Dann ein Kribbeln, Elektrizität im Kopf. Funken, Blitze. Sein Hirn ist eine Tesla-Spule, Strom schießt durch seine Kehle, sein Rückgrat vibriert. Die Augen sind Glühlampen, die Lippen Blinklichter.

Jake sieht sich nach Thad um, aber der ist verschwunden. Gegenüber küssen sich Marco und Amelia, was Jake kaum ertragen kann. Der Anblick von Marco mit einer Frau ist verstörend.

Dann kommt Thad wieder herein. Er hat die morgens angeschaffte Hose ausgezogen, seine Boxer-Shorts sind leuchtend rot. Er zieht sein Hemd aus, lässt es auf den Boden fallen.

»Alles okay mit euch?«, fragt Marco. »Geht's euch gut?«

»Ja, alles gut«, sagt Thad.

»Super«, sagt Amelia.

Nichts ist gut. Jake will das alles nicht.

Worte – jemand sagt seinen Namen. Dann ist Marco plötzlich neben ihm.

»Lass einen ballern«, sagt Marco.

Er schüttelt die Sanduhr, mehr Koks rieselt auf den Tisch. Marco macht keinen Zirkus mit Würfeln, Strohhalm oder ordentlichen Lines. Er nimmt den Löffel aus der Zuckerdose, poliert ihn mit einem Hemdzipfel. Dann lädt er sich Koks auf den Löffel, zieht und reicht den Löffel Jake.

 Thad sitzt jetzt gegenüber bei Amelia. Ihr Kleid hängt

auf Taillenhöhe, falls sie einen BH getragen hat, ist er verschwunden.

Ihre Brüste sind eher lang als groß, Thad hebt sie an und lässt sie fallen. Sie klatschen auf ihre Rippen, was aussieht, als täte es weh, aber Amelia lacht nur.

Im Gegensatz zu Jake hat Thad Erfahrung mit Mädchen, aber trotzdem sieht ihm das nicht ähnlich. Er macht das nur, um Jake zu quälen.

Er will kein Koks mehr, sein Herz pocht jetzt schon wie wild, und er nimmt nur so viel, dass der Löffel knapp bedeckt ist. Dann schnieft er und hustet.

»Postnasales Drip-Syndrom«, sagt Marco. »Manche Leute leiden da mehr drunter als andere.«

Dann spürt Jake Marcos Hände, sie massieren seine Schultern, gleiten an der Wirbelsäule abwärts. Die Hände fühlen sich gut an … vertraut. Und weshalb hat er plötzlich kein Hemd mehr an? Er will Thad und Amelia nicht zuschauen, aber auch die Couch nicht verlassen, die Hände sollen bei ihm bleiben.

»Mach das so«, sagt Amelia. Sie hält ihre Brüste in den Händen, und plötzlich saugt sie an einer, Jake wusste nicht, dass Frauen so etwas können. Ein paar Momente lutscht Amelia an ihrem Nippel, dann lässt sie die Brust sinken. Die andere hält sie Thad hin, sein Mund nähert sich. Er schaut zu Jake hinüber, zögert kurz, saugt an der Brustwarze.

Scheiß drauf. Jake schüttet kräftig Koks aus der Sanduhr auf den Löffel und schnieft. Und es ist gut. Der Stoff ist gut. Er *fühlt* sich gut. Sein Herz ist ein Metronom auf Highspeed.

»Übertreib's nicht«, sagt Marco. »Das ist krasses Zeug.« Seine Hände gleiten zu Jakes Bauch, seinem Gürtel.

Jake schaut zu seinem Freund hinüber, aber Thads Mund ist beschäftigt, und er hat die Augen zu.

Jakes Hose wird aufgemacht, er schließt auch die Augen. Seit Wochen schon hat er sich in Gedanken mit diesem Treffen beschäftigt, sich Fantasien genehmigt. In keiner kamen Koks und Amelia vor, aber das macht jetzt auch nichts. Davon will er sich nicht stören lassen. Seine Hose ist heruntergezogen, er ist bereit.

Nur sein Körper nicht. Marcos Hände halten sein Glied, aber es ist schlaff. Das kommt einfach nicht vor, nicht bei Jake.

»Passiert manchmal bei Koks«, sagt Marco. »Man wird leicht geil, aber schwer steif. Ich hab Viagra, falls du was möchtest.«

Scheiße. Jake ist sechsundzwanzig und gut im Bett. Er braucht keine Pille, um steif zu werden.

In seinem Kopf klackert ein Stepptanz-Rhythmus, und er kann ihn zurückverfolgen zu einer weißen Uhr an der Wand. Auf der Couch gegenüber zerrt Amelia an Thads Boxershorts. Jake entzieht sich den Händen und macht seine Hose wieder zu.

»Was ist los?«, fragt Marco in sanftem, fürsorglichem Ton, den Jake gern für echt halten würde.

So viele Sätze, die gesagt werden wollen, sich aber in seinem Mund knäueln, als könne er nur noch in Zungen sprechen.

Wie die Sehnsucht erklären, bewundert und gepriesen zu werden, und den Wunsch, das alles nicht so sehr zu brauchen? Wie das Verlangen erklären, nicht als der Jake gesehen zu werden, der er ist, sondern als der Mann, der er sein möchte?

Wie die Verzweiflung, die Paranoia, die Scham erklären? So viel Scham! Die Geilheit und die Scham, die er deshalb empfindet. Das Wichsen mehrmals am Tag. Die Dreier. Die

Vierer. Mit Thad und ohne ihn. Zu Jake kommen Männer, schöne Männer mit Designer-Jeans und Rockstar-Frisur, Künstler und Männer, die Künstler sein wollen, und Männer, die niemals Künstler sein werden, es aber noch nicht wissen.

Und wie die Gefühle für Thad erklären? Jake wollte nie nur einen Mann lieben, aber es ist so. Und nun? Wie soll es weitergehen?

Du sollst mich mögen, vögeln, lieben.

Vielleicht ist Marco genauso. Und Thad. Vielleicht empfinden alle auf dem Planeten Erde diese Gier, vergöttert zu werden. Möglicherweise ist er gar nichts Besonderes. Und möglicherweise ist es genau das, was ihm am meisten Angst macht.

Es gibt keine geeigneten Worte, um all das zu vermitteln. Aber das ist auch egal, weil Marco jetzt aufsteht, Jake an der Hand nimmt und ihn den Flur entlang Richtung Schlafzimmer zieht.

Sie setzen sich ans Fußende von Marcos Bett. Am Kopfteil stapeln sich Kissen, viel mehr Kissen, als zwei Leute brauchen. Eine Tagesdecke liegt auf dem Bett, und Jake kennt diese Decke. Marco und er haben einmal betrunken darüber debattiert, ob sie meergrün oder grasgrün ist. Es war die Art von überflüssiger Diskussion, in die Kunststudenten sich gerne verstricken, wenn sie noch wenig vorzuweisen haben außer Meinungen und Verbohrtheit.

Jake streicht über die Decke, spürt die Wirbel und sich schlängelnden Linien der Stickerei an den Fingerspitzen.

»Die hat meine Großmutter gemacht«, sagt Marco.

»Aus Puerto Rico«, erwidert Jake. »Ich weiß.« Genauso gut hätte er sagen können: *Ich liebe dich immer noch.*

Ein rhythmisches klatschendes Geräusch tönt durch den Flur. Marco steht auf und schließt die Tür. Dann geht er ins

Badezimmer, und als er zurückkommt, trägt er kein Hemd mehr. Seine Bauchmuskeln sind geriffelt und gewölbt, klassischer Waschbrettbauch. In einer Hand hält er den blauen North-Carolina-Becher, in der anderen liegt eine blaue Pille.

Jake schluckt die Pille, trinkt Wasser aus dem Becher.

Hält sich an der Decke fest und schaut auf seinen Schritt.

Marco lacht und setzt sich zu ihm. »Hey, das ist keine Magie. Es dauert ein Weilchen.«

»Ist das nicht gefährlich? Viagra und Kokain mixen?« Er horcht, ob Sexgeräusche herüberdringen, aber die Tür hält dicht.

»Hat mein letzter Freund dauernd gemacht«, sagt Marco.

Freund. Jake hat keine Ahnung, wie er taktvoll fragen kann, und fragt deshalb direkt.

»Amelia. Was ist das für eine Geschichte?«

Marco zuckt die Achseln. »Sie ist gut in Blowjobs.«

Jake sieht wohl verwirrt aus, denn Marco packt ihn abrupt an der Schulter und rüttelt, zu fest.

»Das war ein Witz, Mann! Gott, keine Ahnung. Irgendwas zwischen uns hat gefunkt. Hat's bei dir noch nie gefunkt mit jemandem, der gar nicht dein Typ ist?«

»Doch, klar«, sagt Jake. »Aber das waren Männer.«

»Ich steh auch immer noch auf Männer, aber eben auch auf sie. Sie ist sexy und redet gern über Kunst.«

Am liebsten würde Jake sagen, dass die einzigen Leute, die in New York *über Kunst reden*, Leute sind, mit denen man genau das nicht tun möchte. Über Kunst reden nur Käufer, Wichtigtuer, Studenten und Möchtegern-Künstler. Wenn er mit Künstlerfreunden zusammen ist, reden sie über alles Mögliche, nur nicht über Kunst.

»Ganz ehrlich: Amelia erinnert mich an dich«, sagt Marco. »Nicht an dich, wie du jetzt bist, sondern wie du früher warst.

Bevor dir der Erfolg zu Kopf gestiegen ist.« Er streicht mit zwei Fingern über Jakes Arm. »Ich hab dich geliebt, weißt du.«

Jake möchte etwas empfinden, aber Marcos Erklärung klingt unwahrhaftig, eingeübt, und Jake weiß nicht, ob sie gut gemeint ist oder grausam.

»Also, was seid ihr beide dann, Amelia und du?«

»Das, was wir sind. Wir kleben kein Etikett drauf.«

Das bringt Jake zum Lachen. Wie oft hat er diesen Satz von verheirateten Männern gehört, die mit ihm ins Bett wollten?

»Wir haben Spaß zusammen«, sagt Marco. »Das ist alles.«

Und ist er für Marco auch nicht mehr als *Spaß*?

»Liebst du mich wirklich?«, fragt er. Das ist einfacher, als zu fragen: *Liebst du mich jetzt gerade?*

Marco stößt einen Seufzer aus, der klingt wie seit Jahren angestaut.

»Wer weiß, Jacob?«, antwortet er, und die zusätzliche Silbe schneidet Jake ins Herz.

Er knetet die Decke. Was er jetzt viel mehr will als Sex, ist, allein zu sein. Das Kokain hat seinen Puls beschleunigt, aber sein Denken verlangsamt. Oder die blaue Pille zieht Blut aus dem Gehirn ab. Er möchte nachdenken, aber das funktioniert nicht richtig.

»Ich war nicht neidisch«, sagt Marco.

»Wie bitte?«

Marco steht auf und wandert durchs Zimmer. »Als Frank dich übernommen hat und so viele Arbeiten von dir verkauft wurden, hast du doch gesagt, ich sei neidisch. Aber so war es nicht. Ich habe mich für dich gefreut. Das war nicht der Grund, weshalb ich dich verlassen habe.«

Jake will es jetzt wissen. Und er will es auch nicht wissen. »Warum denn dann?«

»Weil du *mit allen* gevögelt hast, Jacob. Jedes Mal war das letzte Mal. Jedes Mal hast du gesagt, es würde nicht wieder vorkommen.«

»So viele waren es nicht«, sagt Jake.

»Spencer. Roger.«

»Mit Roger hatte ich *nie* Sex«, widerspricht Jake. Er ist sicher. Ziemlich sicher zumindest.

»Clifton. Alan. Ned. Demetrius.«

»Ja, okay.«

»Mit dem Typen bei Heathers Vernissage«, führt Marco fort. »Der hatte ein Septumpiercing. Einen *Nasenring.*«

»Ich habe dich geliebt«, sagt Jake.

Marco geht vor ihm auf die Knie.

»Ich glaube dir, dass du das geglaubt hast«, sagt Marco. »Aber das Problem ist, dass du gar nicht weißt, was Liebe ist. Mit dir stimmt etwas nicht. Irgendetwas in dir ist kaputt. Du liebst niemanden. Weil du es gar nicht kannst.«

Er zieht Jake Hose und Unterhose aus, und wider Willen merkt Jake, dass die Pille gewirkt hat.

Er möchte so vieles sagen, aber Marco lässt ihn nicht.

»Nicht mehr sprechen«, sagt er. »Ich mach jetzt das, wofür du hergekommen bist.«

17

In der Küche liegen für Suppe geschnetzelte Möhren auf einem Schneidebrett. Auf dem Herd steht ein Topf mit Wasser, das nicht erhitzt wurde. Auf der Arbeitsfläche eine Pyramide aus Suppenwürfeln, ein Holzlöffel, eine Zwiebel, noch umhüllt von ihrer goldenen Schale. Diane spielt mit den Suppenwürfeln, ordnet sie dann wieder.

Anklopfen scheidet aus. Was sich im Badezimmer abspielt, geht sie nichts an. Aber selbst in der Küche hört Diane, dass ihre Schwiegermutter weint. Sie geht zum Badezimmer und klopft an.

Entweder hört Lisa nichts, weil das Wasser rauscht, oder sie will nichts hören. Diane klopft noch mal.

Sie versteht das. Sie braucht auch oft ihre Ruhe. Aber selbst jemand, der seine Ruhe haben will, sollte nicht eine Stunde lang allein in der Badewanne weinen. Lisa soll wissen, dass sie nicht einsam ist. Und wenn Richard heute kein Ehemann sein will, dann wird Diane ihr Bestes tun, um eine Tochter zu sein.

Sie dreht den Knauf. Die Tür ist nicht abgeschlossen.

Drinnen Dampf und Dunst und Feuchtigkeit. Die Armaturen sind beschlagen, sogar am Spülkasten läuft Wasser hinunter. Der Spiegel über dem Waschbecken sollte von vier Glühlampen beleuchtet sein, aber zwei sind ausgefallen, und das Licht ist so trüb wie in der Dämmerung eines Regentages. Irgendwo hinter dem schwitzenden Duschvorhang badet Lisa.

Dianes Haut rötet sich, das Kleid klebt ihr an der Haut. Das Wasser wird abgedreht.

»Hallo, wer ist da?«, fragt Lisa.

»Ich bin's«, antwortet Diane. »Ist alles okay?«

»Ja. Ich gönne mir nur eine Auszeit. Dampf ist gut für die Poren.«

Diane nickt, was nutzlos ist, da es nicht gesehen wird. Sie nimmt ein Handtuch von der Stange, legt es auf den feuchten Toilettensitz und lässt sich nieder. Neben ihr ist zwischen Vorhang und Wand ein kleiner Spalt, durch den sie Lisas Füße und darüber den silbernen Wasserhahn sehen kann. Der silbrige Farbton passt nicht zu den Messingarmaturen vom Waschbecken, aber das liebt Diane an diesem Haus, es ist ein Sammelsurium, alle defekten Teile sind im Lauf der Zeit ausgetauscht worden, nichts ist einheitlich, weil es auch nicht einheitlich sein muss. Das ist kein Haus, in dem man Geschäftsessen mit Kollegen abhält oder Gäste bewirtet. Es ist ein Sommerhaus für eine Familie. Die Armaturen im Badezimmer passen nicht zusammen, aber diese Disharmonie ist Ausdruck von Harmonie.

Lisas Zehen verschwinden im Wasser. Der Hahn tropft.

Diane würde sehr gern etwas sagen, aber sie hat das deutliche Gefühl, dass sie nicht als Erste sprechen sollte.

»Dieser Junge«, sagt Lisa. »Diese Familie.«

Ihr Fuß taucht aus dem Wasser auf, die biegsamen Zehen umklammern den Hahn mit dem Buchstaben »H«, drehen. Und als Wasser sprudelt und noch mehr Dampf am Vorhang vorbei in den Raum quillt, verschwindet der Fuß wieder. Lisa muss einen Badezusatz benutzt haben, es riecht nach frisch geschnittenen Blumen, Eukalyptus und Minze. Die Zehen kehren zurück, das Wasser wird abgedreht.

Danach hört man wieder nur das Tropfen und Lisas mühsames, tränenersticktes Atmen.

»Kann ich dir irgendwas bringen?«, fragt Diane schließlich. »Vielleicht …«

»Ich habe auch eines verloren«, sagt Lisa. Der Vorhang bewegt sich, das Ende wird beiseitegeschoben, sodass Diane Lisas Gesicht sieht, die verquollenen Augen, die vom Weinen geröteten Wangen. »Wir hatten eine Tochter, June. Sie ist nur einen Monat alt geworden. In diesem Sommer wäre sie fünfunddreißig geworden.«

Diane möchte Lisa in den Arm nehmen, aber ihre Nacktheit und das Wasser verhindern es.

»Das tut mir so leid«, sagt Diane. »Michael hat mir das nie erzählt.«

»Er weiß es nicht.«

Diane glaubt, sich verhört zu haben. Ein solches Geheimnis hütet man doch nicht fünfunddreißig Jahre lang und offenbart es dann in der Badewanne seiner Schwiegertochter.

»Wir haben es den Jungen nie gesagt.« Lisa schöpft mit beiden Händen Wasser und lässt es über ihr Gesicht fließen. »Jetzt fragst du dich, warum. Und du fragst dich, warum ich es dir erzähle.«

Diane ist schwindlig. Sie schwitzt, es ist zu heiß hier drin, die Luft zu feucht zum Atmen.

»Richard war dafür, es den Jungs zu sagen«, spricht Lisa weiter, »aber wir konnten uns nicht darauf einigen, welches Alter richtig wäre. Kleinkindern kann man nicht sagen, dass es ein Geschwisterkind gab, das sie niemals erleben werden. Kindern kann man nicht erzählen, dass Kinder sterben. Also, natürlich kann man das machen, aber es ist ungünstig für die emotionale Entwicklung. Dann dachten wir, wenn sie sieben sind. Darauf hatten wir uns, nach allem, was wir gelesen hatten, geeinigt. Aber als Michael sieben wurde, war Thad erst vier, und wir fürchteten, dass Michael mit Thad darüber sprechen würde. Als Thad sieben wurde, war Michael schon zehn, und wir hatten Sorge, dass wir zu lange gewartet hatten. Je besorgter wir waren, desto länger haben wir gewartet, bis es uns irgendwann so vorkam, als wollten wir es ihnen nur um unserer selbst willen sagen. Hätte das Risiko bestanden, dass sie es auf anderem Wege erfahren, hätten wir es ihnen natürlich erzählt. Aber June wurde in Georgia geboren, und dort ist sie auch gestorben. In New York wusste niemand davon. Und so wollten wir das auch, als wir dieses Leben hinter uns ließen.«

Diane merkt, dass in der feuchten Luft ihre Nase läuft, will sich aber nicht rühren, die Magie des Moments nicht stören. Dass ihre Schwiegermutter sie mag, hat sie nie angezweifelt, aber sie waren einander nie sonderlich nah. Diese intime Offenbarung jedoch stellt eine Nähe her, die sich wie Liebe anfühlt.

»Es existiert kein Wort dafür, weißt du«, sagt Lisa. »Für alles andere gibt es Worte: Waise, Witwer, Witwe. Aber keine Bezeichnung für Eltern, die ein Kind verlieren.«

Diane nimmt Klopapier, wischt sich die Augen, putzt sich die Nase. Das war immer schon so: Wenn jemand in ihrer Nähe weint, muss sie unweigerlich mitweinen.

»Hätten wir es den Jungs sagen sollen?«, fährt Lisa fort. »Ich weiß es einfach nicht. Sollen wir es ihnen jetzt noch erzählen? Wie soll man das entscheiden? Was ist egoistischer: es erzählen, obwohl es sie nur traurig machen wird, oder ihnen die Wahrheit vorenthalten, weil man es nicht ertragen kann, daran zu rühren?«

»Eine gute Entscheidung gibt es da wohl nicht«, sagt Diane.

»Ganz genau. Wie man es macht, ist es falsch. Es heißt, man soll die Trauerschritte einzeln bewältigen, in irgendeiner Abfolge, über einen bestimmten Zeitraum. Aber das lässt sich nicht bestimmen. Niemand hat das Recht, dir deinen Trauerprozess vorzuschreiben.«

Lisa schöpft wieder Wasser für ihr Gesicht. Der Dampf lichtet sich etwas.

»Ich möchte nicht von meinen Söhnen bemitleidet werden«, fährt sie fort. »Ich möchte nicht, dass sie mich anschauen und *Mom, die ein Kind verloren hat* sehen. Ich möchte, dass sie *ihre* Mom sehen. In Georgia bin ich ein Jahr lang gefragt worden, was passiert ist und wie es mir geht. Ich war nur noch die trauernde Mutter. Weißt du, wie das ist, wenn man auf eine einzige Sache reduziert wird?«

»Nein«, antwortet Diane, obwohl sie es genau weiß.

In Restaurants und auf der Straße begegnet Diane Kindern aus ihrer Schule und den Eltern der Kinder. Für diese Menschen ist sie nicht Diane, sondern Mrs Maddox, die Kunstlehrerin der Grundschule. Für sie ist Diane Keramikschalen, Pappmaché und Fingerfarben. Sogar im Kollegium verpasst man ihr das Label *Kunstlehrerin*, das heißt, sie muss häufiger Aufsicht machen. Und zu ihr schickt man die Kinder, die wegen auffälligen Verhaltens aus dem Unterricht geflogen sind. Alles erinnert Diane ständig daran, dass sie in Texas lebt und nicht in New York. Dass ein Traum ihr Leben definiert, den sie längst aufgegeben hat.

»Mitleid macht einen fertig«, sagt Lisa. »Ich weiß, das klingt schrecklich, aber an manchen Tagen möchte man sich einfach einbilden, dass alles in Ordnung ist, und wünscht sich, die anderen täten es auch. Was man natürlich nicht verlangen kann, das ist mir durchaus klar. Und wer weiß, ob es gesund ist? Aber wer weiß schon, was überhaupt *gesund* ist. Wenn ich in Wartezimmern und an Flughäfen manchmal diese Shows im Fernsehen mitkriege ... wo Leute alles ausplaudern, was sie empfinden, vor wildfremden Menschen, vor einem ganzen Land ... Mir kann keiner einreden, dass *das* gesund ist.«

Eine schwere feuchte Haarsträhne fällt Lisa ins Gesicht, und sie streicht sie beiseite.

»Manchmal stelle ich mir vor, June sei nicht meine Tochter, sondern eine alte Freundin, die ich lange nicht gesehen habe. Zuletzt war sie in Madagaskar und studierte das Verhalten von Lemuren. Sie isst gern Mangos und fettfrei geröstete Cashewkerne, und ihre Lieblingsfarbe ist sehr speziell: Lindgrün. *Ich sollte sie mal wieder anrufen*, denke ich. Und dann bricht mir fast das Herz, weil ich es einen Moment lang wirklich vergessen habe. Aber dieses Vergessen ist zum Scheitern verurteilt. Wer ein Kind verloren hat, verliert es ein Leben lang immer wieder aufs Neue.«

Mehr Klopapier, mehr Tränen. Diane spürt, wie allmählich trotz des Handtuchs ihr Po feucht wird. Sie schaut Lisa an, Lisa schaut sie an. Und es kommt Diane vor, als seien ihre Herzen durch ein Band verknüpft. An diesem Band hangeln sich Kinder entlang, verlorene Kinder und Kinder, die noch nicht geboren sind.

»Die Mutter dieses Jungen«, sagt Lisa. »Sie wird sich niemals verzeihen. Sie wird nie begreifen, dass es nicht ihre Schuld war.«

Diane zieht die Füße hoch, rollt sich auf dem Toilettensitz ein, das Kinn auf die Knie gestützt.

Sie würde vieles für Michael tun. Aber eine Sache gibt es, die sie nicht für ihn tun kann. Ja, sie hatten eine Absprache, bevor sie geheiratet haben. Ja, sie hat es versprochen. Aber sie ist ein Mensch, und Menschen haben das Recht auf Veränderung.

Niemand wird ihr das Kind wegnehmen. Niemand.

Und obwohl dieser Raum und der Schmerz darin Lisa gehören, kann Diane nicht länger schweigen. Sie muss sprechen.

»Ich bin schwanger«, sagt sie, und Lisas Augen leuchten auf.

Ein neues Weinen erfüllt den Raum.

»Aber es gibt noch etwas«, fügt Diane hinzu.

Es wird schwer zu ertragen sein für Lisa. Die Gefühle ihres Sohnes. Sein Vorschlag, das Kind abzutreiben. Aber Diane verschweigt nichts.

Und sieht das Entsetzen in Lisas Augen.

18

Scheiß auf Jake.

Das war's. Aus Thads Sicht sind sie am Ende.

»Liebling«, sagt Jake.

Thad hat auf der gesamten Rückfahrt kein Wort gesprochen und sagt auch jetzt nichts.

»Wenn einer sauer sein darf, dann doch wohl ich«, sagt Jake. »Du hast mit beiden gevögelt.«

Thad bereut seinen kleinlichen gemeinen Racheakt. In eine Frau einzudringen. In beiderseitigem Einverständnis, sicher, aber er hat Amelia benutzt, um Jake fertigzumachen.

Auch Jakes Gesichtsausdruck, als er wieder ins Wohnzimmer kam, bedauert Thad. Ihre Blicke. Er war hinter Amelia auf der Couch, dann zog er ihn raus, riss das Kondom herunter und masturbierte, vier schnelle Bewegungen mit der Faust, und Jake war der Erste, der weggeschaut hat. Thad bereut, wie er sich dann von Marco hat streicheln und küssen lassen, wie er die Küsse erwidert hat.

Was für Jake noch viel schlimmer gewesen sein muss, als seinen Freund mit Amelia zu sehen, denn Jake hat garantiert noch Gefühle für Marco. Das war wirklich das Übelste, was Thad tun konnte. Dennoch hat er es gemacht. Und niemand hat Jake eingeladen, sich anzuschließen.

 Wir sind am Ende, will Thad eigentlich sagen, aber es

gibt bald Essen, und alle sind zu Hause. Lieber brütet er stumm vor sich hin, als jetzt eine Schreierei anzufangen.

»Sprich doch wenigstens mit mir«, sagt Jake. »Bitte.« Es klingt flehentlich, was Jake nicht ähnlich sieht.

Es ist, als rückten die Wände näher, bedrängten sie mit ihrer unechten Holztäfelung aus den Siebzigern.

»Ich kann einfach nicht fassen, dass du mich gezwungen hast, diesen Scheiß zu tragen«, sagt Thad und reißt sich das Hemd vom Leib. Dann geht er ins Badezimmer, um die Hose auszuziehen. Er will gerade nicht nackt gesehen werden von Jake.

Als er zurückkommt, liegt Jake im Bett und tut, als schliefe er, den zugeklappten Laptop neben sich. Thad setzt sich auf die Kante, greift sich den noch warmen Laptop und stellt ihn auf seinen Schoß. Zieht Jake das Kissen unterm Kopf weg und feuert es auf den Boden.

»Ich hab geschlafen«, murmelt Jake.

»Wenn ich das Ding jetzt aufklappe, finde ich dann Pornos?«

Als er keine Antwort bekommt, schaltet Thad das Gerät ein. Jake setzt sich auf, die Decke rutscht herunter. Sein Oberkörper ist nackt.

»Was ist dein Passwort?«, fragt Thad.

Jake streicht die Decke glatt.

»Ich zertrümmer' das Ding in tausend Teile, ich schwör's dir.«

»Dein Geburtstag«, sagt Jake, was Thad eine Sekunde innehalten lässt. Wäre er nicht so rasend wütend, wäre er jetzt gerührt.

Er tippt das Datum. Der Bildschirm wird dunkel, dann hell, dann taucht ein nackter Mann auf. Das Bild ist unscharf, ein Selfie. Thad ruft die Chronik auf und findet, was er vermutet hat. Hunderte Websites. Tausende. Nichts Illegales, nichts mit Minderjährigen, soweit er auf den ersten Blick erkennen kann. Aber trotzdem: So. Viele. Pornos.

»Du hast ein Problem«, sagt er.

Jake steigt aus dem Bett, zieht sein T-Shirt unter der Decke hervor. »Ich bin ein gesunder amerikanischer Mann.«

»Das hier ist nicht gesund.«

»Ich bin sechsundzwanzig«, sagt Jake. »Da ist so was normal.«

»Nein, ist es nicht. Es ist viel zu viel. Du weißt schon, dass da Zeitstempel drauf sind, oder? Dass man sehen kann, wie lange du dich wo aufgehalten hast?«

Jake spreizt die Jalousie mit zwei Fingern und schaut in den Garten hinaus.

»Das sind täglich *Stunden*, Jake. Wirkt auf mich nicht mal, als würde es Spaß machen. Sondern zwanghaft.«

Thad scrollt und stellt fest, dass nicht nur kurze Zeiträume auftauchen, wenn er nicht zu Hause ist oder schon schläft, sondern alle Tageszeiten, vor allem die Mittagsstunden, in denen Jake in seinem Atelier ist. Und in diesem Moment begreift er, weshalb er seit Monaten kein neues Bild mehr zu Gesicht bekommen hat.

»Jake. Was machst du den ganzen Tag?«

Jakes Schultern wirken angespannt. Er bleibt am Fenster stehen, lässt die Lamellen los. Staub wirbelt auf. »Das sind Recherchen.«

Was für ein Quatsch. »Ziemlich viele Recherchen.«

»Für eine neue Serie«, sagt Jake, versucht aber nicht mal, überzeugend zu klingen.

Als er sich umdreht, erschrickt Thad. Jakes Gesicht ist aschfahl, er atmet mühsam, umklammert krampfhaft den Saum seines T-Shirts, die Knöchel sind weiß.

»Das darfst du nicht«, sagt Jake, seine Stimme klingt wie aus weiter Ferne. »Ich unterstütze dich. Du hast nicht mal einen Job. Was ich in meinem Atelier mache, geht nur mich was an, und was ich mit meinem Schwanz mache, auch.«

»Jake.«

»Du hast *Marco* gevögelt«, sagt Jake. Sein Gesicht ist verzerrt, weil er mit Tränen kämpft.

»Dreh den Spieß nicht um. Du hast es vor mir gemacht.«

»Wir haben nicht gevögelt«, sagt Jake. »Er hat nur … ach, *scheiße.*«

Vieles ist gut gelaufen zwischen ihnen, aber manchmal spielt der Altersunterschied die größte Rolle. *Was sind schon vier Jahre?*, hat Thad damals gedacht, als er Jake zum ersten Mal küsste und mit ihm ins Bett ging. Aber mit sechsundzwanzig ist man eben anders als mit dreißig. Und Jake ist ein sehr junger Sechsundzwanzigjähriger.

»Du brauchst Hilfe«, sagt Thad. »Entweder hast du ein Suchtproblem, oder du bist depressiv und versuchst, das durch Sex zu vergessen.«

Jake lacht freudlos. »Du hältst doch jeden für depressiv.«

Er hat nicht ganz unrecht. Thad neigt zum Projizieren. Aber jetzt gerade tut er das nicht. Ausgeglichene angepasste Erwachsene masturbieren. Viele schauen sich auch Pornos an. Aber nicht täglich und nicht stundenlang.

»Ich rufe Steve an«, sagt Thad. »Vielleicht kann er dir nächste Woche einen Termin geben.«

Aber Jake hört nicht zu. Er wirkt wie in Trance, sein Mund ist halb offen, die Augen sind weit aufgerissen. Dann plötzlich geht er auf die Knie, greift sich an die Brust, röchelt. Er sieht völlig verängstigt aus, und in diesem Moment ist Thad alles egal, Pornos, Marco oder falsche Worte. In diesem Moment will er nur dem Mann helfen, den er liebt.

Er zögert keine Sekunde, kniet sich neben Jake.

Zeit vergeht. Er hält Jake die Hand. Nach und nach beruhigt sich Jakes Atem. Die Tränen versiegen.

»Das war eine Panikattacke«, sagt Thad.

»Weiß ich.«

Sie legen sich aufs Bett. Thad lehnt sich an, Jake bettet den Kopf in seinen Schoß. Thad streicht seinem Freund durch die Haare.

»Hast du das schon mal gehabt?«

»Ja.«

»Wie oft?« Aber Jake schließt die Augen, und Thad weiß, dass er keinen Druck machen darf. Er will keinen weiteren Anfall auslösen, der erste war schon kaum zu ertragen. Mit Depression, Angststörungen und Suizidneigung hat Thad Erfahrung. Aber eine Panikattacke hatte er noch nie.

»Ich will keinen Psychofritzen.«

»Okay.« Aber Steve wird davon erfahren, dann eben von Thad selbst, wenn nicht von Jake.

Jakes Haare sind feucht, als hätte er Fieber.

Er schlägt die Augen auf. »Bist du jetzt enttäuscht oder erleichtert, dass dein Freund noch kaputter ist als du?«

Das ist kein Wettstreit, liegt Thad auf der Zunge. Stattdessen sagt er: »Irgendwie ist doch jeder ein bisschen kaputt.«

Das Zimmer ist bereits so kahl, dass Thad es schwer erträglich findet. Wo früher Bilder und Familienfotos hingen, ragen Haken und Nägel aus der Wand. Das Haus mag seinen Eltern noch gehören, aber wie ein Zuhause fühlt es sich nicht mehr an.

»Ich glaube, der Tod von diesem Jungen hat mich schlimmer erwischt, als ich mir eingestanden habe«, sagt Jake.

 In ihrer Wohnung in Bushwick kann man immer aus den

Fenstern schauen. Hier wagen sie es kaum noch, nach draußen zu blicken, vor Angst, was sie dort sehen könnten. Boote und Taucher. Haken an Ketten.

»Gestern hab ich überhaupt nichts empfunden«, sagt Jake.

»Weil du einen Schock hattest.«

Jake atmet in tiefen Zügen. Seine Hände entspannen sich.

»Ich hatte noch nie Angst vor dem Tod«, sagt er. *Ein sehr junger Sechsundzwanzigjähriger.* »Als ich noch an den Himmel geglaubt habe, war der Tod nichts Furchterregendes. Man stirbt und landet in einem Disney-Wunderland mit Zuckerwattewolken.«

»Und jetzt glaubst du nicht mehr an den Himmel?«

»Ooh, heaven is a place on earth«, trällert Jake.

Jake hat so viel Gel in den Haaren, dass Thads Hände klebrig werden. Er wischt sie an der Decke ab.

»Was hast du nur mit diesen Songs aus den Achtzigern?«

»Ich bin ein Kind der Neunziger«, sagt Jake. »Wir wollen doch alle irgendwas, das wir nicht kriegen können.«

Thad will vieles, was er nicht bekommen kann. Aber vor allem will er seelisch gesund sein.

Er war siebzehn, als er zum ersten Mal versucht hat, sich umzubringen. Stieg im Keller auf einen Stuhl, hatte einen Gürtel an einem Rohr festgebunden. Ein schneller Tritt hätte das Ende bedeuten können, aber der Gürtel war alt und riss, und Thad landete auf dem Boden. Peinlich, wenn das geplante Ende vorzeitig ein Ende findet. In der Schule hatten sie die Kurzgeschichte »Ein Feuer machen« von Jack London gelesen, und der Lehrer hatte erklärt, Erfrieren sei so ähnlich wie Einschlafen. Das klang friedvoll, deshalb ließ Thad im Keller alles, wie es war, zog sich aus und marschierte in Unterhose hinaus in den Schnee.

Was dann passierte, war alles andere als friedvoll. Thad

weiß noch, wie er zitterte und seine Zähne so heftig klapperten, dass er fürchtete, sich die Zunge durchzubeißen. Am Ende entdeckte ihn ein Autofahrer, als er, halluzinierend und kurz vorm Erfrieren, neben der Stone Quarry Road lag. An einem Fuß hat er seither nur vier Zehen.

Seinen Eltern gegenüber hat er behauptet, er sei betrunken gewesen, was aber nicht funktionierte, weil er nie übermäßig trank und weil der gerissene Gürtel noch an dem Rohr im Keller hing. Eine Anklage aus Leder und Messing, die sein Vater sofort sah, als er die Treppe herunterkam.

Thad lag zwei Tage lang mit bandagiertem Fuß und Infusionsnadel im Arm im Krankenhaus. Dort sprach ein Mann mit ihm, der sich als »psychologischer Berater« vorstellte. Er trug einen Pullunder, roch nach Minze und befragte Thad zu seinen Motiven, Ängsten und Hoffnungen.

Aber wie konnte er die in Worte fassen, wenn es doch so vieles gab, wovor er sich fürchtete – Menschenmengen, Lärm, Partys, Einsamkeit –, wenn es so vieles gab, das Ängste auslöste – Scheitern, Krankheit, Ablehnung, Leid, Tod? Letzteres ließ den »Berater« aufhorchen. Wenn Thad sich vor dem Tod fürchtete, dann wollte er vielleicht gar nicht sterben? An diesem Punkt verstand Thad, dass dieser Mann nicht der richtige Berater für ihn war.

Später lernte er bei geeigneteren Therapeuten, sich besser zu verstehen. Depression braucht kein *Warum*. Depression ist ein Irrgarten, aus dem es keinen logischen Ausweg gibt. Für Thad bedeutet Depression Medikamente, und an guten Tagen helfen sie.

Am schlimmsten war es damals, seiner Mutter gegenüberzutreten. Ihr Mund sagte: *Ich liebe dich,* aber ihre Augen sagten: *Wie konntest du das nur tun?* Waren sie keine guten Eltern gewesen? Sie hatten ihn doch geliebt, unterstützt, waren mit ihm zur ersten Schwulendemo gegangen, als er sein Coming-out hatte.

Sie wollte seinen Suizidversuch nicht auf sich beziehen. Das muss Thad glauben, sonst müsste er sie hassen, weil sie ihm Schuldgefühle einflößt.

Heutzutage nimmt er regelmäßig seine Pillen und geht regelmäßig zu Steve. Und versucht, sich schädliche Gedanken vom Hals zu halten.

Einmal hat Steve gefragt: »Was würden Sie machen, wenn Jake Sie verlassen würde?«

»Ich würde damit klarkommen«, hat Thad geantwortet. Natürlich hat Steve gespürt, dass das eine Lüge war. Und er hat auch nicht gefragt, was passieren würde, wenn Thad Jake verließe. Im Stillen hatten beide gewusst, wer als Erster gehen würde.

Doch seit heute ist das anders. Thad ist stärker geworden. Er weiß jetzt, was er will.

Jakes Kopf ist schwer, aber Thad bewegt sich nicht.

»Warum keine Therapie?«, fragt er.

»Ich will keine Pillen.«

»Ich meine nicht Medikamente«, sagt Thad. »Nur Gespräche. Professionelle Hilfe.«

Er reibt Jake sachte die Schläfen, massiert seine Ohren.

»Als ich achtzehn wurde«, sagt Jake, »haben meine Eltern mich nach Arizona geschickt, in eines dieser Lager, wo man zum Hetero ›umgedreht‹ werden sollte. Keine Fluchtmöglichkeit, keine Telefone.«

Oh, Jake.

»Jeden Abend mussten wir mit einem ›Betreuer‹ kuscheln. So nannten die das aber nicht. Die haben gesagt, wir hätten von unseren Vätern die falsche Art von Liebe bekommen und bräuchten die ›richtige Form männlicher Zuwendung‹.«

Thad hat von solchen Lagern gelesen, aber nie jemanden gekannt, der das durchmachen musste. Was ihm jetzt verdeutlicht, dass er Glück gehabt hat. Dass seine Eltern so sind, wie sie sind. Dass er in einer Universitätsstadt aufwachsen durfte.

»Zehn Minuten jeden Abend«, sagt Jake, »mussten wir auf den Boden. Jeder bekam einen Berater. Meiner war Charles.«

»Jake, du musst nicht darüber sprechen, wenn du nicht willst.«

»Es gab drei Positionen. Seite an Seite war kein Problem, das war, als posiere man für ein Foto. Der Berater legte den Arm um einen, nicht weiter schlimm. In der zweiten Stellung musste man zwischen seinen Beinen sitzen, hatte aber genug Platz zum Atmen. Die dritte nannten sie ›Motorrad‹. Zwischen den Beinen sitzen, aber mit dem Rücken zum Berater. Eigentlich durfte der Patient auswählen. Ich habe mich immer für Seite an Seite entschieden. Aber am letzten Abend meinte Charles: ›Gott hat mir gesagt, dass du heute das Motorrad brauchst.‹«

Jake beißt sich ein Stück Daumennagel ab und spuckt es aus.

»Und was hätte ich tun können? Der Typ war vierzig, ich achtzehn. Und er war ein ›Mann Gottes‹. Ich wollte mich ja auch bessern. Ich wollte geheilt werden.«

Er hält Thad die Hand hin, er ergreift sie.

»Also setze ich mich zwischen seine Beine, Charles zieht mich an sich, und da spüre ich es. Er macht keine Stöße, bewegt sich nicht. Aber es ist da, in meinem Kreuz. Zehn Minuten lang. Seither verzichte ich auf ›Betreuung‹. Ganz ehrlich, bevor ich zu irgend so einem Psychotypen gehe, bring ich mich lieber um.«

 Den zweiten Versuch hat Thad mit zwanzig gemacht.

Diesmal war es ihm ernst, mit der Rasierklinge den Arm hoch, nicht quer. Beim Anblick des Blutes wurde er ohnmächtig, bevor er sich den zweiten Arm vornehmen konnte. Dann erwachte er auf dem Boden in seinem Studentenwohnheim und wollte leben.

Achtundfünfzig Stiche und einen Liter Blut später gelang es ihm.

»Glück gehabt«, sagte die Ärztin, eine liebenswürdige indische Frau, die unter dem weißen Kittel einen Sari trug. Vor dem Gesicht hatte sie ein Plastikvisier, wie es Einsatztruppen der Polizei benutzen – chirurgische Kampfausrüstung.

»Ich hatte jetzt eigentlich ein Date«, sagte die Ärztin. »War schon fast zur Tür raus, als Sie eingeliefert wurden. Sie können wirklich von Glück sagen. Ich bin nämlich die Beste hier.«

Thad sah zu, wie die Nadel seinen Arm vernähte, als sei er ein Truthahn mit Füllung. Irgendwann fiel ihm auf, dass er sich nicht rühren konnte. Er war am Tisch festgeschnallt.

»Tut mir leid, Standardverfahren«, sagte die Ärztin.

»Nie wieder«, sagte Thad, »ich verspreche es«, und sie nickte, als hätte sie das schon öfter gehört.

»Hoffentlich«, erwiderte sie. »Wenn ich mit diesem Arm fertig bin, ist der nämlich ein Wunderwerk.«

In der Woche darauf schickte Thad der Ärztin Blumen. Noch eine Woche später wollte er sie besuchen, aber der Mann am Empfang beäugte ihn argwöhnisch und forderte ihn auf zu gehen. Es sei hier nicht üblich, dass ehemalige Patienten zum Plaudern vorbeikämen.

Seiner Erinnerung nach ist es ihm nicht einmal gelungen, den Namen der Ärztin herauszufinden. Aber vielleicht hat er ihn auch wegen der starken Schmerzmittel nach der Operation vergessen. Er denkt jedenfalls oft an sie. Und hofft, dass sie noch einen schönen Abend hatte, dass ihr Date im Restaurant auf sie gewartet hat. Er wünscht sich, dass diese Ärztin glücklich ist, dass sie Liebe gefunden hat und weiterhin Leben rettet.

Neun Zehen und ein Narbengeflecht am Arm. Und nie wieder. Es sei denn …

Nein. *Es sei denn* ist das Ende. Mit *Es sei denn* hat es immer angefangen.

Jake ist so lange still, dass Thad glaubt, er sei eingeschlafen. Doch als er seine Hand loslässt, schlägt Jake die Augen auf.

»Es tut mir so leid, dass du das erleben musstest«, sagt Thad.

»Bin darüber hinweg, längst vergessen«, sagt Jake. Aber das stimmt natürlich nicht. So etwas ist nie vergessen.

Im angrenzenden Zimmer Murmeln, Seufzer. Entweder haben Michael und Diane Streit, oder sie vögeln. Die Wand ist einigermaßen dick, man kann es nicht unterscheiden.

Durch den Türschlitz dringen Essensgerüche herein, das Huhn von gestern, in Suppe verwertet.

Jake richtet sich auf. Sie sehen sich an.

»Was machen wir denn jetzt?«, fragt Jake. »Mit uns?«

Thad schweigt. Jake ist dran mit Reden. Sie befinden sich in einem dieser seltenen Räume, auf einem Planeten, der einzig und allein von ihnen bewohnt wird – es gibt nur diesen Augenblick, diese Körper, dieses Bett. In diesem Raum ist weniger Schwerkraft, mehr Bereitschaft. Man muss die Wahrheit sagen, und Thad ist bereit, sie zu empfangen. Jetzt soll gesagt werden, was gesagt werden muss.

»Es ist meine Schuld«, sagt Jake.

 Thad hat alles Mögliche erwartet, nur das nicht. Aber Eingeständnisse sind wie geworfene Münzen. Er wartet ab, bis er die andere Seite zu sehen bekommt.

»Ich habe dich zu etwas gedrängt, das du nicht wolltest«, spricht Jake weiter.

»Keine Ex, hatten wir gesagt.«

»Ich meine nicht Marco«, sagt Jake. »Ich hab das schon im ersten Monat gesehen, den du und ich zusammen waren. Als ich gesagt habe, offene Beziehung ist ein Muss, und du so besorgt ausgesehen hast. Ich hab mir eingeredet, das könnte sich noch ändern. Und du hast wahrscheinlich gehofft, *ich* würde mich ändern. Aber der Punkt ist …«, Jake holt tief Luft und atmet wieder aus, »… dass wir nie nur zu zweit sein werden. Ich will das nicht. Aber ich will *dich*. Ein Leben ohne dich will ich mir gar nicht vorstellen. Aber eben auch keines nur mit dir allein. Ich brauche mehr Erlebnisse.«

Schwerkraft, Bereitschaft. Thad kommt sich vor, als schwebe er, und zum ersten Mal sieht er sich mit Jakes Augen.

Vor Jake war Thad immer nur in Beziehungen mit einem Mann. Für Jake hat er versucht, sich zu ändern, aber er hat den Sex mit anderen Männern nie genossen. Dennoch hat er mitgemacht, hat sich nicht verweigert, weil er Angst vor dem Alleinsein hatte. Jetzt weiß er nicht mehr, wer von ihnen beiden selbstsüchtiger ist – ob es schlimmer ist, eine offene Beziehung zu erzwingen, oder, Monogamie zu verlangen. Und er versteht, dass eben nicht allein Jake schuld ist.

Ach, scheiß auf diese Schuldgedanken. Sie sind Männer, die sich unterschiedliche Lebensformen wünschen. Wenn sie als Paar zusammenbleiben wollen, muss einer sich unterwerfen. Und Thad war derjenige, der das zwei Jahre lang getan hat.

»Jake, wenn du mit anderen Männern zusammen sein

möchtest, dann musst du das so leben. Aber ich kann da nicht mehr mitmachen. Ich möchte nur mit einem Mann zusammen sein. Und diesem einen Mann muss ich genügen.«

Die Atmosphäre weicht, die Schwerkraft kehrt zurück. Thads Bauch schmerzt, und irgendetwas hinter seinen Augen tut weh.

»Vielleicht gibt es eine Möglichkeit«, sagt Jake. »Ich könnte dir die Auswahl der Männer überlassen …«

»Jake.«

»Im Ernst? Das mutest du mir zu? Dass ich mich entscheiden muss?«

»Ich kann die Entscheidung nicht für dich treffen«, sagt Thad.

Jake steht auf, zieht seine Hose an, geht raus. Thad stellt den Laptop auf seinen Schoß und macht die Chronik wieder auf. Löscht sie mit einem Klick. Dann nimmt er sich die Dateien, Ordner, Cookies vor.

Wenn er nur zurückfinden könnte in diesen urteilsfreien Raum ohne Schwerkraft. Aber es sind so viele Männer.

Thad löscht. Leert den Papierkorb. Verbannt diese anderen Körper aus Jakes Leben.

19

Ständig noch mehr zu packen.

Die Suppe steht auf dem Herd, und während sie sich erwärmt, faltet Lisa einen Karton. *Falten, falten, kleben. Falten, falten, kleben.* Ihre Finger sind noch schrumpelig, die Haut gerötet vom Baden. Sie könnte ein großes Glas Wasser gebrauchen, will aber das Schlafzimmer nicht verlassen. Draußen lauern Familienmitglieder. Sie wollen helfen, wollen dafür sorgen, dass es ihr besser geht. Aber Lisa will keine Hilfe. Sie will allein sein. In den letzten vierundzwanzig Stunden ist zu viel passiert. Eine Familie hat einen Sohn verloren. Einer ihrer eigenen Söhne will keine Familie gründen.

Was stimmt nicht mit dem Jungen? Sie wird ihn zur Vernunft bringen. Michael wird Vater werden, Lisa Großmutter. Alle werden froh und glücklich sein. Ende der Diskussion.

Diane hat Lisa gebeten, über die Schwangerschaft Stillschweigen zu bewahren. Lisa hat Diane gebeten, nicht über June zu sprechen. Natürlich sind sie beide nicht an dieses Versprechen gebunden. Es wird schwierig sein festzustellen, wer Bescheid weiß und wer nicht und wer vorgibt, nichts zu wissen. Aber das gehört dazu, wenn man Mutter ist. Offene Geheimnisse. Gebrochene Versprechen.

Lisa packt Kleidung in den Karton, die sie in dieser Woche nicht mehr braucht: überzählige Unterwäsche, alte Badeanzüge, von denen ihr einige schon seit der Clinton-Regierung nicht mehr passen. Einteiler, Bikinis, einfarbig oder geblümt, sicher an die zehn Stück. In Florida wird sie neue kaufen. Die hier sollte sie eigentlich zur Kleiderspende bringen, aber sie wird es nicht tun. Es ist ihr schon immer schwergefallen, sich von Dingen zu trennen.

Die Tür geht auf, Richard kommt ins Zimmer.

Lisa klebt den Karton zu, schreibt mit Permanent Marker *Unterwäsche, Badeanzüge* auf den Deckel.

»Wie war dein Bad?«, fragt Richard und lässt sich auf dem Bett nieder. Er fragt nicht, ob Lisa sich zu ihm setzen will, und sie tut es auch nicht.

»Weißt du, was nächste Woche ist?«, sagt sie und entschuldigt sich sofort für die Frage. Natürlich weiß er das. Es ist ein Irrtum zu glauben, dass Väter ihre Kinder weniger lieben als Mütter. Aber Lisa hat eine ganze Weile gebraucht, um das zu begreifen.

Sie haben Junes Geburtstag nur ein einziges Mal vergessen, vor vielen Jahren. Richard war derjenige, dem es aufgefallen ist, er war still am nächsten Tag, zu still, und da hat auch Lisa es bemerkt. Sie wird sich dieses Vergessen damals nie verzeihen und hofft, dass es nicht noch mal vorkommt.

An Junes Geburtstag wissen sie nie, was sie fühlen und sagen und wie sie in der Welt sein sollen. In den Sommern, in denen die Jungen bei ihnen sind, sagt Thad immer: *Du siehst heute so traurig aus, Mom.* In den Sommern, in denen der Besuch der Jungen noch bevorsteht, essen Lisa und Richard an dem Tag schweigend zu Abend und gehen so früh wie möglich zu Bett. An diesen Abenden sieht Lisa in den Augen ihres Mannes alles: die Fahrt im Krankenwagen, die Totenwache; das Essen von den Nachbarn – weil die Leute glauben, wer trauert, kann nicht kochen –, das sie in den Müll warf; die Beruhigungsmittel, Trauergruppen, Paarberatung; Kirche, Arbeit, den großen Umzug nach New York; dann die Entstehung von Michael – unabsichtlich – und das Sommerhaus, mit dem das Leben neu begann.

In diesem Jahr werden sie an Junes Geburtstag nicht mehr in diesem Haus zu Abend essen. Sie werden es geräumt haben, der Möbelwagen mit ihren Sachen wird auf dem Weg nach Ithaca sein. Am Morgen von Junes Geburtstag werden sie auf der gestrichelten Linie unterschreiben. Mittags wird alles unter Dach und Fach sein, und sie werden die zwölfstündige Heimfahrt antreten. Wenn sie abends etwas essen wollen, wird es in einem Fast-Food-Restaurant an der Strecke sein.

Richard sitzt ruhig auf dem Bett. Manchmal wünscht sich Lisa, er wäre nicht ständig so ausgeglichen. Nur einmal würde sie gern erleben, wie er schreit, eine Lampe durch die Gegend wirft oder mit der Faust an die Wand schlägt. Oder verzweifelt schluchzend in der Badewanne liegt. Aber so ist ihr Richard eben nicht.

Nach Junes Tod nahmen sie an einer interkonfessionellen Selbsthilfegruppe teil. Eines Abends betete eine katholische Mutter für die Seelen ungetaufter Babys, die in der Vorhölle verharren müssten. Da hat Richard zum ersten Mal den Raum verlassen, leise und unauffällig. Aber nach einem Handauflegen in der nächsten Woche ging er nicht nur laut und auffällig, sondern auch endgültig. Sie selbst nahm weiterhin an den Treffen teil. Ob sie die gleiche Vorstellung von Gott hatte wie die anderen, war ihr nicht wichtig. Ihr lag daran, mit anderen trauernden Eltern zusammen zu sein. Richard schien es besser zu gehen, wenn er nicht darüber sprach und zu Hause bleiben konnte, doch in Wahrheit verbarg sich hinter seinem Schweigen ein Kaleidoskop von

Schmerzen. Das konnte Lisa damals noch nicht erkennen. Erst im Laufe ihrer Ehe hat sie andere Formen der Wahrnehmung erlernt.

»So hatten wir uns dieses Wochenende nicht vorgestellt«, sagt Richard, und Lisa tritt zu ihm.

Sie küsst ihn auf den Kopf, drückt ihn an sich. Sie kann auf ihren Mann wütend sein und ihn gleichzeitig lieben. Man ist nicht siebenunddreißig Jahre verheiratet, ohne das zu lernen. Und sie ist keine Heilige. Sie kann auch ungnädig sein.

Vor Jahren hatten sie sich überworfen. Lisa wollte streiten, Richard wollte sich nicht darauf einlassen, und sie sperrte ihn aus dem Haus aus. Sie hatten ihre Finanzlage vor dem Ruhestand sondiert, und die Zahlen stimmten nicht. Es hatte sich herausgestellt, dass Richard Michael und Diane Geld überwiesen hatte. Und zwar keine kleinen Summen, sondern große. Was Lisa als Verwöhnen ansah, erachtete Richard als Liebe, und sie waren sich damals so uneinig, dass sie ihn aussperrte. Eine halbe Stunde stand er draußen im Regen, bevor sie ihn wieder einließ, und in der Woche darauf bekam er eine Lungenentzündung. Vielleicht gab es keinen kausalen Zusammenhang zwischen dem Regen und der Krankheit, aber vielleicht war Lisa auch schuld daran. So oder so hätte Richard in seinem Alter daran sterben können. Und wenn er imstande ist, ihr das zu vergeben …

Er hebt eine Hand zu ihrer Taille, Lisa weicht zurück.

»Thad sucht seine Comic-Hefte«, sagt sie.

Sie bekommt nicht zu hören: *Hab ich dir doch gesagt.* Richard hat sie gewarnt. »Mach das nicht, Thad wird irgendwann danach fragen«, hat er gesagt. Dennoch hat sie beim Aufräumen die Comics zum Müll gestellt.

»Ich fühl mich, als hätte ich seine Kindheit weggeworfen«, sagt sie jetzt.

»Wir können sie ersetzen«, sagt Richard. »In Highlands gibt es einen Comic-Laden.«

»Es waren, glaub ich, X-Men-Hefte. Mochte Thad die nicht am liebsten?«

»Das weiß ich nicht«, antwortet Richard. »Ich hab nie danach gefragt.« Darin kommen die Vorzüge und Grenzen seines Erziehungsstils zum Ausdruck. Einerseits war er kein Vater, der stellvertretend durch seine Söhne lebt. Er hat ihnen nicht zu viel abverlangt, keine überhöhten Ansprüche an sie gestellt. Andererseits kannte er seine Söhne nicht. Er war zwar bei allen Abschlussfeiern anwesend, auch bei den meisten Schulaufführungen und Baseballspielen. Aber wenn man ihn am nächsten Tag fragte, welche Mannschaft gewonnen hatte, konnte er nur eine Gleichung wiedergeben, die ihm eingefallen war, während einer seiner Söhne hinter dem Maschendrahtzaun einen Homerun erzielte.

Lisa setzt sich neben Richard aufs Bett und lässt zu, dass er ihre Hand ergreift. Hätte man sie gefragt, wäre es ihr schwergefallen, die Zärtlichkeit, die sie in diesem Moment für ihren Mann empfindet, zu beschreiben. Sein Haar ist weiß und drahtig. Seine Augen sind blau. Er ist nicht mehr der Mann, den sie geheiratet hat. Aber er ist der Mann, den sie noch immer liebt.

Mein Liebster, wie viel Reue trägst du in deinem Herzen?

»Zwischen Michael und Diane stimmt etwas nicht«, sagt Richard.

Lisa muss sich entscheiden. Sie spürt die Wärme ihres Mannes, seine weiche Hand. Aber sie wird Wort halten. Sie hat es Diane versprochen.

»Sie sind bestimmt nur durcheinander wegen des Hauses.« Es gefällt ihr gar nicht zu lügen.

»Das geht sie überhaupt nichts an. Es ist unsere Entscheidung, nicht ihre.«

Richard steht auf, geht zum Schrank und faltet einen Karton. Dann holt er Schuhe unten aus dem Schrank: ein Paar zum Angeln, ein Paar für die Stadt, ein Paar zum Rasenmähen. Er ist ein penibler Mann, exakt und präzise. Er hat täglich zur Arbeit eine Fliege getragen. Als er merkte, dass Lisa sie besser binden kann, bat er sie, es zu tun, und sie hat die Fliege gebunden, fast dreißig Jahre lang.

Die Fliege war der erste Hinweis. Die Fliege und der Geruch.

Richard stellt die Schuhe in den Karton, rückt sie hin und her, nimmt ein Paar wieder heraus und verstaut es anders.

»Sie können doch nicht verlangen, dass wir für sie ein Haus erhalten, in dem sie sich höchstens zwei Wochen im Jahr aufhalten«, sagt er. »Sie können überhaupt nicht einschätzen, was wir für Grundsteuer, Versicherungen, Nebenkosten und Instandhaltung bezahlen. Sie verstehen nichts von Geld.«

Dann gib ihnen doch keines mehr, hätte Lisa gern gesagt. *Vielleicht lernen sie dann, damit umzugehen.* Aber das ist Diskussionsstoff für einen anderen Tag.

Richard brummt etwas und füllt den Karton mit Hausschuhen, Bügeln, einem Bademantel, den er seit Jahren nicht mehr getragen hat.

Das Sommerhaus sei kein vernünftiger Ort für den Ruhestand, betont Richard. Zu viele Reparaturen wären fällig. Und selbst wenn man die ausführen ließe, kann er sich nicht vorstellen, im Winter hier zu sein. Dann ist es hier einsam und still, und die Straßen sind vereist.

Dennoch findet Lisa es quälend, Vernunft gegen Sehnsucht abzuwägen, Erinnerungen gegen Abschied.

Während er packt, spricht Richard in entschlossenem Ton. Dennoch hört er sich an, als müsste er sich selbst von der Entscheidung überzeugen, die Lisa getroffen hat.

»Willst du das Haus behalten?«, fragt sie.

Er müsste nur ein paar Worte sagen, und sie würde alles rückgängig machen. Den Verkauf absagen, einen Prozess riskieren, alles bezahlen, was anfällt. Aber auf die Worte kommt es an. Es müssten die richtigen sein.

»Ich will das, was du willst«, antwortet Richard.

Was will sie? Sie will die Zeit zurückdrehen. Will, dass Richard rückgängig macht, was er getan hat. *Ich will das, was du willst*, sind nicht die richtigen Worte.

Er hat jetzt das Pokerface aufgesetzt, das er immer beim Kartenspielen hat. Es macht sie wütend, weil es so undurchdringlich ist.

Und sie fragt sich, ob sie kleinlich ist. Wenn es nun bei dem Hausverkauf gar nicht um einen Neuanfang geht? Sondern nur darum, Richard zu bestrafen?

Wenn sie seine Fliege band, hatte sie einen Kniff, damit der Knoten üppiger wurde. Das passte gut zu Richards *Schwirl*, wie sie seinen Adamsapfel gern nannte, der größer war als bei anderen Männern. Richard hat deshalb keine tiefere Stimme, aber der Adamsapfel war ihm peinlich, und er glaubte, durch die Fliege davon ablenken zu können. Lisa hat ihn in dem Glauben belassen.

Eines Abends im vergangenen Jahr war der Knoten der Fliege, als Richard von der Arbeit kam, nicht der, den Lisa gebunden hatte. Da war eine weniger kundige Hand am Werk gewesen.

»Hatte deine Fliege sich gelöst, Schatz?«, hat Lisa damals gefragt.

»Nein«, sagte er. »Du hast sie perfekt gebunden.« Aber er

roch falsch. Er roch nicht wie er selbst. Dann küsste er sie auf die Nase und ging duschen, obwohl er selten abends duschte, und Lisa wusste Bescheid.

Sie sagte nichts, beobachtete nur, dass Richard mehrere Tage die Woche mit einer Fliege nach Hause kam, die nicht sie gebunden hatte. Es gab keine verräterischen E-Mails, keine Nachrichten auf dem Handy oder Liebesbriefchen in der Hemdtasche. Im Handy war nichts zu finden, was bedeutete, dass er die Anrufliste regelmäßig löschte. Aber bei den Kontakten gab es einen neuen: »K.« Lisa hätte nur diese Nummer anrufen müssen, um die Stimme der Frau zu hören, die mit Richard ins Bett ging, konnte sich aber nicht dazu durchringen. Nach einigen Monaten kam Richard wieder mit unberührter Fliege nach Hause, und als Lisa in seinen Kontakten nachsah, war das »K.« verschwunden.

»Was willst du denn?«, fragt Richard und beugt sich über den offenen Karton. So ordentlich er auch ist, es scheint ihm entgangen zu sein, dass er den Karton falsch gefaltet hat, der Deckel wird sich nicht schließen lassen.

»Ich will das Haus verkaufen«, sagt Lisa und steht auf, um ihrem Mann beim Packen zu helfen.

20

Michael findet Diane in dem Schlafzimmer, in dem sie hier übernachten, seit sie zusammen sind. Es ist fast dunkel, die Jalousien sind geschlossen. Aber Diane schläft nicht. Das Bett ist unberührt, sie sitzt auf der Kante.

»Ich habe eine Entscheidung getroffen«, sagt sie. Er schließt die Tür hinter sich und setzt sich neben Diane.

Michael muss nicht fragen, was für eine Entscheidung es ist. Er möchte sich seiner Frau zuwenden, aber sie bekommt selten mit, dass er vor dem Abendessen trinkt, und er will nicht, dass sie den Moonshine in seinem Atem riecht.

Zu Hause ist das einfacher. Mit knapp einem halben Liter Wodka pro Tag kann er verhindern, dass seine Hände zittern, mit Pfefferminzbonbons auf dem Heimweg, dass Diane etwas riecht. Seit es um ihre Finanzen so schlecht steht, ist aber auch der Wodka billiger und schlechter und entsprechend übel der Kater am nächsten Morgen. Angeblich soll Reinigung des Alkohols mit Aktivkohle dagegen helfen. Aber die Flaschen im Haus zu verstecken, ist schon schwierig genug, da kann er nicht auch noch ein Filtergerät gebrauchen.

»Bevor du irgendwas sagst«, beginnt er, aber ihre Hand umklammert sein Knie.

»Ich werde das Kind zur Welt bringen«, sagt Diane. »Das steht nicht zur Diskussion.«

Michael steht auf und tritt ans Fenster. Von hier aus blickt man nicht auf den See, nur auf Kiefern, Licht und den Briefkasten seiner Eltern, einen Plastikbarsch mit offenem Maul. Die Straße dahinter ist still. Sie ist so weit vom See entfernt, dass dort nur am Wochenende Nachbarn oder deren Besucher unterwegs sind.

Michael könnte hier leben. Er hatte sich vorgestellt, dass es eines Tages so sein würde.

»Wir müssen die Entscheidung nicht heute treffen«, sagt er.

»Das höre ich seit Wochen. Ich will nicht mehr warten. Die Entscheidung ist gefällt. Ich liebe dich, aber mein Entschluss steht fest.«

Die Wunde an Michaels Stirn pocht. Der Verband müsste gewechselt werden. Michael müsste dringend noch was trinken. »Habe ich da nicht mitzureden?«

»Du willst über meinen Körper bestimmen?«

»Über unser gemeinsames Kind.«

Als Teenager haben sie viel Zeit auf diesem Bett verbracht. Diane trug seine Hemden. Sie waren wirklich noch fast Kinder. Aber das war eine Zeit, als sie keine Geldsorgen hatten und eine Schwangerschaft undenkbar war. An regnerischen Tagen verkrochen sie sich hier für die Liebe, und niemand scherte sich darum. Danach duschten sie und hatten unter der Dusche noch mal Sex. Jetzt ist viel Zeit vergangen, seit sie zusammen waren. Seit der Nachricht, dass Diane schwanger ist. Vielleicht war das letzte Mal sogar der Zeitpunkt der Empfängnis.

Gott, wie sehr er den jungen Michael, die junge Diane vermisst. Möge die Zeit ihn doch zurückversetzen. Ihn wieder jung sein lassen. Achtzehn Jahre alt.

 »Wir können uns kein Kind leisten«, sagt er.

»Doch, können wir. Wenn du zum stellvertretenden Abteilungsleiter befördert wirst, kriegst du zwei Dollar mehr pro Stunde. Das sind achtzig pro Woche zusätzlich.«

»Ich will nicht über Arbeit reden.«

»Du hast davon angefangen.«

»Nein, ich hab über Geld gesprochen.«

»Bei Arbeit geht es um Geld, Michael.«

Diane zieht die Beine hoch, setzt sich im Schneidersitz aufs Bett. Der Deckenventilator quietscht.

»Ich rede nicht von Scheidung«, sagt sie. »Ich will keine. Aber falls es nicht anders geht, bin ich dazu bereit.«

Die Welt draußen wird grau. Michael braucht Luft, will raus aus diesem Zimmer.

»Und«, sagt Diane, »ich hab es deiner Mutter erzählt.«

Im Nu sitzt Michael wieder neben ihr. Das soll sie ihm ins Gesicht sagen. Soll sie den Schnaps doch riechen.

»Wir hatten eine Abmachung!« Er flüstert, aber ihm kommt es vor wie ein Schrei.

»Ich erinnere mich nicht an Notare und Unterschriften.«

»Ich will nicht, dass meine Mutter sich in unsere Entscheidung einmischt.«

»*Meine* Entscheidung.«

Es ist unerträglich. Wer ist diese fremde Frau? Was ist aus dem Mädchen in den Männerhemden geworden, das ihn zärtlich streichelte und versprach, ihn für immer und ewig zu lieben?

»Ich hatte nicht vor, es ihr zu sagen. Ich wollte sie trösten, und dabei ist es mir rausgerutscht.«

»Was soll denn daran tröstlich sein?«, sagt Michael. »Und wieso geht das irgendjemanden außer uns etwas an? Gestern ist ein Kind gestorben. Ist mir klar, ich war dabei. Mehr als ihr alle. Wir trauern alle. Aber …«

»Sie hat selbst ein Kind verloren«, sagt Diane, und auch im Halbdunkel sieht er ihr an, dass sie jetzt über sich selbst erschrickt.

Etwas im Zimmer dröhnt und vibriert. Einen Moment lang hört Michael gar nichts, dann nur das Dröhnen, und das Zimmer ist plötzlich abwechselnd riesig und winzig.

»Tut mir leid«, murmelt Diane. »Ich hätte das nicht preisgeben dürfen.«

Michael merkt immer erst, dass er mit den Zähnen knirscht, wenn sie wehtun. Er holt Luft, reibt sich den Kiefer.

»Ich hätte ein Geschwister …«

»Eine Schwester.« Diane ergreift seine Hand, aber Michael entzieht sich, will die Berührung nicht.

»Warum sagst du mir das? Warum hat meine Mutter es dir erzählt?« Dreiunddreißig Jahre hat er ohne diesen Verlust gelebt. Warum muss das jetzt sein?

»Tut mir leid«, sagt Diane.

»Bitte sag es Thad nicht.«

»Würde ich nicht machen.«

»Weiß nicht. Du hast es ja auch grade mir erzählt.«

»Sei jetzt nicht gemein.«

Geräusche aus der Küche. Zeit fürs Abendessen.

»Gab es schon einen Namen?«, fragt Michael.

»June.«

»Wie weit war meine Mutter, als sie das Kind verloren hat?«

»Oh«, sagt Diane. »Oh, Michael, es tut mir schrecklich leid. Ich habe mich unklar ausgedrückt. Es war keine Fehlgeburt. Das Kind war einen Monat alt.«

Das Zimmer ist ein pochendes Herz. Michael spürt Dianes Hände, aber die Berührung raubt ihm Kraft. Die Nähe lässt ihn kalt. Er braucht dringend etwas zu trinken, muss raus hier. Er stürzt aus dem Zimmer.

21

Der Tisch ist gedeckt, in der Luft hängt der würzige, penetrante Geruch von Hühnersuppe.

Jake hat mal eine Weile versucht, vegetarisch zu leben, dann aber gemerkt, dass er sich als Fleischfresser gesünder ernährte. Als es kein Fleisch gab, stopfte er ständig Chips und Pommes in sich hinein. Na klar, es gibt Alternativen, Proteine ohne geschlachtete Tiere und Blut. Aber geschlachtete Tiere und Blut schmecken nun mal am besten. Pfeif auf Tofu, Nüsse und Bohnen. Lieber täglich Huhn. Lieber ein herrliches Xylofon aus geräucherten Rippchen.

Lisa rührt die Suppe um. »Ist ein Eintopf«, erklärt sie. »Ich hoffe, das ist okay.« Sie öffnet die Klammer an einer Zellophantüte und nimmt einen Stapel rote Plastikschalen heraus. »Ich hasse dieses Zeug, aber macht euch keine Gedanken, ich spül sie ab und bring sie in Ithaca zum Recycling.«

Jake hätte sich darüber keine Gedanken gemacht. Recycling ist ihm einerlei. Den Planeten wird es vielleicht noch dreißig Jahre oder so geben. Da spielt es doch keine Rolle, wie hoch die Müllhalden sind.

»Es tut mir leid, dass diese Woche sich so entwickelt«, sagt Lisa. Jake tritt zu ihr an den Herd. In dem großen Gusseisentopf treiben die Reste des Huhns von gestern in Brühe, mit Möhrenstücken, Sellerie, Nudeln, kleinen Blättern. Lisa gibt Salz dazu, rührt weiter.

Jake und Thad kochen nicht. Fürs Abendessen gibt es den guten und den schlechten Thai. Den koreanischen Taco-Wagen. Pizza und japanische Nudelsuppe, viel davon.

Acht Jahre sind vergangen, seit Jake zuletzt bei seiner Mutter in der Küche gesessen hat. Acht Jahre, seit er ihren Tee getrunken und *ihre* Hühnersuppe gegessen hat. Acht Jahre seit Arizona. Er hat das Lager damals verlassen, er war achtzehn, man konnte ihn nicht daran hindern. Er ist nie nach Hause zurückgekehrt. Er wollte nicht mehr in der Nähe von Menschen sein, die ihn in dieses Lager geschickt hatten. Es war ihm auch egal, dass seine Mutter vielleicht geglaubt hatte, sie würde ihm helfen. Und dass sie von ihrem Mann unterdrückt wurde. Sie war dennoch seine *Mutter*. Sie hätte ihn vor Arizona beschützen müssen, vor seinem Vater, vor allem Schlechten. Sie hätte ihn lieben müssen, ausnahmslos, bedingungslos.

Vor acht Jahren hat er zum letzten Mal mit seinen Eltern gesprochen. Falls sie wissen, dass er in New York lebt und ein berühmter Maler ist, haben sie keinen Kontakt aufgenommen. Er wird es auch nicht tun, er will nicht noch einmal erleben, dass ihre Liebe an Bedingungen geknüpft ist.

Er hält Lisa die Schalen hin, sie schöpft die Suppe. Richard setzt sich an den Tisch, Michael auch. Männer, die darauf warten, dass ihnen Essen vorgesetzt wird, die es gewohnt sind, bedient zu werden. Thad würde das nicht machen, wenn er hier wäre. Er würde seiner Mutter helfen. Aber Thad ist im Schlafzimmer und brütet vor sich hin.

»Essen ist fertig!«, ruft Lisa, aber Thad ist nicht in Sicht. Und Diane fehlt auch.

Wasserflaschen werden auf den Tisch gestellt, Michael geht zum Kühlschrank. Danach steht ein Whiskeyglas neben seiner Suppenschale. Der Mann ist Alkoholiker, Jake ist zu neunzig Prozent sicher. Er weiß nicht, ob er es traurig oder amüsant finden soll, dass das niemand in der Familie zu bemerken scheint. Dass Michael sich bei jedem Essen Moonshine hinter die Binde kippt. Dass er fast überall einen Becher in der Hand hält. Wäre natürlich möglich, dass alle es wissen und keiner was sagt. So wie Jakes Eltern vielleicht auch schon lange wussten, was mit ihm los war, bevor sie es sich anmerken ließen. Aber ob die Starlings nun Michaels Zustand nicht bemerken oder etwas ahnen und auf Besserung hoffen – zu ihm, Jake, waren sie jedenfalls immer nett. Die Familie kann schon anstrengend sein – Michaels Jähzorn, Richards Gleichmut, Lisas Ernsthaftigkeit –, diese ganze überschwängliche, nicht verlangte Liebe. Aber Jake hat dennoch Glück mit dieser Familie, die könnte auch ganz anders aussehen.

Lisa und Jake setzen sich, er beginnt die Suppe zu löffeln.

»Schmeckt köstlich«, sagt er.

Michael und Richard essen schweigend, der Sohn gleicht dem Vater so sehr, dass Jake einen Moment stutzt. Er könnte die beiden malen. Diese beiden Männer, Seite an Seite. Stillleben mit Suppe. Ein bisschen *American Gothic*. Ein bisschen Munch. Aber das ist alles schon da gewesen. Alles Gute ist schon mal da gewesen.

Die Tür geht auf, Diane kommt herein. Dass sie geweint hat, ist offensichtlich. Aber das gilt vielleicht für alle am Tisch, nach dem, was sie gestern erlebt haben.

Was Jake nicht loslässt, ist die schreiende Schwester im Boot, die auf die leeren Schwimmflügel zeigt, auf den See, der ihren Bruder verschlungen hat. Das Schreien nahm kein Ende, auch nicht, als Michael blutüberströmt aus dem Wasser auftauchte. Es hat nicht aufgehört, als die Polizei eintraf, und nicht einmal, als Jake später unter der Dusche stand, sich Wasser in die Ohren laufen ließ, damit aber das Schreien des Mädchens nicht wegwaschen konnte. Es verstummte erst, als er das Duschradio einschaltete und die Musik hörte. Erst als er Hand anlegte, um sich zu entspannen. Er ist kein Ungeheuer. Er hatte ein trauriges Leben. Und er weiß, was er tun muss, wenn die Traurigkeit zu schlimm wird.

Diane setzt sich zwischen Michael und Lisa, die ihrer Schwiegertochter die Hand auf die Schulter legt und sie dort ruhen lässt. Es scheint Diane zu trösten, obwohl niemand spricht. Michael trinkt. Er schaut seine Mutter nicht an, auch nicht seine Frau. Irgendetwas stimmt da nicht.

Zu guter Letzt erscheint Thad. Mit gekämmten Haaren und frischem Hemd. Er sieht wirklich süß aus mit seinen lieben Augen, dem Gesicht, das man auf Anhieb küssen möchte. Er ist kein Marco. Thad ist der nette Junge von nebenan, die vernünftige Wahl. Was, je nach Stimmung, langweilig oder schön ist.

»Tut mir leid«, sagt Thad. »Hab mir Nachrichten angeschaut.«

Lisas Hand löst sich von Dianes Schulter.

»Ich will nichts wissen«, sagt Lisa. »Ich will nicht wissen, was dieser Irre jetzt wieder anrichtet.« Thad will etwas sagen, aber seine Mutter lässt ihn nicht zu Wort kommen. »Dieses Haus ist ein Ort des Friedens. Dieses Essen habe ich selbst zubereitet. Der Kerl bekommt schon genug Aufmerksamkeit. Hier ist er nicht willkommen. Nicht in dieser Woche. Nicht an meinem Tisch. Nicht in meinem Haus.«

»Das ist nicht mehr dein Haus«, sagt Michael.

»Doch, noch eine Woche lang.«

Falls Michael im Mittelpunkt stehen wollte, ist es ihm gelungen. Er steht auf, hält sich an der Tischkante fest, bevor er sich in Bewegung setzt. Der Mann ist betrunken. Man merkt es kaum, aber Jake entgeht nicht viel. Michael gießt sich noch ein Glas ein und setzt sich wieder.

»Also, was sind die Schlagzeilen?«, fragt er. »Was ist der neueste Klatsch aus dem Weißen Haus?«

»Bitte respektier die Wünsche deiner Mutter«, sagt Richard. Er hat seine Suppe noch kaum angerührt.

Michael leert sein Glas mit einem Zug. »Das ist doch albern. Ein Junge ist tödlich verunglückt. Das Haus ist verkauft. Und ihr habt Angst, dass Politik uns die Woche versauen könnte?«

Sein Gesicht glänzt vor Schweiß, die Lippen sind zu einem höhnischen Grinsen verzogen. Der Verband löst sich, die geschwollene Naht kommt zum Vorschein. Michael fummelt mit dem Mull herum, drückt das Pflaster fest, zuckt zusammen.

»Du willst über Politik reden?«, sagt Diane. »Na schön. Richard, Lisa – euer Sohn hat uns das eingebrockt.«

Michael lacht. Schiebt die Suppenschale weg, schiebt seinen Stuhl zurück, als brauche er Platz für seine Wut.

»Sag es doch«, fordert er Diane auf.

Sie wirkt verstört. So ein Verhalten sieht ihr nicht ähnlich. Jake hat zwei Sommer und zwei Weihnachtsfeste mit der Familie verbracht, und Diane hat nie ein böses Wort geäußert. Hat nie die Stimme erhoben, ihrem Mann nicht ein einziges Mal widersprochen. Und Michael redet ziemlich viel Mist daher.

»Sag es!«

Diane senkt den Blick. »Michael hat … ihn … gewählt …« Sie will den Namen nicht aussprechen.

»Oh nein«, sagt Lisa.

»Großer Gott«, sagt Thad.

»Tut mir leid«, sagt Diane, wobei unklar bleibt, an wen die Bitte um Entschuldigung gerichtet ist. Sie prallt von der Decke ab, von der Lampe, von Jakes Bild an der Wand. Sie segelt durch den Raum, bis sie abstürzt und in Teile zerfällt.

»Was soll die Scheiße?«, sagt Thad. »So dumm bist du doch nicht.«

»Nenn mich nicht dumm«, sagt Michael.

»Nenn deinen Bruder nicht dumm«, sagt Richard.

»Sohn«, sagt Lisa. »Was hast du dir dabei gedacht?«

»*Denken*«, sagt Michael. »*Denken* ist das Problem.« Er weist in die Runde, alle sind gemeint. »Dauernd dieses *Denken*. Und was hat uns das gebracht? Ist der Staat schuldenfrei? Herrscht in Afghanistan Frieden? Im Irak? Hat das ganze Denken die Automobilindustrie in Detroit gerettet? Den Bergarbeitern neue Jobs verschafft? Die Lehrergehälter erhöht? Konnte das Denken Hausbesitzer retten, die alles verloren haben?«

Der Verband verrutscht erneut, Michael drückt ihn noch einmal fest. »Konnten alle Leute ihre Krankenversicherung behalten?«

Michael schaut Thad an. Der blickt in seine Suppe.

»›Jeder, der will, kann seine umfassende Krankenversicherung behalten.‹ Das war doch das Versprechen«, redet Michael weiter. »Und? Wurde es gehalten?«

»Nein«, sagt Thad, »aber …«

»Nein, es wurde nicht gehalten«, sagt Michael.

»Es ist komplexer«, wirft Lisa ein. »Das Gesetz hat Standards festgelegt. Für Zuzahlungen. Für Selbstbehalte. Für Vergünstigungen bei Verschreibungen. Die Leute, die Teile ihrer Versicherung verloren haben, hatten Zusatzverträge abgeschlossen, die waren auf irgendwelche Betrüger reingefallen. Diese Art von Verträgen hat er nicht gemeint, ihm ging es um die medizinische Grundversorgung für alle.«

»Aber das hatte der Obama anders versprochen.« Michaels Augen wirken riesig, seine Zähne glänzen.

»*Präsident* Obama«, sagt Lisa.

Michael grinst. »*Präsident* Obama. Ich hab dich noch nie *Präsident* Trump sagen hören.«

»Ich nenne ihn Präsident, sobald er sich wie einer benimmt«, erwidert Lisa.

Michael nimmt den Löffel aus seiner Suppenschale und leckt ihn ab. Dann klopft er damit auf den Tisch, einmal, zweimal, mehrmals.

»Dann reden wir doch mal über die Drohnen«, sagt er.

»Es reicht jetzt«, sagt Richard.

»*Euer* Präsident. Euer Präsident mit dem Friedensnobelpreis. Wisst ihr, wie viele Menschen der getötet hat?«

»Außer bin Laden?«, fragt Thad.

»Fast viertausend«, sagt Michael. »*Viertausend,* und von denen waren über dreihundert Zivilisten. Hochzeitsgäste. Ärzte. Mütter mit Kindern auf dem Heimweg von der Schule. Und das waren nur die mit den *Drohnen.*«

Lisa schüttelt den Kopf. »Ich bin sicher, dass das nicht …«

»Es ist wahr«, sagt Diane. »Ich wollte das auch nicht glauben, deshalb hab ich es recherchiert. Es stimmt wohl leider.«

Michael lehnt sich so weit zurück, dass der Stuhl kippelt, und richtet sich wieder auf. Lässt den Löffel fallen. »Schau, Mom, während du dich damit beschäftigt hast, Vögel zu retten, hat dein Lieblingspräsident Maschinen bestellt, um Menschen zu töten. Dann saß er in der Einsatzzentrale und hat sich auf Videos angeschaut, wie diese Maschinen Menschen umbringen. Ich möchte dich was fragen. Was ist wertvoller, ein Mensch oder ein Vogel?«

»Herrgott, Michael«, sagt Thad. »Lass Mom doch in Ruhe.«

»Wieso?«, erwidert Michael. »Wen hast du denn gewählt?«

»Hillary natürlich.«

»Dad?«, fragt Michael.

»Nicht, dass es jemanden was anginge«, sagt Richard, »aber auch Hillary.«

»Mom?«

Aber Lisa lässt sich auf die Spielchen ihres Sohnes nicht ein. Sie sitzt gefasst und aufrecht da, würdevoll. Jake findet das beeindruckend. Aber auch etwas langweilig. Hätte er so mit seiner Mutter gesprochen, hätte sie ihm eine Ohrfeige verpasst, wenn nicht sein Vater ihn bereits durch den Raum geprügelt hätte. Aber Lisa bleibt ruhig. Ist das nun Liebe oder irgendetwas anderes?

»Es ist meine Schuld«, meldet sich Diane zu Wort. »Ich hätte nichts sagen sollen.«

»Nein«, widerspricht Lisa. »Es ist *nicht* deine Schuld. Aber jetzt wird nicht mehr über dieses Monster gesprochen.«

»Das Monster hat deine Steuern gesenkt«, sagt Michael.

»So argumentieren ja die ganzen Prekarier, die ihn gewählt haben«, sagt Thad.

»Prekarier?«, wiederholt Michael. »*Ich* soll ein Prekarier sein? Du hast ja nicht mal Arbeit!«

»Ich nehme aber keine Staatsgelder in Anspruch.«

»Weil du es nicht nötig hast.« Michael wirft Jake einen Blick zu und verkneift sich den Rest des Satzes. Was Michael über ihn denkt, weiß Jake, und es ist ihm völlig egal. Er hat eine halbe Million auf der Bank, und seine Wohnung gehört ihm. Er spendet dem Trevor Project jährlich mehr, als Michael in einem Jahr verdient. Dem muss Jake gar nichts beweisen.

 Aber Thad lässt sich von seinem Bruder provozieren.

»Ich suche nach einem Job«, sagt Thad.

»Ja, klar, seit zwei Jahren.«

»Nur weil ich keine Lust habe, irgendwo in bescheuerten Schiedsrichterklamotten rumzustehen …«

»Du bist ein Arsch«, sagt Michael. Thad ist zu weit gegangen. Das ist Michaels wundester Punkt, seine größte Schmach. Die Familie bezeichnet ihn als Geschäftsmann, der im Verkauf tätig ist. Niemand verliert ein Wort darüber, dass er seit Jahren in einer der zum Untergang verurteilten Shoppingmalls in einer schmuddeligen Foot-Locker-Filiale jobbt. Ehrliche Arbeit, aber Michael besteht darauf, dass sie unter seiner Würde ist, ohne jedoch zu äußern, was er stattdessen lieber machen würde.

Jetzt springt er auf, den Zeigefinger dicht vor Thads Gesicht. Wieder rutscht der Verband, und Michael reißt ihn herunter.

»*Du* wagst es, *mich* als Prekarier zu beschimpfen? *Du* trägst *nichts* zur Gesellschaft bei. Und in dem Moment, in dem Jake dich verlässt, wirst du nicht zögern, dem Steuerzahler zur Last zu fallen. Und *du*.« Michael wendet sich Lisa zu. »Zwei Häuser. Zwei Elfenbeinturm-Pensionen. Und dann regst du dich darüber auf, dass ein Kind den Nerv hatte zu ertrinken und deiner Familie die Woche zu versauen. Und *du*.« Er schaut Diane an. »Du hast nicht mal Hillary gewählt, sondern Jill Stein! Und dann behauptest du, ich sei schuld an Trump! Ich hab meine Stimme wenigstens nicht in die Tonne getreten! Und die ganze Debatte, während wir hier in einem Trailer in einem Bundesstaat sitzen, der republikanisch gewählt hat. Versteht ihr nicht? *Wir* sind die Prekarier. Wir sind Hillary doch scheißegal. Glaubt ihr, die hat jemals in einem Trailer geschlafen? Glaubt ihr etwa, die macht sich was aus den Staaten, in denen sie verloren hat?

Und die Liberalen, die Mom und Dad nicht ohnehin schon verurteilen würden, weil sie aus dem Süden stammen, würden ihnen vorwerfen, dass sie hier die Einheimischen vertrieben haben. Glaubt ihr vielleicht, dass dieser See schon immer *Lake Christopher* hieß? Der Name ist eine Erfindung von Grundstücksentwicklern. Dieser See war von den amerikanischen Ureinwohnern benannt worden, aber der Name hatte zu viele Silben, war für Weiße zu anstrengend auszusprechen. Und *wusch*, das Land wird verkauft und der See in Lake Christopher umbenannt. Hübsch, geht gut von der Zunge, super vermarktbar. Der Rest ist einfach. Die Einheimischen abfinden, und wer sich nicht darauf einlässt, wird enteignet. Das Land wird an die Betreiber von Baumarktketten, Tankstellen und dergleichen verkauft. Dann siedelt man im See Forellenbarsche an, lehnt sich zurück und kassiert ab. Das ist Lake Christopher, ein Ort, der auf Kosten von Arbeitern entstanden ist und auf Land, das den Ureinwohnern gestohlen wurde. Aber das macht ja nichts. Ihr habt neun Monate im Jahr *geschuftet*, da habt ihr euch Ruhe und Frieden redlich verdient, was?«

Michael holt tief Luft.

»Ich mag ein Prekarier sein, aber ihr seid auch welche. Allesamt. Wir leben in den USA, da ist das so.«

Danach schreien alle herum. Thad schimpft Michael einen Volltrottel, Diane verbittet sich, dass Thad ihren Mann beleidigt, Lisa wirft Diane vor, dass sie ihre Wahlstimme vergeben hat, wo so viel auf dem Spiel stand, Richard ermahnt Michael, nicht zu brüllen, und Michael will wissen, warum sein Vater nie auf seiner Seite ist. Alle streiten, niemand hört zu.

Bis auf Jake. Jake hört alles.

 Diese Familie. Diese elenden Gutmenschen. Die nicht zu

schätzen wissen, was er ihnen geschenkt hat. Das verdammte Duschradio, das Bild. Aber jetzt hat er eine ganz spezielle Gabe für sie, etwas, das nur er überreichen kann.

»Hey, Leute«, sagt Jake. Das sind die ersten Worte, die er spricht, seit er Lisas Suppe gelobt hat. Weil alle durcheinanderkeifen, hört ihn niemand. Er steht auf. »Ich habe etwas zu sagen.«

Und Jake macht den Starlings ein Geschenk, das obendrein noch der Wahrheit entspricht.

»Hey, Leute«, wiederholt er. »Ich habe gar nicht gewählt.«

Alle starren ihn mit aufgerissenen Augen an. Und Jake muss unweigerlich lächeln. Er ist jetzt, wenn auch nur einen Abend lang, für diese Familie das, was er immer für seine eigene war: der gemeinsame Feind, an dem alle ihren Zorn abreagieren können. Heute Abend ist er die Stimme, die alle hier vor sich selbst rettet.

22

Wasser, Mondlicht, Wind. Ein Glas, beschlagen, der Whiskey so stark, dass Michael sich vorstellt, wie dieses Gift das Glas zersetzt und in den See fließt, wo dann binnen Sekunden das Wasser blubbert und tote Fische kieloben treiben.

Er lässt die nackten Füße ins Wasser hängen. Manchmal hat er hier schon große Schlangen beobachtet, die durchs Schilf gleiten, die schwarzen Köpfe wie Periskope.

Am Himmel leuchten die Sterne, der Mond ist eine Sichel, der See eine Schale für den Himmel.

Auf der Landzunge weht die Flagge auf halbmast. Michael fragt sich, wer gestorben ist, begreift dann. Eine Geste den Einheimischen gegenüber, der Gegend, dem Jungen. Es gibt nicht genug Güte in der Welt. Michael ist sich darüber im Klaren. Er hat zu diesem Mangel selbst kräftig beigetragen. Die Welt wird ihn nicht vermissen, wenn er nicht mehr da ist. Diane vielleicht. Und ein Kind. Aber sich mit einem Menschen zu beschenken, nur damit man vermisst wird – das ist kein Grund, neues Leben in die Welt zu bringen.

Frösche quaken, Insekten surren. Rohrkolben klacken arhythmisch im Wind. Eine Eule ruft, und Michael erwidert den Ruf, ist aber nicht wie seine Mutter. Die kann jeden Vogel nachahmen.

 Er denkt darüber nach, wie es sich wohl anfühlt, ein Kind

zu haben. Er hat keine Angst, dass er das Baby schütteln wird oder was auch immer die Eltern tun, die dann mit ihren grausigen Taten in den Nachrichten landen. Ebenso wenig fürchtet er, dass er nichts empfinden wird. Er wird das Kind lieben, das weiß er. Und genau das ängstigt ihn. Er wird das Kind lieben, und diese Liebe wird seine Ablehnung verdrängen, für zehn oder zwanzig Jahre? Aber eines Tages wird er sich fragen, wer er hätte werden können, hätte er noch ein paar Jahre mehr Zeit gehabt, seine Träume zu erkennen. An diesem Punkt dann, wenn er irgendwann zurückschaut auf sein Leben, wird er dem Kind die Schuld geben. Daran zweifelt er nicht. Und diese Art von Vater will er nicht sein.

Zugegebenermaßen wäre diese Debatte mit ihm selbst einfacher, wenn er überhaupt Träume hätte. Was will er denn eigentlich?

Mehr Moonshine auf jeden Fall. Er leert sein Glas. Wieder ruft eine Eule, und er antwortet.

Der Steg knarrt, und noch bevor sie das erste Wort spricht, weiß Michael, wer hinter ihm ist. Seine Mutter setzt sich neben ihn, ist zu dicht bei ihm. Sie trägt Shorts, ihre Schenkel eine Topografie aus Altersflecken und Besenreisern.

»Du taugst gar nicht als Horneule«, sagt sie.

»Hab ich etwa dir geantwortet?«

»Nein. Das war auf jeden Fall ein Virginia-Uhu. Ich wollte gerade antworten, aber du bist mir zuvorgekommen.«

Michael schwenkt die Eiswürfel im Glas. Heute hat er die warme, wohlige Entspannung durch den Alkohol noch nicht erreicht. Ist zu verkrampft, zu wachsam, der Rücken ist steif, die Stirn brennt.

»Du hast ja eine ziemliche Show abgezogen beim Essen«, sagt seine Mutter.

Er umklammert das Glas. Es wird ihn schützen. Sogar

leer ist es der Schutzwall zwischen ihm und dem, was seine Mutter als Nächstes sagen wird.

»Wieso reden wir nicht mehr miteinander?«

Er kann das nicht, nicht heute Abend. Er hat noch nicht genug getrunken.

»Tun wir doch. Jetzt gerade.«

»Ich meine, *wirklich* reden. Es gab mal eine Zeit, da wolltest du mit mir reden. Inzwischen ist es, als würden wir uns kaum kennen.«

»Ich weiß nicht, was du meinst.« Er weiß ganz genau, was sie meint.

Würde seine Mutter sterben und er müsste bei der Trauerfeier eine Rede halten, wüsste er nicht, was er sagen sollte. Dass seine Mutter Vögel geliebt hat. Und ihre Söhne. Er weiß, wie sehr sie ihn liebt und wie sehr er sie vernachlässigt hat. Aber er *kennt* sie nicht.

»Es macht mir nichts aus, dass du nicht anrufst, um dich zu erkundigen, wie mein Tag war«, sagt sie. »Es ist nicht die Aufgabe von Kindern, am Leben der Eltern teilzuhaben. Aber es tut weh, wenn ich das Gefühl haben muss, dass ich nicht wissen soll, wer du eigentlich bist.«

Wie denn auch, wenn er es selbst nicht weiß?

»Ich möchte über etwas mit dir sprechen«, sagt sie. »Aber ich möchte nicht, dass du wütend auf mich bist.«

»Kein so toller Anfang.«

»Ich meine es ernst.«

»Ich auch«, erwidert Michael. »Das ist wirklich ein schlechter Anfang. Da bin ich schon auf Abwehr, bevor ich überhaupt weiß, was du sagen willst.«

Der Blick seiner Mutter ist jetzt nicht mehr einfühlsam, sondern eisern entschlossen. »Dann sage ich es jetzt einfach.«

»Wäre mir recht.«

»Ich finde, ihr solltet euch für das Kind entscheiden.«

Das Glas ist in seinen Händen warm geworden, er stellt es ab und starrt auf den See. Wenn er das lange genug macht, steht seine Mutter vielleicht auf und geht weg.

»Ganz ehrlich«, sagt sie. »Ich kann nicht fassen, dass das überhaupt ein Diskussionspunkt ist. In Zweifel gezogen wird.«

»Es hat nichts mit dir zu tun.«

»Ich bin die Großmutter. Und würde gern glauben, dass ich bei dieser Entscheidungsfindung eine Rolle spiele.«

»Ist aber nicht so.« Er versucht, nicht bösartig zu sein, ist es dann aber doch. »Du bist kein Teil dieser Gleichung.«

Sie schaut beiseite, und Michael fühlt sich schlecht. Aber nur kurz. Denn es geht sie wirklich nichts an. Es ist nicht ihre Ehe. Er ist ihr Sohn, aber er hat ein eigenes Leben.

Das Knie seiner Mutter streift das seine. »Du solltest nichts sagen, was du nicht meinst.«

»Ich meine das durchaus. Aber ich hätte es anders sagen sollen. Tut mir leid.«

Auf der anderen Seite der Bucht fangen die Hunde wieder an zu bellen und zu jaulen. Wie am Vorabend gehen Lichter an, die Hunde werden ins Haus gerufen, danach besteht die Geräuschkulisse wieder aus Zirpen und Krächzen. Ein paar Meter entfernt ragt eine Flosse aus dem Wasser. Karpfen oder Hecht, Michael kann es nicht genau erkennen.

»Wenn es wegen June ist …«, sagt Michael und hört, wie seine Mutter scharf die Luft einzieht.

Er ist zu weit gegangen, spürt es ganz deutlich. Hat das Andenken seiner Schwester befleckt. Dabei hat er nur ihren Namen ausgesprochen.

Seine Mutter richtet sich auf. »Das war ein Geheimnis.«

»Diane kann kein Geheimnis bewahren. Aber das wusstest du ja. Sie hat dir ja auch unseres erzählt.«

»Ja, ist wohl so …« Sie verstummt. Michael ist sich ziemlich sicher, dass sie gerade sagen wollte, in einer Familie solle es keine Geheimnisse geben. Aber irgendetwas hat sie davon abgehalten. Vielleicht ein weiteres Geheimnis, das ihr in den Sinn gekommen ist.

»Ich verstehe, dass ihr uns nicht belasten wolltet, als wir Kinder waren«, sagt Michael. »Aber wieso habt ihr es uns auch später nicht erzählt?«

Der Blick seiner Mutter besagt, dass man für so etwas nie erwachsen genug sein kann.

»In welchem Alter«, fragt sie, »hätten wir es euch sagen sollen?«

»Weiß nicht. Als wir alt genug waren, um es zu verstehen.«

Seine Mutter lacht, aber dieses Lachen ist wie eine Blume, die blüht und im selben Moment welkt und verdorrt.

»*Verstehen*? Da gibt es kein ›Verstehen‹, mein Sohn. Wenn ein Kind stirbt, gibt es keinen anderen Blickwinkel, keine Aussöhnung mit dem Schicksal oder Gott. Wenn ein Kind stirbt, versteht man nur, dass man das nicht verstehen kann. Davor wollte ich euch beide bewahren.«

Michael würde gern sagen, dass er als Junes Bruder wohl ein Recht darauf habe, von ihr zu wissen, aber nach der Diskussion über das Kind und darüber, wer sich wo einmischen darf, befindet er sich gerade in einer ungünstigen Position.

»Dein Vater wollte es euch beiden sagen. Aber dann hatte Thad diese Sachen.«

Michael findet es scheußlich, dass sie Thads Suizidversuche als »Sachen« bezeichnet, so als könne man durch dieses Wort die Wahrheit verschleiern.

»Danach hatten wir Sorge«, spricht Lisa weiter, »dass Thad das nicht verkraften würde und sich vielleicht … etwas antut.«

»Und warum habt ihr es nicht nur mir gesagt?«

Seine Mutter nickt. »Das haben wir erwogen, fanden es dann aber nicht in Ordnung.«

»Du hast es Diane erzählt. Also wolltest du wohl, dass ich es erfahre.«

»Ja, mag sein. Unbewusst wollte ich das vielleicht wirklich.«

Ihre Nase glänzt, die rosa Narbe, wo man den Krebs entfernt hat, ein Nasenloch ein wenig schmaler, halb geschlossen.

»Schlechter Zeitpunkt, Mom. Wir können uns kein Kind leisten.«

»Das denkt man immer. Man muss es einfach wagen.«

»Wer so was sagen kann, *hat* Geld.«

Michael ist sich nicht sicher, ob sie ihm zuhört. Seine Mutter kann nicht einmal annähernd einschätzen, wie wenig Diane und er verdienen. Zusammen haben sie ein geringeres Einkommen, als seine Mutter an Pension bekommt. Sie weiß nicht mehr, wie das ist, am Anfang zu stehen. Aber sie hat vielleicht auch nie über ihre Verhältnisse gelebt.

»Es geht doch auch darum, was Diane will«, sagt sie.

»Diane weiß nicht, was sie will.« Das stimmt nicht, sie hat eine Entscheidung getroffen. Das Kind wird auf die Welt kommen. Aber Michael will es seiner Mutter jetzt noch nicht so leicht machen.

Und was ist überhaupt mit *seinen* Wünschen?

Hat er nicht das Haus, die Autos, den Bundesstaat ausgesucht, in dem sie leben? Hat er nicht die Entscheidungen getroffen, die zu ihrer Verschuldung geführt haben? Wenn es sich besser anfühlt, für einen geliebten Menschen Opfer zu bringen, als seinen eigenen Willen durchzusetzen, hat Michael seiner Frau doch zahlreiche Möglichkeiten geboten, sich gut zu fühlen. Wäre dann nicht eine Abtreibung die perfekte Gelegenheit für Diane, ihm zu beweisen, dass sie ihn liebt?

Aber nicht mal betrunken kauft Michael sich diesen Schwachsinn ab.

»Kinder kann man von der Steuer absetzen«, sagt seine Mutter jetzt.

Michael muss sich beherrschen, um nicht laut aufzulachen. Weil sie mit Vernunft und moralischem Druck nicht weitergekommen ist, setzt sie jetzt auf Geld.

»Hey«, sagt sie, und er spürt, wie sie die Hand an seine Wange legt und ihn zu sich dreht. Und plötzlich ist das Gesicht seiner Mutter so nah, dass er einen Moment lang glaubt, sie wollte ihn auf den Mund küssen, wie in seiner Kindheit. Aber sie legt nur ihre Stirn an seine, die vernarbte Nase berührt seine.

»Ich *liebe* dich. Ich bin deine Mutter, und ich liebe dich. Mehr wollte ich gar nicht sagen. Vor allem das.«

In solchen Momenten leuchtet in einem Teil von Michaels Gehirn eine Warnlampe auf. In einem Teil, der Rührseligkeit misstraut; der davor warnt, auf solchen Mist hereinzufallen; der ihn verlässlich vor emotionaler Manipulation schützt.

Aber nicht an diesem Abend. Heute bleibt dieser Teil seines Gehirns dunkel, und Michael muss nur in die Augen seiner Mutter schauen, um zu spüren, dass er geliebt wird.

Und alles in ihm, was diese Wahrheit als kindisch abtun möchte, wird in den Schatten gestellt. Und zwar nicht von seinem schlechten Gewissen wegen der eher kümmerlichen Liebe zu seiner Mutter, sondern von der Gewissheit, dass man sein Glück und sein Herz in leichtfertige, unzuverlässige Hände legt, wenn man ein Kind in diese Welt bringt.

Ein Kind zu haben bedeutet, sich im Namen der Liebe für immer und ewig zu ruinieren.

DRITTER TEIL

SONNTAG

23

Lisa hat die Kirche schon gesehen, aber noch nie betreten.

Die First Baptist Church von Lake Christopher steht an der Nordseite des Sees, die noch nicht so umfassend erschlossen ist. Kein Jachthafen, kein Restaurant, nur niedrige ältere Häuser. Der See ist hier flach, das Ufer brüchig, die Erosion verhindert kosteneffiziente Nutzung. Im Norden die Armen, im Süden die Reichen, die typische Aufteilung solcher Seen. Die Reichen wollen tiefes Wasser, gepflegte Ufer, gute Grundstücke. Den Einheimischen bleibt das Land, das die Reichen nicht wollen, das Land, auf dem man dann auch Wasser- und Elektrizitätswerk und Müllhalde findet.

Nördlich von See und Autobahn, an einem Schotterweg, hält Lisa auf dem Parkplatz der Kirche, auf dem sie kaum noch eine Lücke findet.

Sind diese vielen Leute als Trauernde hier oder als Schaulustige? Lisa würde gern glauben, dass ihre eigenen Beweggründe untadelig sind. Aber wer glaubt nicht gern von sich selbst das Beste?

An diesem Morgen ist sie nicht traurig erwacht, sondern wütend, ohne zu wissen, wohin mit ihrer Wut. Dann ist ein Kirchenbesuch immer angeraten. Eine Weile in einem Gotteshaus meditieren. Einer Familie, die viel größeres Leid zu erdulden hat als sie selbst, Trost spenden.

Sie steigt aus, streicht ihr Kleid glatt. Es ist sandfarben mit Blumenmuster, keines ihrer Lieblingskleider. Oben bauschig, an der Taille eng, dezent und etwas trist, gerade richtig für den Anlass. Schwarz zu tragen wäre unpassend gewesen, da der Junge noch immer nicht gefunden wurde.

Lisa ist spät dran, drängt sich zwischen den geparkten Autos hindurch.

Die Kirche ist weiß, zweistöckig, mit Spitzdach und einem Blechkreuz auf dem Giebel. Die Wände sind mit Vinyl verkleidet. Lisa weiß nicht, was sie davon halten soll. Andererseits ist Vinyl praktisch, günstig und haltbar. Wenn es Gott gibt, wenn Jesus Gottes Sohn ist und all das gesagt hat, von dem man annimmt, dass er es gesagt hat, würde er dann nicht Vinyl den Reichtümern des Vatikans vorziehen? Verzichtet auf Blattgold, speist die Armen. Amen.

Hinter der Kirche ragen krumm und schief Grabsteine auf, von unterschiedlicher Farbe und Höhe, einige hoch, andere niedrig und halb verfallen. An einer Baumreihe stehen neuere Steine, die in Form und Farbe einheitlich sind.

Lisa weiß noch nicht, wo Richard und sie bestattet werden wollen. Früher hätte sie vielleicht gesagt, hier am See, doch jetzt wird es vermutlich Florida werden. Aber gibt es dort überhaupt Gräber, so nah am Meer? Werden die Toten dann nicht weggeschwemmt? Es gibt natürlich Mausoleen, aber die Vorstellung von oberirdisch in Kisten verwesenden Leichen findet Lisa abscheulich.

Vielleicht will sie gar nicht beerdigt werden, verbrannt wäre wohl besser. Ob ihre Asche dann verstreut oder auf den Kaminsims gestellt wird, ist ihr einerlei. Sollen die Lebenden entscheiden, was sie damit machen wollen. Der Rest ist schriftlich niedergelegt, die Patientenverfügung eindeutig, das Testament unterzeichnet, das Geld aufgeteilt: ein Drittel geht an Michael, ein Drittel an Thad, ein Drittel an die Vogelschutzgesellschaft Audubon Society. Was ihre Söhne mit dem Rest des Erbes machen, was sie behalten und was sie verkaufen wollen, ist dann auch ihre Sache. Und es liegt ganz bei ihnen, ob sie die Entscheidung ihrer Mutter respektieren oder sich darüber beklagen wollen, dass sie nicht das ganze Geld erben.

Von June hat sie einen Strampelanzug aufbewahrt, in einer verschließbaren Plastiktüte. Wenn sie ihre Tochter vermisste – und das kam mehrmals am Tag vor –, hat sie die Tüte geöffnet und den Geruch eingeatmet. Das Kleidungsstück ist noch da, der Geruch aber schon lange verflogen. Doch sogar jetzt noch kann Lisa ihn, wenn sie die Augen schließt, als Erinnerung wachrufen – eine feuchte Süße, wie Ahornsirup, der durch Moos sickert, oder leicht angebrannte Muffins.

Junes Leiche wurde nach der Obduktion der Medizinischen Hochschule von Georgia überlassen, damit die Ursachen des plötzlichen Kindstods besser untersucht werden konnten. Die Entscheidung war richtig, aber es gibt Tage, an denen Lisa sich fragt, was aus Junes sterblichen Überresten geworden ist, und bereut, dass es keinen Grabstein und keine Urne gibt.

An den Stufen zur Kirche schaut Lisa auf die Uhr. Sie kommt zu spät, der Gottesdienst hat schon begonnen.

Sie will die Tür nur einen Spalt öffnen, doch sie schwingt weit auf und wird von einem Mann in grauem Anzug hinter Lisa wieder geschlossen. Er trägt eine dicke Brille und hat sich spärlich verbliebene Haarsträhnen über die Glatze gekämmt. Der Mann nimmt ein Blatt von einem Stapel neben der Tür und reicht es ihr lächelnd. Vorn sind Lieder aufgelistet, hinten Gebete und der Ablauf: *Musik, Gebete, Predigt von*

Pastor Lance, Gebete, Abendmahl, Musik, Abschlussgebete. Einige Programmpunkte sind mit Sternchen versehen, und unten auf der Seite steht dazu: BITTE ERHEBEN. In Ithaca sagt der Pfarrer der kleinen interkonfessionellen Kirche, in der Lisa ein paarmal im Monat am Gottesdienst teilnimmt: »Bitte erheben Sie sich, wenn Sie mögen oder können.« Bisher fand sie das immer geschraubt, aber jetzt wird ihr etwas klar. Wie im Leben gibt es auch im Glauben Befehle oder Einladungen. Das Land der Einladungen hat sie verlassen, sie befindet sich in einer Baptistenkirche in den Südstaaten.

Keinerlei Zierrat ist in der Kirche zu sehen, weder Chorempore noch Taufbecken, nirgendwo Kunst oder Buntglas, nur ein roter Teppich und hölzerne Kirchenbänke. Die sind alle ebenso besetzt wie die Klappstühle an der Rückwand, deshalb stellt Lisa sich neben eine Frau, die seitlich an der Wand lehnt. Die Frau trägt ein gelbes Kleid und eine Perlenkette und wirft Lisa ein Lächeln zu.

Der Pastor, der bereits spricht, steht an einer bernsteingelben Kanzel zwischen einem Tisch und einem Klavier. Die Wand dahinter hat kein Fenster, dort hängt nur ein Gipskruzifix, Jesus auf dem Höhepunkt seiner Qualen, den Kopf im Nacken, den Blick himmelwärts gewandt. Unterhalb und links vom Kruzifix hängt die amerikanische Flagge.

Pastor Lance, groß und hager, trägt keinen Talar, sondern ein schwarzes Sakko und ein weißes Hemd, keine Krawatte. Er hat sehr kurze Haare, ist attraktiv und blutjung, zu jung, um das Wort Gottes zu verkünden, denkt Lisa, versucht aber, nicht zu urteilen. Anderer Teil des Landes, andere Glaubensrichtung.

Die junge Frau im gelben Kleid ist eindeutig in den Pastor verliebt. Das sieht man am Blick und an der Art, wie sie gedankenverloren über die Perlenkette streicht.

»Brüder und Schwestern«, sagt der Pastor mit melodiöser Stimme. »Der Tod ist nicht das Ende. Der Tod ist die *Pforte.*«

Er lächelt, und Lisa spürt ein Kribbeln in den Fingerspitzen. Dieser Mann hat Charisma, und das verdankt er nicht seiner Jugendlichkeit.

»›Siehe, ich stehe vor der Tür und klopfe an.‹ Und was sagt Jesus dann? ›Wenn jemand meine Stimme hören wird und die Tür auftun, zu dem werde ich hineingehen und das Abendmahl mit ihm halten und er mit mir.‹«

Ob Pastor Lance außerhalb dieser Wände auch so vertrauenerweckend wirkt oder nicht – hier gelingt es ihm jedenfalls. Ob er wirklich weise ist oder nicht – hier spürt man Weisheit. Lisa versteht jetzt, warum ein so junger Mann bereits eine eigene Gemeinde hat.

»Denken wir darüber nach«, sagt er. »Denken wir darüber nach, wie es wohl sein mag, mit Jesus das Mahl zu teilen. Gute Tischmanieren sind dabei gewiss angebracht, vermute ich.«

Er lächelt, die Gemeinde lacht. Bei diesem Anlass ist Lachen nicht vorgesehen, doch der Pastor hat die Erlaubnis gegeben, Frohsinn zu empfinden. Behutsam hat er den Anwesenden mit seinen Worten geholfen, sich zu entspannen. Er strahlt und richtet den Blick auf die erste Reihe, lässt ihn dort so lange verweilen, dass Lisa hinschauen muss.

Und dort sind sie – Wendy, Glenn und Trish. Der Vater sitzt in der Mitte, hat Frau und Tochter den Arm um die Schultern gelegt.

»Vielleicht habt ihr die Familie Mallory kennengelernt«, fährt Pastor Lance fort. »Sie sind neu in Lake Christopher, nehmen aber seit April jede Woche am Gottesdienst teil und machen der Gemeinde großzügige Spenden. Glenn erkennt man an seinem herzlichen Lachen, Wendy hat zum Frühlingspicknick den köstlichsten Pfirsichkuchen mitgebracht, den ich jemals gegessen habe. Trish beginnt im Herbst ihr Studium an der Duke University, ein sehr intelligentes Mädchen.«

Pastor Lance schaut zu der jungen Frau im gelben Kleid, und sie nickt, als wollte sie sagen: *Weiter so*.

»Und vielleicht erinnert ihr euch auch an den Sohn der Familie, Robbie.«

Robbie. Wie Wendy den Namen schrie. Lisa wird diesen Namen nie wieder anders wahrnehmen können.

»Ein Energiebündel, dieser Junge«, sagt der Pastor. »Ein Lichtstrahl an einem trüben Tag. Robbie war eine echte Kanone, wie mein Vater sagen würde. Aber keine, die Kugeln verschießt, sondern die Liebe Gottes.«

Lisa beginnt sich vor der Richtung der Predigt zu fürchten, aber der junge Pastor scheint es damit nicht eilig zu haben.

»Brüder und Schwestern. Ich muss euch heute eine schlimme Wahrheit offenbaren und kann euch versichern, dass mir das keine Freude ist. Was mir hingegen Freude bereitet, ist die Hoffnung auf *eure* Entscheidung. *Heute*. Eine Entscheidung, die den Rest eures Lebens bestimmen wird.«

Der Pastor hält inne, als koste es ihn immense Kraft, die nächsten Worte über die Lippen zu bringen. Er holt tief Luft, und Lisa muss wegschauen. Sie hofft, dass er nicht sagen wird, was sie befürchtet. Doch genau das tut er.

»Die Wahrheit, Brüder und Schwestern«, sagt er, »ist folgende: Es gibt die Hölle wirklich.«

Lisa muss sich anlehnen, die Wand stützt sie. Die junge Frau neben ihr wirkt nach dieser Verkündigung ebenso ungerührt wie der Mann an der Tür. Niemand in der Gemeinde regt sich oder widerspricht, und Lisa fühlt sich plötzlich sehr einsam.

»›Ich bin der Weg und die Wahrheit und das Leben; niemand kommt zum Vater denn durch mich.‹ Hört ihr das, Brüder und Schwestern? *Niemand*. Ihr nicht und auch ich nicht. Denkt an den besten Menschen, den ihr kennt. Den gütigsten, freundlichsten, den, der sein ganzes Geld spendet, um die Armen zu speisen. Auch für ihn gilt das. Es sei denn, er hat seine Sünden bereut und widmet sein Leben Jesus Christus.«

Die Hände des Pastors lösen sich von der Kanzel, er tritt dahinter hervor. Lisa sieht, dass sein Hemd in die Jeans gesteckt ist, die er mit einem braunen Flechtgürtel trägt. Michael und Thad haben auch solche Flechtgürtel getragen, absichtlich zu lang und herunterhängend, weil das damals in der Schule angesagt war. Der Gürtel des Pastors hängt nicht herunter und passt auch nicht zu seinen Schuhen. An der Cornell würde er mit diesem Outfit auffallen. Aber Lisa sagt sich, dass solche Gedanken überheblich sind. Sie ist ein Mädchen aus dem Süden, im Süden aufgewachsen. Hier kleiden sich die Männer eben so.

»Ist der Weg schmal?«, fährt Pastor Lance fort. »Ja, das ist er. Doch ist die Belohnung groß? Oh ja, das ist sie. Deshalb ist es so wichtig, dass wir Jesus Christus als unseren Herrn und Erlöser erwählen und ihm unser Leben widmen. Denn Jesus hat nicht gesagt: Niemand kommt zum Vater denn durch Buddha. Er hat auch nicht gesagt: Niemand kommt zum Vater denn durch Vishnu. Und er hat nicht gesagt: Niemand kommt zum Vater denn durch *Zeus*.«

Kichern und Lachen, der Pastor faltet die Hände.

»Nein, wir wissen es besser. Wir wissen, was Jesus gesagt hat, denn wir haben die Heilige Schrift. Uns hat man die

Frohe Botschaft verkündet. Wir wissen, wie die Geschichte endet. Und wir wissen, dass es nur einen Weg gibt.«

Lisa fragt sich, ob dieser junge Mann die Bibel wirklich gelesen hat, von Anfang bis Ende. Sie hat es getan und hätte einige Fragen an ihn. So würde sie ihn gern fragen, an welche Version der Schöpfungsgeschichte er glaubt. Was er zu den ›Schafen aus anderen Ställen‹ zu sagen hat. Was er gefrühstückt hat, ob seine Hände sauber sind und ob sein Hemd eine Baumwoll-Polyester-Mischung ist.

Pastor Lance tritt an die Seite der vordersten Bank, und die gesamte Familie Mallory blickt zu ihm auf. Lisa sieht alle im Profil: die Mutter tränenüberströmt, den Vater, der mit den Tränen ringt, die Tochter so starr und reglos, als stünde sie unter Drogen.

»Ich weiß nichts über unseren Bruder Robbie«, sagt der Pastor. »Ich weiß nicht, ob er im Himmel ist. Das weiß ich deshalb nicht, weil ich nicht weiß, ob er so eine direkte Beziehung zu Jesus Christus hatte. Das klingt schrecklich, ich weiß, und ich habe auch gezögert, es auszusprechen. Aber als ich heute Morgen mit Marcy sprach«, er weist auf die Frau im gelben Kleid, die also offenbar seine Ehefrau ist, »habe ich gesagt: ›Marcy, es ist etwas Furchtbares geschehen, aber es wäre doch verflixt, wenn wir damit nicht die Menschen zu Jesus bringen könnten. Wenn es uns gelingt, auch nur eine Seele vor der Hölle zu retten, nur eine einzige, dann war der Tod dieses Jungen nicht umsonst.‹ Nicht wahr, Liebling?«

Marcy nickt, ihr Lächeln ist mitfühlend und offen.

Lisa zittert. Es ist warm in der Kirche, von all den Menschen und der Sommerhitze, mit der die Klimaanlage nicht fertig wird, doch Lisa kommt es vor, als sei ihr noch nie im Leben so kalt gewesen.

»Ich möchte mir gern vorstellen, dass Robbie nicht in der Hölle ist«, spricht Pastor Lance weiter, »aber das liegt jetzt ganz bei Gott. Das ist seine Entscheidung. Doch wir alle wissen, dass *wir* noch wählen können. Jeder von uns, die wir am Leben sind. Wir haben die Wahl zwischen dem Fürsten der Finsternis und dem Fürsten des Friedens. Die Wahl, die Tür zu öffnen oder sie vor Jesus Christus zuzuschlagen.«

Der Pastor lässt den Blick über die Gemeinde schweifen, als wollte er jedem in die Augen sehen.

Dann sagt er: »Das Leben ist eine Wahl, und eure Seele ist eure Stimme. Nun sagt mir, Brüder und Schwestern, würdet ihr lieber den Himmel oder die Hölle wählen?«

Das Gesicht von Robbies Vater verzerrt sich, sein Kopf sinkt nach vorn. Pastor Lance greift an Wendy vorbei, legt dem Vater eine Hand auf die Schulter. Glenn lässt seine Frau und Tochter los und geht auf die Knie, neigt den Kopf zum Gebet.

Mehr kann Lisa nicht ertragen. Sie tritt den Rückzug an, vorbei an den Klappstühlen. Der Mann im grauen Anzug blockiert die Tür. Nicht vorsätzlich, sondern weil er in eine Art Trance gefallen ist. Wie alle anderen starrt er nach vorn, als sei er hypnotisiert. Ob aus Angst vor der Hölle oder aus Hoffnung auf ein Dasein im Himmel, ist für Lisa nicht zu erkennen.

»Entschuldigung«, flüstert sie.

»Einige von euch fragen sich vielleicht, wie die Hölle sein mag«, sagt der Pastor jetzt. »Ob sie tatsächlich ein Fegefeuer ist. Ob die Dunkelheit ewig andauert oder nur so lange, bis die Sünden verbrannt sind.«

Lisa tippt dem Mann auf die Schulter.

»Doch wie, fragt ihr euch vielleicht, kann die Hölle aus

Flammen bestehen und dennoch dunkel sein? Und was ist denn dieses *Zähneklappern?*«

Pastor Lance entblößt die Zähne – strahlend weiß und ebenmäßig wie aus der Zahnarztwerbung – und lässt sie mit erstaunter Miene klappern.

Unterdrücktes Lachen.

»Ihr lacht«, sagt der Pastor. »Doch die Hölle ist nicht witzig. Die Hölle ist real und dauert ewiglich.«

»Bitte«, sagt Lisa flehentlich zu dem Mann.

»Denkt an das, wovor ihr euch am meisten fürchtet«, sagt Pastor Lance. Damit wendet er sich von der Bank und dem betenden Glenn ab und kehrt hinter die Kanzel zurück. »Vielleicht sind es Nadeln. Oder Spinnen. Schlangen vielleicht. Oder ihr fürchtet euch am meisten davor, dass ihr eines Tages aufwacht, und alle Menschen, die ihr liebt, sind verschwunden. Konzentriert euch einen Moment darauf. Spürt diese Angst. Und nun stellt euch vor, wie sie um ein Vielfaches ...«

»Entschuldigung!«, schreit Lisa. Stille tritt ein, der Pastor verstummt. Alle starren auf Lisa: die Gemeinde, der Pastor, der Mann an der Tür, die Mallorys.

Mein Beileid, Wendy.

»Mein Beileid«, sagt Lisa, dann stürzt sie hinaus, die Treppe hinunter. Sinkt auf die unterste Stufe, um Atem zu schöpfen. Dann steht sie hastig wieder auf. Atmen kann sie auch im Auto. Nichts wie weg hier.

Doch da hört sie hinter sich eine Stimme. »Warten Sie! Bitte!« Lisa dreht sich um.

Es ist die Frau von Pastor Lance. Sie ist kleiner als Lisa, steht aber auf der obersten Stufe, auf Augenhöhe mit ihr. Der knöchellange Rock ihres Kleids wogt, die Stirn ist sorgenvoll in Falten gelegt.

 »Ich bin Marcy. Die Frau von Pastor Lance.«

Lisa könnte sich immer noch abwenden und gehen, fühlt sich aber verpflichtet, ihren Namen zu sagen.

»Lisa.«

Marcy lächelt. »Schön, Sie kennenzulernen, Lisa. Ich habe Sie noch nie bei uns gesehen. Haben Sie von dem Unglücksfall gehört?«

Lisa nickt. Sie wird nicht sagen, dass sie dabei war. Sie wird Marcy keinen Anlass geben, sie zu umarmen. Soll Marcy ihr Mitgefühl denen zukommen lassen, die da drin in der ersten Reihe sitzen. Die sich anhören müssen, dass es in der Hölle Fegefeuer und Spinnen gibt und ihr einziger Sohn vielleicht dort gelandet ist.

»Ich weiß, es ist schwer zu ertragen«, sagt Marcy. »Was hat Sie am meisten verstört?«

»Alles. Das Ganze ist unerträglich. Eine Kirche, die aus einer Tragödie Nutzen zieht. Eine Familie, die Mitgefühl braucht und der stattdessen mit der Hölle gedroht wird.«

Marcy schaut an Lisa vorbei zum Friedhof und lässt den Blick so lange dort ruhen, dass Lisa am liebsten weglaufen würde.

»Sie glauben nicht an die Hölle, oder?«, fragt Marcy schließlich.

»Nein. Hab ich noch nie getan.«

Für Lisa ist die Hölle so etwas wie der Blinddarm. Sie mag vor langer Zeit in der Entwicklung von Religionen eine Rolle gespielt haben, ist aber längst nicht mehr nützlich. Was den Glauben angeht, ist die Hölle ein überflüssiges Organ, das entfernt werden kann.

»Entschuldigung, aber die Hölle kommt nun mal in der Bibel vor«, sagt Marcy.

»Das gilt auch für Vergewaltigung, Inzest und gottgewollten Genozid.«

Marcy nickt. »Es ist ein schwieriges Buch, ja. Aber was ist Ihr Regelwerk, ohne die Bibel? Womit unterscheiden Sie Gut und Böse? Wie kommunizieren Sie mit Gott?«

»Mittels meines Verstandes«, antwortet Lisa. »Auch durch Glauben und Gebet, aber wir sollten nicht vergessen, dass Gott uns mit einem Gehirn ausgestattet hat. Wozu soll das gut sein, wenn nicht zum eigenständigen Denken? Und was Gut und Böse angeht: Um das zu unterscheiden, braucht man kein Buch.«

»Sie vertrauen also nicht auf die Heilige Schrift?«

»Ich vertraue auf meine Intuition«, sagt Lisa. »Und auf das Wissen, dass ein Buch, das vor Jahrtausenden entstand und über Hunderte von Jahren von Hunderten von Männern zusammengestellt wurde, notgedrungen Schwächen hat. Grausamkeiten enthält. Unplausibles. Männer haben Themen. Die Kirchen nehmen immer wieder Elemente zurück. Wir alle ändern immer wieder unsere Meinung. So wie Gott auch.«

»Gott ändert seine Meinung nie«, sagt Marcy.

»Weil er nicht kann oder weil er nicht will?«

»Er tut es einfach nicht«, antwortet Marcy, wirkt aber unsicher.

»Wenn Gott nie seine Meinung ändert, wozu beten wir dann? Wozu hat Jakob dann mit dem Engel gerungen? Warum soll man eine Gottheit um Gnade bitten, die ihre Entscheidungen längst getroffen hat?«

Marcy kommt die Treppe herunter, blickt zu Lisa auf.

»Wir beten«, sagt Marcy, »weil Gott möchte, dass wir an ihn denken. Es bereitet ihm Freude, von uns zu hören.«

»Mag sein«, erwidert Lisa. »Aber vielleicht ist er auch nicht so bedürftig.«

 Danach schweigt Marcy. Diese junge Frau, die noch fast

ein Mädchen ist, was weiß sie schon von Verlust? Was weiß sie davon, wie viel Kraft einen der Glaube an Gott kostet, wenn einem der liebste Mensch genommen wird?

»Haben Sie Kinder?«, fragt Lisa.

Marcy legt den Kopf schief wie ein horchender Hund, und ein Lächeln tritt auf ihr Gesicht. »Zweites Trimester. Der Arzt meint, bald wird es zu sehen sein.«

»Glückwunsch«, sagt Lisa.

»Sie wollten sagen, dass ich meine Meinung über Gott und die Hölle ändern werde, wenn ich ein Kind habe.«

»Ja, ganz genau. Sie werden lernen, was wahre Liebe bedeutet. Das klingt jetzt herablassend, ist aber nicht so gemeint. Sie sind einfach noch sehr jung und glauben zu wissen, was Liebe ist. Dem ist nicht so. Aber Sie werden es erfahren.«

Hinter Marcy lässt sich ein Vogel auf dem Geländer nieder, dem Schnabel nach zu urteilen, ein Tyrann. Aber er fliegt so schnell weiter, dass Lisa ihn nicht genauer bestimmen kann.

»Ich weiß, was Liebe ist«, sagt Marcy. Bislang war ihr Ton ruhig und gelassen, jetzt klingt sie trotzig und gekränkt.

»In sechs Monaten werden sich in Ihrem Herzen Räume öffnen, von denen Sie bislang nichts geahnt haben. Wenn es so weit ist, werden Sie wissen, dass es keine Hölle gibt. Das ist ausgeschlossen. Denn Gott würde dort niemals ein Kind hinschicken.«

Marcy klingt jetzt deutlich entschiedener: »Damit Gott uns seine makellose Liebe schenken kann, muss er uns die Wahl lassen. Wir Menschen wollen, dass alle in den Himmel kommen, aber das ist so, weil wir sündig sind. Gott weiß es besser. Seine Liebe ist gerecht. Unsere ist mangelhaft.«

»Mangelhafte Liebe?«, sagt Lisa. »So etwas gibt es nicht.«

Marcy schüttelt höflich den Kopf. »Es ist nicht unsere Aufgabe, Gott anzuzweifeln. Gott hat uns erschaffen. Er kann mit uns machen, was er für richtig hält.«

Es ist vergebens. Lisa kommt zu spät. Diese junge Frau ist geprägt von Tausenden Gottesdiensten und Aufenthalten in der Sonntagsschule. Sie hat ihre Bibelsprüche und die Dogmen ihrer Kirche parat wie Pfeile im Köcher, kann jederzeit schießen. Lisa hat nur ihr Leben.

Der Vogel kehrt zurück, landet auf der obersten Stufe. Es ist ein Buchentyrann, olivbraun, schwarz und weiß, und sein Ruf klingt, als schreie er »Pizza«. Er kann schweben und sogar rückwärts fliegen. Fantastische Vögel. Er hüpft Richtung Kirchentür, und dann flattert er davon.

Lisa kommt es vor, als würde sie beobachtet, von June, die nächste Woche fünfunddreißig geworden wäre.

Was machst du denn da?, fragt June. Sie hat lange Haare und alabasterfarbene Augen. Jetzt weist sie auf Marcy, stellt sich neben sie. *Dieses hässliche Gespräch – etwa meinetwegen?*

Sie hat recht.

»Junge oder Mädchen?«, fragt Lisa.

Marcy zögert.

Das war keine Fangfrage, denkt Lisa, bleibt aber stumm.

»Wir wissen es noch nicht«, antwortet Marcy. »Aber wenn ich ganz ehrlich bin, wünsche ich mir ein Mädchen. Ich weiß, das ist schrecklich, und ich werde über jedes Kind, das Gott uns schenkt, glücklich sein. Aber ich hätte eben gern ein Mädchen.«

Aus der Kirche hört man jetzt Klavier und Gesänge.

»Ich möchte, dass Sie etwas für mich tun«, sagt Lisa. »Nach dem Gottesdienst sagen Sie bitte Wendy, dass ihr Sohn nicht in der Hölle ist.«

Klavierklänge. Die Sonne ist heiß. Auf der Straße rattert ein Laster vorbei.

»Das kann ich nicht«, erwidert Marcy. »Ich weiß ja nicht, ob es wahr ist.«

»Es ist wahr. Da drin ist eine Mutter, die vor zwei Tagen ihren Sohn verloren hat. Stellen Sie sich doch bitte vor, was Sie hören wollten, wenn Sie in dieser Lage wären.«

»Ich?« Marcy spielt mit ihrer Perlenkette, als sei sie ihr zu eng geworden.

»Wenn Ihr Kind gestorben wäre«, sagt Lisa und merkt, zu spät, dass sie zu weit gegangen ist. Das hilft Wendy nicht. Es macht June nicht wieder lebendig. Lisa quält vor einer Kirche eine schwangere Frau, versucht zu ändern, was nicht mehr zu ändern ist.

»Sie sollten jetzt gehen«, sagt Marcy. Lisa möchte gern glauben, dass sie sich verhört hat. Hat sie aber nicht. »Sie widersprechen der Bibel, Sie zweifeln die Predigt meines Mannes an, Sie sind nicht sehr freundlich zu mir, und jetzt reden Sie davon, dass mein Kind stirbt?«

Nach Junes Tod bekam Lisa Besuch von Nachbarinnen und Freundinnen, von Müttern, die selbst Kinder verloren hatten und über ihre traurigen Verluste sprachen. Sie verbrauchten Lisas Kleenex-Vorrat, quetschten ihre Hand und zogen von dannen. Diese Frauen hatten sich etwas von der Seele geredet und glaubten, hilfreich gewesen zu sein.

Eigentlich hatte Lisa heute Robbies Mutter von June erzählen, ihr vermitteln wollen, dass sie nicht die Einzige ist, die so etwas erleben muss. Zumindest davor hat Marcy Wendy bewahrt, denn wie soll mehr Trauer Trost spenden? Wie soll es in den schlimmsten düstersten Momenten des Lebens hilfreich sein, zu hören, dass andere auch leiden?

Da war es wirklich besser, Wendy ihrer eigenen Trauer und ihrer Familie zu überlassen.

Lisa will weg von hier, will nicht mehr diskutieren. Als sie sich abwendet, fällt ihr eine letzte Sache ein, und sie dreht sich noch einmal um.

»Ich hoffe, Ihr Wunsch geht in Erfüllung«, sagt sie.

»Welcher Wunsch?«, fragt Marcy.

»Dass es ein Mädchen ist.«

24

Jake war noch nie außerhalb von New York in einer Galerie.

In Tennessee gab es garantiert Galerien, aber sein Vater hätte nie mit seinem Sohn eine besucht. Als Kind hat Jake Kunst nur in Büchern gesehen, und ein Museum hat er das erste Mal betreten, als sie mit der Klasse einen Ausflug ins Brooks Museum in Memphis machten. Die anderen Sechstklässler fanden alles langweilig, schubsten einander und machten Faxen. Jake versuchte, sich anzupassen, war aber so fasziniert, dass er schließlich stehen blieb und staunend die Gemälde betrachtete, bei jedem einzelnen zu ergründen suchte, was so schön daran war, und am liebsten geweint hätte. Damals war er zwölf und fühlte sich endlich zu Hause angekommen.

»Welches Gemälde war der Auslöser?«, wurde er Jahre später in einem Interview gefragt.

Die Antwort fiel ihm leicht: Margaret Keanes *Waiting* von 1962, ein wunderbares Bild in Blau- und Violetttönen. Eine Frau schaut, umrahmt von violetten Holzläden und weißen Vorhängen, aus einem offenen Fenster. Es ist Tag, aber das Zimmer hinter ihr ist dunkel. Die braunen Haare der Frau sind zu einem Dutt hochgesteckt, einige Strähnen umrahmen ihr Gesicht. So viele Rahmen: das Haar, die Vorhänge, die Läden, der Fensterrahmen. Sie ist eingeschlossen, und sie ist müde. Doch wieso steht sie am Fenster und sieht so traurig aus? Worauf wartet diese Frau?

Das Gemälde erinnerte Jake an seine Mutter. Sie war auch oft müde und traurig, schön auf eine Art, die sein Vater wohl nicht wahrnahm.

An diesem Tag damals verstand Jake, dass jedes Bild zwei Geschichten erzählt: die Geschichte, die gemalt wurde, und die Geschichte, die man als Betrachter mitbringt. Beide sind wertvoll. In ihrer Gestaltung, Komposition, Farbigkeit sind beide wahr.

Das allerdings gilt nur für *echte* Kunst. Was Jake in der weitläufigen Galerie in Asheville zu sehen bekommt, ist keine Kunst. Dieser Ort ist nicht einmal eine wirkliche Kunstgalerie, und er fühlt sich mit seinem Samtsakko albern und fehl am Platz.

Als Erstes sticht ihm der Boden ins Auge. Kein Marmor oder gepflegtes Holz, keine Steinfliesen. Stattdessen Teppichboden von der dunkel gemusterten seelenlosen Sorte, die man auch in Grundschulen findet. Den hat jemand ausgesucht, damit die Flecken von den Mittwochabend-Weinproben nicht auffallen. Als Nächstes registriert er das grelle Licht. Zu viele Strahler, falsche Deckenbeleuchtung, die Schatten auf die Bilder wirft. Und dann die Wände selbst. Sie sind so mit Bildern vollgehängt, als müsste jeder Zentimeter der Immobilie genutzt werden. Jake weiß gar nicht, wo er zuerst hinschauen soll.

Im ersten Raum ein Blumenalbtraum, Tulpen in Töpfen, Rosen in Vasen. Nicht mal interessante Blumen. Keine Nahansichten à la Dalí oder Georgia O'Keeffe, sondern Stillleben aus spießigen Eigenheimen. Die Bilder wirken auf Jake wie schlechte Fotos, die mit Pastellfarben auf Leinwand übertragen worden sind, und vielleicht trifft das auch zu.

Im zweiten Raum Landschaften. Ein Bild fällt ihm auf, ein Baumstamm, der in so seltsamem Winkel in einen Fluss hineinragt, dass Jake sich in das Bild hineingezogen fühlt. Die Komposition gefällt ihm, aber leider sitzt im Vordergrund ein Streifenhörnchen, mit dicken Backen und großen Zähnen so klischeehaft überzeichnet, dass es aussieht wie ein Comic. Der Rest ist Schrott: Wiesen, Flüsse, eine Schlucht, Licht und Bäume. Wieso müssen sich Sonnenstrahlen auf Gemälden nur immer zwischen Ästen und Wolken hindurchdrängen? So entsetzlich langweilig. Jake lässt den Blick noch einmal durch den Raum schweifen, aber hier ist wirklich nichts toll. Nichts ist authentisch. Gemälde von Gemälden, Imitationen von Malern wie Thomas Kincade und Bob Ross.

Er sieht sich die Preise an. Das größte Bild – ein Seestück, 90 auf 1,20 Zentimeter – kostet zweitausend. In Franks Galerie würde ein Gemälde von dieser Größe fünfzigmal so viel einbringen. Aber Jake würde auch wochenlang daran arbeiten. Diese Landschaft ist wahrscheinlich innerhalb eines Tages entstanden.

Jake musste ziemlichen Aufwand treiben, um an diesen Ort zu gelangen: ein Auto mieten, weil Thad sagte, er würde ihren Wagen brauchen, dann die Stunde Fahrt nach Asheville, nur um statt einer Kunstgalerie eine Art gehobenen Trödelladen vorzufinden, in dem Leute Räume mieten, um ihre Sachen auszustellen. Am Eingang stieß er als Erstes auf eine Frau, die *ihre eigenen Bilder* auswechselte, was er noch nie erlebt hat. Als er sie fragte, wo Marco zu finden sei, deutete sie nach hinten, an dem Blumenalbtraum und den Landschaften vorbei.

Im nächsten Raum hängen Fotografien.

Sepiabraun, und die Drittel-Regel ist sklavisch befolgt. Die obligatorischen Sonnenuntergänge am Strand. Kinder mit Luftballons. Eine Maus auf dem Kopf einer Katze. Quasi Lebenshilfe-Poster, nur ohne Sprüche und Pseudoweisheiten.

Jake geht weiter. Die Galerie ist langgestreckt, ein Haus aus dem neunzehnten Jahrhundert, für kommerzielle Zwecke umgemünzt. Im allerletzten Raum findet er schließlich Marcos Bilder. Sie werden gerade ausgewechselt, aber Marco ist nicht da. Statt seiner Amelia, inmitten von Kartons und Verpackungsmaterial. Sie hält ein kleines gerahmtes Bild in den Händen, einen Falken mit einer Schlange in den Krallen. Als sie Jake entdeckt, legt sie das Bild so übertrieben vorsichtig auf den Boden, als sei sie schon mal wegen Achtlosigkeit gerügt worden. Eine finster blickende Möwe, roter Schnabel, die Flügel ausgebreitet, beäugt Jake von der Wand hinter Amelia.

»Bei dir bin ich gar nicht zum Zug gekommen«, sagt sie.

Jake weicht einen Schritt zurück. »Ich bin schwul, Amelia.«

»Das hat Marco auch gesagt, als wir uns kennengelernt haben.«

Sie ist so jung. Sexuell wird Marco ihr alles beibringen, was er draufhat. Wenn sie dann gut ist und völlig verliebt, wird er sie verlassen. Das weiß Jake, weil er es selbst erlebt hat. Amelia ist der neue Jake.

Von allen Seiten starren ihm Vögel entgegen: Rotkardinäle, Häher, Enten auf einem Teich. Alle sehen aus wie von Audubon gemalt. Die Bilder sind Audubons ohne Audubon.

Amelia geht in die Hocke, nimmt Papier aus einem Karton und verpackt den Falken. Eine Ecke des Bildes guckt heraus, sie nimmt einen zweiten Bogen Papier. Es ist dünn, grau, schäbiges Zeug im Vergleich zu dem, was in Franks Galerie verwendet wird.

 »Ist das Papier säurefrei?«, fragt Jake.

Amelia schaut zu ihm auf. »Rechnet Marco mit dir?«

»Nein.«

Sie legt das Bild in einen Karton voller zerknülltem Papier, drückt es nach unten, klebt den Karton zu. Falsch. Ganz falsch. Schlecht für die Leinwand, schlecht für den Rahmen.

»Er ist hinten«, sagt Amelia. »Ziemlich gestresst. Mel will, dass um die Mittagszeit alles hängt, obwohl Sonntag ist, da kommt doch vor zwei niemand.«

»Mel?«

»Mel Gleason. Der Besitzer. Du musst ihn mal kennenlernen. Er ist super.«

Jake hat nicht die Geduld, ihr die gigantischen Unterschiede zwischen seiner und dieser Welt hier zu erklären. Das wäre auch Arschloch-Benehmen. Soll Amelia ihren Freund doch für einen Künstlerstar halten. Soll sie doch glauben, dass Marco und Mel Leute sind, die man kennen muss.

»Seit wann malt Marco Vögel?«, fragt er.

»Seit ich ihn kenne.« Sie hat ein Rotkehlchen abgenommen, wiederholt den Vorgang mit Papier, Karton und Klebeband. »Sie verkaufen sich besser als alles, was er bisher gemacht hat. Deshalb stellt er jetzt nur noch Vögel aus.«

Jake denkt an Thads imaginären Gedichtband und überlegt, welcher Vogel für das Cover geeignet wäre.

»Die Touristen sind ganz verrückt nach den Vögeln«, sagt Amelia. »Und die Einheimischen auch. Ein Mann hat schon siebzehn Bilder gekauft. Der will uns immer zum Essen einladen, damit wir sie bei ihm zu Hause anschauen können, aber Marco möchte nicht. Er sagt, als Künstler muss man zu den Kunden Abstand wahren.«

Es war ein Fehler, hierherzukommen. Jake wollte sehen, ob Marcos Kunst sich weiterentwickelt hat. Jetzt weiß er, dass es nicht so ist, und sollte lieber gehen.

»Du bist nicht beeindruckt«, sagt Amelia. »Du denkst, Marco hat Audubon abgekupfert, oder?«

Jake blickt auf die Wände.

Amelia richtet sich auf. »Weißt du, Audubon hat auch keine lebenden Vögel gemalt, sondern ausgestopfte. Er hat sozusagen Gemälde nach *Skulpturen* geschaffen. Marcos Vögel sind *Gemälde von Gemälden* von Skulpturen von Vögeln. Drei Schritte entfernt vom Vogel selbst. Wie nennt Marco es gleich wieder? Ach ja, *Metakommentar*. Indem er Audubon imitiert, kommentiert er dessen Stil.«

Jake muss den Blick abwenden, um sich das Lachen zu verkneifen. Er weiß nicht genau, ob diese Bemerkung nach einer schlechten Hausarbeit über Kunsttheorie klingt oder wie etwas, das Frank behauptet, wenn er Bilder loswerden will. Außerdem kaufen die Leute Marcos Bilder nicht wegen irgendwelcher Metatheorien. Sondern weil die Vögel hübsch sind.

»Du solltest mal die neuesten Arbeiten sehen«, sagt Amelia. »Marco hat erweitert, die neuen sind alle Paare, manche mit Küken. Meine Lieblinge sind die Blauhäher. Die sind hier irgendwo. Haben einen Wurm gefangen. Die wären bestimmt genau richtig für Thads Buch.«

»Es gibt kein Buch.«

Amelia verschränkt die Arme. Sie wirkt verwirrt. Der Boden sieht chaotisch aus, ist übersät mit Rahmen, Kartons, Verpackungsmaterialien.

»Thad und ich hatten eine Auseinandersetzung«, sagt Jake.

»Hab ich mir gedacht.«

»Und Marco und du, ihr seid ins Kreuzfeuer geraten. Dieses erfundene Buch war Teil davon. Ich meine, Thad schreibt tatsächlich Gedichte, hat aber bisher nur ein paar veröffentlicht. Und Vögel sind das Thema seiner Mutter. Wenn er ein Buch schreiben würde, dann sicher nicht über Vögel.«

»Worüber dann?«

»Weiß ich nicht.« Es schmerzt, das zugeben zu müssen. Weil er es wirklich nicht weiß.

»Wovon handeln seine Gedichte denn?«

Eigentlich müsste Jake die Frage beantworten können, aber er kann sich an kein Thema erinnern, keine Zeile, kein Bild, das er beim Lesen vor sich gesehen hätte.

»Dann sind sie wohl nicht gut«, sagt Amelia.

»Wieso?«

»Gute Gedichte vergisst man nicht so leicht.«

Das kann nicht stimmen. Thads Gedichte *sind* gut, das hat Jake mitgekriegt. Sie sind in Zeitschriften erschienen. Nicht in x-beliebigen, sondern in Literaturzeitschriften. In irgendeiner aus Montana, der *Soundso-soundso-Review*. Darauf war Thad stolz. Aber wenn die Gedichte so gut sind, weshalb kann Jake sich dann an kein einziges erinnern?

Oh Gott. Ist er womöglich wie Amelia? Ahnungslos, dass sein Freund nur ein Möchtegern-Dichter ist? Oder ist er so widerwärtig eingebildet, dass er die Lyrik seines Partners nicht wertschätzen kann? Ist Thad ein schlechter Dichter, oder ist Jake ein schlechter Partner?

Er kann es nicht entscheiden, und jetzt erst recht nicht mehr, weil Marco hereinkommt.

»Jacob«, sagt er. Seine Augen leuchten, aber seine Haare sind zerzaust, und er trägt Arbeitsklamotten, farbverschmierte Shorts und ein altes, verwaschenes T-Shirt. Er bittet Amelia, sie einen Moment allein zu lassen, und sie stellt sich auf die Zehenspitzen und küsst ihn auf die Wange. Dann umarmt sie Jake.

»Hat Spaß gemacht, eine Berühmtheit kennenzulernen«, sagt sie.

Jake will widersprechen, aber bevor er ein Wort hervorbringt, beginnt sie über die Ärmel des Samtsakkos zu streichen, vom Ellbogen zum Handgelenk und wieder zurück. Der Stoff wird dunkler und dann wieder heller unter den grellen Strahlern.

»Du glaubst, dass wir den Unterschied zwischen unserer Welt hier und deiner in New York nicht sehen«, sagt sie. »Aber das tun wir. Du hast dich ja deutlich ausgedrückt. Es ihm unter die Nase gerieben.«

»Amelia«, sagt Marco.

Jake fehlen die Worte. Er hat Amelia unterschätzt. Er hat beide unterschätzt.

»Ich muss einfach mal fragen«, sagt sie jetzt. »Geht dein Freund zu deinen Vernissagen mit?«

Das tut er. Zieht sich immer gut an, macht versiert Konversation mit Frank und potenziellen Käufern oder Malern, die Jake verehrt. Thad ist immer dabei, und er witzelt immer liebevoll über Jakes Sakko.

»Immer«, antwortet Jake.

»Dachte ich mir«, sagt Amelia. »Er macht so einen sympathischen Eindruck.«

Dann verschwindet sie.

»Tut mir leid«, sagt Marco. »Sie steht heute ziemlich neben sich.«

Er geht durch den Raum, nimmt wesentlich achtloser als Amelia fünf Bilder von der Wand. Das Klappern der Rahmen ist eine Qual für Jake. Marco stapelt die Bilder auf dem Boden, geht auf die Knie und öffnet einen neuen Karton. Dann verpackt er die Bilder, schnell und lieblos.

 »Du hättest vorher anrufen können«, sagt er.

»Ich dachte, dann würdest du sagen, ich soll nicht kommen.«

Der Vogel, den Marco jetzt in der Hand hält, hat weißrosa Gefieder und einen platten Schnabel, ein Löffler, meint Jake sich zu erinnern. Noch vor fünf Minuten wollte er diesen Ort und die Leute hier so schnell wie möglich hinter sich lassen. Aber als er Marco am Boden knien und Vögel verpacken sieht, spürt er eine Welle von Mitgefühl in sich aufsteigen, machtvoll und drängend.

»Ich kann dir helfen«, sagt er. »Ich kenne deine alten Arbeiten, die Schlachthausbilder, die Schweine. Du hast Talent, aber hier ist es vergeudet. Wenn du wieder nach New York kommen würdest …«

»Du bist so scheiße.«

Marco stellt den Löffler beiseite, steht auf, geht zum anderen Ende des Raums. Nur drei Bilder hängen noch, die nimmt er jetzt ab. »Ich hab *Talent*? Du arrogantes Arschloch. Glaubst du vielleicht, das weiß ich nicht? Glaubst du, ich hab ein halbes Jahrzehnt darauf gewartet, dass ich das von Jacob Percival Russell gesagt kriege?«

»Ich wollte doch nur …«

»Ich sage dir, wie das enden wird, Jake. Du hast eine schlechte Ausstellung. Vielleicht nicht die nächste oder übernächste, aber irgendwann. Irgendwann wird ein Kritiker beschließen, dass man genug hat von dir. Deine Arbeiten sind nur noch ein Abklatsch, werden sie schreiben, eine Parodie deiner selbst. Ein zweiter Kritiker wird dem ersten nach dem Mund reden und dann noch einer, bis sie alle einer Meinung sind und du erledigt bist.«

Marco nimmt den Löffler, verpackt ihn, stopft ihn in den Karton, klebt das Paket zu.

»Erfreulichere Variante der Geschichte? Wenn du siebzig bist, schreibt jemand in der *Times* eine Lobeshymne auf ›vergessene Legenden‹. Dein Name ist dabei, aber auch zwanzig andere. Einer kommt noch mal groß raus, und wenn du Glück hast, ist es deiner, und die Leute kaufen deine Bilder wieder. Aber machen wir uns nichts vor. Wir beide wissen, dass du nicht derjenige sein wirst. Weil es nicht um die Kunst geht, sondern um die Künstler. Und was bist du? Weiß, cisgender, reich, männlich. Du bist nicht das, worauf die Kunstwelt gerade scharf ist. Und in fünfzig Jahren garantiert noch weniger.«

Marco packt die letzten drei Bilder in Papier und lehnt sie an die Wand, weil die Kartons verbraucht sind. Er sieht Jake nicht an, hat zu viel geredet. Oder vielleicht auch noch nicht genug.

»Lass dir mal bei Gelegenheit von Frank die Kundenliste aus den letzten dreißig Jahren zeigen«, fährt er fort. »Wenn du dann siehst, wie wenige von den Käufern du noch kennst, wirst du verstehen, wie gnadenlos dieses Gewerbe ist. Vielleicht schaust du dann nicht mehr auf Leute herab, die sich an einem Ort niederlassen, der ihnen gefällt, und Bilder malen, die sich verkaufen. In zwanzig Jahren, wenn du pleite bist und nicht mehr weißt, wohin mit dir, wenn die Leute sagen, *Jake Russell* höre sich an wie eine Scheißhunderasse – bin ich nämlich noch hier, glücklich und zufrieden, und male Vögel.«

Marco richtet sich auf und starrt Jake an.

»*Ich habe Talent*. Und ich scheiß auf deine Meinung.«

»Du kannst doch ruhig deine Vögel malen«, sagt Jake. »Aber mach eben auch richtige Kunst.«

»*Richtige Kunst.*«

»Ich wollte damit nicht …«

 »Ist okay. Du kannst nichts dafür, du bist einfach so. Aber

ich sag dir die Wahrheit: *Ich habe es versucht*. Ich habe es versucht, und es geht nicht mehr. In welchem Traumland ich mich auch mit zwanzig aufgehalten habe – ich finde da nicht mehr hin. Ich erwarte nicht von dir, dass du das verstehst.«

Jake möchte sagen, dass er Marco sehr wohl versteht und seit Monaten selbst keinen Pinsel angerührt hat. Aber diese Wahrheit ist zu schambehaftet. Wenn sie sogar zu intim ist, um sie Thad anzuvertrauen, wird er sie gewiss nicht bei seinem Ex ausplaudern.

Marco stapelt die zugeklebten Kartons an einer Wand und fängt an, die neuen Bilder auszupacken. Eins reicht er Jake. Zwei Rotkehlchen im Nest schauen ihn an.

Die Bilder, die Marco jetzt vom Papier befreit, sind alle gleich groß und haben alle den gleichen Rahmen, was die Hängung erleichtert. Marco deutet auf die Wand, Jake hängt die Rotkehlchen an einen Haken.

»Fällt es dir so schwer zu glauben, dass ich glücklich bin?«, fragt Marco.

Ja, es fällt Jake schwer. Weil er an Marcos Stelle nicht glücklich wäre. Er würde lieber Schuhe verkaufen, wie Michael, als schlechte Kunst zu machen. Schuhe verkaufen ist wenigstens ehrliche Arbeit. Aber diese sogenannte Galerie hier, diese Bilder – daran kann er rein gar nichts ehrlich finden.

»Ich hatte damit gerechnet, dass du dich verändert hast«, sagt Marco. »Als ich mich gemeldet habe, dachte ich, wir seien beide erwachsener und ruhiger geworden. Aber du bist immer noch der kleine Junge im schwarzen Samtsakko, der meint, er sei besser als alle anderen. Es muss dich doch fast umbringen, zu wissen, dass ich dich nicht beneide um das, was du hast.«

Jake tritt zu ihm und streckt die Hand aus, Marco schiebt sie weg.

Alle Vögel im Raum scheinen zum Leben zu erwachen, zu flattern, zu trällern und zu zwitschern, Flügelschlag und Lied.

»Schau dich doch nur an«, sagt Marco. »Ich habe keine Ahnung, wie Thad das aushält.«

Jake legt Marco die Hände auf die Schultern, und der lässt die Berührung zu. Dann macht er die gleiche Geste, seine Hände ruhen auf Jakes Schultern.

Sie umarmen sich nicht. Sie werden sich nie wieder umarmen. Sie sind Ringer, schwankend, erschöpft vom Kampf. Lehnen die Stirnen aneinander, Nähe ohne Liebe. Dennoch bleiben sie lange, sehr lange, so stehen.

25

Der Küchentisch ist übersät mit Angelzubehör. Als Richard an diesem Morgen begonnen hat, seine Ausrüstung zu sichten, wusste er gar nicht mehr, was er alles hat. Selbst nachdem er den Tisch ausgeklappt hat, ist nicht genug Platz für das ganze Zeug.

Der Abfalleimer steht daneben, Richard wirft weg, so viel er kann. Einen rosa Jigkopf mit halb abgebrochenem Haken. Einen Rasselköder mit Riss. Einen Spinnerbait-Köder ohne Blatt und Skirt.

Verblüffend, wie viel ein Mensch in dreißig Jahren anhäufen kann. Richards Vater wäre angewidert. Als Kind musste Richard mit wenig auskommen und wurde dazu erzogen, Menschen zu verachten, die so sind, wie er nun geworden ist: elitäre Akademiker, gehobene Mittelschicht. Menschen, die mehr haben, als sie brauchen, und kaum noch zu schätzen wissen, was sie haben. Vor ihm liegen mehr Lockmittel, als er je verwenden kann, und in der Garage lagern mehr Florida-Krimis, als er je lesen kann.

Seine Söhne sind genauso.

Michael erscheint jedes Jahr an Weihnachten mit dem neuesten, teuersten Handymodell. Aber er kann seine Rechnungen nicht bezahlen und bittet seinen Vater ständig um Geld.

Thad zumindest mäßigt sich und häuft nur Bücher und

Comics an, die er bezahlen kann. Diese Anschaffungen macht er aus Leidenschaft, und Richard hofft, dass Thad für den Rest seines Lebens mit Büchern glücklich sein kann. Als Kind hatte Thad Schwierigkeiten, bei einer Sache zu bleiben. Erst zeichnete er gern. Dann begeisterte er sich für Football und Baseball. In der Highschool waren dann Theater und Musik angesagt. Er hatte sogar eine Band – wie hieß die gleich wieder? Thad spielte Keyboard, das Instrument, das bei Amateurbands am ehesten entbehrlich ist. Und prompt kam die Band nach einem Jahr ohne ihn aus.

Richard wirft weitere rostige Köder weg, einen Haken ohne Spitze.

Diane kommt aus der Küche herüber, und Richard macht Platz, damit sie das Sandwich abstellen kann, das sie sich zum Mittagessen zubereitet hat.

»Die sind hübsch«, sagt Diane und streicht mit dem Finger über die riesigen Augen eines bunten Hula Popper. Sie haben viele Sommer zusammen hier verbracht, aber nie hat Diane Richard zum Angeln begleitet.

»Wo sind die anderen?«, fragt Richard. Er hat lange geschlafen und dann zu seinem Erstaunen das Haus fast leer vorgefunden.

»Michael wollte nach Highlands. Lisa ist in der Kirche. Jake ist früh losgefahren, wohin, weiß ich nicht. Aber Thad wollte ihm das Auto nicht überlassen, deshalb hat Jake sich einen zweiten Mietwagen genommen. Keine Ahnung, worum es da geht. Ich wusste nicht mal, dass wir hier draußen einen Autoverleih haben. Thads Wagen ist jedenfalls noch hier, falls du in die Stadt willst. Vielleicht wollte er ihn nur Jake nicht geben.«

»Ist okay«, sagt Richard. »Ich verbringe gern mal einen Tag am See.«

Durchs Fenster sieht er, dass die Boote verschwunden sind. Die Sonne strahlt, das Wasser schimmert wie Glas. So hat er die Bucht in Erinnerung. Das ist der See, den er liebt.

Dann stößt Thad zu ihnen. Der Kaffee in der Kanne ist kalt, aber er gießt sich welchen ein und wärmt den Becher in der Mikrowelle. Er fragt, wo die anderen sind, Diane wiederholt ihre Antwort, und Thad setzt sich zu ihnen an den Tisch. Er trinkt seinen Kaffee und stupst mit dem Finger einen silbernen Löffelköder an, der geriffelt ist wie die Griffe eines Nussknackers.

»Vorsicht, Sohn«, sagt Richard und hat sofort ein schlechtes Gewissen. Als Diane die Sachen berührte, hatte er auch nichts einzuwenden. Eigentlich will er das nicht, die Partner seiner Söhne mit mehr Respekt behandeln als sie selbst, aber manchmal fällt ihm das eben schwer, so, wie seine Söhne sich immer wieder benehmen. Diese fragwürdigen Entscheidungen, die sie treffen. Er liebt beide bedingungslos. Aber Liebe lässt sich leichter empfinden als Respekt.

»Ich glaube, Mom hat meine Comics weggeworfen«, sagt Thad.

»Die tauchen bestimmt noch irgendwo auf«, erwidert Richard. »Gib mir mal diesen Schwimmer da, bitte.«

Thad schiebt den roten Bobber über den Tisch. »Sie waren in weißen länglichen Kartons, in die jeweils ein paar Hundert Hefte reinpassten. Und einige waren ziemlich wertvoll.«

»Hey«, sagt Richard, »wie wär's mit einem Witz?«

Sein Sohn ist nicht dumm. Ihm entgeht nicht, dass sein alter Herr das Thema wechselt. Dennoch greift Richard auf sein hinlänglich bekanntes Witzrepertoire zurück.

»Treffen sich zwei Würmer«, beginnt er bedeutungsvoll. »Fragt der eine den anderen: ›Wo ist denn dein Mann?‹« Er legt eine Pause ein. »Sagt der andere: ›Beim Angeln.‹«

Diane kichert. Thad kennt den Witz schon. Er kennt alle Witze seines Vaters.

»Die Band, in der du gespielt hast«, sagt Richard. »Wie hieß die gleich wieder?«

»Du hast in einer Band gespielt?«, fragt Diane.

»›Band‹ ist ein bisschen übertrieben«, antwortet Thad. »Fünf Jungs in einer Garage trifft es eher. Wir haben ein paar Stücke von Weezer gespielt, ein paar von Blink-182 und ziemlich viel Green Day. 2004, wir kannten *American Idiot* in- und auswendig.«

»Und der Bandname?«, fragt Richard.

»Inadequate Grass.«

»Genau, das war's.«

»Ist aus einem Videospiel«, sagt Thad zu Diane. »*Oregon Trail*, kennst du das noch?«

»Na klar. ›Klein-Timmy ist an Typhus gestorben.‹«

»Ganz genau. Und dann gab es diese Dürre, und die Ochsen sind gestorben, weil sie kein gutes Gras mehr fanden.«

Richard kann nicht folgen und versucht, sich zu erinnern, ob er überhaupt jemals ein Videogame gespielt hat.

»Wir hatten auch Band-Shirts«, sagt Thad. »Vorn war der Name drauf, hinten ein Marihuanablatt. Wir fanden uns super provokant. Aber wir konnten die Shirts selbst nicht anziehen, weil eine Band nicht ihre eigenen Fan-Tees trägt. Also haben wir versucht, sie zu verkaufen. Wir hatten ein paar Gigs und haben an Band-Wettbewerben teilgenommen. Die Kiste mit den Shirts haben wir zu jedem Auftritt mitgeschleppt, aber wir haben kein einziges verkauft.« Er schaut Richard an. »Vielleicht ist die auch noch hier irgendwo, bei meinen Comics.«

Die kaputten Teile sind entsorgt, Richard sortiert die Köder und Schwimmer in den Angelkasten.

»Ich glaube, ich gehe angeln«, verkündet er.

»Ich fahr zu *Nico's*«, sagt Thad.

Diane schweigt. Richard findet die Vorstellung bedrückend, dass Diane mit ihrem Sandwich allein hier zurückbleibt. Er wüsste gern, was zwischen Michael und ihr nicht stimmt. Er würde gern helfen.

»Vielleicht hast du Lust mitzukommen?«, fragt er.

Die Einladung ist durchaus ehrlich gemeint, aber Diane schüttelt den Kopf. Vielleicht dachte sie, Richard sei nur höflich. Aber vielleicht will sie auch lieber allein sein. In Konversation ist er keine Leuchte.

Diane isst ihr Sandwich. Thad geht in sein Zimmer. Richard steht auf.

Der Abfalleimer neben ihm quillt fast über von defekten Dingen – zerdrückten Styroporschwimmern, verbogenen Haken, verrosteten Ködern, die keinen Fisch mehr anlocken. Als Richard seinen Angelkasten jetzt hochnimmt, ist er leichter, enthält nur, was noch von Nutzen ist.

26

In Highlands gibt es keine gute Bar, geschweige denn eine gute Bar zum Abtauchen, und schon gar nicht so was wie die lauten Bars mit den dunklen Winkeln in Texas. Michaels Hintern hat schon sämtliche Barhocker in allen Kneipen von Dallas und Fort Worth angewärmt. Michael bezahlt mit Bargeld, damit Diane ihm nicht durch die Kreditkartenabrechnungen auf die Schliche kommt. Sie hat ihn allerdings schon mal gefragt, wieso er so viel Geld am Automaten abhebt.

Aber letztes Jahr hatte er doch in Highlands eine Bar entdeckt, die ganz anständig und auch günstig war. *Henry's? Harry's?* Irgendwas mit H. Oder vielleicht auch mit W. *Willy's?* Er ist sich nicht sicher. Er hat heute Morgen Moonshine getrunken, bevor er aus dem Haus ging, und hat Mühe, seine Gedanken zu sortieren.

Er fährt bei *Nico's* vorbei und auf die Main Street, wo sich Boutiquen und Cafés aneinanderreihen. Dann biegt er in eine Seitenstraße ab und parkt seinen Hyundai zwischen einem nagelneuen Mercedes-Modell und einer Lincoln-Limousine. Die Leute, die hier leben, haben Schotter. Michael schaut in seine Brieftasche – das Geld reicht noch für drei, vielleicht vier Drinks –, steigt aus und macht sich auf die Suche nach *Henry's*. Oder *Willy's*. Hauptsache, er findet irgendeine Bar.

Die Kirchenglocken schlagen elf. Ach, scheiße, es ist ja

Sonntag. Da dürfen die Bars erst um zwölf öffnen, wenn überhaupt irgendwas aufhat. Michael spürt, wie ihm bei der Vorstellung, keinen Alkohol zu bekommen, das Blut ins Gesicht und in die Hände schießt. Erbärmlich. Das ist ihm durchaus bewusst.

Er wird bald aufhören mit dem Trinken.

Kann er aber nicht. Nach einem halben Tag zittern seine Hände. Danach kommen die Kopfschmerzen, Schweißausbrüche, Magenschmerzen und Krämpfe.

Er eilt den Gehweg entlang, hält unter jeder Markise, in jedem Schaufenster Ausschau nach Alkohol. Es ist bewölkt, als wollte der Himmel weinen, schaffe es aber nicht. Auf der Straße ist nicht viel los, die Leute sind in der Kirche oder warten darauf, dass die Lokale aufmachen. Eine ältere Frau vor ihm betritt mit ihrem Chihuahua einen Laden für glutenfreie Hundehäppchen.

Michael geht in zwei Brunch-Lokale und fragt nach Cocktails, bekommt aber in beiden die gleiche Antwort: Alkoholausschank erst ab zwölf.

Er kommt an der Bäckerei vorbei, dem Café, das jedes Jahr anders heißt, dem einstigen Kino, in dem seit seiner Kindheit mindestens fünf Geschäfte untergekommen waren. Der alte Schriftzug ist immer noch da, verrostet und ohne das G von Galaxy. Aus jedem Buchstaben ragen spitze Stacheln auf – Taubenschutz –, und Michael fragt sich, ob wohl schon mal ein Vogel aufgespießt worden ist. Und wer die Sauerei beseitigt hat.

Als er an einer Kunstgalerie vorbeigeht, kehrt er noch einmal um. Das Schaufenster ist riesig und glänzt feucht, es wurde gerade geputzt. Im Inneren hängen Gemälde in leuchtenden Farben. Michael kann nicht beurteilen, ob sie gut sind. Er versteht abstrakte Kunst nicht. Aber Jakes Bilder mag er. Jake kleckst nicht Farbe auf eine Leinwand und nennt das dann Kunst. Seine Bilder sind vielleicht rätselhaft, aber jedenfalls kann man erkennen, was darauf abgebildet ist. Und man sieht, dass Jake malen kann.

Michael hat Jake mal gefragt, was das Bild bedeutet, das er der Familie fürs Sommerhaus geschenkt hat. Jake hat nur gelacht. »Was es *bedeutet?* Was bedeuten deine Schuhe? Was bedeutet die Sonne?« Michael hätte gern eingewendet, dass es daran doch keinerlei Zweifel gäbe. Schuhe schützen die Füße. Die Sonne ist unverzichtbar für das Leben auf der Erde. Aber er hatte verstanden, dass Thads Partner letztlich ein eingebildeter Schnösel ist, so nett er vielleicht auch rüberkommt, so viele Geschenke er auch macht, so viel er auch überwinden musste, um reich und berühmt zu werden.

Außerdem hat Jake sich nie um Diane gekümmert. Obwohl er weiß, dass sie malt und künstlerisch tätig ist, hat er sich nie für ihre Arbeiten interessiert und ihr nie einen Rat gegeben. Und Diane war die ganze Zeit zu schüchtern, um zu fragen.

Egal, sie brauchen Jake nicht. Michael wird Diane jetzt etwas Liebes tun. Ihr etwas schenken. Etwas, das sagt: *Bitte lass dich nicht scheiden. Ich entschuldige mich. Ich habe einfach nur Angst.*

Die Galerie ist geöffnet, Michael geht hinein. Er kann vielleicht die Qualität von Kunst nicht beurteilen, weiß aber, was seiner Frau gefällt. Unter mehreren Werken könnte er auf jeden Fall auswählen, was zu den Bildern bei ihnen zu Hause am besten passt. Dort hängt nichts von Diane, was Michael nicht begreift, aber Diane sagt, dass Künstler ihre eigenen Arbeiten nicht aufhängen, sondern verkaufen. Da ihre Sachen aber nicht zum Verkauf stehen, ist das Gästezimmer mit ihren Bildern und ihrer Keramik vollgestopft.

Die Galerie ist sehr groß, mit Stellwänden in offene Kabinen unterteilt, ein Kunstlabyrinth, das Michael an Pac-Man erinnert. Er hört Stimmen und folgt dem Klang bis zur Mitte des Irrgartens, trifft dort auf einen Mann und eine Frau im Gespräch. Der Mann hat graue Haare, trägt einen grauen Anzug. Die Frau ist um die vierzig, hat einen Bob mit Pony, und auf ihrer Nasenspitze sitzt eine große Brille. Wieso lassen sich Frauen in diesem Alter nur immer die Haare so kurz schneiden?

Der Mann hält ein gerahmtes Gemälde hoch, die Frau betrachtet es. Das Polarlicht ist darauf zu sehen, über einer Gebirgskette, das Bild ist wunderschön. Michael ist erschüttert, an einem solchen Ort solche Schönheit vorzufinden. Die Frau geht auf das Gemälde zu, bis sie fast mit der Nase daran stößt, tritt dann wieder einen Schritt zurück. Schiebt die Brille hoch.

»Ist das ein Original«, fragt sie, »oder …« Was sie sagt, hört sich für Michael wie »Chick-leh« an.

»Es ist ein Chick-leh«, antwortet der Mann.

Fast rechnet Michael damit, dass er *Madam* sagt. Er muss der Besitzer oder Kurator sein, oder wie immer man jemanden nennt, der eine Galerie besitzt. Er trägt eine Nickelbrille mit runden Gläsern und reagiert nicht auf Michaels Erscheinen. Die Frau auch nicht.

»Ich wollte eigentlich ein Original, kein Chick-leh«, sagt sie.

Michael möchte, dass sie aufhören, dauernd »Chick-leh« zu sagen.

»Das ist ein hochwertiger Druck«, sagt der Mann.

Also bedeutet »Chick-leh« *Druck*? Wieso sagen die dann

nicht *Druck*? Ist ein Chick-leh etwas besonders Tolles? Oder fühlen sich die Leute besonders toll, wenn sie das Wort aussprechen können?

»Ich versichere Ihnen, dieses Chick-leh ist Nummer vier von fünfzig. Streng limitierte Auflage.«

Wenn die dieses Wort noch einmal sagen, wird Michael dem nächstbesten Bild mit der Faust ein Chick-leh verpassen.

»Das einzige Original in dieser Serie«, sagt der Mann, »ist das Bild von Reykjavík.«

Michael hat sich zum Gehen gewandt, aber als er *Reykjavík* hört, dreht er sich noch einmal um. Das Wort *Reykjavík* kennt er. Das ist die Hauptstadt von Island. Was er deshalb weiß, weil Diane dort immer mal hinfahren wollte.

Das Gemälde, das der Mann jetzt hochhält, zeigt Islands Hauptstadt bei Nacht. Es ist in düsteren Grau- und Grüntönen gehalten und wirkt im Vergleich zu dem Druck, als sei es in Eile gemalt worden.

Die Frau legt eine Hand an die Wange, der Daumen spielt mit dem Ohrläppchen. »Das Chick-leh gefällt mir besser. Aber ich hätte eben gern ein Original. Ich würde ja auch beides nehmen, aber wir haben nicht mehr so viel Platz. Ich hätte die Küchenwand nicht wegreißen lassen sollen.«

Das Lachen platzt aus Michael heraus. Die beiden drehen sich zu ihm um.

»Ich bin gleich bei Ihnen«, sagt der Mann.

Die Frau schaut beiseite. »Ich muss es mir noch überlegen. Können Sie mir beide reservieren?«

»Selbstverständlich. Aber denken Sie daran: nur für vierundzwanzig Stunden.«

»Natürlich. Den Fehler mache ich nicht noch mal.«

Erst als der Mann das Gemälde wieder an die Wand

gehängt hat und die Frau redselig zum Ausgang begleitet, entdeckt Michael das Bild, das er wirklich haben möchte. Es ist eine Landschaft. Nichts Grandioses, was gut ist. Diane ist eher der Understatement-Typ, sie hätte zum Beispiel auch lieber ein kleineres Haus gehabt. Dieses Landschaftsbild würde ihr sehr gefallen. Eine schwarze Straße zwischen grünen Hügeln, darüber ein blauer, wolkenloser Himmel.

Dieses Bild muss Michael haben. Ein Gemälde kann die letzten zwei Monate nicht ungeschehen machen, aber es ist eine Geste. Es sagt: *Ich weiß, dass du ein besseres Leben verdienst, und ich werde mich mehr bemühen, deiner Liebe würdig zu sein.* Und falls es das nicht sagt, dann doch zumindest: *Du bist mir wichtig. Ich achte auf dich. Ich weiß, was dir gefällt.*

»Das scheint Ihnen zu gefallen.«

Der Mann ist wieder da. Er trägt zu dem grauen Sakko ein gelbes Einstecktuch, das Michael erst jetzt bemerkt. Er selbst hat Jeans, Sneakers und ein T-Shirt an und fühlt sich plötzlich schlecht gekleidet.

»Ihre Stirn«, sagt der Mann, der sicher gern wirken möchte wie jemand, der einen britischen Akzent hat. Jemand, der *Gerald* heißen könnte.

»Mein Pferd«, sagt Michael mit seinem besten britischen Akzent. Scheißegal, er wird diesen Typen ohnehin nie wiedersehen.

»Ihr … Pferd?«

»Kann ordentlich zutreten«, sagt Michael so vornehm-britisch, wie es irgend geht.

»Ach du liebe Zeit.«

»Halb so schlimm«, erwidert Michael. »Sie hätten mal sehen sollen, was ich mit dem Pferd gemacht habe.«

Der Mann reißt erschrocken die Augen auf, und Michael tritt näher zu der Landschaft, die Diane gefallen würde.

»Ist das auch Island?«, fragt er.

Der Mann nickt.

»Dachte ich mir. Meine Frau und ich sind in diesem Frühjahr durch Island gefahren. Ich bin mir ziemlich sicher, dass wir an dieser Stelle vorbeigekommen sind.«

Er räuspert sich. Der Mann wirkt erfreut. Er mag Michael den Akzent und die Geschichte mit dem Pferd nicht abnehmen, aber offenbar glaubt er, Michael habe Geld. Das genügt.

»Es ist ein wunderbarer Druck«, sagt der Mann. »Mein Lieblingsbild in der Serie.«

Michael ist verwirrt. Er schaut genauer hin. Für ihn sieht das Bild wie ein Gemälde aus. »Das ist gar nicht gemalt?«

»Es ist ein Chick-leh.«

»Entschuldigen Sie, ich glaube, so etwas haben wir in London nicht«, sagt Michael.

»Pardon.« Der Mann buchstabiert das Wort. »Das Giclée-Verfahren ist die hochwertigste Tintenstrahl-Druckmethode, die es gibt. Besser als Siebdruck und besser als Laser.«

Michael verspürt den Drang, mit dem Finger über die Leinwand zu streichen. »Das ist gar keine Farbe?«

»Es ist Tinte, aber auf Pigmentbasis. Keine Farbstoffe, und sie ist lichtecht, verblasst nicht, darauf gibt es fünfzig Jahre Garantie. Ist im Grunde besser als echte Farben – blättert nicht ab, wird nicht rissig. Haben Sie schon mal gehört, dass es Insekten gibt, die Farbe *fressen*?«

»Aber es ist nicht vom Künstler gemalt«, sagt Michael.

»Doch, der Maler hat diese Landschaft gemalt.«

»Aber nicht *dieses* Bild.«

 Der Galeriebesitzer wirkt verstimmt. Wie oft muss er dieses Gespräch führen? Die Werke, die er hier verkauft, verteidigen?

»Der Künstler hat dieses Bild nicht *gemalt*«, sagt der Mann, »aber signiert und nummeriert. Die Signatur – die Signatur ist Farbe.«

»Die Art von Farbe, die von Insekten gefressen wird?«

Der Mann betrachtet die Spitzen seiner Budapester, und Michael sieht es schon vor sich: Diese Geschichte wird der Mann heute Abend zu Hause erzählen. Man wird kopfschüttelnd darüber lachen. Man wird das teure Zeug essen, das hier in Highlands angesagt ist. Man wird Musik vom Plattenspieler hören oder von den Gerätschaften, die man hier eben zum Musikhören benutzt. Der Mann mit dem bandagierten Kopf und dem vorgetäuschten britischen Akzent wird noch jahrelang ein Partylacher sein.

»Sie haben ein Original erwähnt«, sagt Michael.

»Es gibt in dieser Serie nur eines. Das Bild von Reykjavík.«

Michael tritt zu dem Gemälde, das die Frau sich hat reservieren lassen, und betrachtet es eingehend. Zu seinem Erstaunen hat Reykjavík nicht mehr Ähnlichkeit mit einer Hauptstadt als Ithaca, wo er aufgewachsen ist. Die Gebäude sind niedrig und kastenförmig. Einzig eine Kirche aus Beton ragt höher auf.

Die Landschaft gefällt Michael viel besser. Diane würde sie auch besser gefallen. Aber er kann noch nicht fassen, dass dieses Bild nur eine Leinwand ist, auf die eine hypermoderne Maschine Tinte gespritzt hat. Nein, wenn das Geschenk wirklich von Bedeutung sein soll, dann muss es ein Gemälde sein. Es muss *echt* sein.

Michael beugt sich weiter vor, und der Mann bittet ihn, Abstand zu halten. Die Farbe auf dem Bild ist echt, dick aufgetragen, hat Struktur. Am Rande eines Gebäudes sieht man in der Farbschicht ein Pinselhaar. Michael tritt zurück. Der Galeriebesitzer zieht ein Taschentuch aus der Gesäßtasche und putzt sich die Nase.

»Wie viel kostet das?«, fragt Michael.

»Wie bitte?«, sagt der Mann und steckt das Taschentuch weg. Michael fragt sich, ob er etwas falsch macht. Er hat noch nie im Leben echte Kunst gekauft.

»Das Gemälde. Wie ist der Preis?«

»Nun, es *ist* ein Original.«

»Nicht nur die Unterschrift?«

»Sir, ich versichere Ihnen, dass dieses Gemälde vom Künstler gemalt worden ist. Es liegt bei sechstausend Dollar.«

Michael tritt einen weiteren Schritt zurück. Darauf war er nicht gefasst. Das Bild ist nicht größer als der Deckel eines Schuhkartons. *»Sechs Riesen? Dafür?«*

»Ja, Sir. Wobei Sie ja vielleicht gehört haben, dass dieses Bild für eine unserer besten Kundinnen reserviert ist. Ich kann es erst morgen um diese Uhrzeit freigeben, falls die Kundin es nicht kauft.«

Er wirft Michael einen Blick zu, der deutlich besagt: *Sie haben doch gar kein Geld, verschwinden Sie.* Michael findet diesen Blick unverschämt. Ja, er ist mit seinem Geld nicht geschickt umgegangen. Ja, ihm drohen Zwangsvollstreckung und ein Schuldenberg. Aber das kann dieses aufgeblasene Arschloch nicht am Äußeren erkennen. Er könnte durchaus Geld haben. Wenn er ein bisschen klüger gewesen wäre. Wenn er nicht zu viel in das Haus investiert hätte. Wenn er sich mit Zinsen, Kreditkarten und zinsvariablen Hypothekendarlehen besser ausgekannt hätte. Wenn sie gewusst hätten, dass ihr Haus 2018 nicht einmal das wert sein würde, was sie 2007 dafür bezahlt haben. Wenn er damals gewusst hätte, was er jetzt weiß, könnte er verdammt noch mal ein reicher Mann sein.

»Ich zahle Ihnen siebentausend«,sagt er.

Der Galeriebesitzer zieht die Augenbrauen hoch. »Es tut mir leid, Sir, aber Mrs Lynn ist eine unserer geschätztesten …«

»Acht. Achttausend.«

Der Besitzer schmunzelt. »Sehr schmeichelhaft, aber ich fürchte …«

»Neun«, sagt Michael. »Höher gehe ich nicht. Das Bild ist ohnehin überbewertet.«

Überbewertet. Dieses Wort hat Michael noch nie benutzt. Er hat es bei Jake aufgeschnappt.

Der Mann greift nach dem Gemälde, lässt die Hand wieder sinken.

»Sie verhandeln hart«, sagt Michael.

Den britischen Akzent hat er aufgegeben. Ist jetzt auch egal. Hauptsache, er hat den blasierten Ausdruck vom Gesicht dieses Arschlochs vertrieben.

»Zwölftausend«, sagt Michael. »Das Doppelte von dem, was es wert ist. Ich schreibe Ihnen auch zwei Schecks aus. Sechs für die Galerie, sechs für Sie.«

Der Besitzer schaut ihn nicht an.

»Oder für eine Wohltätigkeitsorganisation Ihrer Wahl«, sagt Michael. Das gefällt ihm. Hört sich an wie etwas, das ein reicher Mann sagen würde.

»Ich wünschte, ich könnte Ihnen zusagen.«

»Na, dann tun Sie's doch einfach.«

»Wir könnten die Einkünfte gut gebrauchen.«

»Dann nehmen Sie das Geld doch.«

Der Besitzer schließt die Augen. Als er sie wieder öffnet, weiß Michael, dass er gewonnen hat. Der Mann nimmt das

Bild von der Wand, geht damit zu einem Tisch unweit vom Eingang. Michael folgt ihm.

»Eine Sache noch«, sagt er. »Sie müssen vorher anrufen.«

»Anrufen? Wen?«

»Die Dame, die sich das Bild hat reservieren lassen. Mrs Lynn.«

»Das ist sicher nicht nötig.« Der Mann ist jetzt im Stress, hat angefangen zu schwitzen. Er zieht das Taschentuch wieder hervor, betupft sich die Stirn. »Wahrscheinlich will sie das Bild gar nicht. Man muss sie nicht unnötig beunruhigen …«

»Doch, doch, das ist nötig«, beharrt Michael. »Ich kann nicht guten Gewissens mit Ihnen Geschäfte machen, solange ich nicht weiß, dass die vorherige Abmachung nicht mehr gilt. Dann müsste ich ja das Gefühl haben, dass Sie nicht seriös sind.«

Der Besitzer kichert nervös, aber Michael lacht nicht.

Draußen läuten Kirchenglocken. Es ist zwölf.

Der Mann ist hinter den Tisch getreten, auf dem neben einer Glasschale mit Minzbonbons ein Festnetztelefon steht. Michael nimmt sich ein Bonbon, wickelt es aus, steckt es in den Mund. Das Papier lässt er auf den Boden fallen.

»Diesen Anruf halte ich wirklich für überflüssig«, sagt der Mann.

»Ich habe Ihnen meine Bedingungen genannt.« Michael spürt ein Brennen im Hals, er braucht dringend einen Drink.

Aus einer Schublade fördert der Galerist ein ledergebundenes Notizbuch zutage. Er blättert darin, greift dann zum Hörer, wählt aber nicht. Stattdessen starrt er Michael an, und er weiß nicht, ob dieser Typ ihn bemitleidet oder Angst vor ihm hat, ob er ihn für exzentrisch oder für geisteskrank hält. Aber es gibt keinen Zweifel daran, dass er das Geld will.

»Der Anruf«, sagt Michael.

Der Mann zögert noch einen Moment, dann wählt er.

Was dann passiert, ist schwer zu ertragen. Der Galerist teilt der Frau mit, dass das Gemälde nicht mehr zur Verfügung steht. Diese Nachricht kommt nicht gut an, der Anruf zieht sich in die Länge. Der Galerist bittet die Frau, nicht zu weinen, und versichert ihr, dass sie immer noch seine Lieblingskundin sei. Als er auflegt, ist er bleich, in seinen Mundwinkeln hängen Speicheltropfen. Er sieht Michael nicht an.

»Das Gemälde gehört Ihnen«, sagt er.

Auf dem Tisch, neben der Bonbonschale, schimmert Reykjavík silbrig grün in der Nacht.

»Tut mir leid«, sagt Michael. »Ich hab's mir anders überlegt.«

27

Den Comic-Laden von Highlands hatte Lisa sich anders vorgestellt.

Sie hatte eine Art dunkle feuchte Höhle mit Spinnweben erwartet. Den unangenehmen Geruch von alten Büchern, von Staub und Schimmel und vergilbtem Papier. Männliche Jugendliche mit Brille und Zahnspange. Was sie stattdessen vorfindet, ist eine junge Frau Ende zwanzig in einem blauroten Supergirl-T-Shirt.

Sie hat hüftlange braune Haare, wie Lisa während des Studiums, aber mit violett-rosa Strähnen darin. Die junge Frau sitzt hinter der Kasse und liest ein Spider-Man-Heft. Hinter der Kasse sind in einer Vitrine Comic-Hefte und Actionfiguren ausgestellt.

Der Laden ist sauber und ordentlich und ein Farbrausch. Alle Flächen und Wände sind bedeckt, mit Figuren, Postern, Superhelden-Kostümen. In der Mitte des Raums stehen auf Tischen reihenweise schmale lange Boxen voller Comic-Hefte. Die Hefte stecken jeweils in einem Klarsichtbeutel mit einem Stück Pappe drin, damit sie aufrecht stehen.

Lisa weiß nicht, ob Thad noch Comics sammelt oder sich nur noch mit Gedichten beschäftigt; ob er seine Comics sucht, um sie zu lesen, oder weil sie mit Erinnerungen verbunden sind. Sie kennt ihren Sohn nicht mehr so wie früher, und das ist ein Verlust. Eltern haben keine Lieblingskinder. Aber wenn es so wäre, dann wäre Thad ihr Lieblingskind.

Jahrelang konnte sie ihn nicht dazu bringen zu lesen. Sie hat es mit Science-Fiction, Western, Richards Krimis versucht, mit Biografien und Zeitschriften aus dem Supermarkt. Sie selbst liest für ihr Leben gern Bücher und hat sich daran gestört, dass das bei ihrem Sohn nicht so war. Dann kam sie auf die Idee, es mit Comics zu versuchen, steckte ihm Hefte in seinen Rucksack oder schob sie unter seiner Zimmertür durch. *Batman. Die Fantastischen Vier. Hulk.* Aber nichts war von Erfolg gekrönt. Bis zu *X-Men.*

Im Rückblick erscheint ihr das ungeheuer passend. Eine Truppe von Mutanten, deren Superkräfte sich unverhofft in der Pubertät manifestieren? Im Gegensatz zu anderen Helden wurden die X-Men aufgrund ihrer angeborenen Eigenschaften missverstanden, gefürchtet und gehasst. Die Metapher war nicht eben subtil, aber die Hefte haben Thad bis in die Highschool-Zeit begleitet, als er schließlich sein Coming-out wagte.

Von einer Großtante bekam er zum Schulabschluss einen Gedichtband geschenkt. In all den Jahren, in denen Lisa sich bemüht hatte, ihren Sohn zum Lesen zu bringen, hatte sie kein einziges Mal an Gedichte gedacht. Wer hätte auch vermutet, dass aus einem Jungen, der Bücher ablehnte, ein Dichter werden würde? Nachdem Thad sein Studium abgebrochen hatte, ließ er überall im Haus Bücher herumliegen, ganze Stapel davon, schmale Bändchen mit Pulitzerpreis-Sticker auf dem Einband, verfasst von Menschen, deren Namen Lisa nichts sagten. Sie hat versucht, die Bücher zu lesen, um Gesprächsstoff mit ihrem Sohn zu haben, fand die meisten aber unverständlich, die Gedichte verwirrend, düster und traurig. Sie hoffte nur, dass sie seine Depression nicht noch verschlimmerten, und das hofft sie auch jetzt noch.

Er hat einen klugen Kopf, ihr Junge. Wenn er nur genauso viel Antrieb hätte. Sie weiß, dass er an seinen Texten arbeitet, sieht ihn dann und wann in ein Notizbuch schreiben. Aber er hat ihr noch nie etwas gezeigt, und sie wagt es nicht, ihn darum zu bitten. Es würde zu sehr wehtun, wenn er es ihr verweigern würde.

Die Frau an der Kasse schiebt ein Stück Pappe in eine Klarsichttüte, steckt behutsam das Spider-Man-Heft hinein, klebt die Tüte zu.

Genau so hat es Thad auch gemacht. Er war beim Lesen sehr vorsichtig mit dem Heft, und wenn er fertig war, schob er die Pappe in die Tüte, ließ das Heft folgen und klebte die Tüte zu. Was hat Lisa sich nur gedacht, in ihrem Drang, das Haus aufzuräumen? Wie konnte sie nur die X-Men-Hefte zum Müll stellen?

Die junge Frau sieht sie an. »Wie kann ich Ihnen helfen?«

»Ich suche nach Comics. Weiß aber nicht genau, nach welchen.«

»Kein Problem, dafür bin ich ja da. Ich heiße Maya.«

In der Vitrine stehen drei gleiche Figuren nebeneinander. Es ist dieses Schneckenwesen, das von Prinzessin Leia mit der Kette erwürgt wird. Aus Gründen, die sich Lisa nicht erschließen, haben die Figuren unterschiedliche Preise.

»Ich bin für meinen Sohn hier«, sagt Lisa.

»Wie alt ist Ihr Sohn?« Mayas Fingernägel sind abwechselnd blau und rot lackiert, passend zum T-Shirt. Sie klackern auf der Vitrine mit dem Schneckenwesen.

»Dreißig. Er mag die X-Men. Früher war es jedenfalls so. Vielleicht immer noch. Ich weiß es nicht.«

 »Bestimmt«, sagt Maya. »X-Men-Fan ist man ein Leben lang.«

An der Uni hat Lisa vor jedem Besuch beim IT-Experten gegraut. Angenommen, sie hatte eine Datei, die sie nicht entpacken konnte. Wenn sie eine Frage stellte, machte der Mann dreierlei. Als Erstes lachte er, um klarzustellen, wie banal ihre Frage war. Dann stellte er eine Frage, von der er wusste, dass Lisa sie nicht beantworten konnte. *(Sind die Dateien verschlüsselt? Haben Sie den Ordner schon umgewandelt?)* Zuletzt seufzte er und erledigte den Vorgang selbst, ohne Lisa zu erklären, wie.

Sie hat befürchtet im Comic-Laden eine vergleichbare Behandlung zu erfahren, aber Maya ist nicht der IT-Typ. Zumindest nicht, bis Lisa sagt, was sie sagen muss.

»Es ist so, dass ich seine Comics ... quasi weggeworfen habe.«

Maya lacht. Dann schaut sie Lisa an und hört auf zu lachen. »Ganz im Ernst jetzt?«

Draußen hupt ein Auto. Auf der anderen Straßenseite stehen Leute an einem beliebten Pizza-Imbiss Schlange.

»Tut mir leid«, sagt Maya. »Warten Sie bitte einen Moment.«

Sie eilt nach hinten, verschwindet hinter einem Vorhang und kehrt kurz darauf mit Begleitung zurück, einem jungen Mann, auch Mitte zwanzig. Er ist schwarz, hat einen Afro und ein hübsches, klares Gesicht mit dunklen Augen. Sein Superman-Shirt sitzt etwas zu knapp.

»Das ist Ken«, erklärt Maya. »Würden Sie Ken noch mal sagen, was Sie mir grade erzählt haben?«

Lisa fühlt sich ausgesprochen unwohl. »Ich habe die Comic-Hefte meines Sohnes weggeworfen.«

Ken schlägt die Hände vor den Mund. Das Entsetzen ist nicht gespielt. Der Mann ist zutiefst erschüttert.

»Oh, scheiße«, sagt er. »Wie viele?«

Lisa deutet auf die Tische in der Mitte des Raums. Diese Kartons gibt es in zweierlei Größen, und sie weiß, welche sie an den Straßenrand gestellt hat. »Zwei von diesen kürzeren Schachteln. Wie viele Hefte passen da rein?«

»Dreihundert«, antwortet Ken. »Vielleicht auch vierhundert.«

»Dann also drei-oder vierhundert«, sagt Lisa.

»Oh Gott«, sagt Ken.

Maya schüttelt wortlos den Kopf.

»Warten Sie«, sagt Ken.

Er geht nach hinten und kehrt mit einer *dritten* Person zurück. Was bei Lisa die Frage aufwirft, wie viele Angestellte sich wohl ein kleiner Comic-Laden leisten kann.

Dieser Mann ist älter, um die fünfzig vielleicht. Er hat einen buschigen grauen Bart und trägt kein Superhelden-Shirt, sondern ein Hawaiihemd. An seinem Gürtel ist ein aufblasbarer roter Gummifisch befestigt, der ihm bis zum Knie reicht.

»Entschuldigung«, sagt Ken, »können Sie's noch mal erklären?«

Aber Lisa ist dieses Spiel leid. Wenn sie es noch ein weiteres Mal sagen muss, wird sie in Tränen ausbrechen. Der Mann im Hawaiihemd spürt das offenbar, denn er nimmt sie mit in den Raum hinter dem Vorhang und bietet ihr einen Klappstuhl und einen Tee an.

»Tut mir wirklich sehr leid«, sagt der Mann.

Er stellt den Becher auf den Klapptisch vor Lisa. Die Teeblätter schwimmen in einem Drahtbehälter in Form des Batman-Logos, die Flügel sind am Becherrand festgeklemmt. Dampf steigt auf, der Tee muss ziehen.

»Ja, Entschuldigung«, sagt Maya. »Aber auf diesen Tag warten wir seit Jahren. Die Mutter, die die Comics ihres

Kindes weggeschmissen hat. Das Horrorbeispiel. Sie sind eine *Legende.*«

»Als Mutter sind Sie genau so eine Rarität wie die Illustrator-Pikachu-Karte von '98«, ergänzt Ken.

Der Ladenbesitzer, der sich als Matthew vorgestellt hat, räuspert sich. »Was die beiden sagen wollen, ist: Wir freuen uns, Sie kennenzulernen. Wir hatten noch nie die Gelegenheit, eine verlorene Sammlung neu zusammenzustellen. Das ist so etwas wie der heilige Gral unseres Gewerbes.«

Alle drei setzen sich zu Lisa an den Tisch, der mit Spielkarten übersät ist. Aber auf den Karten sind keine Könige und Königinnen abgebildet, sondern eigentümliche Wesen. Darunter stehen Zahlen, wie Sportstatistiken, die für Lisa aber ein Buch mit sieben Siegeln sind.

»Sie haben einen guten Tag erwischt«, verkündet Maya. »Wir machen nur ein paarmal im Jahr Inventur, deshalb sind wir alle drei gleichzeitig hier.«

Der hintere Bereich sieht so aus, wie Lisa sich den vorderen vorgestellt hat: schwach beleuchtet, Linoleumboden, der an den Sohlen haftet. Überall stapelweise Comics in Klarsichthüllen, und überall diese weißen Boxen, einige voll, andere halb voll, einige mit Deckel, andere ohne.

Lisa trinkt einen Schluck Tee. Er ist noch zu wässrig und zu heiß. Das geflügelte Teesieb stößt an ihre Zähne.

»Also, um welche Titel geht es?«, fragt Ken.

»*X-Men*«, sagt Lisa.

»Kein Ding. Welche Jahrgänge?«

»Etwa von 2000 bis 2010. Aber jeweils nur die Hefte aus dem Sommer. Die anderen hat er.«

Matthew blickt zur Decke. »Das wären also dann als Autoren Whedon, Casey, Austen, Claremont, Brubaker und … Fraction.«

»Vergiss Grant Morrison nicht«, sagt Ken.

Maya nimmt eine Karte auf, betrachtet die Zahlen, legt die Karte wieder hin. »Morrison hat alles verkackt.«

»Was redest du da?«, ruft Ken. »Grant Morrison ist ein Genie!«

»Bei dem war Magneto zwei Jahre lang als Chinese getarnt! Stell dir mal vor, du bist chinesischer Herkunft und freust dich: cool, ein chinesischer X-Man! Und dann plötzlich: Ätsch, war die ganze Zeit Magneto.«

»Das war …«

»Rassistisch«, sagt Maya. »Das Wort, nach dem du suchst, lautet: rassistisch.«

Ken schüttelt den Kopf. »Du willst jetzt nicht im Ernst *mir* was über Rassismus beibringen?«

»Du willst jetzt nicht im Ernst einer Lesbe Identitätspolitik mansplainen?«

»Wir haben's kapiert«, sagt Matthew. »Reicht jetzt.« Er wirft Lisa einen entschuldigenden Blick zu.

»Ach, kein Problem«, sagt sie. »Ich arbeite an der Cornell.«

Lisa versucht auf dem Laufenden zu bleiben. Sie ist liberal und progressiv. Sie ist Feministin. Aber lieber Himmel, ständig diese neuen Begriffe. Verstörend, von Studierenden als *intolerant* bezeichnet zu werden, weil sie das Wort *nonbinär* noch nicht kannte. Sie mag diese Generation, wirklich. Sie bewundert ihr Mitgefühl, ihre Forderung nach Integration, sozialer Gerechtigkeit, mehr Bürgerrechten. Dennoch könnten die jungen Leute ein wenig mehr Geduld an den Tag legen; denjenigen, die vor ihnen waren, ein wenig mehr Achtung erweisen. Lisa war auf Demos, bevor diese Kinder überhaupt geboren waren. Sie wird ihre Studis vermissen, aber nicht die selbstgerechten, nicht diejenigen, die mit zweiundzwanzig glauben, sie wüssten alles über die Welt.

Ken und Maya sind nicht von dieser Sorte. Die beiden sind leidenschaftlich. Es ist ihnen wichtig, wie gesellschaftliche Gruppen in der Kunstform, die sie beide lieben, dargestellt werden. Das ist etwas anderes, als Leute niederzumachen, die ein Wort nicht kennen. Lisa vermutet, dass Matthew die Debatten der beiden nicht immer gutheißen kann. Das macht aber nichts, er bemüht sich jedenfalls. Er hat sie immerhin angestellt. Besser, er kann in seinem eigenen Tempo Verständnis entwickeln, als dass er unter Druck gesetzt wird, sich auf eine Seite zu schlagen.

Matthew zieht den Fisch auf seinen Schoß. Das Ding ähnelt einem Luftballon, ausdruckslos, Maul und Augen sind geschlossen. Diese modische Entscheidung kann Lisa nicht nachvollziehen. Aber sie hat Schlaghosen und Trompetenärmel mitgemacht, Schulterpolster und Stilettos. Eine Zeit lang waren Federn im Haar große Mode. Warum also nicht Fische am Gürtel?

»Gürtelfische«, erklärt Matthew. »Freunde von mir machen die. Ich hoffe, die kommen noch mal groß raus.«

Ken und Maya werfen einander einen Blick zu, müssen sich das Lachen verkneifen, sind schon wieder versöhnt.

Matthew steht auf, und sie folgen ihm durch den Vorhang zu den Boxen auf den Tischen im Laden.

»Es wird ein Weilchen dauern«, sagt Matthew, »aber ich denke, wir kriegen die Sammlung Ihres Sohnes wieder zusammen. Bei den Monaten kann's knifflig werden. Die Erscheinungsdaten und die Monate auf dem Umschlag sind bei Marvel nicht immer identisch. Auf einem Heft, das im Juni erschienen ist, kann August stehen.«

»Dann kaufe ich Juni bis September«, sagt Lisa. »Für alle Fälle.«

Matthew starrt sie an. »Das könnten vierhundert Hefte

sein. Und einige sind ziemlich wertvoll. Ich geb Ihnen Rabatt, weil Sie so viel auf einmal nehmen, aber einen Tausender müssen Sie trotzdem hinblättern. Und es kann auch sein, dass wir nicht alles dahaben, dass ein paar Lücken entstehen.«

»Ich nehme alle, die Sie haben. Und sie müssen in diesen Plastiktüten sein. Ohne Sticker, ohne Preise. Ich möchte, dass mein Sohn glaubt, es seien seine.«

»Sie sind eine gute Mutter«, sagt Maya.

Das würde Lisa gern glauben. Aber wäre sie eine bessere Mutter, hätte Thad dann weniger Störungen, wäre er dann nicht so schrecklich traurig? Sie ist nicht dumm. Sie weiß, wie Depression funktioniert, weiß, dass Anlagen stärker sein können als Prägung durch Sozialisation. Aber sie ist Mutter, und als solche fällt es ihr schwer zu glauben, dass nicht sie schuld ist, wenn ihr Kind nicht glücklich wird.

Comic-Hefte werden Thad natürlich nicht von seiner Depression heilen. Aber sie werden ihn für einen Tag glücklich machen, vielleicht sogar für ein paar Tage. Und für Thad ist das schon viel.

»Also gut«, sagt Matthew und wendet sich den anderen zu wie ein Trainer, der die Mannschaft auf ein wichtiges Spiel einschwört. »Maya, du übernimmst *X-Force*, *X-Factor*, *Excalibur* und *Generation X*. Ken, du bist für *Wolverine*, *Cable*, *X-Man* und *Deadpool* zuständig.« Er sieht Lisa an. »Hat Ihr Sohn auch *Deadpool* gesammelt?«

Bei allen Königsspechten der Welt könnte Lisa diese Frage nicht beantworten. »Gehört *Deadpool* zu *X-Men?*«

»Nicht wirklich«, sagt Ken. »Ist aber Kanon.«

»Ich weiß nicht, was das bedeutet«, sagt Lisa.

»Nehmen Sie *Deadpool* lieber dazu«, rät Matthew. »Ich kümmere mich um *X-Men*, *Uncanny* und *Astonishing*. Ken, schlag du in alten *Wizard*-Ausgaben nach, damit uns nicht am Ende Hefte fehlen.«

Lisa wartet förmlich darauf, dass er »Auf die Plätze, fertig, los« ruft.

»Ich bin ja so aufgeregt«, sagt Maya.

»Und ich werd diese Comics so was von wegtüten«, verkündet Ken.

Die drei sind völlig aufgekratzt.

»Trinken Sie hinten in Ruhe Ihren Tee«, sagt Matthew. »Wird, wie gesagt, ein Weilchen dauern.«

»Vielen Dank«, sagt Lisa. »Sehr nett von Ihnen.«

Matthew lächelt, und Lisa findet es schön, jemanden zu erleben, der seine Arbeit liebt und sie gut macht. Das wünscht sie sich auch für ihre Söhne. Es ist ihr einerlei, dass sie keine Profs oder Wissenschaftler sind. Es ist ihr einerlei, ob sie mit dem, was sie tun, viel Geld verdienen, obwohl genug Geld zum Leben natürlich schon angenehm ist. Sie wünscht sich nur, dass die beiden am Ende eines jeden Tages zufrieden sind, weil sie wissen, dass sie gute Arbeit geleistet haben. Dass sie einen Sinn darin sehen und das Gefühl haben, ihre Zeit mit etwas Erfüllendem verbracht zu haben.

»Sie sind echt eine gute Mom«, sagt Matthew.

Lisa nickt. Diesmal nimmt sie das Kompliment an.

»Eine Sache noch«, sagt Matthew. Er zögert, hält den Fisch fest, der an seinem Gürtel schwingt. »Damit wir alles klar haben.«

»Ja?«, sagt Lisa.

»Es kann nichts zurückgegeben werden.«

28 Richard steuert am Seeufer entlang, wobei er darauf achtet, die Schraube des Bugmotors von Felsen fernzuhalten. Ein umgestürzter Baum ragt in den See hinein, Richard weicht beizeiten aus. Es ist windig, was das Angeln in Ufernähe erschwert. Wind und tief hängende Äste sind die gefährlichsten Feinde der Angelschnur.

Richard drosselt den Motor, schaltet ihn aus, ankert. In dieser Bucht hat sein Vater ihm das Angeln beigebracht.

Lisa und er haben den See damals nicht beliebig für den Urlaub ausgewählt. In Richards Kindheit verbrachte die Familie jeden Sommer eine Woche hier. Die Fahrt von Georgia nach North Carolina dauerte nur drei Stunden, kein großer Aufwand. Sein Vater war Lehrer an der Highschool, viel Geld war nicht da, und sie übernachteten im Zelt, in identischen Schlafsäcken. Damals gab es rund um den See noch viel freies Gelände zum Zelten. Das Land gehörte sicher jemandem oder war Jagdgrund, aber das kümmerte niemanden. Das ist jetzt anders. Heutzutage ist alles in Grundstücke aufgeteilt und verkauft, und jedes Jahr entstehen neue Häuser.

Richard überprüft seine Angel. Die Sonne steht hoch, das Licht braucht acht Minuten und zwanzig Sekunden, um die Basecap zu erreichen, die er trägt, um seinen Kopf zu schützen. Der Grund des Sees befindet sich etwa zwei Meter unterhalb des Boots. Wo Richard seine Angel auswerfen wird, ist der See nur noch circa einen Meter tief. In diesem Moment ist alles richtig, so wie es ist. Wenn Richard schon in seiner Familie keine Ordnung schaffen kann, so kann er doch zumindest am See vertrauten Mustern folgen. Er kann ankern, wo er schon tausend Mal geankert hat. Er kann seinen Köder mit dem ersten herrlichen fetten Wurm bestücken. Er kann die Angel auswerfen, wie er es vor sechzig Jahren von seinem Vater gelernt hat.

Wo sind die Würmer überhaupt? Er … steht auf ihnen.

Die blaue Plastikdose gibt ein saugendes Geräusch von sich, als sie vom Stiefelabsatz befreit wird. Richard zieht den mit Nadelstichen durchlöcherten Deckel ab. Die Würmer zappeln unversehrt, und er spießt einen auf den Haken, wirft die Angel aus; der Schwimmer landet auf dem Wasser.

Und bleibt regungslos. Nichts beißt an. Ungeduldig holt Richard die Schnur ein, wirft noch mal. Er mag die Sattelhornform der Angelrolle, das Ploppen, wenn der Schwimmer aufsetzt. Wie er schwankt, bevor er sich aufrichtet. Das ist so befriedigend, wie den Rasen zu mähen, was Richard immer selbst gemacht hat. Festgelegte Vorgänge, die man nur auf eine Art ausführen kann. Anders als Physik. Physik ist chaotisch, mathematische Physik das Bemühen, diesem Chaos Strukturen abzuringen. Oder zumindest der Versuch. Wenn man scheitert: nächster Versuch.

Richard wirft die Angel aus. Hätte er sich Zeit genommen, die Eigenarten der Forellen und der Flüsse hier kennenzulernen, hätte er ein guter Fliegenfischer werden können. Aber er ist ein Angler geblieben, der mit Mistwürmern Barsche fängt. Keine teuren Watstiefel und kunstvollen Trockenfliegen, nur ein Boot und eine simple Zebco-Angel, beides nicht elegant, aber für ihn völlig ausreichend.

Die Schnur spannt sich, der Schwimmer ist nicht mehr zu

sehen. Richard kurbelt, die Angel biegt sich. Dieser Fisch ist kräftig, und Richard gibt ihm Leine. Die Schnur ist vom letzten Jahr. Normalerweise bespult er die Rolle jeden Sommer neu, aber dieses Jahr war er faul. Wollte sich die Mühe nicht machen für einen halben Sommer. Er hofft, dass die Schnur nicht reißt. Sie sollte eigentlich dreieinhalb Kilo aushalten, aber Sonnenbarsche sind raffiniert. Richard hat schon erlebt, wie kleine Exemplare eine neue Angelschnur zerfetzt haben, weil sie so heftig zogen.

Er beugt sich über den Bug, holt den Motor aus dem Wasser. Der Fisch gewinnt mehr Schnur, steuert auf den umgestürzten Baumstamm zu. Wenn der Fisch den erreicht, war's das. Richard kann nur die Bremse ganz zudrehen und hoffen, dass die Schnur hält.

Er holt ein, nichts reißt. Dann senkt er das Netz ab, und der Fisch ist drin.

Es ist wirklich ein Blauer Sonnenbarsch, aber kein x-beliebiger. Richard hat gerade den größten erbeutet, den er je gesehen hat. Soweit er sich erinnern kann, liegt der Weltrekord bei knapp drei Kilo. So groß ist der hier nicht, aber er wirkt regelrecht aufgebläht, fast dämonisch. Die Stirn ist bucklig, der Bauch dick und rund, die Schuppen sind so groß wie Daumennägel. Der Fisch sieht aus, als hätte ihn jemand aufgepumpt. Mit einer Schnur an der Schwanzflosse hätte er wie ein Luftballon gewirkt.

Sonnenbarsche angelt Richard am liebsten, weil sie immer eine Überraschung sind. Sie können grün oder blau schillern, wenn sie aus dem Wasser kommen, oder sogar orange wie ein Kürbis. Die Kiemen sind mal einfarbig, mal gestreift, die Kiemendeckellappen rot oder schwarz.

Richard Starling neigt grundsätzlich nicht zur Sentimentalität, aber bei Fischen kann er gefühlig werden.

Niemand, den er kennt, würde diesen Fisch wieder ins Wasser werfen.

Er wirft ihn in den See zurück.

Er muss ihn nicht aufessen. Braucht kein Foto und keine Trophäe, um sich an die Größe zu erinnern. Er verstaut seine Angel, holt den Anker ein.

Der Tank ist fast leer, der Jachthafen ganz in der Nähe.

Seit sie das Haus am See besitzen, betreibt Clyde die Bootstankstelle, und heute ist er auch da. Clyde ist groß, gebeugt vom Alter, und trägt immer Karohemden, die Ärmel hochgekrempelt bis zum Ellbogen seiner sommersprossigen Arme.

Der Jachthafen ist klein, nicht viele Liegeplätze, sechs Boote sind hier gerade festgemacht. Die Zapfsäulen sind von der altmodischen Sorte mit dem runden Schild obendrauf, die Anzeigen sehen aus wie bei »einarmigen Banditen«. Ein silbriger Gefrierschrank verheißt Eis. Auf der Westseite des Sees ist ein riesiger neuer Jachthafen entstanden, mit dem Clyde langfristig sicher nicht konkurrieren kann.

»Wie geht's, wie steht's, Rich?« Clyde ist der einzige Mensch, der Richard so nennt. Hat einfach eines Tages damit angefangen, und Richard hatte nie den Impuls, ihn zu korrigieren.

»Gut«, antwortet er. »Danke der Nachfrage.«

Clyde macht das Boot fest und geht zur nächsten Zapfsäule. Er muss nicht nach der Sorte fragen, er betankt die *Seekuh* seit Jahrzehnten, hat drei Motoren, zwei Schrauben und Reparaturen am Rumpf miterlebt.

»Was macht die Familie?«, fragt Richard.

Er hat sie nie kennengelernt, aber von Clydes Frau Nadine und der Tochter Cece gehört. Cece ist so alt wie Thad und eine Rebellin, ist nach Asheville durchgebrannt. Eine Zeit lang hat Clyde sie mit keinem Wort erwähnt. Dann bekam sie einen Sohn, und alles wurde vergeben, wie das wohl zu sein pflegt, wenn Enkelkinder ins Spiel kommen. Das hat Richard zumindest gehört. Er rechnet nicht damit, Großvater zu werden. Keiner seiner Söhne scheint Interesse an Kindern zu haben. Und vielleicht ist das auch gut so. Richard kann sich die beiden schlecht als Väter vorstellen, selbst wenn er liebend gern Enkelkinder hätte.

»Der Familie geht's gut«, sagt Clyde. Er steckt die Zapfpistole in den Tank, öffnet das Ventil und lässt sich in einem betagten Liegestuhl mit Vinylstreifen nieder, einstmals rot, in der Sonne inzwischen zu rosa verblasst. »Haben letztes Jahr einen Tornado überlebt. Hat das Haus zerlegt bis zum Fundament.«

»Großer Gott.«

»Sind aber alle okay. Versicherung hat gezahlt, das neue Haus ist schöner als das alte. Den Pick-up haben wir verloren, der war nicht versichert. Die Katze und die Fotoalben hat Nadine rechtzeitig in den Rübenkeller gebracht. Auch die Flagge von meinem Vater. Aber mein Purple Heart ist weg, das tut weh.«

Richard ist in einem Alter, in dem die meisten seiner Freunde beim Militär waren. Manchmal ist es ihm peinlich, dass er nicht gedient hat. Aber so viele Geschichten Clyde im Lauf der Jahre auch erzählt hat – über den Krieg hat er nie ein einziges Wort verloren.

»Wie geht's deiner Tochter?«, fragt Richard.

»Ist immer noch in Asheville.«

Von einem Partner oder dem Vater des Kindes war nie die Rede, und Richard wird ganz gewiss nicht fragen.

»Sie macht jetzt Kleider«, sagt Clyde. »Werden in Läden in der ganzen Stadt verkauft. Du glaubst nicht, was man für so ein Kleid heutzutage hinblättern muss.«

»Ja, alles wird teurer.«

Clyde schüttelt den Kopf. »Ich schäme mich ja. Hab diesen Saukerl auch gewählt, weil ich dachte, es würd was ändern. Jetzt fühl ich mich wie ein Scheiß…«, er zieht den Kopf ein, »… 'tschuldigung … wie ein Vollidiot.«

Richard sagt nichts. Er beurteilt seine Freunde nicht danach, wen sie wählen. Und nach dem gestrigen Abend steht ihm erst recht nicht der Sinn nach weiteren Politikgesprächen.

»Wie geht's Lisa?«, fragt Clyde. »Ist der Krebs weggeblieben?«

»Ja. Geht ihr gut, sie ist gesund. Hat noch ein Jahr bis zum Ruhestand. Ich hab meinen vor einem Monat angetreten.«

Clyde steht auf, schüttelt Richard die Hand. Das Ventil klickt, Clyde zieht die Zapfpistole aus dem Tank. »Ruhestand. Haste 'ne Uhr geschenkt gekriegt, oder wie?«

Vom Emeritus-Status und den üblichen Vergütungen abgesehen, gab es keinerlei Geschenke und wenig Zeremoniell. Es wurde ein kleiner Empfang mit Kuchen abgehalten, der Dekan sprach ein paar Worte, man klopfte Richard auf die Schulter, und das war's, ziemlich enttäuschend nach so vielen Jahren. Nicht dass Richard viel erwartet hätte. Aber er hatte gehofft, dass Katrina da sein würde. Hatte gehofft, sie ein letztes Mal zu sehen.

»Keine Uhr«, sagt er. »Und bei dir? Macht dir der neue Jachthafen zu schaffen?«

»Wir werden's überleben«, antwortet Clyde, wendet aber den Blick ab, und er ist keiner, der seinem Gegenüber nicht in die Augen schaut. Er hängt die Zapfpistole an den Haken. »Und wie geht's deinen Jungs?«

Es ist schwer, ein Genie zu sein, und noch schwerer, wenn die Söhne es nicht sind. Aber auch das würde Richard nie aussprechen. Stattdessen sagt er: »Gut.«

Aber es geht ihnen nicht gut. Seine Söhne enttäuschen ihn. Er liebt sie, deshalb ist der Gedanke schmerzhaft, aber er ist auch wahr. Und Richard fragt sich immer wieder, was er als Vater falsch gemacht hat.

Clyde verkündet den Preis, Richard bezahlt bar und sagt, wie schon seit über dreißig Jahren, der Rest sei für Clyde.

»Drück mal das Enkelkind von mir«, fügt er hinzu.

Clyde löst das Tau von der Klampe am Kai, und das Boot beginnt zu schaukeln. »Schreckliche Sache mit diesem Jungen.«

»Hab davon gehört«, sagt Richard und belässt es dabei.

»Wie um alles in der Welt kann so was passieren?«

Wie? Laut einer Statistik, die Richard gestern Abend bei einer Handyrecherche gefunden hat, ertrinken allein in den USA jährlich Tausende von Menschen. Es gibt sogar mehr Todesfälle durch Ertrinken als durch den plötzlichen Kindstod. Das ist natürlich keinerlei Trost, aber der Lake Christopher ist deshalb auch nicht irgendwie verflucht. Bei einem See dieser Größe musste so etwas irgendwann passieren, das war statistisch unvermeidbar.

Clyde stellt einen Fuß auf die Bootskante, um die *Seekuh* vom Steg wegzuschieben.

»Warte«, sagt Richard.

Clyde nimmt den Fuß zurück und hält das Tau straff.

»Bind mich noch mal fest«, sagt Richard. »Bevor ich von hier weggehe, will ich dir die Geschichte von meiner Tochter erzählen. Die Geschichte von meinem kleinen Mädchen.«

29

Wo die Bar sein sollte, ist keine Bar. Was früher die Bar war, ist jetzt ein Antiquitätenladen. Davor sitzt ein Mann auf einer Bank und liest Zeitung.

»Henry ist nach Asheville gezogen«, sagt der Mann, ohne aufzuschauen, und Michael hastet weiter.

In der übernächsten Straße entdeckt er eine grüne Markise mit der roten Aufschrift *Winter Weinbar*. Auf Wein hat er keine Lust, aber es gibt wohl keine Alternative. Er wird zwei oder drei Gläser trinken. Nicht mehr als eine Flasche. Genug, damit die Hände nicht mehr zittern, aber nicht so viel, dass er nicht mehr nach Hause fahren kann.

Im Inneren scharen sich Stühle um leere Tische, an denen Michael auf dem Weg zum Tresen vorbeikommt.

»Winter heißt Sie willkommen«, sagt der Barkeeper leidenschaftslos. Er hat den Spruch wohl zu oft gesagt, irgendwann wird es langweilig. Der Mann riecht nach Kippen und einer großzügigen Portion Herrenduft, vergebliches Bemühen, den Rauchgeruch zu überdecken. Der Schnauzbart hängt schlaff herab, nicht gewachst, und über dem Hemd trägt der Barkeeper eine weiße Schürze. Das Outfit erinnert eher an Barbier als an Gastronomie.

Der Keeper hält ein Glas gegen das Licht. Das Glas ist tadellos sauber, der Rand wird aber noch mit einem weißen Tuch poliert, das der Mann von einem Wandhaken nimmt.

Das Tuch hinterlässt Fasern auf dem Rand, und das Glas wird, fusseliger als zuvor, auf den Tresen gestellt.

Michael braucht nicht in die Karte zu schauen, um zu wissen, dass er sich nichts anderes als den roten Hauswein leisten kann. Er bestellt eine Flasche und fragt nach Nüssen.

»Nüsse?«, wiederholt der Barmann.

»Erdnüsse?«, sagt Michael. »Cashews?«

Der Mann bearbeitet eine Flasche mit dem Korkenzieher, ohne hinzuschauen, was Michael überflüssig angeberisch findet.

»Irgendetwas zum Knabbern?«, fragt er. »Salzbrezeln? Chips?« Etwas für den Magen. Um die Säure abzublocken, die sich einstellen wird.

»Wir haben einen sehr schmackhaften gebackenen Camembert«, sagt der Mann. »Sowie eine Käseplatte oder eine Obstplatte. Oder die Kombiplatte, da ist von beidem was drauf.«

Der Korken ploppt heraus, der Barmann gießt einen Probierschluck in das Glas mit dem Fusselrand, aber Michael wedelt mit der Hand, damit mehr eingeschenkt wird.

Dann greift er nach dem vollen Glas und riecht daran. Der Wein riecht penetrant, zu süßlich, zu viele Eichenholzaromen. Okay, dann eben: Betrachte dieses Getränk nicht als Wein, sondern als Alkoholzuliefersystem.

Michael will trinken, aber etwas lässt ihn einen Moment innehalten und dann einen weiteren Moment. Es fühlt sich an, wie wenn man dringend pinkeln muss. Die Hose ist schon offen, die Toilette ist da. Man spürt die Luft an den Hoden, und gleich kommt die genüssliche Erleichterung. Dennoch genießt man den Augenblick, den Druck, der gleich schwinden wird, die köstliche Qual von *Gleich ist es so weit.* Michael kostet die Spannung aus, dann setzt er das Glas an die Lippen und leert es in einem Zug.

Seine Augen schließen sich. Ihm wird wohlig warm. Er fühlt sich geliebt.

Der Barmann scheint beunruhigt.

»Keine Sorge«, sagt Michael.

Er stellt das leere Glas auf den Tresen, der Mann füllt es auf. Dann schaut er auf Michaels Stirn, und Michael tippt auf den Verband. Kurz überlegt er, den britischen Akzent wieder zu aktivieren, aber es ist zu spät. Der Mann hat ihn schon sprechen hören.

»Schlangenbiss«, sagt Michael.

Dem Barkeeper ist anzusehen, dass er ihm nicht glaubt.

»Kobra. Riesiges Teil. Wer glaubt, in Island gäb's keine Schlangen, der irrt sich, kann ich Ihnen nur sagen.«

Es ist witzig zuzuschauen, wie der Mann das verarbeitet und sich überlegt, wie viel Stress er für ein bisschen Trinkgeld aushalten will.

Michael nimmt das zweite Glas in Angriff, aber der Wein hat angefangen, im Magen zu brennen. Es ist nicht der Großbrand von Moonshine oder die Lötlampe von Scotch auf Eis. Es ist eher ein zögerliches Glimmen, als zünde man einen benzingetränkten Blumenstrauß an. Michael braucht dringend etwas zu essen, um die tanninhaltige Säure in Schach zu halten. Er bestellt die Käseplatte und hofft, dass Cracker dabei sind.

Es sind keine Cracker dabei, die Käseplatte besteht aus etlichen dünnen Scheiben Edelschimmelkäse, dekorativ in geometrischen Mustern angerichtet. Nun denn. Er wird also Käse essen.

Der Barkeeper fragt, woher aus Island Michael komme.

»Reykjavík«, antwortet er.

»Im Ernst?«, sagt der Barkeeper. »Hab noch nie jemanden kennengelernt, der von da kommt.«

»Doch, bestimmt. Wir sind nämlich überall. Wir können uns gut anpassen. Wir sind wie diese Insekten, die wie kleine Äste aussehen.«

Michael merkt, dass er lächelt. Er fühlt sich eigenartig wohl, so als würde vielleicht doch alles gut. Vielleicht wird der Junge noch lebendig im See gefunden. Vielleicht hat Diane eine Fehlgeburt, und danach ist alles wie vorher. Als er das denkt, fühlt er sich nicht schlecht. Eine Minute darauf fühlt er sich schlecht, weil er sich nicht schlecht gefühlt hat.

Er leert das Glas, der Barkeeper füllt es mit dem Rest aus der Flasche wieder auf. Angeblich enthält so eine Flasche fünf Gläser Wein, aber wenn man richtig einschenkt, sind es nur drei.

»Ist doch bestimmt sehr kalt dort«, sagt der Mann.

»Das glauben viele Leute«, erwidert Michael. »Aber kalt ist es in Grönland. Wir in Island tragen im Sommer Shorts. Und dann kommen auch die Schlangen raus.«

Der Barmann wischt mit seinem Lappen über den Tresen.

»Und wir haben solche speziellen kleinen Pferde, die die Schlangen fernhalten.«

»Lieber Himmel, das hör ich zum ersten Mal«, sagt der Barmann.

»Und Haie. Die harpunieren wir, und bevor wir sie essen, lassen wir sie ein halbes Jahr lang vergammeln. Gammelhai ist eine Delikatesse.«

Dieser Teil, der am absurdesten klingt, ist wahr. Und damit verliert Michael sein Publikum. Der Barmann wendet den Blick ab. Zupft mit zwei Fingern an seinem Schnurrbart, lässt wieder los. Michael wünschte, der Schnauzer wäre aufgezwirbelt wie der eines Schurken, der sich über eine an Eisenbahnschienen gefesselte Dame beugt. Aber der Bart hängt kraftlos herunter.

Michael isst von dem Käse und betrachtet den Wein, entschlossen, sich für das letzte Glas mehr Zeit zu lassen.

Jedenfalls zeigt das Zeug jetzt Wirkung, Michael fühlt sich unbeschwert, hat ein freundliches Summen im Gehirn. Er sollte nach Hause fahren. Im Haus gibt es noch Moonshine, im See Fische, die er mit seinem Vater fangen kann.

»Nur eine Flasche noch«, sagt er.

Der Barmann zögert, dann nimmt er die nächste Flasche aus dem Regal, wird aber unterbrochen, weil eine dunkelhaarige Frau hereinkommt.

»Ach, scheiße, Lou«, sagt die Frau. »Gib ihm doch nicht den.«

Sie setzt sich auf den Barhocker neben Michael. Sie trägt eine Silberkette zu einem schimmernden schwarzen Kleid. Michael versteht nichts von Stoffen, aber dieser schillert im Licht der Bar wie der See im Mondschein. Für die Kirche ist die Frau zu festlich gekleidet, für eine Beerdigung zu elegant und für eine Bar am helllichten Tag zu glamourös.

»Diesen Roten willst du echt nicht trinken«, sagt sie zu Michael. »Wenn du aufs Geld gucken musst, nimm wenigstens den La Crema, den Pinot. Der Hauswein hier ist Plörre.«

Michael nickt, und der Barmann tauscht die Flaschen aus. Falls er wegen der Äußerung beleidigt ist, lässt er es sich nicht anmerken, und Michael spürt, dass die beiden befreundet sind.

Der Lippenstift der Frau ist zu grell, und sie hat zu viel Rouge aufgetragen. Sie wirkt wie eine ältere Frau, die jünger aussehen will. Dabei ist sie jung, höchstens dreißig.

»Ich hab deinen Namen nicht gehört«, sagt sie.

»Ich hatte ihn nicht gesagt.« Michael flirtet nicht, fühlt sich eher gestört. Es hat ihm gefallen, hier mit dem abgewirtschafteten Schnauzbartmann zu trinken. Die Anwesenheit dieser Frau bringt alles durcheinander.

»Das ist Miss Gwendolyn DeMarco«, sagt Lou. »Gwen, dieser Gast kommt aus Island.«

»Ich bin Michael.«

Lou lächelt Gwen an, aber die wendet den Blick nicht von Michael.

»Mein Vater kommt aus Island«, sagt sie.

Lou grinst und haut Michael auf den Arm. »Hey, du hattest recht. Stabheuschrecken!«

Er schenkt Michael ein und macht eine weitere Flasche auf, für sich und Gwen. Dieser Wein schmeckt besser als der erste, leicht nach Himbeeren und Lavendel, und lässt sich mühelos trinken, auch ohne Käse.

»Aus welchem Teil von Island kommst du?«, fragt Gwen.

»Reykjavík«, sagt Michael. Er kennt keine andere isländische Stadt.

»Und aus welchem Viertel?«

»Viertel?«

»Osten, Westen oder Stadtmitte?«

Michael schließt die Augen. Das Summen nimmt zu. Er kriegt das nicht mehr hin.

»Ich bin nicht aus Island«, sagt er.

»Mein Vater auch nicht«, sagt Gwen. »Hab dich verscheißert. Wollte mal schauen, wie lange du das durchziehst.«

Sie lächelt, und das Lächeln wirkt trotz des vielen Makeups natürlich. Lou lächelt nicht. Er dreht sich zu dem Waschbecken hinterm Tresen um und hält das Tuch unters Wasser.

»Er ist empfindlich«, flüstert Gwen.

Sie trinken, Michael bietet Gwen Käse an, und sie nimmt sich ein Stück. Zum Essen öffnet sie den Mund so weit, dass der Lippenstift an Ort und Stelle bleibt. Der Rand des Glases ist schon rot.

Lou dreht das Wasser ab. Das Tuch muss klatschnass sein. Dann dreht er sich um und füllt alle drei Gläser.

»Auf was trinken wir?«, fragt Gwen.

Michael würde gern auf das Andenken des Jungen trinken, kann sich aber nicht mehr an den Namen erinnern, nur an diese kreiselnden orangefarbenen Schwimmflügel.

»Auf Island«, sagt er.

Gwen lacht, Lou nicht. »Auf Island.« Sie trinken und stellen ihre Gläser ab.

Lou zieht eine Schachtel Marlboro aus der Schürzentasche und eine Zigarette aus der Schachtel.

»Bin gleich wieder da«, sagt er und verschwindet durch eine Tür hinter dem Tresen.

Michael trinkt Wein. Von der Familie weg zu sein ist entspannend, aber Diane fehlt ihm. Er ist sicher, dass sie ihn noch liebt. Vor ein paar Tagen hatte er zum Beispiel vorm Schlafengehen vergessen, seine Zahnschiene einzusetzen. Als er wieder mit den Zähnen knirschte, weckte ihn Diane und reichte ihm die frisch gesäuberte Schiene. Eingespeicheltes Zahnzubehör abzuwaschen – das ist *echte* Liebe, die Art von Liebe, die nicht vergeht, die auch im Alter noch bleibt. Sein Vater hat recht. Michael muss das hinkriegen. Er wäre ein Vollidiot, wenn er Diane verlieren würde.

Und was macht er, als er eine Chance sieht, seine Liebe zumindest mit einer Geste der Zuwendung zu beweisen? Er versaut es. Verzichtet auf den erschwinglichen Druck, der Diane gefallen hätte, um stattdessen einen Typen fertigzumachen, dem er nie wieder begegnen wird. Und das ganze Theater nur, weil er glaubte, dass der Typ sich für überlegen hielt.

Und wenn das nicht mal stimmt? Wenn es gar nicht so ist, dass wohlhabende Leute ihn automatisch verachten? Wenn es nur einfacher ist, das zu glauben, als sich einzugestehen, welche abfälligen Gedanken er selbst über sich hat?

Die Wand hinter dem Tresen ist verspiegelt, und Michael beobachtet Gwen. Ihr Barhocker quietscht, als sie sich zu ihm umdreht. Ihr Kleid ist tief ausgeschnitten, die Silberkette verschwindet zwischen den Brüsten. Sie legt beide Hände auf den Tresen, als wolle sie zeigen, dass sie keinen Ehering trägt.

»Woher kommst du denn wirklich?«, fragt sie. Ihre Lippen sind wirklich sehr rot.

Texas, sagt Michael. Er hebt sein Glas, stellt fest, dass es leer ist, und füllt es zur Hälfte. Die zweite Flasche geht schon bedrohlich zur Neige.

»Hier«, sagt Gwen und gießt ihm aus ihrer Flasche nach. Dabei streift ihre Hand seinen Arm, zwei Finger am Handgelenk, als prüfe sie seinen Puls. Er rührt sich nicht, eine Sekunde zu lang, erst dann zieht er den Arm weg.

Zeit aufzubrechen. Er hat seine Frau noch nie betrogen. Er sollte zahlen und sofort aufbrechen.

Andererseits könnte er auch weitertrinken und abwarten, wo das alles hinführt. Er begehrt Gwen nicht. Ihre Zuwendung ist aber so wohltuend und schmeichelhaft, als habe er unversehens ein anderes Leben bekommen. Sein Leben ist sonst nicht so. Er hat unzählige Nachmittage und Abende in Bars verbracht und erlebt, wie bedürftige Männer versuchten, Frauen aufzureißen, ist aber noch kein einziges Mal von einer Frau angegraben worden.

Ist das bei seinem Vater so abgelaufen? Die Zuwendung war schmeichelhaft, und daraus wurde Untreue? Michael versteht es noch immer nicht, kann sich nicht vorstellen, wer wohl mit seinem Vater vögeln wollte.

Die Klimaanlage schaltet sich ein, aus einem verstaubten Lamellengitter wird kühle Luft gepustet.

»Was machst du so in Texas, Michael?«, fragt Gwen. »Warte, lass mich raten. Du bist Architekt.«

Michael schüttelt den Kopf. Wenn die Wunde und der Verband sie noch nicht abgeschreckt haben, wird sein Job das bestimmt erledigen.

»Anwalt«, mutmaßt sie.

»Nein.«

»Arzt, nein, warte ... Du bist Finanzchef! Von einem führenden Unternehmen!«

»Nein. Bitte lass das Raten. Das macht es nur noch schlimmer.«

Gwen runzelt die Stirn. »Na, komm schon. So schlimm kann es doch gar nicht sein.«

»Ich verkaufe Schuhe.« Das hat er schon ziemlich lange nicht mehr laut gesagt. »In Fort Worth, in einer runtergekommenen Shoppingmall, in der die Hälfte der Läden schon eingegangen ist, sogar der Brezelshop. Nicht mehr viel übrig. Ein Baumarkt, eine Pizzakette, ein Optiker. Und Foot Locker. Das bin ich.«

Gwen lächelt. »Also bist du Ladenbesitzer. Was soll daran falsch sein?«

»Kein Besitzer«, sagt Michael.

»Geschäftsführer?«

»Nein. Und ich erspar dir jetzt die Mühe. Ich habe weder einen leitenden Posten noch auch nur einen halbwegs annehmbaren. Ich bin einfacher Verkäufer, unterste Kategorie. Und weißt du was? Ich bin derjenige, der *am längsten* dort arbeitet. Alle, die über mir sind, habe *ich* eingearbeitet.«

Gwens Barhocker quietscht, als sie sich wieder dem Tresen zuwendet. Die Käseplatte ist noch voll, der Käse beginnt zu schwitzen, und Gwen isst noch ein Stück.

»Kannst du dir das vorstellen?«, fährt Michael fort. »Ich muss mit dreiunddreißig Anweisungen von Achtzehnjährigen befolgen. Den Tag auf den Knien verbringen, Sneakers zubinden, die ich mir selbst nicht leisten kann, sie den Leuten über die Füße streifen. Weißt du, wie die Füße von Menschen stinken, Gwen?«

Sie schaut in den Spiegel und zupft sich mit beiden Händen die Haare zurecht.

»Erinnerst du dich an *Eine schrecklich nette Familie?*«, sagt Michael. »Ich bin Al Bundy. Mein Leben ist ein Witz, und ich bin die Pointe.«

Jetzt ist Schluss mit Flirten. Sie ist fertig mit ihm, Michaels Leben ist wieder sein eigenes.

»Und die Kunden!« Er kann sich nicht bremsen. »Großer Gott, du kannst dir gar nicht vorstellen, wie die mit den Angestellten umgehen.«

Lou kommt zurück, er riecht nach Zigarettenrauch.

»Er versteht das bestimmt!«, sagt Michael. »Oder, Lou? Erklär Gwen mal, wie schrecklich Menschen sind.«

»Menschen sind nicht schrecklich«, erwidert Gwen.

»Doch, sind sie. Menschen sind das Schlimmste überhaupt. Was dieses Mädchen gesagt hat. Dieses jüdische Mädchen, wie hieß es gleich wieder? Das sich vor den Nazis versteckt und ein Tagebuch geschrieben hat?«

»Anne Frank?«

»Ja, genau! Sie hat so was geschrieben … trotz allem … wie war das gleich wieder?«

»Ich weiß, was du meinst«, sagt Gwen.

Michael weiß, dass er betrunken ist. Er weiß, dass er den Mund halten sollte.

Gwen schaut Lou an. Vielleicht haben die beiden was miteinander. Oder sie sind schon lange befreundet. So oder so ist es genau das Gleiche wie in der Galerie: Michael ist die Geschichte, die sie ihren Freunden erzählen werden.

Er holt sein Handy heraus, googelt das Zitat. »›Trotz allem glaube ich an das Gute im Menschen.‹«

Alles beginnt zu schwanken, der Barhocker fühlt sich wackelig an.

»›Trotz allem glaube ich an das Gute im Menschen‹«, wiederholt Michael. »Das ist das Zitat. Und weißt du was, Gwen? Das ist Schwachsinn. Klingt nett, ist aber Schwachsinn.«

»Bitte sei jetzt still«, sagt Gwen.

»Ich sag dir was. Anne Frank hat keinen einzigen Tag in ihrem Leben im Foot Locker gearbeitet.«

Michael sieht die Faust nicht kommen. Im einen Moment sitzt er noch, im nächsten liegt er am Boden.

Dort treibt eine Sekunde lang der Junge vorbei. Mit geschlossenen Augen, knapp außerhalb der Reichweite. Sein Gesicht wirkt still und gelöst. Dann ist der Junge verschwunden, und Lou ragt über Michael auf.

Er ist auch früher schon geboxt worden, aber bei Lou hat er nicht damit gerechnet. Vielleicht ist der Mann Jude. Oder hatte das Gefühl, Gwen beschützen zu müssen. Vielleicht hatte er auch einfach die Nase voll von Michael. So oder so gibt es einen Grund, warum Michael jeden Ort in Dallas und Fort Worth kennt, wo Alkohol ausgeschenkt wird. Irgendwann wird er nämlich überall rausgeschmissen. In den meisten Bars kann er von Glück sagen, wenn es erst nach einer Woche passiert.

»Tut mir leid«, sagt Lou und hält ihm die Hand hin. Michael ergreift sie und lässt sich hochziehen. Der Raum dreht sich. Gwen beobachtet die Szene von ihrem Barhocker aus.

Auf dem Boden liegen Quadrate und Dreiecke, und es dauert einen Moment, bis Michael versteht, dass er bei seinem Sturz die Käseplatte heruntergerissen hat.

Er zieht seine Brieftasche heraus. Was der Wein kosten soll, weiß er nicht, aber er könnte ohnehin nicht mehr rechnen. Er legt alles, was er an Bargeld hat, auf den Tresen. Dass es nicht reicht, ist ihm klar. Dann schwankt er zur Tür. Bleibt stehen, als er Lous Stimme hört.

»Was ist wirklich mit deinem Kopf passiert?«

Michael überprüft, ob der Verband noch sitzt. Sein Kinn schmerzt von dem Hieb.

»Ich hab versucht, ein Leben zu retten«, sagt er. »Und bin gescheitert.«

30

Bei *Nico's* trifft Thad niemanden an. Es ist geöffnet, aber als er nach Teddy ruft, tut sich nichts.

Das Blue Cross, das Teddy ihm verkauft hat, macht ihn nervös und ängstlich. Was natürlich auch am Zusammensein mit der Familie und dem Tod des Jungen zu tun haben kann, aber dieses Weed hilft jedenfalls nicht. Vielleicht braucht er eine Sorte mit weniger Sativa. Aber Teddy ist Experte, der wird wissen, was Thad braucht. Vor allem wäre allerdings eine Anpassung seiner Medikamente nötig. Etwa alle fünf Jahre ist es wieder so weit – 2005, 2008, 2013. 2018, wäre also fällig. Aber das geht erst nächste Woche, vorerst muss er mit Teddys Weed auskommen.

Später wird es voll sein in der Eisdiele, die Terrasse voller Urlauber und Einheimischer. Die Flaute am frühen Nachmittag war schon immer Thads Lieblingszeit, zu spät für Lunch, die Abendgäste noch in weiter Ferne. Er wartet einen Moment im Laden, schaut dann auf der Terrasse nach, geht schließlich die Treppe hinunter und den Weg am Fluss entlang, zu dem großen Felsen, auf dem er Freitagabend gesessen hat. Flach und glatt wie eine Zunge ragt der Felsen in den Fluss hinein, und obendrauf sitzt Teddy mit einem Joint und winkt Thad zu sich.

Teddys Haare sind fettig. Auf dem verwaschenen Aerosmith-T-Shirt, das am Bauch spannt, steht »LOVE IN AN ELE-

VATOR«. Thad braucht die Rückseite nicht zu sehen, um zu wissen, was da steht: »LIVIN' IT UP WHEN I'M GOING DOWN.«

Teddy hält ihm den Joint hin, Thad nimmt ihn, zögert aber und gibt ihn zurück, ohne zu ziehen. Wenn Jake zurückkommt, muss er einen klaren Kopf haben. *Falls* er zurückkommt. Thad hatte gestern nicht vor, seinem Freund ein Ultimatum zu stellen. Er hat auch nicht damit gerechnet, dass Jake heute früh verschwinden würde, ohne zu sagen, wohin. Nach Asheville wahrscheinlich. Ob er Marco die Meinung sagen oder mit ihm ins Bett gehen wird – Thad weiß es nicht. So oder so sollte er lieber nicht mitten am Tag stoned sein, sondern nüchtern, wenn Jakes Anruf kommt.

Teddy nimmt einen Zug. »Wo stecken deine Leute?«

»Weiß nicht«, antwortet Thad und setzt sich zu Teddy auf den Felsen. »In alle Winde verstreut heute. Mom ist in der Kirche, Dad beim Angeln.«

»Was angelt er?«

»Das Übliche. Brassen, Sonnenbarsche.«

»Sonnenbarsche«, sagt Teddy. »Die Viecher sind doch im See viel zu leicht zu fangen. Da hast du in null Komma nichts den Kühlschrank voll.«

Das stimmt. Thad hat mal mit seinem Vater an einem Abend so viele aus dem See gezogen, dass das Angeln keinen Spaß mehr machte, sich eher wie Arbeit anfühlte. Für ihn jedenfalls. Sein Vater könnte vermutlich Tag und Nacht angeln, ohne sich zu langweilen.

»Scheißsonnenbarsche«, sagt Teddy. »Ich trau keinem Tier, das so leicht zu dir kommt. Ich will überlisten, was bei mir in der Pfanne landet. Die Viecher sind dumm wie Bohnenstroh. Die würden dir doch ins Netz hopsen, wenn du denen sagst, sie sollen ihre nassen Barschärsche da reinbewegen.«

Teddy ist ein klassischer Kiffer, klarer Fall. Aber vielleicht ist er auch ein Genie. Es spräche zwar einiges gegen diese Hypothese, aber, ganz ehrlich: *nasse Barschärsche*? So gut kann gar kein Dope sein. Thad spürt die schmerzhafte Wehmut, die ihn immer heimsucht, wenn ihm poetische Fundsachen besser gefallen als alles, was er jemals zu Papier gebracht hat.

»Ich brauch Freiheit«, redet Teddy weiter, »und Forellen. *Unterschiedliche* Arten. *Das* sollte der Ansporn sein. Nicht, wie viele Fische man an einem Tag fängt. Nicht Gewicht oder Länge. Man sollte noblere Ziele haben. *Vielfalt* sollte ein Angler anstreben.«

Er zieht wieder, und Thad hält es nicht mehr aus, der duftende Rauch, der Fluss, der strahlende Tag. Er nimmt einen Zug.

»Noblere Ziele«, wiederholt Teddy. »Ich hab seit Jahren keine Bachforelle mehr hier rausgezogen. Aber sollte das Universum es gut mit mir meinen, und ich angel hier an einem Tag dreierlei Forellenarten – dann häng ich die Angel an den Haken und sterb als glücklicher Mann.«

Thad nimmt noch einen Zug. Er ist schon zu benebelt. Am anderen Ufer tanzen die Blätter, und die Äste des Baums bewegen sich auf ihn zu, als wollten sie ihm die Hand schütteln. Er zieht sein T-Shirt übers Gesicht.

»Hätte dich warnen sollen«, sagt Teddy. »Das Zeug ist stark.«

Thad wagt einen Blick. Die Bäume sind wieder Bäume, die Äste nur Äste.

Er hat heute schon zweimal versucht, Jake anzurufen, und ihn nicht erreicht. Wäre dieser Tag nur schon vorbei. Thad will wissen, ob sie zusammenbleiben.

»Hier drunter wohnt eine Regenbogenforelle«, sagt Teddy.

Er nimmt den letzten Zug, schnippt die Kippe des Joints ins Wasser. Der Fluss rauscht vorbei, aber der Rest der Welt bewegt sich in Zeitlupe.

Teddy wälzt sich auf den Bauch, und Thad muss an Seelöwen denken, ein Seelöwe mit Händen und Füßen und einem verschwitzten Aerosmith-Shirt. Teddy wedelt mit der Hand, Thad legt sich bäuchlings neben ihn.

»Hier, ich zeig's dir.« Teddy greift, das Gesicht an den Stein gepresst, nach unten ins Wasser. »Die Süße und ich haben geübt.«

Thad drückt auch das Gesicht an den Felsen, während Teddy schnaufend den Arm bis zum Ellbogen im Fluss versenkt.

»Ich mag dich, Thad«, verkündet er dabei.

»Ich mag dich auch, Teddy«, erwidert Thad und spürt dabei ein warmes Gefühl der Dankbarkeit in sich. Wann hat ihm zum letzten Mal jemand gesagt, dass er *gemocht* wird? Nicht geliebt oder geschätzt, sondern einfach aufrichtig gemocht, ohne Erklärung oder Erwartungen.

»Du bist anders als meine anderen Kunden«, sagt Teddy. »Du redest mit mir.«

»Ich unterhalte mich gern mit dir.«

Teddy streckt sich noch mehr, tastet im Wasser herum. »Woran glaubst du so, Thad?« Teddys an den Felsen gequetschtes Gesicht wirkt leicht verrückt.

»Religion, meinst du? Meine Mom ist die Religiöse in unserer Familie. Ich hänge keinem Glauben an.« Das stimmt so nicht ganz. Aber wie soll man Gelegenheitskirchgänger, Atheist und alles andere, was Thad jetzt ist, zusammenfassen? Seit er den zweiten Suizidversuch überlebt hat, sehnt er sich danach, an etwas glauben zu können, das größer ist als er selbst, aber das erweist sich als schwer. Er hatte gehofft, dieses Etwas bei Jake zu finden, aber der geht nicht mal an sein Handy.

»Glaubst du an gar nichts?«, fragt Teddy.

»Doch, ich glaube an etwas«, antwortet Thad. »Ich weiß nur nicht, wie ich es bezeichnen soll. Liebe vielleicht.«

»Liebe würd ich das nicht nennen.«

»Wie denn dann?«

»Ich nenn es ›das Universum‹«, sagt Teddy. »Das Universum weiß, was du willst. Das Universum weiß, was du denkst. Du bist für eine einzige Sache verantwortlich, und weißt du, was das ist?«

»Das Universum?«, antwortet Thad.

»Ganz genau. Die Leute wollen dir erzählen, es sei nicht wichtig, aber hör nicht auf sie. Der Schlüssel zu einem guten Leben ist, nicht mehr auf das Gelaber der Leute zu hören. Du und ich, wir achten nicht auf irgendwelche Leute, sondern aufs Universum. Und das Universum achtet auf uns. Es stellt sich auf uns ein. Manche Leute nennen das ›Chaos‹ oder ›Gott‹. Du nennst es ›Liebe‹. Manche Leute sagen: ›egal‹, und leben ihren Alltagstrott. Aber Leben ist nie ›egal‹. Wir reden hier vom verdammten Universum. Das weiß, was du brauchst. Und du bist verantwortlich dafür, also ist es auch *für dich* verantwortlich.«

Thad hebt den Kopf. »Teddy. Ich habe keine Ahnung, was du mir sagen willst.«

»Die Wahrheit«, sagt Teddy.

Thad möchte ihm erklären, dass diese Wahrheit brutal ist. Wenn das Universum die Geschicke der Menschen lenkt, hat es tatenlos zugesehen, wie ein Junge ertrinkt. Warum sollte man sich für so ein Universum verantwortlich fühlen?

Wasser spritzt hoch, und Teddy zieht einen zappelnden Fisch aus dem Fluss.

»*Das Universum*«, sagt Teddy.

»Wahnsinn.«

Es ist wirklich eine kleine Regenbogenforelle, getüpfelt und blaugrün schillernd. Das Maul geht auf und zu, die Schwanzflosse sucht in der Luft nach der Strömung des Wassers. Teddy hält den Fisch in der Mitte umklammert, spreizt die Finger ein bisschen. Die Brustflossen schimmern golden und rötlich. Thad hat schon andere Forellenarten gesehen, aber diese hier noch nie aus der Nähe. Der Fisch ist wunderschön, aber wie kann das sein? Wie kann etwas so Schönes in einem so hässlichen Universum entstehen?

Teddy gibt der Forelle einen kurzen Kuss auf den Kopf und hält sie Thad hin, damit er das auch machen kann.

»Ist okay«, sagt Thad, und Teddy entlässt den Fisch ins Wasser.

Sie liegen eine Weile auf dem Felsen, schauen hinauf in die Kiefern.

»Das Universum«, sagt Teddy. »Denk drüber nach.«

»Werd ich machen.«

Das wird er nicht, aber Teddy hat ihn dennoch inspiriert. Wenn das Universum gnadenlos ist, kann er nicht länger auf Gnade warten. Er muss handeln. Muss seine Medis anpassen, weniger Weed rauchen, seine Lyrik ernst nehmen oder aufgeben. Er muss klarkommen, falls Jake sich von ihm abwendet. Muss lernen, seine Traurigkeit auszuhalten und zu überleben.

Teddy rappelt sich hoch. »Ich sollte mal in den Laden zurück.«

Sie werden sich im nächsten Sommer nicht wiedersehen. Thad will das Teddy sagen. Und ihm unbedingt danken, für die Freundschaft und das Weed, so viele Jahre.

 Doch es kommt nicht dazu. Sein Handy zeigt durch ein

Piepen an, dass es wieder Netz hat, dann folgen zwei Töne für verpasste Anrufe. Thad hört die Mailbox ab, hofft auf Jakes Stimme.

Die erste Nachricht ist von Michael, komplett unverständlich.

Bei der zweiten ist die Stimme klar und deutlich zu hören. Wieder Michael. Aber diesmal meldet er sich aus der Untersuchungshaft.

31

Richard ist derjenige, der June tot aufgefunden hat.

Sie war im Schlaf erstickt, das Gesicht an diese Plüschente gedrückt. Sie hatten ihr Kind nicht zu fest eingewickelt, hatten es nicht auf dem Rücken schlafen gelegt. Die Ärzte konnten den Grund nicht genau feststellen. Zu viele mögliche Faktoren. Die Ursachen für plötzlichen Kindstod sind schwer zu ermitteln. Es gab eine kurze, schreckliche Untersuchung, bei der Richard und Lisa in unterschiedlichen Räumen verhört wurden. Konnten sie sicher sein, dass nicht der Ehepartner das Kind erstickt hatte? Richard sah die gesetzliche Notwendigkeit ein, drohte dem Polizisten aber dennoch Prügel an.

Die Leute bei der Trauerfeier machten alles nur noch schlimmer, wie wohlmeinende Menschen es oft tun.

»Gott gibt dir nur so viel zu tragen, wie du tragen kannst«, sagte ein Mann, und Lisa grub ihre Fingernägel in Richards Arm. Beide hätten sie den Mann gern geschlagen, ihm die Augen ausgestochen, ihm die Zunge herausgerissen.

»Aber das *ist* mehr, als ich tragen kann«, sagte Lisa und weinte die ganze restliche Woche.

Dann folgten zig qualvolle kleine Erlebnisse: der Stubenwagen musste zerlegt werden. An unerwarteten Stellen tauchten Sachen von June auf und ruinierten Richard den

Tag. Lisa hatte noch wochenlang ständig Milchflecken auf der Bluse.

Dreißig Jahre lang hatte Richard nicht darüber gesprochen. Er kann sich nicht erklären, warum er sich nun gerade Clyde anvertraut hat, aber er hat es getan. Sie saßen in Liegestühlen am Kai. Richard redete, Clyde hörte zu. Als ein Boot zum Tanken anlegte, verstummte Richard, Clyde bediente die Kunden. Als das Boot losfuhr, nahm Clyde seinen Platz wieder ein, und Richard redete weiter. Gut eine Stunde lang sprach er über alles, woran er sich erinnern kann, über jede Einzelheit. Als er endete, sagte Clyde: »Mein herzliches Beileid«, band das Boot los und schob es vom Kai weg, im Blick so viel Mitgefühl, dass Richard fürchtete, in Tränen auszubrechen.

»Weinen tut gut«, hätte Lisa gesagt. »Weinen ist gesund.« Aber Richard weiß nicht so recht. Lieber weitermachen wie bisher, mit trockenen Augen. Lieber noch ein paar Stunden angeln und einen seiner letzten Tage auf dem See genießen.

Er ist knapp zwei Kilometer von der Bucht entfernt, als er die Polizeiboote sieht, ohne Blaulicht. Das große Boot mit dem Kran ist nicht dabei.

Es ist schon spät, bald Zeit zum Abendessen.

Richard drosselt den Motor, schaltet in den Leerlauf. Die Polizeiboote bewegen sich. Zwischen ihnen entsteht eine freie Fläche, auf der ein Körper treibt.

Richard wendet den Blick ab. Er weiß auch so, dass es der Sohn von Glenn und Wendy ist.

Ordnung, Struktur. Zuflucht zu Zahlen:

20: Sekunden, in denen sich die Lunge von Ertrinkenden mit Wasser füllt.

4: Minuten, dann beginnt eine Leiche, sich zu zersetzen.

Kohlensäure entsteht. Zellen platzen. Der Körper verzehrt sich von innen heraus selbst.

10 Billionen: Mikroben im Dickdarm eines Jungen von Robbies Größe. Bakterien vermehren sich. Die Haut wird bleich. Methan und Schwefelwasserstoff blähen Bauchraum und Brustkorb auf.

2–22: Tage, die Bakterien benötigen, um einen Körper durch Gase aufzublähen. Variablen sind Körpermasse und Wassertemperatur. Je kälter das Wasser, desto langsamer der Vorgang.

0,12: Grad sind die Wassertemperaturen seit vierzig Jahren weltweit pro Dekade angestiegen

54: Stunden, seit der Junge in den See gestürzt ist

48: Stunden. Danach treibt eine Leiche in warmem Wasser an die Oberfläche.

Diese Zahlen kennt Richard zu dem Zeitpunkt noch nicht. Er wird sie abends recherchieren, wenn die Schlaflosigkeit ihn umtreibt. Im Moment gibt es keine Zahlen, sondern nur diesen weißen Körper im Wasser.

Vielleicht ist es nicht der Junge, sagt sich Richard. Vielleicht ist es gar keine Leiche.

Er schaut hin, sieht silbrige Badeshorts. Schaut wieder weg.

Tun kann er nichts mehr, außer einer Sache: der Familie vor der Polizei Bescheid sagen. Wäre es nicht besser, sie hören die Nachricht von jemandem, der Mitgefühl zeigen und sie in ihrem Leid verstehen kann?

Er weiß noch, wo die Leute wohnen. Der junge Polizist auf dem Boot hatte Glenn aufgefordert, die Adresse zu wiederholen. Nur zwei Buchten weiter, irgendwo dort an der Straße. Wenn Richard sich beeilt, ist er vor der Polizei da.

Er gibt Gas, fährt zu der Bucht. Er kennt den See wie seine Westentasche, hat hier schon an jeder Stelle in Ufernähe geangelt.

In dieser Bucht stehen keine Trailer, sondern riesige Villen. Die Stege sind nicht aus moderndem Holz, sondern aus Plastik und Aluminium. Boote hängen an Hydrauliklifte über dem Wasser.

Richard tuckert durch die Bucht, hält nach dem Pontonboot Ausschau.

Die arme Familie. Das wird der schlimmste Tag ihres Lebens.

Was hat Richard eigentlich vor? Er wird sein Boot am Steg der Leute festmachen. An die Haustür klopfen. Und dann? Angenommen, er findet das Haus, angenommen, sie sind da und machen auf – was soll er sagen? Welche Worte können die grauenvolle Tatsache übermitteln, dass die Leiche des Sohnes gefunden wurde?

Egal. Richard kommt zu spät.

Er hat das Boot entdeckt, die Villa dahinter. Ein Streifenwagen hält auf der Zufahrt, die Mutter des Jungen hastet darauf zu. Ein Polizist steigt aus. Die Mutter geht in die Knie. Der Polizist fängt sie auf, sie bricht erneut zusammen.

Dann ist ihr Mann an ihrer Seite. Und die Tochter. Richard kann nicht mehr hinsehen. Er kann nichts tun, kann das Leid nicht mildern.

Die Sonne geht unter. Er sollte bei seiner eigenen Familie sein. Er fährt los, zurück nach Hause.

32 Michael sollte sich nicht wundern, dass er hier gelandet ist. Eher ein Wunder, dass er bisher noch nie verhaftet worden ist. Wie oft hat er betrunken jemanden geschlagen? Wie oft ist er in *fahruntüchtigem Zustand* nach Hause gefahren?

Er ist nicht betrunken. Zumindest nicht sturzbetrunken. Er wäre noch nach Hause gekommen. Den Alkoholtest hat er verweigert, weil er, rein technisch, natürlich über dem Limit ist. Aber er hätte noch fahren können, wäre *fahrtüchtig* gewesen. Die haben doch keine Ahnung. Zwei Flaschen Wein sind gar nichts. Bis zur *Fahruntüchtigkeit* fehlen bei ihm noch zwei weitere Flaschen. *Fahruntüchtig* ist, wenn man kotzt, um Platz für mehr zu machen, und beim Aufwachen nicht mehr weiß, wie man nach Hause gekommen ist. *Fahruntüchtig* ist, wenn man am nächsten Morgen den Kühlergrill auf Blut untersucht.

Pusten Sie da rein, oder Sie sind verhaftet.

Scheiß drauf. Er hatte keinen Unfall. Er ist nicht auf die andere Fahrbahn geraten. Der Bulle hätte nie was bemerkt, es sei denn, er hat vor der Bar auf Betrunkene gelauert. War das eine Falle, oder kommt so was nur in Filmen vor? Aber vielleicht hat Lou die Polizei alarmiert. Oder Gwen. Oder der Galeriebesitzer. Oder die Frau, mit der er auf dem Weg zu seinem Auto kollidiert ist. Wie die ihr Kind an sich gerissen hat und schnell über die Straße gelaufen ist! Der Blick, den sie ihm noch zugeworfen hat. Blöde Kuh.

Dann der Anruf bei Thad, plötzlich wollte Michael seinem Bruder unbedingt erzählen, dass sie eine Schwester hatten. Jetzt ist Thads Mailbox Sprengstoff, das kann nicht mehr rückgängig gemacht werden.

Danach hat er versucht, den Schlüssel ins Türschloss zu manövrieren.

Und anschließend ins Zündschloss.

Er war erst eine Ecke weiter, da hörte er das Martinshorn hinter sich.

Im Revier durfte er einen einzigen Anruf machen, das ist also nicht nur im Film so. Er rief seinen Bruder an, hinterließ eine zweite Nachricht, und kurz darauf meldete sich Thad im Revier und ließ ausrichten, er sei unterwegs. Aber seither sind Stunden vergangen.

Vielleicht ist Michael jetzt da, wo er hingehört. Auf einer Pritsche. In einer Arrestzelle. In einem Provinz-Polizeirevier irgendwo in der Pampa, mit einer Zelle, zwei Schreibtischen und einer Wanduhr, die zu laut tickt.

Der Polizist, der ihn verhaftet hat, sitzt an einem der Schreibtische. Auf der zweiten Pritsche in der Zelle liegt ein Betrunkener, Michael ist nicht allein. Der Mann, bleich, mit buschigen Augenbrauen, schläft auf dem Rücken, obwohl die Pritsche kaum breiter ist als ein Schwebebalken. Beide Augen sind blauviolett, und aus seinem Mund rinnt Blut.

Michael sollte nicht hier sein. Er hatte eine Zulassung zur Cornell University.

»Ich war an der Cornell angenommen, verflucht!«, schreit er.

Natürlich nur wegen seiner Eltern, mit seinen Noten wäre

das nichts geworden. Und dann hat er noch nicht mal studiert, sondern ist Diane nach Savannah gefolgt.

Der Polizist schaut nicht auf.

Die Zelle ist klein, das Gitter wuchtig. In einer Ecke steht eine niedrige Toilette, ohne Sichtschutz.

Wieso braucht Thad so lange?

Der Mann auf der Bank bewegt sich, fasst sich ins Gesicht, danach ist das Kinn blutverschmiert.

Das: Das ist der Moment, in dem Michael sein Leben ändern sollte. Tiefer kann man nicht sinken, oder? Aber er ist nicht mal *betrunken*. Höchstens beschwipst. Sie haben ihn verhaftet, weil dieses Polizeirevier von der Kaution, der Geldstrafe und den Gebühren die diesjährige Weihnachtsfeier finanzieren wird. *Deshalb* haben sie ihn angehalten und in Handschellen unnötig grob auf den Rücksitz des Streifenwagens verfrachtet. Weil er nicht von hier ist. Weil sie ihm das bisschen Geld abknöpfen wollen, das er noch hat.

Und er ist nicht mal Schlangenlinien gefahren.

»Ich bin keine Schlangenlinien gefahren!«, brüllt er.

»Dann hätten Sie pusten sollen«, erwidert der Polizist ungerührt.

»Ist mir egal, was die Zahlen behaupten. Ich weiß, wann ich noch fahren kann.«

Der Bulle nickt. Hat das wahrscheinlich schon öfter gehört. Auf seinem Tisch sieht Michael ein Foto von dem Mann, jünger, schlanker, ohne Uniform, wie er mit Frau und Kindern hinter einem Gruselkürbis steht.

»Ich bin kein Trinker«, sagt Michael.

»Schlafen Sie Ihren Rausch aus«, erwidert der Polizist eher müde als wütend. Der wäre sicher auch lieber zu Hause bei seiner Familie. Wohnt vermutlich in einem hübschen Häuschen in der Stadt, hat eine schöne Altersrücklage. Anständige Krankenversicherung, Prämien und ... Macht der da etwa ein Kreuzworträtsel? Auf Zeit? Für so einen Scheiß wird der bezahlt? Polizist hätte man werden sollen.

Der Typ auf der Bank atmet röchelnd aus. Sein Hemd ist zerrissen, die Hose eingepisst. Beweisstück A: Michael ist kein Trinker. Man kann also doch noch tiefer sinken.

»Was hat der da angestellt?«, fragt Michael.

»Ed? Ist Stammgast hier. Jetzt ist er mal in eine Keilerei geraten, die er nicht gewinnen konnte. Guter Rat? So besoffen du auch bist, erschieß nie den Hund von deinem Nachbarn.«

»Ach du Scheiße«, sagt Michael. »Und wo ist der Typ, der den hier so zugerichtet hat?«

Der Polizist sieht ihn verständnislos an. »Ed hat den *Hund* erschossen. Ich an der Stelle von dem Mann hätte Ed auch die Fresse poliert.«

Justiz in den Südstaaten. Der Polizist widmet sich wieder seinem Rätselbuch. Es ist eines von diesen dicken Teilen, die man neben Sudoku-Bänden und Billigbibeln in Ramschläden findet.

Das Reviertelefon klingelt, der Polizist nimmt ab und hört zu. »Okay«, sagt er danach zu Michael. »Ihr Bruder kommt bald.«

»Wo bleibt der bloß?«

»Ich habe nur gesagt, was er mir gesagt hat.«

Der Polizist schließt die Zelle auf und erlaubt Michael, sich an den zweiten Schreibtisch zu setzen. Dann holt er einen gelben Behälter unter dem Tisch hervor, und Michael nimmt seine Uhr, seine Schlüssel, seine Brieftasche mit den unbrauchbaren Kreditkarten heraus. Sein Handy fehlt, aber dann fällt ihm ein, dass es im Auto liegt. Er steht auf und legt seinen Gürtel um.

»Setzen Sie sich«, sagt der Polizist, und Michael gehorcht. »Zwei Ratschläge. Erstens: Kaufen Sie sich auf dem Heimweg Läuseshampoo. Vielleicht kriegen Sie nichts, aber wir haben hier ein Problem damit. Lieber vorbeugen.«

Allein bei dem Gedanken juckt Michael der Kopf, und er muss sich beherrschen, nicht zu kratzen.

»Zweitens: Ich weiß, es geht mich nichts an, aber Leute wie Sie seh ich jeden Tag. Ich war selbst wie Sie. Vor Sonnenuntergang betrunken. Jeden Morgen verkatert. Es gibt bessere Arten zu leben.«

»Sie haben recht.«

Der Polizist wirkt erfreut, auf seinem Gesicht erscheint der Ansatz eines Lächelns.

»Das geht Sie einen Scheißdreck an.«

Michael sagt das laut, und der Kreuzworträtsel-Bulle springt auf. »Wollen Sie zurück in die Zelle?«

Scheißtyp. Michael ist nicht so ein Trinker, wie der glaubt. Körperlich mag er ein Alkoholiker sein, der alle paar Stunden was trinken muss, damit ihm nicht die Hände zittern. Aber er ist kein Säufer. Er ist nicht Ed.

»Was?«, sagt Michael, wütender, als er selbst gedacht hätte. »Was wollen Sie denn machen, mich *noch mal* verhaften? Weil ich widerspreche? Komm ich jetzt auf Kaution raus oder nicht?«

»Michael!« In der Tür steht Thad.

»Noch ein Wort!«, sagt der Polizist.

»Husch, zurück zum Kreuzworträtsel.«

Der Polizist zieht Handschellen aus einer Tasche an seinem Gürtel und lässt sie aufspringen.

Aber Thad stürzt herbei, entschuldigt sich, drückt Michael auf den Stuhl. Dann redet er dem Mann gut zu, zieht alle Register. Schließlich stellt er Michael als Helden dar, berichtet, wie er versucht hat, den Jungen zu retten, deutet auf den Verband.

»Oh, scheiße, das waren Sie?«, sagt der Polizist.

»Seit dieser Kopfverletzung ist er einfach nicht mehr er selbst«, sagt Thad.

Michael lacht. Er war noch nie mehr er selbst. Er ist immer am meisten er selbst, wenn er wütend ist und ein paar Drinks intus hat.

»Ich kann ihn mit einer Verwarnung laufen lassen«, sagt der Polizist. »Aber es wird Papierkram geben.«

Das Gespräch wird durch einen dumpfen Aufprall und ein abscheuliches Knirschen abrupt beendet. Michael fährt herum. Der Säufer liegt mit dem Gesicht nach unten auf dem Betonboden. Und als er den Kopf hebt, sieht man seinem Gesicht den Kontakt mit dem Betonboden an. Der Mann spuckt Zähne aus, dann ertönt ein Grunzen, das sich rasch zu lautem Stöhnen auswächst.

»Oh Gott«, sagt der Polizist. »Da muss ich wohl einen Zahnarzt anrufen.«

Von all den Leuten, die Michael an diesem Tag mies behandelt hat, tut dieser Polizist ihm plötzlich am meisten leid. Hat sich wahrscheinlich vorgestellt, er könnte in seinem Beruf dem Elend der Welt Einhalt gebieten. Doch sosehr er sich auch bemüht, so viele Leben er auch rettet, so viele betrunkene Autofahrer er auch mit einer Verwarnung davonkommen lässt – die Flut lässt sich nicht stoppen. Jeden Tag ein neuer Michael, ein neuer Ed, eine neue Blutlache mit Zähnen, die es aufzuwischen gilt.

Das Stöhnen nimmt beträchtlich an Lautstärke zu.

»Vergessen Sie den Papierkram«, sagt der Polizist. »Gehen Sie einfach.«

Michael möchte sich für sein Benehmen und seine unfreundlichen Äußerungen entschuldigen, aber Entschuldigungen kommen ihm schwer über die Lippen, und er lässt sich von Thad nach draußen zerren, während Ed anfängt, markerschütternd zu schreien.

Die Sonne geht unter, das Zwielicht setzt ein. Oder die Abenddämmerung, Michael hat den Unterschied nie verstanden. Sie steigen ins Auto, aber Thad startet nicht den Motor, sondern lässt den Kopf aufs Lenkrad sinken. Nach einer Weile schaut er auf, und Michael sieht die roten Augen, die erweiterten Pupillen.

»Ach du Scheiße«, sagt Michael. »Du bist stoned.«

Jetzt lässt Thad den Motor an. »Ich kann einfach nicht fassen, dass ich mich deinetwegen im Polizeirevier mit einem Cop herumstreiten und dich jetzt auch noch nach Hause fahren muss. Das nächste Mal, wenn du zu viel trinkst, lass ich dich im Knast hocken.«

»Ich hab nicht zu viel getrunken.«

Michael klappt den Spiegel herunter und beäugt sein Gesicht. Seine Lippe ist geschwollen, das Kinn blaurot vom Hieb des Barkeepers. Mit der Zunge ertastet er, dass ein Backenzahn locker sitzt. Er klappt den Spiegel wieder hoch, kann seinen Anblick nicht ertragen.

»Du hast mich stundenlang da sitzen lassen.«

»Ich hab mich nicht getraut zu fahren. Ich bin noch nie high gefahren.«

»Dann lass mich fahren.«

Thad lacht bitter, parkt rückwärts aus. Aber er braucht für alles zu lange.

»Im Ernst jetzt«, sagt Michael. »Ich kann fahren.«

»Du bist betrunken.«

»Bin ich nicht.«

 Thad schlägt aufs Steuer, das Auto schlingert nach links,

er muss am Lenkrad reißen, um auf die richtige Spur zu kommen. »Warum warst du dann im Knast, wenn du gar nicht betrunken bist?«

»Ich war nicht im Knast. Das war eine Arrestzelle.«

»Warum warst du in einer Arrestzelle?«

»Weil ich mich geweigert habe, den Alkoholtest zu machen.«

»Und wieso, wenn du doch gar nicht betrunken bist?«

»Weil das Gerät behauptet hätte, ich sei betrunken.«

Thad starrt ihn von der Seite an, Michael behält für ihn die Straße im Auge.

»Weißt du eigentlich, wie dumm du dich anhörst?«, sagt Thad.

»Nenn mich nicht dumm. Und schau auf die Straße.«

Danach verfallen sie in Schweigen. Es sind nur siebzehn Kilometer bis Highlands und dann noch mal siebzehn bis zum See. Aber diese Bergstraßen sind schon unter normalen Umständen tückisch. Und bei Thads Schneckentempo kann es eine Stunde dauern, bis sie zu Hause sind.

Draußen schleichen Bäume vorbei. Sie fahren einen Hügel hinauf, hinter der Kuppe kommt eine gerade Strecke, den Felswänden durch Sprengung abgerungen.

»Du musst aufhören, so viel zu trinken, Michael.«

Der Schreck, entlarvt zu sein, fährt Michael in alle Glieder. Thad, den er vollgekotzt hat. Thad, den er angerufen hat, damit er ihn abholt. Vor Thad kann er nichts mehr geheim halten. Je länger er darüber nachdenkt, desto unsicherer wird er. Wenn er nun wirklich Alkoholiker ist? Wenn seine ganze Familie das längst weiß?

»Wenn du schon trinken musst«, sagt Thad, »dann fahr zumindest nicht mehr Auto. Wie wär dir zumute, wenn du jemanden zu Tode fährst?«

Michael will sagen, dass er genau weiß, wie er sich dann fühlen würde. Vor zwei Tagen ... wäre er nicht verkatert gewesen, wäre er ein bisschen schneller geschwommen ... Aber hier sind zu viele Bäume links und rechts, davon wird ihm schwindlig. Wenn er den Mund aufmacht, wird ihm vielleicht übel.

»Halt an«, sagt er. An der Straße drehen Kiefern Pirouetten. Sein Kopf juckt höllisch, weil womöglich Läuse darauf herumkrabbeln.

»*Wo* soll ich anhalten?«

»Sofort«, sagt Michael und reißt die Tür auf, bevor der Wagen überhaupt steht.

Es kommt alles auf einmal raus, der Moonshine vom Morgen, der Wein, der Käse. Gar nicht schön, und Michael beugt sich aus der offenen Tür, bis er all das Schreckliche losgeworden ist.

Dann wischt er sich den Mund ab, lehnt sich zurück und schließt die Tür.

»Und jetzt«, sagt Thad, »erklärst du mir mal, inwiefern du kein Trinker bist.«

33

Draußen vor dem Fenster ist noch die Sonne zu sehen, aber sie sinkt schnell. Bald wird sie das Wasser berühren und glimmend ihre Farben in die Bucht verströmen, Orange, Rosa und Blau werden zerfließen wie Chemikalien. Diane hat das schon oft beobachtet, ist aber immer wieder ergriffen von diesem Anblick. Wie das silbrige Meer die Sonne empfängt, das Wasser so regenbogenfarben schillert wie eine Benzinspur hinter einem Boot – jedes Mal aufs Neue atemberaubend schön. Sie versteht Monet, liebt ihn leidenschaftlich. Heuschober, Schlösser und Wasserlilien, oft gemalt, aber in jedem Licht anders. Sogar Pfützen, im richtigen Blickwinkel betrachtet, können prachtvoll sein. Im richtigen Licht, davon ist Diane überzeugt, kann alles schön sein.

Sie hat sich ins Zimmer von Thad und Jake geschlichen, betrachtet von dort aus den See. Das Bett ist nicht gemacht, in den Kissen sind noch Abdrücke der Köpfe. Diane ist allein im Haus, Richard angelt, die anderen sind irgendwo unterwegs. Morgens hat sie Michaels Verband gewechselt, die Wunde gesäubert. Danach ist er aufgebrochen, hat nur gesagt, falls sie ihn brauche, er sei in Highlands.

Diane ist in diesem Zimmer, weil sie sich einsam fühlt und langweilt. Die große Tasche auf dem Bett musste sie nicht mal selbst aufmachen, die war schon halb offen. Diane berührt die Tasche. Jake hat bestimmt nichts dagegen.

Doch, Jake hätte garantiert etwas dagegen, aber Diane will nicht daran denken, weil sie so neugierig ist. In den ganzen zwei Jahren hat Jake ihr nie auch nur einmal sein Werkzeug gezeigt, seine Pinsel und Farben, und Diane hat nie darum gebeten. Sie möchte respektvoll sein und Jake nicht mit Fragen nerven, die er bestimmt ständig von Amateuren und hoffnungsvollen Künstlern zu hören bekommt. Aber sie hat so viele Fragen! Und wozu kennt man denn einen Meister des eigenen Fachs, wenn man ihm keine Fragen stellen darf?

Doch sie ist eben Diane, und er ist der berühmte Jake. Er wird ihr bestimmt nie den gleichen Respekt erweisen wie sie ihm. Das ist ihr klar. Aber ihr ist auch klar, dass man Respekt, den man ohnehin nie bekommen wird, auch nicht verlieren kann. Deshalb inspiziert sie jetzt den Inhalt der Tasche.

Die Pinsel sind hochwertig, nicht solche billigen Sonderangebote, wie sie selbst sie kauft. Sogar die Ringbeschläge sind tadellos sauber, die Pinsel sind also entweder unbenutzt, oder Jake reinigt sie sehr gründlich. Diane kippt die Tasche aus, Farbtuben fallen aufs Bett. Etwas hat sich verhakt, und sie zieht es heraus. Eine Reisestaffelei, die Klappvariante mit Metallstangen, die man aufstellen kann wie ein Zelt.

Jakes Leinwände, per Post eingetroffen, lehnen an der Wand. Sie sind gleich groß, 50 auf 60 Zentimeter, klein für Jake, aber ideal für Dianes Bilder. Beide Leinwände sind unbenutzt, obwohl Thad und Jake sich schon zwei Tage hier aufhalten. Wie lange bleiben die beiden? Selbst falls sie noch ein paar Tage hier sind, wird Jake nie und nimmer beide Leinwände brauchen, wo er noch nicht mal ein Bild begonnen hat. Das redet Diane sich zumindest ein, während sie aussucht, was sie braucht.

Eine Palette gibt es auch, aber das wäre zu persönlich, zu sehr mit Jake verbunden. Diane wird einen Teller nehmen. Sie mag es, wie sich Farben auf Porzellan mischen lassen, cremig und mühelos. Das glatte Material scheint den Farben entgegenzukommen, Holz dagegen ist immer widerständig.

Es sind an die zwanzig Tuben vorhanden. Diane nimmt sich ein Dutzend, legt vier wieder zurück. Mit acht müsste sie eigentlich auskommen. Ein Kittel ist auch dabei. Sie schüttelt ihn aus, er bauscht sich, makellos weiß, noch mit Falten aus der Packung. Diane breitet ihn auf dem Bett aus, aber er lässt sich nicht glatt streichen, ist störrisch wie Landkarten, die auch nie zu glätten sind, sooft man auch darüberstreicht. Doch der Kittel wäre sowieso übertrieben. Sie wird lieber ein altes T-Shirt anziehen.

Diane spürt ein starkes Ziehen im Bauch.

Kann nicht sein. Zu früh. Das kommt manchmal vor, ist aber harmlos. Diane hat das schon mal gegoogelt und war dann beruhigt.

Sie zieht das T-Shirt über, holt sich einen Teller und trägt ihre Beute zum Bootssteg. Dafür muss sie zweimal gehen, was zu viel Zeit kostet. Die Sonne ist noch nicht am Horizont, aber ein paar Wolken sind aufgezogen, und jetzt stimmt das Licht nicht mehr. Ein dunstiger Schleier liegt über dem Wasser, der Glanz ist weg.

Zwei blaue Strandliegestühle stehen am Steg. Diane legt auf dem einen die Tuben ab, drückt dann von jeder der acht Farben einen Klecks auf den Teller. Richtet die Staffelei Richtung Sonne aus, abgewandt von der Stelle der Tragödie. Dort kann sie immer noch nicht hinschauen.

Sie blickt auf die Leinwand und den Teller, fürchtet sich davor, anzufangen. An den zwei Tagen die Woche, die sie zu Hause höchstens Zeit zum Malen findet, arbeitet sie mit

Acryl- oder Aquarellfarben, die günstig sind und schnell trocknen. Das hier sind teure Ölfarben, die langsam trocknen und sich leicht verwischen. Mit Ölfarben hat Diane zuletzt während des Studiums gemalt.

Sie beginnt zu mischen, und sofort geht alles schief. Die Farben haben andere Pigmente, als sie gewohnt ist, andere Schattierungen. Diane versucht, aus Kadmiumrot und Kobaltblau Violett zu mischen, aber das Rot enthält zu viel Gelb, weshalb das Ergebnis aussieht wie ein Bluterguss. Sie nimmt etwas Karminrot dazu, und nach und nach entsteht das Lila, das sie sich vorgestellt hat.

Als sie aufschaut, hat sich der See schon wieder verändert. Das Wasser ist weniger purpurrot, die Wolken weniger rosa, die Sonne steht tiefer. Wie malt man etwas, das sich ständig wandelt und die Farbe wechselt?

Diane stellt den Teller auf eine Armlehne des Stuhls. Betrachtet den Horizont, sucht sich einen anderen Pinsel aus. Streicht mit dem sauberen Pinsel über die Leinwand, um die Bewegung der Borsten zu spüren. Nur eine Woche hat sie nicht gemalt, aber es kommt ihr vor, als hätte sie noch nie einen Pinsel in der Hand gehalten. Sie legt ihn weg.

Was macht sie sich nur vor? Sie ist nicht ohne Grund Lehrerin geworden. *Wer nichts kann, wird Lehrer* und so weiter. Ja, sie hat Kunst studiert, ist aber eben kein verkanntes großes Talent. Jedes Mal, wenn sie eine Leinwand grundiert, wenn sie ihre Finger in Ton versenkt, akzeptiert sie, wer sie ist, wie weit sie gekommen ist und welchen Weg sie noch vor sich hat. An manchen Tagen erschafft sie Kunst. An anderen erzeugt sie nur Plunder und zweifelt am Sinn ihres Tuns.

Würde sie morgen sterben, würde niemand ihre Kunst vermissen. In ihrem Nachruf würde sie als *Lehrerin, Tochter, Ehefrau* bezeichnet werden. All das trifft zu, und sie ist stolz darauf. Unterrichten ist nicht einfach. Kinder zu inspirieren, ihnen die Künste nahezubringen ist wichtige Arbeit. Dennoch hätte Diane nichts dagegen, wenn man ihren Verlust auch als Verlust für die *Kunst* empfinden würde.

Würde sie jetzt sterben, was würde dann aus den Bildern und Keramikarbeiten, die sich im Gästezimmer und in der Garage häufen? Angenommen, sie ginge vor Michael. Würde Michael ihre Kunst behalten oder sie zum Spendenladen bringen? Diese Fragen sind fast gleichbedeutend mit der, ob ihr Mann sie liebt oder nicht.

Sie greift wieder zum Pinsel.

»Mach das nicht.«

Diane lässt den Pinsel fallen, er rollt vom Bootssteg in den See. Sie dreht sich um. Vor ihr steht, stirnrunzelnd, Jake.

Sie hat sich nicht überlegt, was sie sagen will. In ihrer Fantasie hat sie ein Bild gemalt, von dem Jake so beeindruckt ist, dass es wegen der geplünderten Utensilien keine Schelte gibt. Zumindest ist noch keine Farbe auf der Leinwand, bisher ist nur ein bisschen Farbe verschwendet worden.

»Tut mir leid«, sagt Diane. »Ich hätte dich fragen müssen.«

»Das geht klar. Ist doch gut, wenn die Sachen benutzt werden.«

Jake nimmt einen Pinsel vom Liegestuhl, reicht ihn ihr. Sie fühlt sich wie ein Kind, das dabei erwischt wird, wie es Geld aus dem Sparstrumpf des Vaters mopst. Nur dass der Vater jetzt nicht schimpft, sondern ihr das ganze Bündel Scheine in die Hand drückt.

»Du solltest nicht die Sonne malen«, sagt Jake. »Ich meine, klar kann man das tun, aber wie oft ist das schon gemacht worden, verstehst du? Die Sonne ist wie Vögel. Plötzlich malen alle *Vögel*. Damit will ich nicht sagen, dass es nicht jemandem gelingen kann, Vögel oder die Sonne interessant darzustellen, aber …«

»Ich werde es nicht sein.«

»Und ich auch nicht.«

Diane hat keine Ahnung, wie das jetzt weitergehen soll. Sie würde immer noch gern den Sonnenuntergang malen, aber Jake hat noch nie ein Bild von ihr gesehen. Und sie will kein Motiv wählen, das er langweilig findet. Sie ist ohnehin unsicher, ob sie überhaupt in seiner Anwesenheit malen kann.

Jake setzt sich in den anderen Liegestuhl, der ihn regelrecht zu verschlingen scheint, so klein, wie er ist.

Diane wendet sich der Staffelei zu, taucht den Pinsel in Farbe und malt einen violetten Streifen auf die Leinwand. Er wirkt misslungen, wie ein jammernder Mund.

»Diane«, sagte Jake. »Sind wir Freunde?«

Sie will Nein sagen. Sie will sagen, dass dies garantiert das längste Gespräch ist, das sie jemals führen werden. Stattdessen sagt sie: »Na klar.«

Jake springt auf und stellt sich neben sie. Diane hat fünf Pinsel mitgebracht, und er nimmt den größten, der schräge Borsten hat.

»Darf ich?«, fragt er.

Diane reicht ihm den Teller, Jake tunkt den Pinsel ins Karminrot, streicht quer über den Teller zum Gold, ein Kometenschweif. Dann setzt er den Pinsel auf die Leinwand, kringelt schwungvoll ein leuchtendes Eigelb über Dianes violetten Streifen, verknüpft Rot und Gold dann mit dem Strich darunter. Das Ganze dauert höchstens zehn Sekunden, und als Jake zurücktritt, sieht Diane auf der Leinwand den Horizont.

»*Presto*«, sagt Jake. »Sonnenuntergang.«

 Sie will fragen, wie er das gemacht hat, obwohl sie gerade

dabei zugesehen hat. Wenn schon das Zusehen nichts erklärt, werden Worte es erst recht nicht können.

»Das wirkte so mühelos«, sagt sie.

Diane will nicht kläglich klingen, sie ist aufrichtig beeindruckt und schüttelt den Kopf, als Jake sagt: »Ich wollte nicht herumprotzen.«

»Hab ich nicht so gemeint«, erwidert sie, aber Jake stellt den Teller ab.

»Kein Ding. Ich weiß, dass ich ein Angeber bin. Und dabei bin ich nicht mal so ein toller Maler.«

Diane kann sich nicht erklären, woher diese Worte kommen. Jake wirkt bedrückt. Normalerweise ist er großspurig und selbstgefällig. Oder tut zumindest so.

»So was solltest du nicht sagen«, widerspricht sie. »Du bist ein sehr begabter Künstler. Dich selbst schlechtzureden ist nicht fair gegenüber Menschen, die nicht so talentiert sind wie du.«

Jake blinzelt verblüfft, und Diane fragt sich, ob er wohl manchmal auch Wahrheiten zu hören bekommt oder ob ihm alle Leute nach dem Mund reden. Er könnte jetzt sagen: *Du bist auch begabt, Diane*, aber er tut es nicht, und dafür ist sie dankbar. Es beeindruckt sie, dass er ehrlich mit ihr ist, und sie will es auch mit ihm sein.

»Warum hast du gefragt, ob wir Freunde sind?«, erkundigt sie sich.

Jake tritt zum Rand des Stegs und blickt übers Wasser, zur Sonne. Nur für einen einzigen Tag hätte Diane gern seine Augen. Um Farben und Formen und Licht so wahrnehmen zu können wie er.

»Ich weiß nicht genau«, antwortet er. »Mir fiel nur auf, dass wir beide etwas gemeinsam haben. Thad und Michael *müssen* hier sein. Die Eltern rufen, die beiden kommen angerannt. So war das schon immer. Aber du und ich?« Er dreht sich um, die untergehende Sonne im Rücken. »Wir zwei sind keine Starlings. Wir sind freiwillig hier und können jederzeit gehen.«

»Magst du die Eltern nicht?«

»Ich mag Thad«, sagt Jake. »Ich *liebe* Thad. Aber Familie find ich schwierig. Ich hab meine vor acht Jahren zuletzt gesehen.«

Diane kennt die Geschichte. Nicht vollständig, aber sie weiß, dass Jake von seinem Vater mit einem Gewehr bedroht wurde und die Mutter nur zugesehen hat. In seiner Familie konnte Jake nicht der sein, der er ist.

»Wenn du es zulässt, könnten die Starlings deine Familie werden.«

Jake lacht. »Du findest, Thad und ich sollten heiraten.«

»Wenn ihr das wollt ... aber das wollte ich damit nicht sagen. Ich meinte, dass die beiden dich wie einen Sohn lieben würden, wenn du sie auch liebst.«

Jake nimmt einen sauberen Pinsel vom Stuhl. Die Hände sind mit Farbe beschmiert, der Ärmel des weißen Leinenhemds hat auch was abgekriegt. Diane wüsste gern, weshalb Jake so elegant gekleidet ist und wo er den Tag verbracht hat, aber sie will ihn nicht durch aufdringliche Fragen abschrecken.

»Die beiden lieben dich jedenfalls jetzt schon«, sagt sie.

»Das spüre ich bei Thads Mom aber nicht«, erwidert Jake. Er tritt zur Leinwand, malt mit schnellen Bewegungen den Himmel, nimmt sich dann den See vor. Nicht den Horizont will er darstellen, sondern etwas Größeres, Umfassenderes, das vielfältiger leuchtet als die realen Farben.

»Ich möchte dich etwas fragen«, sagt Diane. »Hast du dich jemals nach Lisas Leben erkundigt?«

Jake antwortet nicht. Stattdessen wirft er ihr einen Blick

zu, aber sie kann ihn nicht deuten. Ist er beschämt, weil er nie das Gespräch mit Lisa gesucht hat? Oder versteht er gar nicht, weshalb er das tun sollte?

»Deshalb«, sagt Diane, »ist Lisa manchmal so kühl dir gegenüber. Weil du kein Interesse an ihr hast.«

Jake wendet sich wieder der Staffelei zu. »Das stimmt nicht.«

»Es wirkt aber so. Ist schon okay, du bist noch jung. Doch an irgendeinem Punkt wird man von dir erwarten, dass du dich für das Leben anderer Menschen interessierst. Außerdem hat Lisa eine spannende Geschichte, ein erfülltes Leben.«

Jake malt. Er verstreicht Farbe zu den Rändern hin, und er ist nicht achtsam wie Diane. Er kleckert und stört sich nicht daran.

»Glaubst du mir, wenn ich dir sage, dass ich seit Monaten nichts mehr gemalt habe?«, fragt er.

»Das kann ich wirklich kaum glauben.«

Diane spürt wieder einen kurzen Krampf im Bauch. Sie hätte mehr zu Mittag essen sollen.

»Es stimmt aber. Bin ziemlich am Ende. Ich kreise zu sehr in meinem eigenen Kopf.«

Erzähl mir mehr, will Diane sagen, traut aber ihrem Motiv nicht. Will sie helfen? Oder hofft sie nur, mit ihren Selbstzweifeln nicht allein zu sein?

»Ich kann nicht fassen, dass ich dir das gerade erzählt habe«, sagt Jake. »Nicht mal Thad weiß davon.«

Die Sonne versinkt schnell, und Jake beeilt sich, stößt dabei an Staffelei und Leinwand. Im Vergleich mit Diane arbeitet er achtlos, aber sein Bild wird so viel großartiger.

»Manchmal denke ich, es hat mit Gott zu tun«, sagt er. »Ich weiß, das klingt albern.«

»Finde ich nicht.«

Jake tritt zurück, blinzelt, hat Farbe in den Haaren und auf dem Hemd.

»Zu Hause«, sagt er, »wenn ich da zurzeit mit dem Pinsel vor der Staffelei stehe, ist es, als wäre die Leinwand ein Magnet, der mich abstößt. Der Pinsel verharrt in der Luft, als läge ein Bann auf mir, als würde Gott mich zurückhalten. Meine Eltern wollten, dass ich Priester werde. Mein Vater hat behauptet, Gott hätte ihm gesagt, dass ich irgendwann meine eigene Gemeinde haben werde. Ich weiß, das ist Schwachsinn. So ist mein Vater eben. Trotzdem kommt sich ein Teil von mir so vor, als würde er bestraft. Weil ich male. Weil ich Thad liebe. Als hätte ich meine Berufung versäumt, missachtet, was Gottes Wille für mein Leben war.«

Ein Schimmer liegt auf dem See, die Sonne ist untergetaucht.

»Glaubst du an Gott?«, fragt Jake.

Diane weiß es nicht und gibt das zu.

»Wo ich aufgewachsen bin, war Gott überall«, sagt Jake. »In der Luft, die man atmete. In den Liedern, die man sang. Wir haben Gott für alles Gute gedankt und für alles Schlechte. Wir haben Gott für unser Essen gedankt, was es auch war. Kannst du dir vorstellen, dass man Gott für Waffeln dankt? Und nicht für leckere selbst gemachte. Sondern für billige abgepackte. Gott will doch bestimmt nicht, dass man sich für so was bei ihm bedankt.«

Jake bearbeitet noch ein paar Stellen mit dem Pinsel, aber das Bild ist fertig. Diane hofft, dass er es jetzt in Ruhe lässt und nicht verdirbt.

»Gestern habe ich mir von einem Mann, den ich einmal geliebt habe, den Schwanz lutschen lassen«, sagt Jake. »Heute stelle ich fest, dass er Audubons Vögel kopiert und mich hasst wie die Pest. Das Leben ist merkwürdig.«

Diane weicht einen Schritt zurück. Sie versucht, nicht bestürzt auszusehen, aber es gelingt ihr wohl nicht.

»Tut mir leid«, sagt Jake. »Ich will dich nicht schockieren. Tut mir nur gut, mal mit jemandem zu reden.«

Diane merkt das auch. An manchen Tagen sprechen Michael und sie, wenn sie von der Schule kommt, kaum ein paar Worte.

Wieder das seltsame Ziehen im Bauch.

Jake stellt den Teller mit dem Pinsel auf den Boden. Tritt wieder zurück, betrachtet das Bild. Legt den Kopf schief, erst nach links, dann nach rechts. »Magst du Rothko? Riesige Bilder, große Farbflächen?«

»Natürlich kenne ich Rothko.« Diane liebt seine Arbeiten. Sie möchte, dass Jake das weiß, und merkt plötzlich, wie sehr sie sich seine Bestätigung wünscht.

»Rothko hat sich umgebracht«, sagt Jake. »Hat sich die Arme aufgeschlitzt. Und Pillen geschluckt. So eine Verschwendung.«

In der Ferne taucht ein Boot auf, und Diane sieht, dass es die *Seekuh* ist. Richard kommt zurück.

»Im MOCA in Los Angeles«, sagt Jake, »gibt es einen Rothko-Raum. Als ich zum letzten Mal dort war, hatte jemand im Zuge einer Ausstellung eine *Schaufensterpuppe* in den Raum gestellt. Irgendwelcher *Objet-trouvé*-Scheiß. Die haben dort acht Rothkos, richtig tolle, und verschandeln sie mit einem Plastikmann. Ich hätte zehn Riesen bezahlt, um nur zehn Minuten mit den Bildern allein zu sein, ohne dieses Ding. Um sie alle auf einmal in mich aufzunehmen.«

Er tritt zwei Schritte zurück.

»So viel Schönheit, auf die – wegen dieser dummen Figur in der Mitte – der Blick verstellt war.«

Er breitet die Arme aus.

»Da ist er. Ein verfluchter Sonnenuntergang.«

Das Bild ist grandios. Es ist viel mehr als ein Sonnenuntergang, viel mehr als ein See, und Diane begreift, dass sie den Fehler gemacht hat, das malen zu wollen, was sie sah. Jake versteht viel zu viel von Licht und Komposition, um auf das hereinzufallen, was vor seinen Augen ist. Was er gemacht hat, ist stilisiert, impressionistisch. Der Sonnenuntergang hat jetzt genau die Qualität, die Jake ihm abgesprochen hat. Er ist *interessant*. Besteht aus allen Farben von *Der Schrei*, zerlegt und wieder zusammengefügt, und daraus ist etwas Neues entstanden. Dass Jake dieses Bild in einer Viertelstunde gemalt hat, erfüllt Diane mit solcher Bewunderung, dass ihr Neid plötzlich keine Rolle mehr spielt.

Jake dreht sich zu ihr um. Er schwitzt, und Wehmut liegt in seinem Blick. Aber auch Freude. Vor allem Freude.

Er *liebt* das Malen.

In diesem Moment versteht Diane, dass sie niemals wie Jake sein wird. Nicht weil sie weniger Talent hat. Nicht weil sie niemals zehn Riesen bezahlen würde, um mit Rothkos Bildern allein zu sein. Sondern weil Kunst nicht ihr Leben ist. *Leben* ist ihr Leben – Menschen. Michael, ihre Mutter, jährlich neue Kinder an der Schule. Das Leben, das jetzt in ihr heranwächst. Müsste sie sich zwischen Menschen und der Kunst entscheiden, würde sie immer Menschen wählen. Bei Jake wäre das vermutlich umgekehrt.

Jake wischt sich mit dem Ärmel übers Gesicht, und jetzt haftet auch an seiner Stirn Farbe.

»Komm«, sagt er. »Lass uns die Signatur machen.«

Er tunkt den Pinsel in Schwarz und signiert in der rechten unteren Ecke. Dann hält er den Pinsel Diane hin.

»Teamwork. Ohne deine Inspiration hätte ich das nicht geschafft.«

Auf keinen Fall mach ich das, will sie sagen. Aber wieso findet sie die Geste herablassend? Nichts ist herablassend an Jakes wildem Blick, seinem farbverschmierten Gesicht, der Art, wie er ihr den Pinsel mit der schwarzen Spitze hinhält.

»Bitte«, sagt er. »Ich meine das ernst.« Und Diane signiert.

Oben am Hang fährt ein Auto auf die Zufahrt. Lisa steigt aus und winkt. Sie holt eine lange weiße Schachtel aus dem Kofferraum und verschwindet im Haus.

Wieder das Ziehen, aber heftiger.

Irgendetwas stimmt nicht. Das sind irgendwelche Krämpfe, etwas zieht sich zusammen, und das dürfte nicht sein. Diane legt die Hände auf den Unterleib.

Die *Seekuh* nähert sich. Lisa kommt die Treppe herunter.

Der Krampf wird heftiger, und Diane sinkt auf ein Knie.

Dann ist Lisa plötzlich bei ihr und fragt, wo es wehtut, aber Diane kann kaum noch sprechen, der Schmerz ist zu stark. Sie presst die Hände auf den Bauch.

»Oh, scheiße, was ist?«, fragt Jake. »Was hast du?«

»Ich bin schwanger«, keucht Diane.

Jake steht da wie vom Donner gerührt, dann strahlt er. »Oh mein Gott! Gratuliere!«

»Keine Zeit«, sagt Lisa. »Hilf mir, sie hochzuziehen.«

Danach geht alles sehr schnell. Lisa und Jake stützen Diane und bringen sie zum Haus. »Was ist los?«, ruft Richard, während er das Boot festmacht. »Um Himmels willen, was ist denn?« Aber niemand antwortet. Lisa hilft Diane beim Einsteigen hinten, Jake setzt sich ans Steuer und wartet auf Richard, der den Hügel heraufkommt, noch in normalem Tempo. »Beeil dich«, schreit Jake zum Fenster raus, und Richard geht schneller. »Was ist passiert?«, fragt er, als er einsteigt. »Wohin fahren wir?« Aber Jake antwortet nicht und wartet auch nicht, bis Richard angeschnallt ist, sondern stößt auf der Zufahrt zurück und rast, kaum auf der Straße, los. Diane atmet ein paarmal tief ein, holt ihr Handy heraus und versucht immer wieder aufs Neue, Michael anzurufen.

34 Michael schaltet mit einer Hand an der Lüftung herum und betastet mit der anderen sein Gesicht. »Ein Backenzahn ist locker.« Er lehnt den Kopf ans Fenster. »Ich brauch meinen Wagen.«

»Morgen«, sagt Thad. »Du bist betrunken, ich bin high. Wir fahren jetzt nach Hause.«

»Aber im Auto ist mein Handy. Ich brauch zumindest mein Handy. Highlands liegt doch auf dem Weg.« Michael klappt die Blende herunter, schaut in den Spiegel, stochert sich mit dem Finger im Mund herum. »Und wenn du irgendwo einen Drogeriemarkt siehst – Läuseshampoo brauch ich auch.«

Nicht zum ersten Mal fragt sich Thad, wer von ihnen beiden das schlimmere Leben hat, wer von ihnen beiden übler dran ist.

Es ist kein Wettbewerb, hört er seinen Vater sagen. *Ihr seid beide eine Enttäuschung für mich.* Natürlich würde sein Vater so etwas niemals äußern. Aber Thad sieht es ihm an, wenn er mal wieder fragt, was sein Sohn im letzten Jahr denn so gemacht hat, und Thad antwortet: »Gedichte geschrieben.«

»Hast du mal eine Therapie ausprobiert?«, fragt Thad.

Michael klappt die Blende hoch. »Scheiß auf Therapie.«

»Aber du hast Depressionen.«

Michael öffnet das Fenster einen Spaltbreit und steckt den Finger raus. Es wäre ein Leichtes für Thad, das Fenster hochzufahren, den Finger zu guillotinieren.

»Ich habe keine Depressionen«, sagt Michael.

»Wir sind alle depressiv, die ganze Familie«, erwidert Thad. »Und ich bin der Einzige, der professionelle Hilfe in Anspruch nimmt.«

Michael zieht den Finger zurück und fährt das Fenster hoch. »Dad ist nicht depressiv.«

»Na klar ist er das. Aber seine Generation ist anders, Männer in seinem Alter zeigen das eher nicht. Die haben lieber ein unglückliches Leben.«

»Und Mom?«, fragt Michael.

»Weiß nicht. Mom kommt vielleicht klar. Sie ist auf jeden Fall die Gesündeste von uns allen.«

Michael schaut aus dem Fenster. Die Straße ist kurvig und hat Steigungen, und Thad möchte seinen Bruder eigentlich auffordern, nach vorne zu schauen. Es reicht jetzt erst mal mit Kotzeaufwischen.

»Was soll denn so toll sein an Therapie?«, fragt Michael.

»Also, erst mal: die Drogen«, antwortet Thad.

»Was, dein Therapeut nimmt Drogen?«

Thad weiß nicht genau, ob Michael witzelt oder sich dumm stellt. Er ist aber nicht dumm. Als Jugendlicher hat Thad den Aktenschrank seiner Mutter durchstöbert und alte Zeugnisse gefunden. Michaels Notendurchschnitt war schlechter als seiner. Aber dann stieß er auf zwei Umschläge. Sie enthielten jeweils das Ergebnis eines Intelligenztests. Thad konnte sich nicht daran erinnern, aber das hatte offenbar in der vierten Klasse stattgefunden, getarnt als Forschungsprojekt von Studierenden. Ihre Mutter stellte der Uni ständig ihre Söhne für solche Projekte zur Verfügung. Beide Brüder hatten hohe Ergebnisse, über dem durchschnittlichen Wert. Aber Michael lag noch vier Punkte höher. Thads Lieblingselement dieser Geschichte ist allerdings, dass beide Umschläge versiegelt waren, bis er sie öffnete. Das sah seiner Mutter so ähnlich. Die Ergebnisse hatte sie dann nicht wissen wollen. Oder sie hatte sie wissen wollen, aber ihre Neugier im Zaum gehalten. Welche Selbstbeherrschung. Welche bedingungslose Liebe.

Thad hat Michael noch nie die Genugtuung gegönnt, um diese vier Punkte zu wissen.

»Ich meine *Medikamente*«, sagt Thad. »Aber die sind mir von einem Psychiater verordnet worden. Mein Therapeut darf nichts verschreiben.«

»Und was für Drogen sind das?«, fragt Michael.

»Ich steh auf die heilige Dreifaltigkeit: Xanax, Paroxetin, Seroquel.«

Sie nähern sich einer Serpentine, Thad fährt langsamer. Wer sich am See aufhält, vergisst leicht, dass er hier in den Bergen ist. Spätestens nach so einer Haarnadelkurve weiß man es wieder.

»Und warum dreierlei Pillen?«, fragt Michael.

»Eine gegen Angst, eine gegen Depressionen, eine gegen Psychose.«

»Wieso, bist du psychotisch?«

»Ich habe eine bipolare Störung. Da drohen psychotische Episoden, ja.«

Es beginnt zu nieseln, und Thad schaltet die Scheibenwischer ein.

»Glaubst du wirklich, dass ich depressiv bin?«, fragt Michael.

»Ich bin kein Arzt. Ich kann dir nur sagen, was ich sehe. Und was ich sehe, ist ein depressiver Mann, der Alkohol braucht, um sein Leben zu bewältigen. Alkohol funktioniert übrigens wie ein Beruhigungsmittel.«

»Alkohol soll ein *Beruhigungsmittel* sein?«

Wieder weiß Thad nicht, ob Michael ihn verarschen will. Wenn er betrunken ist, lässt sich das schwer sagen. Der Regen wird heftiger, und Thad stellt den Scheibenwischer auf ›schneller‹ ein.

»Wie lange nimmst du diese Pillen schon?«, fragt Michael.

»Diesen Cocktail? Etwa fünf Jahre. Dann brauch ich eine neue Kombi.«

»Warum?«

»Weil die Pillen dann nicht mehr wirken und ich mich umbringen will.«

Die Straße ist nass. Die Scheibenwischer wischen. Die Wirkung des Weed lässt nach.

»Oh, scheiße«, sagt Michael. »Das wusste ich nicht. Ich wusste schon, dass es dir nicht gut geht, aber nicht, dass es so schlimm ist. Irgendwie hab ich, glaub ich, gehofft, du wolltest nur …«

»Mehr Aufmerksamkeit?«

Thad umklammert das Lenkrad. Er würde Michael gern seinen vernarbten Arm und den verstümmelten Fuß zeigen. Aber sie haben tatsächlich noch nie darüber gesprochen. Er lockert seinen Griff wieder. Der Regen lässt etwas nach.

»Ist okay«, sagt er schließlich. »Ich habe gelernt zu akzeptieren, wie schwer das zu verstehen ist für jemanden, der nicht sterben möchte.«

Ein Schild zeigt an, dass Highlands noch drei Kilometer entfernt ist. Vor ihnen eine weitere Kurve, rechts Felswand, links doppelte Leitplanke. Thad fährt nur noch vierzig.

Steve, sein Therapeut, hat mal gesagt, wer andere dazu ermutigen will, ihre Verletzlichkeit zu offenbaren, soll seine eigene zeigen. Aber er weiß nicht, was er sagen könnte, damit Michael seine Alkoholsucht zugibt.

»Steve sagt ...«

»Wer ist Steve?«

»Mein Therapeut.«

»Dein Therapeut heißt *Steve*?«

Runter auf dreißig, dann auf fünfundzwanzig. Thad fährt in die Kurve, und Michael lacht.

Thad versteht nicht, was daran so komisch sein soll. Aber je länger er darüber nachdenkt, desto komischer findet er es, dass sein Therapeut *Steve* heißt. Diese behaarten Arme, die zum Vorschein kommen, wenn er kurzärmlige Hemden trägt. Welcher Arzt trägt denn schon kurzärmlige Hemden?

Schließlich lacht Thad auch, und sie sind wieder jung. Sie sind Brüder, die übermütig und ausgelassen zusammen lachen. Bis zu dem Moment, als sie aus der Kurve kommen und Thad das Reh überfährt.

Es ist aber bereits tot, und er fährt nur über den Kadaver. Bremst, stößt zurück und fährt noch mal drüber. Die Eingeweide, die vorher schon zu sehen waren, sind jetzt auf der ganzen Straße verteilt.

Michael macht die Tür auf und kotzt. Danach ist Thad auch zumute. Er öffnet die Fahrertür, reißt sich aber zusammen.

Ein großes Reh, quer über dem Mittelstreifen. Thad hat schon öfter überfahrene Tiere gesehen. Häufig endet das für die Autofahrer tödlich, aber das Fahrzeug, das dieses Tier erwischt hat, muss sehr groß gewesen sein und hat nicht angehalten.

Dann sieht Thad das Kitz. Weiß gefleckt, auf dünnen Beinen, steht es an der Leitplanke, die Schnauze blutig, die Ohren hochgestellt, den Blick auf die Mutter gerichtet.

»Ach, verfluchte Scheiße«, sagt Michael.

Sie bleiben im Auto sitzen und warten ab, beobachten, was passiert. Das Kitz läuft zu dem Kadaver, stupst mit der Schnauze den Hals, den Kopf an, sogar die Eingeweide, als wollte es sie zurückschieben.

»Oh Gott«, sagt Michael.

Thad steigt aus, das Kitz läuft nicht weg. Glaubt es, dass seine Mutter wieder aufstehen wird? Begreifen Tiere den Tod?

»Nein, nein, nein«, murmelt Michael, schlägt die Hände vors Gesicht.

»Ganz ruhig«, sagt Thad, zu seinem Bruder und zu dem Kitz.

»Ich will heim«, sagt Michael.

Thad geht neben dem Auto in die Hocke, aber er will nicht zu nah heran. Der Geruch ist durchdringend. Schon sind die ersten Fliegen da. Das Kitz leckt das Gesicht seiner Mutter ab.

»Bring mich heim«, sagt Michael. »Bitte.«

Sie waren Jungs, die sich in der Badewanne gegenseitig den Rücken wuschen und lauthals sangen. Die um Pyjamas rangelten – zu klein für Michael, zu groß für Thad –, diese roten Schlafoveralls mit lila Lokomotiven und schwarzen Eisenbahngleisen rund um die Taille. Jungs unter der Bettdecke, während ihre Mutter ihnen die Geschichte vom Schweinchen und der Spinne vorlas.

Wo ist der Vater in diesen Erinnerungen? In seinem Arbeitszimmer. Im Labor. Er arbeitet. Er liest. So war das mit Dad. Sie brauchten ihn, waren aber dazu erzogen, ihm das Wegsein nicht übel zu nehmen. Wegsein war die Domäne der Väter, und sie ließen ihren Vater seine Arbeit erledigen.

 Aber geborgen im Bett, mit warmem Bauch und vom

Bad feuchten Haaren, neben sich den Bruder, über sich das Gesicht der Mutter, während er schläfrig und wohlig einschlummerte, war Thad glücklich wie sonst nie. Er rechnet nicht damit, jemals wieder so glücklich zu sein. Die Welt war damals anders. Oder aber die Welt war genau so, und er hat sich zu sehr verändert. So oder so können sie nicht mehr »heim«.

Dann steigt Michael aus. Das Kitz schaut auf. Michael schließt die Tür, und das Kitz springt mit großen Sätzen über die Straße, setzt über die Leitplanke, ist im Nu verschwunden. Thad läuft zur Leitplanke, befürchtet dahinter eine Schlucht, aber es ist ein mit Kiefern bewachsener Abhang, den das kleine Reh mühelos bewältigt. Es springt, weicht blitzschnell aus, wie ein fantastischer Skifahrer beim Slalom.

Thad dreht sich um. Sein Bruder sieht erschreckend aus, verpflastert, verprügelt, die geschwollene Lippe hat Ähnlichkeit mit den Schnecken, auf die er früher eingeschlagen hat. Mit vereinten Kräften rollen sie das tote Reh an den Straßenrand.

Im Auto wischt sich Thad die Hände an der Hose ab, aber der Geruch, Eisen und Wald und Tierausdünstung, scheint an ihnen zu haften während der restlichen Fahrt nach Highlands, wo sie bei Michaels Wagen anhalten.

Thad weiß, dass er nie wieder Wild essen wird.

Und er wird diese Geschichte auch niemandem erzählen. Nicht Jake und nicht seinen Eltern. Nicht in einem Gedicht und nicht bei einem Essen mit Freunden. Ein Wunder büßt bei jedem Erzählen das Wundersame ein, aus Realität wird Mythos, bis das Wunder irgendwann nur noch Erinnerung ist und man nicht mehr weiß, ob es sich überhaupt je ereignet hat. Die Vorstellung, dass Jake bei einer Weihnachtsfeier sagt: »Thad, erzähl doch mal von dem Reh«, findet er unerträglich.

Er schaltet in den Leerlauf, sieht Michael an. »Wolltest du nicht dein Handy holen?«

»Diane ist schwanger«, sagt Michael.

Thad ist sicher, er hat sich verhört. Dann weiß er, dass es nicht so ist. *Wir wollen keine Kinder*, hat Michael immer gesagt. So viel dazu. Thad wird Onkel.

»Das ist ja toll«, sagt er. »Wer weiß es schon?«

»Nur Mom.«

»Wie weit ist sie?«

»Zehn Wochen. Elf vielleicht.«

»Können die Ärzte das nicht ziemlich genau sagen?«

»Wir waren noch nirgendwo.«

Thad kennt sich mit Schwangerschaft nicht aus, hat aber Freunde, die Kinder haben, und weiß auf jeden Fall, dass man sich früh untersuchen lässt. Es gibt zu viel zu beachten und zu planen – Ernährung, Geburtsvorbereitung, Vitamine –, um nicht gleich loszulegen. Eine Frau, die schwanger ist, geht zum Arzt. Und ändert ihr Leben.

»Es war nicht *geplant*, falls du dich das fragst«, sagt Michael.

Die Sonne ist untergegangen, Baumwipfel leuchten rot wie Streichholzköpfe. Bald werden die Blue Ridge Mountains so blau schimmern wie ein See.

»Aber bist du aufgeregt?«, fragt Thad. »Hast du dich mit der Vorstellung angefreundet?«

»Wir behalten es«, sagt Michael und steigt aus, um sein Handy zu holen.

Thad checkt seine Mailbox. Nur die gleichen zwei Nachrichten. Er hört sich die erste noch mal an, und weil er nicht mehr so high ist, weil kein Fluss rauscht und Teddy nicht quatscht, versteht er sie besser. Was er hört, lässt ihm das Blut in den Adern gefrieren. Michael lallt und spricht undeutlich, aber es gibt keinen Zweifel: Sie hatten eine Schwester. Sie hieß *June*. Und sie ist tot.

Michael steigt wieder ein. »Ich hab's!« Er hält sein Handy hoch.

»Ist das wahr?«, fragt Thad und hält sein eigenes Handy hoch.

Michael schaut ihn erschrocken an. »Scheiße. Ich … Ich wollte nicht …«

»Sag es mir einfach. Ist das wahr?« Michaels Schweigen ist Antwort genug.

Thad hat so viele Fragen. Wer war diese Schwester? Wie lange hat sie gelebt? Wie lange weiß Michael schon davon, und wieso hat nur er es erfahren?

Aber es bleibt keine Zeit für Fragen, weil Michael auf sein Handy starrt und flucht.

»Irgendwas stimmt nicht«, sagt Michael.

»Was ist?« Dann klingelt Thads Handy. Es ist nicht Jake, auf den er wartet, sondern seine Mutter.

»Verpasste Anrufe«, sagt Michael.

»Wie viele?«

Michael hält das Handy hoch, und Thad sieht die Zahl.

Sonntag: verpasste Anrufe: 22.

35

Richard tigert im Wartezimmer auf und ab, Jake schaut ihm dabei zu.

Lisa sitzt vornübergebeugt da. Vielleicht betet sie. Thad hat Jake erzählt, dass sie die beiden Brüder als Kinder ein paar Wochen lang in die Kirche geschleift hat. Aber heutzutage ist sie wohl weniger fromm.

Das Wartezimmer ist schlicht, weiß-schwarzes Schachbrett-Laminat, niedrige Decke. Orangefarbene Stühle an den Wänden, Jake und Lisa sitzen. In einer Ecke ragt der Griff eines Mopps aus einem gelben Eimer mit grauem Wasser. Ein Plastikschild warnt vor nassem Boden, daneben ein Getränkeautomat von der Sorte, die schlechten Kaffee in Pappbechern ausspuckt.

Sonst ist niemand in dem Raum. Kleinstadt, kleines Krankenhaus. Die Frau am Empfang erkannte Diane sofort und fragte: »Wie geht's Ihrem Mann mit seinem Kopf?« Lisa erklärte, sie seien wegen Diane hier. Die Frau griff nach dem Telefon. Wer weiß, ob überhaupt jemand vor Ort ist? Vielleicht haben alle Rufbereitschaft?

»Was ist überhaupt los?«, fragt Richard nach einer Weile. »Warum sagt keiner was? Was ist mit Diane?«

»Sie hat Krämpfe«, antwortet Jake.

»Krämpfe? Wir sind wegen Krämpfen hier?«

Jake schaut Lisa an, Lisa schaut Jake an.

Richard entgehen die Blicke nicht. »Was wird vor mir geheim gehalten?«

»Diane ist schwanger«, antwortet Lisa. »Sie hat es nur noch niemandem gesagt.«

Richard sinkt auf einen Stuhl, Lisa steht auf und setzt sich neben ihren Mann.

»Aber dir«, sagt Richard. Lisa nickt. »Und dir.« Er sieht Jake an.

»Gerade eben erst«, sagt Jake. »Am Bootssteg.«

»Also bin ich der Einzige, der nichts wusste?« Richard ist lauter geworden, und Lisa legt ihm die Hand in den Nacken.

»Liebling. Jetzt ist gerade nur wichtig, wie es Diane geht.«

»Krämpfe. Das ist schlecht.«

»Ja. Nicht gut«, sagt Lisa.

Jake geht raus. Er kann Kliniken und Krankheit nicht ertragen. Dieses Gerede von Krämpfen, die Gedanken an Fehlgeburt – alles zu viel für ihn. Er braucht Luft.

Inzwischen ist es dunkel, der asphaltierte Parkplatz glitzert im Laternenlicht wie Lakritz unter Glas.

Scheiße. Thad sollte hier sein, bei ihm, Michael bei Diane. Lisa hat mit den beiden gesprochen, sie sind unterwegs. Wären sie nur schon hier. Jake kann nicht allein zurück in diesen Warteraum, kann es nicht allein aushalten, wenn Richard und Lisa erfahren, dass sie keine Großeltern sein werden.

Und was soll er Thad sagen? Wenn Thad fragt, wo er war, was soll er antworten? Wenn das Ultimatum unverändert steht, was soll er sagen?

Ist es denn so falsch, dass er seinen Kuchen essen und trotzdem behalten will? Die Liebe eines Mannes und die Aufregung mit vielen anderen? Warum nur muss Thad ihn zu einer Entscheidung zwingen?

Jake ist schuld. Thad hat diese Beziehungsform nie gewollt, und Jake hat es von Anfang an gewusst.

Thad ist schuld. Er ist ein erwachsener Mann, der erwachsene Entscheidungen treffen sollte, und er hat gewusst, worauf er sich einließ.

Oder sie sind beide schuld. Aber nein. Sie leben in Amerika. Hier muss immer jemand die Schuld übernehmen.

Zumindest hat er heute gemalt. Das ist schon mal was.

Jake schaut auf die Uhr. Und ruft Frank an.

»Jake?« Frank klingt heiser, aus dem Schlaf gerissen, obwohl es noch nicht mal zehn ist.

Als sie sich kennenlernten, fand Jake Frank einschüchternd. Der Mann ist charismatisch, ein Berührer, legt immer jemandem die Hand auf den Arm, hat aber einen untadeligen Ruf. Mit Kundschaft geht er nie ins Bett, mit seinen Künstlern erst recht nicht. In der Galerie verhandelt er hart, aber für seine Künstler ist er Leitfigur, Vertrauter und Freund.

»Tut mir leid«, sagt Jake. »Ich lass dich wieder schlafen.«

Frank hustet, ein wüstes Rasseln, Resultat von jahrzehntelangem Zigarettenkonsum. Der Krebs, wenn er kommt, wird böse und unerbittlich sein.

»Schon okay. Wie geht's meinem kleinen Rockstar?«

»Nicht so gut. Ein Kind ist ertrunken, Thads Bruder ist bei einem Rettungsversuch beinahe selbst umgekommen, und jetzt ist seine Frau im Krankenhaus. Aber deshalb ruf ich dich nicht an.«

»Großer Gott«, sagt Frank. »Wo bist du denn?«

»In den Bergen. Nicht wichtig. Kennst du sowieso nicht, den Ort.«

Frank schweigt so lange, dass Jake denkt, er sei wieder eingeschlafen.

 »Ich muss dir was gestehen«, beginnt Jake. »Ich habe seit

Monaten nicht mehr gemalt. Ich meine, ich hab einen Sonnenuntergang gemalt, aber das war reiner Zufall. Du musst meine nächste Ausstellung absagen. Ich weiß nicht, ob ich jemals wieder malen werde.«

Ein ausgedehntes schleimiges Husten ist zu vernehmen. Vielleicht lacht Frank aber auch, Jake ist sich nicht sicher.

»Hör zu, Jacob«, sagt Frank in dem Ton, in dem er Millionären Kunst schmackhaft macht, die sie ansonsten niemals kaufen würden. Dieser Ton ist ein Bajonett mit Blutrille. »Du hattest gerade eine Ausstellung, bei der alles restlos verkauft worden ist. Die *Times* hebt dich in den Himmel. *Selbstverständlich* malst du nicht. Du *sollst* gar nicht malen. Du sollst feiern und ausrasten. Du sollst alles anzweifeln, was du jemals geschaffen hast, und dir sollte bange sein vor der Zukunft. Angst! Tränen! Du bist fünfundzwanzig!«

»Sechsundzwanzig.«

»Sechsundzwanzig! Das *musste* passieren. Du bist völlig drüber! Du arbeitest wie eine Maschine. Du bist fällig für einen Kollaps. Oder einen Skandal. Aber nimm lieber den Kollaps, lässt sich besser vermarkten. Ich verspreche dir, du wirst wieder malen.«

»Und wenn nicht?«

»Du *wirst* malen. Jeder hat mal eine Blockade und erholt sich wieder.«

»Jeder?«

»Na ja«, sagt Frank, »vielleicht nicht jeder. Einige packen's nicht und sind dann fertig. Aber um die geht's hier nicht.«

»Aber wenn …«

»*Vertrau mir*. Das ist echt nicht der Rede wert. Ruf mich an, wenn du *ein Jahr lang* nicht gemalt hast.«

»Aber die nächste Ausstellung.«

»Wird verschoben.« Frank hustet. »Lass die ruhig warten.

Sie sollen denken, du bist an was ganz Besonderem dran. Und so wird's auch bald sein.«

Jake weiß nicht, was er darauf erwidern soll.

»Und, Jacob?« Franks Stimme klingt jetzt streng, glänzender Stahl. »Sieh zu, dass die nächste Ausstellung wirklich was Besonderes wird.«

Jake verschlägt es endgültig die Sprache. Wochenlang hat er sich vor diesem Anruf gefürchtet, und jetzt ist er innerhalb von zwei Minuten von Angst bei Erleichterung und dann bei heller Panik gelandet.

Frank lacht-hustet. »War ein Witz! Aber ruf nächstes Mal nicht so spät an. Jetzt geh schön schlafen. Und drück deinen Freund von mir. Das ist ein Goldschatz.«

Damit legt er auf. Jake steckt sein Handy ein und sieht im selben Moment Thads Wagen auf dem Parkplatz. Michael springt heraus und rennt an Jake vorbei. Thad nähert sich langsamer.

»Hey«, sagt Jake, aber Thad geht wortlos weiter, betritt das Krankenhaus.

Jake hätte anrufen sollen. Er hätte Thad nicht den ganzen Tag im Unklaren lassen sollen. Jetzt bleibt nur noch, ihm zu folgen.

Im Wartezimmer schimpft Lisa mit Thad. *Wo warst du denn? Wieso geht ihr beide nie an eure Handys?* Michael ist offenbar schon bei Diane.

Thad setzt sich, Jake lässt sich neben ihm nieder, Thad rückt einen Stuhl weiter.

»Wusstest *du* das?«, fragt Richard. Jake hat sich die Frage auch gestellt.

»Was denn, Dad?«

»Dass Diane schwanger ist. Wusstest du es?« Er wird wieder laut, Lisa reibt ihm erneut den Nacken.

»Michael hat es mir vor einer halben Stunde erzählt.«

Richard schüttelt den Kopf, steht auf und geht zu dem Kaffeeautomaten. Schiebt das Warnschild beiseite, sucht in seinen Hosentaschen nach Kleingeld. Lisa tritt zu ihm, Geldbeutel in der Hand, und reicht ihm Münzen.

»Sie hätten es dir bestimmt auch gleich erzählt«, sagt Lisa, aber Richard hört nicht zu, er studiert das Angebot.

In Jakes Kindheit hatte sein Vater sich einmal im Eisenwarenladen eine Kettensäge ausgeliehen, die sich als stumpf erwies. In dem Moment, in dem sie ins Holz schnitt, ertönte das grässlichste Kreischen, das Jake jemals vernommen hatte. Und dieses entsetzliche Geräusch ertönt jetzt wieder, als Richard auf einen Knopf drückt. Die Maschine erbebt und spuckt dann mit einem markerschütternden Schrei Kaffee aus.

Lisa setzt sich zwischen Jake und Thad und legt beiden den Arm um die Schultern. Thad lehnt sich nicht an seine Mutter, was Jake wundert. Dass sein Freund auf ihn sauer ist, weiß er, aber er scheint aus irgendeinem Grund auch auf Lisa wütend zu sein.

Das Rattern des Kaffeeautomaten endet mit einem Zischen, und Richard nimmt den Becher aus der Luke. Er ist klein, mit zwei Pappstreifen als Griff, die abstehen wie Schmetterlingsflügel.

Richard trinkt einen Schluck, verzieht angewidert das Gesicht und kippt den Kaffee in das Wischwasser.

»Nur um das noch mal zu klären«, sagt er. »Ihr wusstet also *alle* Bescheid?«

»Im Ernst jetzt?«, sagt Thad. »*Du* willst *mir* Vorhaltungen machen wegen Geheimhaltung?«

Er springt auf und rennt raus, Jake folgt ihm. Sie bleiben vor dem Krankenhausausgang stehen.

»Nichts ist passiert«, sagt Jake, aber Thad kehrt ihm den Rücken zu. »Ich war in Asheville, aber es ist nichts passiert. Kein Marco mehr. Das ist vorbei. Ich liebe dich.«

Thad sagt nicht: *Ich liebe dich auch.* Er dreht sich um. Tränen laufen ihm übers Gesicht.

»Ich habe eine Schwester«, sagt er.

»Tut mir leid, ich versteh nicht …«, sagt Jake.

»Mom hat es Diane erzählt. Diane hat es Michael erzählt und er mir. Eine Schwester, *June*, vor Michael. Sie hat nur einen Monat gelebt.«

»Oh, großer Gott«, sagt Jake. Er tritt auf Thad zu, und der lässt sich in die Arme nehmen. Dann räuspert er sich und fährt sich übers Gesicht.

»Ich sollte reingehen«, sagt er.

Aber Jake lässt nicht los, er will noch so viel sagen. Er will Thad von Marco erzählen, von den Vögeln, dem Sonnenuntergang, dem Bild und dem Gespräch mit Frank. Will sich erkundigen, was Thad heute erlebt hat, und da merkt er, dass er die Wahrheit sagt, wenn er seinem Freund Liebeserklärungen macht. Er interessiert sich für Thad und liebt ihn. Liebt ihn mehr als sich selbst. Sogar die Gedichte will er jetzt lesen.

Doch all das sagt Jake nicht. Stattdessen sagt er: »Klar, du willst bei deiner Familie sein«, und lässt Thad los.

36

Diane umklammert die Hand ihres Mannes.

Der Nachttisch ist breit, das Papiernachthemd so dünn, dass sie am Rücken friert. Der kleine Raum mit den grauen Wänden ist nur schwach beleuchtet. An einer Wand befindet sich ein langer Tisch. Das Gerät oberhalb ihres Kopfes erinnert sie an Overheadprojektoren aus der Schule. Michael steht neben ihr.

Er sieht entsetzlich aus. Seine Haare sind angedrückt, als sei er klatschnass geworden. Er hat Bartstoppeln, sein Kinn ist blaurot verfärbt, ein Bluterguss. Seine Stirn ist geschwollen, der Verband schmuddelig. An seinem Hemd klebt eine Spur Erbrochenes, und er riecht sauer nach Wein.

Am Fußende des Betts steht eine Frau mit einem Klemmbrett und füllt Formulare aus. Sie trägt einen weißen Kittel, aber kein Stethoskop um den Hals; ob sie Ärztin oder Krankenschwester ist, weiß Diane nicht. Am Freitag, als sie wegen Michaels Verletzung hier waren, ist Diane der Frau nicht begegnet. Jetzt stellt sie Fragen und notiert die Antworten.

In welcher Woche ist Diane? Etwa in der zehnten.

Nimmt sie Vitamine? Nein.

Hatte sie schon mal einen Ultraschall? Nein.

Von welcher hausärztlichen Praxis wird sie in Texas betreut? Sie hat keine.

Wer betreut die Schwangerschaft? Sie selbst.

Darauf tritt längeres Schweigen ein.

Vielleicht erlebt die Frau im weißen Kittel so etwas häufig – ungewollte Schwangerschaft, das Paar will keine Entscheidung, hofft, dass sich das Problem durch Nichtstun erledigt. Oder sie hält Diane für dumm.

Vielleicht ist es tatsächlich so, dass Dianes Körper das Problem abstoßen wird. Aber für Diane war es nie ein Problem, und sie will nicht, dass ihr Körper es abstößt.

Die Frau löst das Blatt Papier, dreht es um, klemmt es wieder fest. Sie streicht etwas durch, schreibt weiter, in aller Ruhe. Was zermürbend ist. Wenn die Zeit drängt? Wie kann diese Frau so gelassen sein?

»Bitte«, sagt Diane schließlich, »können Sie das nicht schneller machen?«

»Oh, es besteht kein Grund zur Eile«, antwortet die Frau. »Bluten Sie?« Nein. »Haben Sie noch Krämpfe?« Nein. Sie haben aufgehört, nachdem Diane eine Weile im Bett gelegen hat.

»Alles ganz normal. Ihre Gebärmutter dehnt sich aus, und Sie kennen dieses Gefühl noch nicht. Manche Mütter spüren das stärker als andere. Wir machen natürlich alle nötigen Tests, aber die Chancen stehen gut, dass alles in Ordnung ist.«

Michael drückt Dianes Hand.

»Wir machen einen Ultraschall«, sagt die Frau im weißen Kittel. »Ich bin gleich wieder da.«

Sie geht hinaus, und Michael fragt Diane, was passiert ist. Seine Augen wirken stumpf, alles Leben ist daraus entschwunden, jeder Funke, der darauf schließen ließe, dass die Seele wohlauf ist.

 »Krämpfe«, sagt Diane. »Wie vor meiner Periode.«

»Tut dir jetzt etwas weh?«

Diane würde gern wissen, wie aufrichtig – auf einer Skala von eins bis zehn – diese Frage ist. Wäre eine Fehlgeburt nicht die Karte *Du kommst aus dem Gefängnis frei*, auf die Michael gewartet hat?

»Wäre doch nur meine Mutter hier«, murmelt Diane.

»Ich ruf sie an«, sagt Michael, aber Diane schüttelt den Kopf.

Falls sie das Kind verliert, soll ihre Mutter das nicht erfahren. Sie meint es immer gut, ist aber labil, nicht sehr belastbar. *Warum hast du mir das nicht vorher gesagt?*, würde sie fragen, und dann müsste Diane sich verteidigen. Das wäre, trotz aller Liebe, kein Trost. Und im Moment braucht Diane beides.

Michael lässt ihre Hand los, geht neben dem Bett auf die Knie.

»Du musst mir etwas sagen«, flüstert Diane. Sie hatte nicht vor zu flüstern, aber das macht es einfacher. »Sag mir, ob du mich liebst oder ob du mich nicht liebst. Ich muss es wissen.«

Michael will sprechen, aber Diane presst ihm die Hand auf den Mund. Er zuckt zusammen, rührt sich aber nicht. Sein Atem ist warm an ihrer Handfläche.

»Nicht sofort antworten«, sagt sie in normaler Lautstärke. »Sag es mir erst, wenn du dir absolut sicher bist. Denn jetzt ist es so weit: Anfang oder Ende. Ich kann nicht so weiterleben wie in den letzten zwei Monaten. Ich kann nicht so leben wie in den letzten zwei *Jahren*. Ich werde dich immer und ewig lieben, Michael. Aber wenn du mich weiter so behandelst wie in dieser Zeit, werde ich nicht bei dir bleiben.«

Sein Mund öffnet sich, feuchte Lippen, aber Diane lässt nicht los. Ihre Fingernägel bohren sich in seine Haut, und Michael macht den Mund wieder zu.

»Wenn das Kind noch in mir ist, werde ich es zur Welt bringen. Und entweder bist du hundertprozentig dabei oder gar nicht. Alles oder nichts, lauwarm gibt es nicht mehr. Ich muss wissen, ob du mit mir zusammen sein willst und ob du mich liebst.«

Ihre Handfläche ist feucht von Speichel, brennt von den Bartstoppeln. Sie lässt los, Michaels Gesicht sinkt in ihren Schoß.

»Ich will mit dir zusammen sein«, sagt er, und das muss genügen. Es ist nicht so gut wie: *Ich liebe dich*, nicht das Gleiche wie: *Ich bleibe immer bei dir*, aber er nimmt ihre Hand und küsst sie. Diane streicht ihm übers Haar und ertastet ihre Lieblingsstelle an seinem Körper, diese kleine Kuhle am Hinterkopf. Das ist die erste intime Berührung seit Monaten.

»Ich bin heute verhaftet worden«, sagt Michael in ihren Schoß hinein.

Diane bleibt stumm, aber ihre Hand bewegt sich nicht mehr. Michael dreht den Kopf zu ihr.

»Kann sein, dass ich ein Alkoholproblem habe«, sagt er. »Also, es ist so. Ich habe ein Alkoholproblem. Manchmal muss ich mitten in der Nacht aufstehen und Wodka trinken, um wieder einschlafen zu können.«

»Aber wir trinken keinen Wodka.« Etwas anderes fällt Diane nicht ein. Sie wusste das nicht. Sie wusste, dass ihr Mann gern etwas trinkt. Aber dass er alkoholsüchtig ist, hat sie nicht geahnt. »Wir haben doch zu Hause gar keinen Wodka.«

»Aktenschrank unterste Schublade: zwei Flaschen. Keller, unter der Treppe, bei der Weihnachtsdeko: drei Flaschen. Garage, hinter dem Boiler: eine große Flasche.«

Diane weint nicht. Sie ist zu perplex, um zu weinen.

»Seit wann?«, fragt sie nur.

»Drei Jahre.«

Drei Jahre? »Ich weiß gerade nicht, ob ich wütender auf dich bin, weil du es verschwiegen hast, oder auf mich, weil ich es nicht gemerkt habe.«

»Mach dir keine Vorwürfe«, sagt er.

»Keine Sorge, für dich bleiben auch welche übrig.« Sie ergreift seine Hand. Zuhören ist jetzt wichtig. Diane sagt: »Erzähl mir mehr.«

Und das tut Michael. Er erzählt ihr, wie es mit dem Feierabenddrink angefangen hat. Wie der Drink *nach* dem Feierabenddrink dazukam. Dass er irgendwann tagsüber trinken musste, um seinen Alltag durchzustehen. Er berichtet von den vielen Bars, aus denen er rausgeschmissen wurde. Er gesteht, dass er oft betrunken gefahren, aber bis heute noch nie erwischt worden ist. Er schildert die Arrestzelle und den Mann, der von der Pritsche aufs Gesicht gefallen ist. Und von Thad, der kam, um ihn zu befreien.

»Deine Eltern müssen das auch erfahren«, sagt Diane, aber daran möchte Michael lieber nicht denken. »Sie müssen es wissen. Um damit fertigzuwerden, musst du deine Arbeit aufgeben, zumindest eine ganze Weile. Und du brauchst Hilfe. Dafür brauchen wir Geld.«

»Ich kann meinen Vater nicht um noch mehr Geld bitten.«

»Dann werde ich es tun.«

»Diane, bitte.« Sie sieht, dass er sich gedemütigt fühlt. Oder, schlimmer noch: Er schämt sich.

»Okay«, sagt sie. »Dann überlasse ich es vorerst dir. Aber du kannst nicht mehr Alkoholiker sein, wenn das Kind auf die Welt kommt. Wenn du in sechs Monaten noch trinkst, musst du gehen.«

Michael nickt. Diane merkt, dass er das nicht hören will.

Und sie will es eigentlich nicht sagen müssen, aber anders geht es nicht. Mit einem Mann, der in dieser Hinsicht so ist wie ihr Vater, wird sie kein Kind großziehen. Das kommt nicht infrage.

»Als Alkoholiker kannst du nicht Vater unseres Kindes sein«, sagt sie.

»Okay.«

»Das werde ich nicht dulden.«

»Hab ich verstanden.«

»Und da gibt es keinerlei Kompromiss. Meine Mutter hat mich großgezogen. Ich kann genauso ein Kind allein großziehen. Was ich auch tun werde, bevor du unser Kind kaputtmachst.«

»Ich liebe dich so sehr«, sagt Michael.

Und das sind die Worte, die Diane gebraucht hat. Sie sind wie ein erfrischender Regen an einem drückenden Tag, und sie zieht ihren Mann an sich und küsst ihn, der erste Kuss, seit sie Michael den Streifen mit dem Pluszeichen gezeigt hat. Es ist eher ein flüchtiger Kuss, ihr Mann riecht nach Erbrochenem und Wein. Und wenn er seine Sucht bisher so gut verbergen konnte, wird ihm das nicht wieder gelingen?

»Hey«, sagt Diane, »willst du einen Witz hören?«

»Klar.«

»Was ist der Unterschied zwischen einem Dieb und einem Arzt?«

Michael grinst. Er weiß die Pointe natürlich, kennt alle Witze seines Vaters in- und auswendig. Diane merkt, dass er um ihretwillen mitmacht.

»Weiß nicht«, sagt er. »Was ist der Unterschied?«

»Der Unterschied ist …«, beginnt Diane, dann sagt sie: »Ach, scheiße.« Sie hat die Pointe vergessen.

Michael lacht. Er rappelt sich hoch, steht auf den Nachttisch gestützt und lacht. Diane weiß gar nicht mehr, wann sie ihn zuletzt hat lachen hören, aber dann würgt er plötzlich und spuckt etwas aus. Es ist ein Zahn, der über den Tisch rollt und dann zu Boden fällt.

»Ich hab vergessen zu erwähnen, dass mir heute jemand einen Kinnhaken verpasst hat«, sagt Michael.

»Zeig mal«, sagt Diane.

Michael reicht ihr den Zahn, und sie betrachtet ihn. Es ist ein Backenzahn, und nach der glatten Oberfläche zu schließen, ist es einer von denen, mit denen Michael nachts knirscht. Seltsamerweise ist er vollständig, mitsamt Wurzel. Diane gibt ihn zurück, Michael steckt ihn in die Tasche.

»Wie ging jetzt gleich der Witz wieder?«, fragt Diane.

Michael streicht ihr übers Haar und küsst sie auf den Kopf. »Der Dieb weiß, was dir fehlt.«

Die Frau im weißen Kittel kommt wieder herein. An der Tür steht eine Schachtel mit Gummihandschuhen, die Frau streift welche über.

»Entschuldigung«, sagt Michael, »sind Sie Ärztin?«

»Sonografieassistentin«, antwortet die Frau. »Ich mache den Ultraschall. Arzt kommt gleich.«

Sie setzt sich auf einen Rollhocker, nimmt diverse Gegenstände aus den Schubladen unter dem Tisch. Als sie sich wieder umdreht, hält sie eine Plastikflasche in der Hand.

Diane kennt aus Filmen, was als Nächstes passiert, und zieht das Nachthemd hoch. *Bitte, Gott,* denkt sie und fragt sich, ob das ein unzulängliches Gebet ist oder das einzig aufrichtige.

»Wir haben hier nur eine Basisausrüstung«, sagt die Frau. »Moderne 3-D-Bilder kriegen Sie nur in Asheville oder Atlanta.«

An der Wand am Fußende des Bettes hängt ein Monitor.

Was sie dort gleich sehen werden, wird ihr weiteres Leben bestimmen.

Die Assistentin spritzt klares kaltes Gel aus der Flasche auf Dianes Bauch, verteilt es und greift nach etwas, das wie eine kabellose Computermaus aussieht. Sie drückt ein paar Knöpfe an dem Gerät über Dianes Kopf, der Bildschirm wird weiß, dann schwarz. Michael nimmt Dianes Hand. Das Bild auf dem Monitor ist einen Moment lang verschwommen, dann erscheint das Innere von Dianes Bauch.

Die Frau streicht langsam mit der Sonde über die Haut, und man hört ein dumpfes Schwappen, wie Wellen an einem fernen Strand. Diane kommt es vor, als seien sie von Wasser umgeben.

Aber was ist da zu sehen? Irgendwo eine kleine Bewegung, doch nichts ist klar zu erkennen.

Diane kann kaum atmen. Die Sonde gleitet über ihren Bauch, und irgendwann hält sie es nicht mehr aus.

»Ist es das?«, fragt sie.

Die Assistentin lächelt. »Ja, das sind sie.«

»*Sie*?«, sagt Michael.

Diane starrt auf den Monitor, erkennt zwei Umrisse. Während sie hinschaut, werden daraus zwei kleine Körper, die sich aneinanderzukuscheln scheinen.

Ihre Hand wird losgelassen, der Nachttisch wackelt, als Michael sich schwer darauf stützt.

»Zwillinge«, sagt die Frau. »Separate Fruchtblasen, also vermutlich zweieiig. Ist noch zu früh, um das Geschlecht zu erkennen. Aber Sie sind auf jeden Fall in der zehnten Woche.« Sie tätschelt Dianes Schulter. »Das sieht man an den Arm- und Beinknospen.«

Knospen. Diane sieht Tulpen vor sich, die aus der Erde sprießen, Blüten, die sich in der Sonne entfalten.

»Zwillinge?«, sagt Michael.

Bevor die Assistentin antworten kann, ist ein neues Geräusch zu hören, laut, eine Art Trommeln.

»Was ist das?«, fragt Michael ängstlich, und Diane liebt ihn dafür.

»Das«, antwortet die Frau, »ist Baby A. Starker Herzschlag, sehr gut. Hundertachtundvierzig Schläge pro Minute.«

»Das ist gut?«, fragt Michael.

»Perfekt. So, wie wir es uns wünschen.«

Sie findet den zweiten Fötus, bewegt die Sonde in immer größeren Kreisen, schließlich fast zu Dianes Rücken.

»Was ist?«, fragt Michael.

Die Frau antwortet nicht, führt die Sonde wieder zurück zur Bauchmitte. Das Trommeln ist erneut zu hören.

»Das ist wieder Baby A«, sagt die Assistentin. »Glaube ich.«

Michael richtet sich auf, lässt den Nachttisch los. »Sie *glauben* es?« Und plötzlich ist er Vater, von einem Moment auf den anderen.

Diane schließt die Augen, spürt, wie das Gerät über ihre Haut gleitet. Hört das Schwappen der Wellen, das Ufer ist sie.

»Bitte«, sagt Michael.

Diane möchte aufstehen, sein Gesicht berühren, ihn trösten. Aber es kann ja immer noch sein, dass es Baby B gut geht, dass sein Herzschlag auch stark ist. Bis sie das weiß, wird sie sich nicht bewegen, wird nicht husten, nicht die Augen öffnen, wird keinen Finger rühren. Sie wird für immer auf diesem Bett liegen, bis sie hört, wie der Herzschlag ihres Babys stotternd zum Leben erwacht.

»*Bitte*«, sagt Michael.

Ein Trommelwirbel ertönt.

»Na also«, sagt die Assistentin. »Hier haben wir Baby B.«

Diane schlägt die Augen auf. Michael weint.

»Zwillinge«, sagt er.

»Zwillinge«, sagt sie.

»Großer Gott«, sagt Michael. »Da muss ich viele Schuhe verkaufen.«

VIERTER TEIL

SONNTAGABEND

37

Bei *Nico's* ist an diesem kühlen, erfrischenden Abend reger Betrieb. Glitzernde Sterne und Mondsichel am Himmel, Fledermäuse flattern umher. Kreischen, Gelächter, Eulenrufe. Kinder, die über die Veranda toben.

Es ist spät für Eis, aber nachdem sie Michael und Diane zu Hause abgesetzt hatten, hat Lisa vorgeschlagen, den werdenden Eltern Zeit für sich zu geben. Weshalb die werdenden Großeltern in der Eisdiele gelandet sind.

Die Hörnchen in der Hand, gehen Richard und Lisa die Stufen zur tiefer liegenden Terrasse hinunter.

Unter einem Baum spielt ein Jugendlicher Gitarre. Zwei Mädchen an einem Tisch beäugen ihren Sonnenbrand, eine aloegrüne Flasche zwischen sich. Jemand hat am moosbedeckten Ufer Tiki-Fackeln aufgestellt. Sie duften nach Citronella und beleuchten flackernd die wuchtigen hölzernen Picknicktische, die Richard an Nationalparks erinnern.

Ein Tisch ist frei, Richard setzt sich auf die Bank. Er sieht die Veranda über sich, Hundepfoten, Sneakers, eine Münze, zwischen den Bohlen eingeklemmt. Wenn er sich recken würde, könnte er die Münze vielleicht befreien. Plötzlich hat er die absurde Vorstellung, dass dann alles herunterkrachen würde – Veranda, Körper, Schuhe –, als hielte diese verkeilte Münze alles zusammen.

Richard leckt das Eis, sein Herz pocht heftig von allem,

was er heute erfahren hat, was er sagen möchte. Seine Frau schaut zum Fluss, Richard schaut auf seine Frau.

Er war so wütend im Krankenhaus, hat sich so verraten und ungeliebt gefühlt, weil alle außer ihm von der Schwangerschaft wussten. Dann kam Michael ins Wartezimmer und erklärte, Diane sei in guter Verfassung. Und nicht nur das: Richard werde Großvater. Von Zwillingen. In diesem Moment fielen alle peinigenden Vorwürfe von ihm ab.

Aber die Leiche im Wasser. Er wird das Bild des Jungen nicht los, diesen bleichen aufgeblähten Körper.

»Geht's dir gut, Liebling?«, fragt Lisa. Sie schaut nicht mehr zum Fluss, sondern betrachtet forschend sein Gesicht.

»Ja, alles in Ordnung.« Seine Trauer geht nur ihn etwas an. Was sich in seiner Seele abspielt, zeigt er nicht. Darüber wäre es vor Jahren fast zur Scheidung gekommen, weil Lisa fand, er trauere nicht genug um June. Aber es gibt keine falsche Art zu trauern. Das haben sie gemeinsam gelernt, haben noch einmal von vorn begonnen, haben das Sommerhaus gekauft und sind Mann und Frau geblieben.

»Es tut mir leid, dass ich es dir nicht früher erzählt habe«, sagt Lisa. »Ich wollte, dass du es von Michael oder Diane erfährst. Und ich weiß es selbst auch erst seit gestern.«

»Nicht schlimm«, sagt Richard. »Alles in Ordnung.« Geschmolzenes Eis rinnt über seine Hand, er leckt sie ab.

»Du solltest wissen, dass das nichts mit dir zu tun hatte«, fügt Lisa hinzu. »Sie wollten es niemandem erzählen, solange sie nicht sicher waren, ob sie es behalten würden.«

»Behalten?«

»Ich meine …«

»Nein. Das ist absurd. Wer verheiratet ist, wird doch nicht abtreiben.«

 Lisa hat schon immer gesagt, dass Richard trotz seiner

überragenden Intelligenz erstaunlich begriffsstutzig sein kann. Als er jetzt ihre Miene sieht, wird ihm wieder einmal bewusst, dass es vieles auf der Welt gibt, das er nicht versteht.

»Auch verheiratete Paare lassen abtreiben, aus diversen Gründen«, sagt Lisa.

»Aber niemand, den ich kenne.«

»Viele, die du kennst. Du weißt nur nichts davon.«

Richard hat erst das halbe Eis gegessen und keine Lust auf den Rest. Aber er leckt trotzdem weiter, weil es ihm sonst über den Arm läuft.

Zwei Tische neben ihnen tippt ein etwa zehnjähriger Junge, der blau gefärbte Haare hat, auf seinem Handy herum. Er sitzt zwischen Vater und Mutter, die aus rosa *Nico's*-Plastikschalen Eis löffeln. Der blauhaarige Junge fragt, ob er noch ein Eis essen kann, die Eltern reagieren nicht. Er fragt noch mal, lauter, die Eltern sagen Nein.

»Sie haben ihn gefunden«, sagt Richard.

»Wen?«, fragt Lisa. Aber er muss nicht antworten, und sie muss ihre Frage nicht wiederholen. »Oh Gott.«

»Ich hatte vor, es den Eltern zu sagen. Dachte, es wäre vielleicht besser für sie, wenn sie es von jemandem hören, der Verständnis hat, nicht von jemandem in Uniform. Aber die Polizei war vor mir da.«

»Du warst dabei? Hast du die Leiche gesehen?«

Richard nickt. Er will kein Eis mehr. Seine Zunge ist taub, seine Hand kalt.

Der blauhaarige Junge verlangt Eis, *sofort*. Die Stimmen werden lauter, Vater und Sohn streiten sich.

»Du bist scheiße«, sagt der Junge.

»Liam!«, schreit die Mutter.

Richard will eigentlich nicht lachen, aber dieser Abend,

dieses Wochenende, das ist alles ein bisschen viel auf einmal.

»Du bist auch scheiße«, schreit der Junge seine Mutter an, und dann brüllt er zu Richard herüber: »Und du auch!«

Jetzt springt der Vater auf, reißt dem Jungen das Handy aus der Hand und wirft es in hohem Bogen in den Fluss. Der Junge schreit und rennt zum Ufer.

Inzwischen ist es still geworden auf der Veranda oben, alle schauen auf den Jungen. Er dreht sich um, tränenüberströmt, die Hände zu Fäusten geballt. »Ihr seid alle so scheiße!«

Seine Eltern, die Eisschalen vor sich, beobachten ihn ungerührt. Aber als der Junge die Treppe hinaufrennt und über die Veranda stapft, beeilen sie sich, ihm zu folgen. Nachdem sie verschwunden sind, werden die Gespräche fortgesetzt, und der junge Mann spielt weiter Gitarre.

»Das war ja mal spannend«, sagt Lisa.

Die Eisschalen der Eltern stehen noch auf dem Tisch, fast voll. Richard fragt sich, ob sie zurückkommen und sie holen werden, oder ob ihnen die Szene zu peinlich war.

»Meinst du, sie wissen, auf was sie sich einlassen?«, sagt er.

»Der Junge hat sich bestimmt nicht zum ersten Mal so aufgeführt.«

»Ich meine Michael und Diane. Glaubst du, sie sind darauf vorbereitet?«

»Darauf kann man nicht vorbereitet sein.«

»Waren wir es?«, fragt Richard und bereut es im selben Atemzug.

»Was bedeutet diese Frage, Richard?«

Er kann jetzt entweder zurückrudern oder einen Vorstoß wagen. »Wir waren erst etwa ein Jahr verheiratet. Manchmal habe ich mich gefragt, ob wir zu früh Kinder bekommen haben.«

Lisa lässt das Eishörnchen sinken. »Wünschst du dir, dass June nie geboren wäre?«

»Das wollte ich damit nicht sagen.«

Doch an manchen Tagen ist es so, da würde er die Albträume, die namenlose Angst, diesen einen Monat Liebe nur allzu gern eintauschen gegen inneren Frieden, drei Jahrzehnte ungestörten Schlaf.

»Was *willst* du sagen?«

Er weiß es nicht. Er ist müde. Und traurig. Er will nach Hause.

»Tut mir leid«, sagt er. »Ich weiß es gar nicht.«

Als Diane ihm im Krankenhaus das Ultraschallbild in die Hand gedrückt hat, war er einen kurzen, seltsamen Moment lang wütend. Seit einer Stunde fragt er sich, warum nur, und jetzt versteht er es. Weil Diane zwei Kinder bekommen wird und er sein erstes Kind nicht behalten durfte. Und jetzt auch noch die Vorstellung, dass sie die beiden womöglich abgetrieben hätte.

»Sprich mit mir«, sagt Lisa. »Sag mir, was du gemeint hast.«

Richard versucht es, bringt aber kein Wort hervor. Er ist erschöpft, alles, was er nicht sagen kann, lastet auf seinem Körper. Als er aufsteht, schmerzen seine Beine. Er geht zum Abfalleimer, wirft den Rest des Eishörnchens hinein, kehrt zu Lisa zurück.

»Liebling?«, sagt sie. Ihre linke Hand ruht auf dem Tisch. Lisa legt keinen Wert auf Schmuck, aber ihren Ehe- und ihren Verlobungsring trägt sie immer. Der kleine Diamantring stammt von Richards Großmutter und wird seit fünf Generationen in der Familie weitervererbt. Dass Lisa diesen

Ring abstreift, nachdem er ihr die Affäre gestanden hat, ist undenkbar. Aber auch nur einen Tag so weiterzuleben, ist unerträglich.

»Warum quälst du mich?«, sagt er.

Richard schreit nicht. Das hat er nicht nötig. Er ist kein bockiger blauhaariger Junge, sondern ein Mann, der alt genug ist, um zu wissen, dass seine Rolle in diesem Universum winzig ist, so minimal, dass sie sich nicht berechnen lässt. Er hat Gleichungen gelöst, ein paar Theorien erarbeitet, die sich in den Zeitläuften als wichtig oder unwichtig erweisen werden. Die Frau, die ihm gegenübersitzt, glücklich zu machen, sie zu lieben und von ihr geliebt zu werden, ist das letzte Vorhaben seines Lebens. Aber allein kann ihm das nicht gelingen.

Sie sehen einander an. Er kennt diese Frau schon so lange. Es wird hier keinen Showdown geben, kein Geschrei und Gebrüll. Das passt nicht zu ihnen.

»Wenn wir alles aufgelöst und beide Häuser verkauft haben«, sagt Richard. »Was ist dann dein Plan?«

»Mein Plan?«

»Willst du mich verlassen oder nicht?«

Das Eishörnchen fällt ihr aus der Hand, zerbricht auf dem Tisch, rollt zu Boden. Lisa schließt die Augen, umklammert die Tischkante.

»Woran hast du es gemerkt?«, fragt Richard.

Sie wendet den Kopf, horcht auf den Fluss. »Sie konnte die Fliege nicht so binden wie ich.«

Richard hebt das Hörnchen auf, wirft es in den Abfalleimer, setzt sich wieder.

»Was immer du mit mir vorhast, ich habe es verdient«, sagt Richard.

»Wer weiß schon, wer was verdient hat? Ich weiß nur, was ich mir wünsche.«

»Und was ist das?«

»Dass das nicht passiert wäre. Da das nicht möglich ist, wünsche ich mir, nach vorn zu schauen und einen gemeinsamen Weg zu finden. Möchtest du mit mir nach vorn schauen und einen gemeinsamen Weg finden, Richard?«

»Ja, das will ich. Natürlich will ich das.«

Lisa öffnet die Augen. Sie wirkt ruhig.

»War sie minderjährig?«

»Nein.«

»War sie eine Studentin?«

»Nein.«

»Gut. Mehr will ich nicht wissen. Wenn du dir das von der Seele reden musst, mach es anderswo. Du hast deine Entscheidung getroffen. Ich möchte nicht mit Einzelheiten belastet werden.«

Lisa ergreift seine Hand. Ihr Arm landet in der Eispfütze, sie scheint es nicht zu bemerken.

»Und wie finden wir den Weg?«, fragt er.

»Indem wir uns bewegen. Das ist die einzige Möglichkeit. Vorwärtsgehen.«

»Als sei nichts passiert?«

»Das ist ja nicht machbar. Es wird immer da sein, und ich hasse dich dafür, dass du es getan hast. Aber ich liebe dich auch. Ich lerne, dich gleichzeitig zu hassen und zu lieben.«

Ein Jahr lang hat Richard sich nach Absolution gesehnt. Aber das hier ist besser. Es ist Ehe. Es ist Liebe. Liebe schleppt alles Mögliche mit sich – tote Kinder, verwahrloste Häuser, einen lastenden Ehebruch – und lässt sich dennoch nicht beirren.

Richard würde gern seine Theorie dazu erläutern, aber Lisa muss sich schon seit Jahrzehnten mit seinen Theorien befassen. In den letzten gemeinsamen Jahren sollte er darüber schweigen. Sollte lieber zuhören oder wenigstens den Versuch unternehmen, es zu lernen.

»Ich habe gerade das Gefühl, dass du mich zu leicht davonkommen lässt«, sagt er.

Lisa lächelt. »So ist es auch.«

Sie schaut auf den Fluss. Dort irgendwo am Grund liegt ein Handy.

»Es muss nicht Florida sein«, sagt sie.

»Florida ist gut«, sagt er.

Sie lässt seine Hand los, bemerkt erst jetzt die Eispfütze.

»Weißt du noch, was du gesagt hast, als ich mich mit Nachnamen vorgestellt habe?«, fragt er. »›Stare sind schreckliche Vögel.‹«

Lisa nickt. »Sind sie auch. Die sind eingewandert, hier nicht heimisch. Sie zerlegen ganze Farmen, ruinieren Felder mit ihrem Kot. Töten andere Vögel, plündern Nester. Aber sie machen fantastischen Formationsflug, das muss man ihnen lassen. Diese Muster, wie Fischschwärme am Himmel - wundervoll. Trotzdem furchtbare Vögel. Ich hab ernsthaft erwogen, deinen Namen nicht anzunehmen.«

Sie lächelt und steht auf.

Richard möchte sich entschuldigen für das, was er ihr angetan hat, aber die Zeit für Entschuldigungen ist vorbei. Also steht er ebenfalls auf, und Lisa tritt zu ihm, in seine Arme.

»Hey«, sagt sie. »Wir werden Großeltern.«

Jetzt lächelt er. Er lächelt, während er seine Frau in den Armen hält, lächelt, während er die Treppe hinaufgeht, um Servietten für ihren eisverklebten Arm zu holen, lächelt, als sie gemeinsam am Flussufer entlangspazieren.

Und dann sieht Richard im Licht der Fackeln das Leuchten unter Wasser. Das Handy des blauhaarigen Jungen, eingeklemmt zwischen zwei Steinen. Ein Videospiel, angehalten, es wird niemals beendet werden. Ein Männchen hängt in der Luft, mitten im Sprung. Wartet auf die Landung, um seinen Feind zu zerschmettern. Und so wird das Männchen wohl verharren, denkt Richard, bis das Handy den Geist aufgibt oder von der Strömung davongeschwemmt wird.

38

Thad fährt mit Fernlicht, nach dem Erlebnis mit dem Reh besonders wachsam.

Es ist nicht mehr weit nach Hause, sie überqueren die Brücke, den Staudamm, der das Wasser im Lake Christopher reguliert. Dann biegt Thad auf den Parkplatz ein, von dem aus man über die Schlucht schauen kann. Im Licht der Laternen ringsum sieht man die Häuschen, die früher kleine Geschäfte beherbergt haben. Ziegel zerbröseln, die Fenster sind mit Spanplatten vernagelt, wellig vom Regen. Nicht weit entfernt leuchten die Neonreklamen der großen Einkaufsketten, die diese Tante-Emma-Läden vernichtet haben.

»Was machen wir hier?«, fragt Jake.

Thad parkt, steigt aus, geht zu dem Geländer oberhalb der Schlucht. Im Westen glänzt der See wie Glas. Im Osten blickt man in das felsige Tal. Dazwischen ragt der Staudamm auf, eine zig Meter hohe Betonmauer. Insekten surren und zirpen, es ist eine sternenklare Nacht, alles ist im Mondlicht deutlich zu sehen: die Brücke, das Geländer, die Schlucht. Das Geländer ist zugleich Leitplanke, gezeichnet, vernarbt von Autos, die daran abgeprallt sind. Jede rostige Delle im Metall erzählt von einem geretteten Auto, jede Schramme von einem Herzen, das noch unversehrt schlägt.

Jake tritt neben Thad. Unterhalb ragen zwischen Felsen

Bäume auf, Unkraut wuchert zwischen Steinen hervor. Das Geländer ist nur hüfthoch. Wie einfach wäre es, darüber hinwegzuklettern, einen Schritt zu tun, dann den nächsten.

Ein paar Meter weiter würgt eine Mistel die Äste eines kleinen Baums, der aus einer Felsspalte gewachsen ist. Die Blätter der Parasitenpflanze glänzen im fahlen Mondlicht, die weißen Früchte schimmern wie Perlen.

»Liebling, was tun wir hier?« Jakes Ton ist zärtlich, durchwoben vom Wissen um alles, was zu lange ungesagt blieb.

Thad geht an dem Geländer entlang, tritt in den Lichtkegel einer schiefen alten Laterne. Jake folgt ihm.

»Ich hab gesehen, dass du meine ganzen Pornos gelöscht hast«, sagt Jake. »Hast du damit auch ein Problem? Nicht nur mit realen Männern, auch mit Bildern?«

Ein Laster rattert über die Brücke, die Scheinwerfer grell.

»Ich kann dir nicht geben, was du dir wünschst«, sagt Jake. »Aber das hast du von Anfang an gewusst.« Am Rande des Parkplatzes, zur Schlucht hin, bröckelt der Asphalt, und Jake bückt sich, hebt ein Stück auf. »Du verhältst dich, als sei ich dir etwas schuldig, aber das ist nicht so. Es ist nicht falsch, Wünsche zu haben.«

»Nein, ist es nicht.«

»Und ich bin kein schlechter Mensch.«

»Nein, du bist kein schlechter Mensch.«

»Aber manchmal gibst du mir das Gefühl, dass ich einer bin.«

Thad legt die Hände auf das Geländer. Es ist scharfkantig, und er umklammert es fest. »Ich habe nie gesagt …«

»Du musst es nicht aussprechen. Ich sehe es in deinem Blick, seit wir uns kennen. Du verurteilst mich, weil ich oft Sex habe, weil ich mit vielen Männern Sex habe. Aber ich kann nicht mit jemandem zusammen sein, der meinen Körper besitzen will. Das Herz: geht klar. Auch die Seele, falls es so etwas gibt. Aber nicht den Körper.«

Thad lässt das Geländer los, rosa Abdruckstellen in den Handflächen.

»Ja, ich fühl mich beim Sex mit anderen nicht wohl«, sagt er. »Von Anfang an. Ich hab schon beim ersten Mal gemerkt, dass das nichts für mich ist. Ich hätte es gleich sagen müssen. Aber ich hätte auch nicht gezwungen sein dürfen, mich dazu zu äußern. Du hast gewusst, dass es mir nicht gut geht damit. Das war dir egal. Du hast verlangt, dass ich mich ändere, und ich habe es versucht. Ich versuche es noch immer. Aber ich bin kein Typ für eine offene Beziehung. Tut mir leid, wenn ich deshalb in deinen Augen abnormal bin. Aber ich brauche Monogamie.«

»Und genau das ist das Einzige, was ich dir nicht geben kann.« Jake holt aus und schleudert den Asphaltbrocken Richtung Mistel, verfehlt sie aber. Er hebt ein neues Stück auf.

»Aber es geht nicht nur darum«, sagt Thad. »Du hast mich auch *betrogen*. Wir hatten Regeln: immer zusammen. Nur wenn beide es wollen. Niemals mit einem Ex. Das waren *deine* Regeln, und du selbst hast dagegen verstoßen. Du hast dich selbst erniedrigt. Und mich auch.«

Er hebt auch einen Asphaltklumpen auf, wirft und trifft weit daneben.

»Es war nur Sex«, sagt Jake.

»Nein, war es nicht. Du wolltest mich vergleichen. Deine Vergangenheit und deine Gegenwart, Seite an Seite. Sei wenigstens so respektvoll mir gegenüber, das zuzugeben.«

Jake wirft sein Asphaltstück, und die Mistel zerplatzt, die weißen Perlenfrüchte regnen auf Felsen.

 Thad hat das Gefühl, dass dieses Gespräch ihm misslingt.

Aber wenigstens ist er zum ersten Mal seit zwei Jahren ehrlich. Er will Jake zurück, will, dass alles wieder so ist wie in jenem ersten Monat, vor dem Gerede von offener Beziehung. Er will den Jungen in dem schwarzen Samtsakko wiederhaben.

Ein paar Beeren hängen noch an der Mistel. Thad wirft mehrmals, immer weit daneben. Er hebt ein letztes Stück auf. Wenn er jetzt das Ziel verfehlt, wird er kapitulieren.

»Ich kann dir nicht geben, was du willst«, sagt Jake, »aber was ich dir geben kann, ist Gewissheit, dass ich bei dir bleibe. Lass mich das Sommerhaus kaufen.«

»Was?«

»Darum geht es doch eigentlich an diesem Wochenende, oder nicht? Du bist traurig wegen des Hauses, Michael ist wütend. Das Haus kostet mich vier oder fünf Bilder. Lass es mich kaufen, für dich und für Michael. Oder nur für dich. Es muss auch nicht in meinem Namen sein.«

»Jake.«

»Davon haben alle was. Deine Eltern bekommen das Geld. Ihr behaltet das Haus. Ich bleibe bei dir.«

»Jake, du kannst meine Liebe nicht einfach kaufen.«

»Dann heirate mich.«

Das Asphaltstück fällt Thad aus der Hand. Das rhythmische Schnarren der Zikaden und das Quaken der Frösche sind fast ohrenbetäubend laut.

»Willst du denn überhaupt verheiratet sein?«, fragt Thad.

»Du wünschst dir Sicherheit. Ich möchte dir Sicherheit geben. Heirate mich.«

»Das ist nicht fair«, sagt Thad. »Dann bist immer noch du derjenige, der die Regeln bestimmt und das Geld verdient. Und ich muss immer noch Sex mit anderen Männern haben oder es dir jedenfalls erlauben. Du schlägst mir keine Heirat vor, Jake, sondern bietest mir an, mich finanziell auszuhalten.«

Er will Jake nicht teilen, jetzt nicht und erst recht nicht in einer Ehe. Das mag altmodisch sein. Oder starrsinnig. Oder was Jake sonst noch dazu einfällt. Aber er kann es nicht ändern. Die andere Variante tut zu sehr weh.

»Nimmst du deine Medis?«, fragt Jake.

»Das hat nichts mit Medikamenten zu tun.«

»Aber nimmst du sie?«

»Immer. Aber die bewirken keine Magie. Die machen schlechte Tage erträglich. Wenn das mal nicht klappt, hilft es, was zu rauchen. Aber weder mit dem einen noch mit dem anderen kann ich den Schmerz wegmachen.«

Jake setzt sich auf den Asphalt, den Rücken ans Geländer gelehnt. »Ich bin dir in die Falle gegangen. Und da sitze ich fest.«

»Ich weiß nicht, was du meinst.«

»Wenn ich bleibe«, sagt Jake, »dann nur zu deinen Bedingungen. Wenn ich dich verlasse, bringst du dich um.«

Thad fällt neben dem Mann, den er liebt, auf die Knie. »Ich werde mich nicht umbringen.«

»Wenn ich jetzt verschwinde … willst du behaupten, du würdest nicht daran denken?«

»Ich denke immer wieder daran«, sagt Thad. Er weiß, wie trist das klingt, will aber nicht lügen. Er will überhaupt keine Lügen mehr zwischen ihnen. »Ich bin psychisch krank und werde das auch immer sein. Das handelst du dir mit mir ein. So bin ich eben. Ich werde mich nicht dafür entschuldigen, wie ich gestrickt bin.«

»Ich verlange keine Entschuldigung«, sagt Jake.

»Wenn ich wieder in New York bin« – eigentlich hatte Thad *wir* sagen wollen, und er hofft, dass es ein *wir* ist –, »treffe ich mich mit Steve und meinem Arzt, und wir stellen die Medis ein oder probieren neue aus. Das ist ohnehin fällig. Aber das ist kein guter Grund, bei mir zu bleiben, wenn du lieber wegwillst. Ich gebe dir mein Wort, dass eine Trennung nicht der Anlass sein wird, der mein Leben beendet. Ich verspreche es dir. Ich liebe dich, und ich verspreche dir, dass du nicht in der Falle sitzt.«

Jake stützt den Kopf in die Hände. So ein zarter Mann, ohne sein Sakko und ohne Gel in den Haaren wirkt er schutzlos. Seine Hände zupfen am Saum seines Hemds, und Thad kniet sich vor ihn, um ihm ins Gesicht zu schauen.

»Du redest davon, wie du gestrickt bist«, sagt Jake. »Aber ich bin genauso gestrickt, wie ich es eben bin.«

»Ich verlange nicht, dass du dich änderst. Ich sage nur, dass ich mich nicht mehr anpassen werde.«

»Aber wenn ich mit dir zusammenbleiben will, muss ich mich ändern«, sagt Jake.

»Wenn du mit mir zusammenbleiben willst, musst du *dich entscheiden*.«

Was auch geschieht – Thad muss die Ruhe bewahren. Er will keine weitere Panikattacke bei Jake auslösen, aber das muss jetzt durchgezogen werden. Dieses Gespräch hätten sie schon vor zwei Jahren führen müssen.

»Es tut mir leid wegen Marco«, sagt Jake. »Das war scheiße von mir. Keine Überraschungen dieser Art mehr. Keine Exe mehr. Von jetzt an einigen wir uns auf jeden vorher gemeinsam.«

»Liebling. Du musst dich entscheiden.«

»Ich kann nicht mit jemandem zusammen sein, der so viel von mir braucht.«

»Und ich kann nicht mit jemandem zusammen sein, dem ich nicht genug bin.«

Jake lässt den Kopf hängen, und sie verharren eine Weile schweigend. Thads Hände ruhen auf Jakes Knien. Als Jake schließlich den Kopf hebt, hängen ihm die Haare in die Stirn, verdecken aber seine Augen nicht. Er lächelt. Und er ist der schönste Mann, den Thad jemals gesehen hat.

»Zwei Jahre lang haben wir es auf meine Art gemacht«, sagt Jake. »Ist wohl nur gerecht, wenn wir es jetzt mal auf deine probieren.«

Dankbarkeit reicht als Wort nicht aus für das, was Thad empfindet. Da ist noch viel mehr. So etwas hatte er nicht einmal zu hoffen gewagt. Bislang hat Jake in ihrem gemeinsamen Leben keinerlei Zugeständnis gemacht. Dass er jetzt bereit ist, Thads Bedürfnisse vorerst wichtiger zu nehmen als seine eigenen, ist zwar kein riesiger Schritt. Aber ein *Versuch* ist mehr, als Thad noch vor einer Minute hatte.

Er küsst Jakes Wange, seinen Hals.

»Es wird bestimmt nicht perfekt«, sagt Jake. »Ich warne dich, ich werde Fehler machen. Aber wenn du bereit bist, Geduld mit mir zu haben, bin ich bereit, mir Mühe zu geben.«

Weiter gibt es nichts zu sagen, Thad will nur noch eines: den Mann, den er liebt, in die Arme nehmen.

39 Michael setzt sich zu seinen Eltern und Thad an den Küchentisch, Diane geht zu Jake auf den Bootssteg. Es ist spät, schon gegen Mitternacht, aber niemand ist müde, niemand will ins Bett.

»Ich dachte mir nur, wir vier sollten uns mal unterhalten«, erklärt Michaels Mutter. »Aber vorher«, sagt sie zu Thad, »hab ich noch was für dich.«

Sie verschwindet im Schlafzimmer, kommt mit einem weißen Karton zurück und stellt ihn auf den Tisch. Thad öffnet ihn, Michael steht auf, um reinzugucken. Hunderte Comic-Hefte in Plastikhüllen, wie bunte Ordner in einem Aktenkasten. Thad zieht eines heraus, löst den Klebestreifen und nimmt das Heft vorsichtig aus der Hülle. Dann blättert er Seite für Seite um. Michael setzt sich wieder.

»Ich hab sie gefunden«, sagt seine Mutter. »Sie waren doch in der Garage.«

»Ich hab da überall nachgeschaut«, erwidert Thad.

»Sie waren ganz hinten.«

»Da habe ich auch gesucht.«

Die beiden sehen einander an, und Michael spürt, dass sich in einem einzigen Blick ganze Gespräche abspielen. Das hier sind nicht Thads alte Comics, Thad weiß, dass es nicht seine alten Comics sind, seine Mutter bereut, dass sie die alten Comics weggeworfen hat, und Thad verzeiht ihr.

Die ganze Mühe, die sie sich gemacht hat, um die Sammlung neu zusammenzustellen, ist eine größere Geste der Liebe, als es gewesen wäre, die Hefte aufzubewahren. All das wird nicht gesagt – es ist kein Schaden entstanden, die Wahrheit kann unausgesprochen bleiben. Besser, den Schein zu wahren, Frieden zu schließen, nach vorn zu schauen. Besser, mit den offenen Geheimnissen zu leben, die es in jeder Familie gibt.

Michael steht auf. Er kann natürlich nicht hoffen, dass es ihm gelingt, von einem Tag auf den anderen mit dem Trinken aufzuhören. Aber wenn er etwas anderes trinkt, kann er sich damit heute Abend vielleicht ablenken. Er öffnet einen Küchenschrank, nimmt einen Henkelbecher und den löslichen koffeinfreien Kaffee heraus, den nur seine Mutter trinkt. Setzt Wasser auf, bleibt am Herd stehen, und bald beginnt der Kessel zu pfeifen.

Er fragt die anderen, ob sie auch Kaffee wollen, seine Mutter bejaht. Michael holt einen zweiten Becher aus dem Schrank und schüttelt das Kaffeeglas. Die Körnchen rasseln, Michael weiß nicht genau, wie viel man davon nehmen muss. Er gibt etwas in die Becher, gießt Wasser auf, setzt sich wieder zu seiner Familie.

Er trinkt einen Schluck. Der Kaffee ist viel zu stark.

Den ganzen Abend schon denkt Michael über das nach, was Diane in der Klinik gesagt hat. Er muss es seinen Eltern nicht gestehen, aber je länger er überlegt, desto mehr möchte er, dass sie Bescheid wissen. Es war schon anstrengend genug, die Schwangerschaft zu verheimlichen. Er mag Geheimnisse nicht. Und dieses muss er auch nicht allein schultern.

»Mom, Dad«, sagt er. »Ich habe ein Problem.«

Er erzählt die ganze Geschichte seiner Alkoholsucht.

Seine Mutter ist sichtlich geschockt, sein Vater nickt immer wieder, als hätte er es geahnt.

Als Michael endet, weint seine Mutter.

Er holt Zuckerdose, Löffel und Milch. Seine Mutter und er versuchen, den Kaffee genießbar zu machen.

»Wenn du in so eine Entzugsklinik musst«, sagt Michaels Vater, »zahlen wir das.«

»Sollte es nötig sein«, sagt Michael, »komm ich vielleicht auf das Angebot zurück.«

»Meinst du, du kannst mit dem Trinken aufhören, bevor die Babys kommen?«, fragt seine Mutter.

Die Frage ist berechtigt. Es wird schwierig sein, und Michael kennt sich gut genug, um zu wissen, dass schwierige Dinge für ihn immer ein Problem sind. Das ist allerdings kein Grund, es nicht zu probieren.

Aber es ist so vieles zu regeln. Wie sollen sie für zwei Kinder und ein Haus aufkommen, das auch schon ohne Nachwuchs zu teuer für sie ist?

Sie könnten aufs Ganze gehen und Insolvenz anmelden. Das Haus und die Autos opfern, die Handys und die neuen E-Gerätschaften aufgeben. Sie könnten versuchen, mit weniger zufrieden zu sein – weniger Fernsehsendern, weniger Zerstreuung, weniger Rechnungen. Sie könnten lernen, nicht mehr über ihre Verhältnisse zu leben. Es wäre nicht der amerikanische Lebensstil, aber den braucht man auch nicht.

Oder er könnte sich eine besser bezahlte Stelle suchen, sie könnten standhalten und ihre Schulden abbezahlen. Nicht vor jedem Problem muss man davonlaufen.

Aber sie haben noch Zeit. Heute Abend wird dieses Problem jedenfalls nicht gelöst werden. Und Michael ist noch jung, rein rechnerisch wäre es möglich, dass sie in sieben Jahren schuldenfrei sind. Und dass er in weniger als sieben Monaten die Sucht loswird, rechtzeitig zur Geburt seiner Kinder.

Kinder.

Er findet es wirklich schrecklich, Schuhe zu verkaufen, aber für seine Kinder will er es gerne tun. Und für Diane. Er könnte lernen, die Bedürfnisse seiner Familie über seine eigenen zu stellen. Es gefällt ihm, sich vorzustellen, dass er so ein Mann sein könnte.

»Dein altes Zimmer in Ithaca steht jederzeit zur Verfügung, sollte es gebraucht werden«, sagt seine Mutter. »Wir sind ja noch eine Weile dort, bis ich in Rente gehe. Dann, in Florida …«

»Das können wir doch nicht machen«, sagt Michael.

»Aber sicher, warum denn nicht? Das ist nicht ehrenrührig. Die Tochter von unseren Nachbarn Pat und Alan ist auch wieder zu Hause eingezogen, als sie arbeitslos wurde. Du kannst ja nichts dafür. Es liegt an der furchtbaren Wirtschaftslage.«

Seine Mutter will der Wahrheit nicht ins Auge blicken. »Mom, das ist nicht die Schuld der Wirtschaft, sondern ganz allein meine.«

»Aber viele junge Leute …«

»Ich bin dreiunddreißig.«

»Deine Generation …«

»Mom.« Seine Mutter trinkt Kaffee und schaut ihn nicht an. »Es ist okay. Du kannst es ruhig sagen. Ich bin eine Niete.«

»Das stimmt doch nicht.«

»Doch, es stimmt. Eure Söhne sind Nieten, alle beide.«

Michael sieht seinen Bruder an, und was der jetzt macht, bricht Michael fast das Herz. Thad zieht ein Feuerzeug aus der Tasche, anschließend ein Tütchen Gras und Papers. Dann breitet er alles auf dem Tisch aus.

 »Er hat recht, Mom«, sagt Thad. »Ich bin Kiffer, Michael

ist Trinker. Aber das ist noch nicht alles. Wir treffen falsche Entscheidungen. Wir hätten beide an der Cornell studieren können – *Cornell*! – und haben es nicht geschafft. Ihr habt uns so viel ermöglicht, du und Dad, und wir haben fast alles vermasselt.«

Michael leert den Becher in einem Zug. Er sehnt sich nach dem Moonshine im Kühlschrank, der Kaffee hilft überhaupt nicht.

»Es ist einfach so, Mom«, sagt er. »Eure Söhne taugen nichts.«

»Sag so etwas bitte nicht. Das tut mir weh.«

»Und genau das soll es nicht«, sagt Thad. »Du warst eine tolle Mutter. Im Grunde nahezu perfekt. Dir gibt niemand die Schuld. Was aus uns geworden ist, haben wir ganz allein zu verantworten.«

»Ich weiß, dass ich für euch eine Enttäuschung bin«, sagt Michael, und seine Mutter greift nach ihm, umfasst seinen Kopf mit beiden Händen. Hält ihn fest, sodass er sie direkt ansehen muss.

»Du bist keine Enttäuschung«, sagt sie fest. »Und du warst nie eine, weder für deinen Vater noch für mich.«

Michael möchte, dass sie ihn loslässt. Sie tut ihm weh, und vielleicht will sie das auch. Vielleicht will sie ihm ein kleines bisschen wehtun.

»Du wirst geliebt«, sagt sie.

»Das weiß ich, Mom.«

»Nein, das weißt du eben nicht. Du wirst es nie wissen. Das macht aber nichts. Es ist nicht deine Aufgabe, das zu wissen. Deine Aufgabe ist es, geliebt zu werden.«

Jetzt lässt sie Michael los und macht genau das Gleiche mit Thad. Sein Vater schaut weg. Zu viel Zärtlichkeit. Zu viel Gefühl für einen Abend.

Michael lehnt den Kopf an die Wand.

Über ihm hängt Jakes Bild, breit und wuchtig. Michael hat es nie gemocht: das Mädchen, die Brust, der Granatapfel. Er findet es künstlich bedeutungsschwanger und völlig unpassend für den Raum. Die Farben sind so schrill, als seien sie absichtlich gewählt worden, damit das Bild in dieser Umgebung wie ein Fremdkörper wirkt.

Aber der Mann, der es gemalt hat, macht Michaels Bruder glücklich, und das muss genügen.

Durchs Fenster sieht Michael den Bootssteg, wo seine Frau und Jake im Mondlicht vor einem Bild stehen, das sie am Nachmittag gemeinsam gemalt haben. Michael hat nicht die ganze Geschichte mitbekommen. Auf der Heimfahrt von der Klinik gab es so viele andere aufregende Themen: Zwillinge, Elternschaft, die Zukunft. Aber er weiß, dass dieses Bild Diane glücklich gemacht hat. Das will er nicht mehr vergessen. Dass Kunst für Diane viel mehr ist als ein Hobby oder Teil ihres Berufs. Kunst ist etwas, das sie *liebt*. Vielleicht könnte er lernen, Kunst auch zu lieben, für Diane.

Er will ein besserer Ehemann werden. Und zwar ab sofort.

Aber eine Sache muss noch ausgesprochen werden, und das tut er. »Ich habe es Thad erzählt.«

»Sohn, warum?«, fährt Richard auf, beherrscht sich aber sofort. »Ich meine, *was* hast du ihm erzählt?«

Nein, Michael hat seinem Bruder nichts von der Affäre ihres Vaters erzählt, würde das auch niemals tun. Er wünscht sich sogar, er wüsste selbst nichts davon. Das geht wirklich nur seine Eltern etwas an.

»Ich habe ihm von unserer Schwester erzählt«, sagt er.

Beide Eltern wenden sich sofort Thad zu, bereit, ihn zu trösten, aber er ist ganz gelassen. Falls er wütend ist, weil ihm das verschwiegen wurde, merkt man es ihm nicht an. Er lässt seine Utensilien wieder in den Taschen verschwinden und verschränkt die Arme vor der Brust.

»Sie hieß June«, sagt Michaels Mutter. »Nächste Woche wäre sie fünfunddreißig geworden. Sie ist mit einem Monat gestorben.«

»Was ist passiert?«, fragt Thad.

»Das ist das Schlimme: Wir werden es nie erfahren. Sie könnte erstickt oder am plötzlichen Kindstod gestorben sein. Der Leichenbeschauer schrieb: ›Tod durch unbekannte Ursache.‹ Bei euch beiden haben wir den Stubenwagen neben unserem Bett gehabt. Und in den ersten Monaten bin ich wirklich jede Stunde einmal aufgewacht, um mich zu vergewissern, dass ihr atmet.«

Sie gießt mehr Milch in den Kaffee, rührt um, trinkt einen Schluck.

»Wir hätten es euch sagen sollen. Ihr hättet es vor Diane wissen müssen. Es ist nur … Wegen dieses Jungen und weil June nächste Woche Geburtstag hätte, ist es mir rausgerutscht.«

»Schon okay«, sagt Thad.

»Wir wollten es euch erzählen«, sagt sein Vater.

Michaels Mutter trinkt den Kaffee aus, trägt Becher und Löffel zur Spüle, räumt Milch und Zuckerdose weg.

»Gibt es ein Foto?«, fragt Thad, und Michael kann nicht fassen, dass er selbst nicht auf diese Idee gekommen ist. Er würde sie auch gern sehen. Und gleichzeitig weiß er nicht, ob er bereit ist, dieses Mädchen anzuschauen, das er nie kennenlernen wird.

Seine Mutter kommt zum Tisch zurück, hebt ihre Handtasche vom Boden auf. Nimmt aus ihrer Brieftasche eine vergilbte Plastikhülle mit Fotos. Ein Familienbild von den

Starlings: Vater, Mutter, Söhne. Dahinter zieht seine Mutter ein Foto von June hervor, gibt es Michael.

In einem Windelhöschen liegt sie auf einem Lammfell, schaut direkt in die Kamera. Ihr Blick wirkt entschlossen, neugierig. Sie hat blaue Augen und nachtschwarze Haare. In einer Ecke steht unter dem Namen des Fotostudios das Jahr: 1983.

Michael reicht das Bild Thad.

»Sie ist hübsch«, sagt er.

»Es tut mir leid, dass wir sie verheimlicht haben«, sagt ihr Vater.

»Mir tut leid, was ihr durchmachen musstet«, erwidert Thad.

Er gibt das Bild seiner Mutter, die es wieder an seinem angestammten Platz verstaut.

»Ich habe ihn aus Versehen getreten«, sagt Michael. »Und ihn deshalb verloren.«

Er hatte nicht vor, das zu gestehen. Aber da er nun schon dabei ist, Geheimnisse zu offenbaren, kann er wohl nicht damit aufhören.

»Der Junge«, sagt er. »Ich hatte seine Hand in meiner. Ich hatte ihn, und dann habe ich ihn versehentlich getreten. Und verloren.«

»Du musstest doch Luft holen«, sagt Thad. »Du wärst sonst ertrunken.«

»Besser, ich wäre ertrunken, als allein wieder aufzutauchen.«

»Nein«, sagt seine Mutter. »Deine Kinder brauchen ihren Vater.«

»Du wirst ein guter Dad sein, Michael«, sagt sein Vater.

Seine Eltern reden weiter, aber Michael hört nicht mehr zu. Er denkt an seine Schwester und an den Jungen im See.

Als Thad und er nach dem Vorfall mit dem Reh weitergefahren sind, hat er im Rückspiegel den Kadaver gesehen. Er lag am Straßenrand, ungestört, keine Aasfresser in Sicht. Michael wusste, dass sich irgendwann Tiere darüber hermachen würden, aber ihm gefiel die Vorstellung – so naiv oder kindisch sie auch sein mochte –, dass es eine Gnadenfrist gab, die sogar Raubvögel fernhielt. Dass sogar der Leiche eines Wildtiers eine kurze Zeit des Friedens vergönnt war.

Und vielleicht ist das Segen genug, ist man ein Reh am Straßenrand, ein Junge auf dem Grund eines Sees, ein kleines Mädchen in der Wiege. Eine Minute nur still zu liegen, noch warm und nach Leben riechend, zu ruhen, bevor Sanitäter herbeihasten; bevor dunkle Fische in dunkleren Tiefen verschwinden; bevor der Laster mit verbeulter Stoßstange davonrast und die schwarzen Schatten über einem kreisen und schließlich herabsinken.

Nur das. Ein wenig verweilen – vermisst, verloren, geliebt –, bevor die Vögel niederstoßen und man verzehrt wird.

40

Lisa schläft im Sternenlicht.

Sie erwacht vom Klappen der Verandatür. Durchs Fenster sieht sie ihre Familie, ohne Richard, am Bootssteg um das alte Teleskop geschart.

Sie hatte sich nur einen Moment hinlegen wollen, doch dieses Wochenende mit all seinen Lasten hat sie rasch in einen tiefen Schlaf sinken lassen.

Eine Stunde hat sie wohl geschlafen, vielleicht auch weniger. Es ist mitten in der Nacht. In der Tür steht ihr Mann und sieht sie an. In der Hand hält er das Bild, das den ganzen Abend am Bootssteg gestanden hat.

»Jake hat es Diane geschenkt«, sagt er. »Ich hab gesagt, wir lassen es hier trocknen und schicken es ihr dann.«

Richard tritt zum Kleiderschrank, stellt das Bild hinein, schließt die Schranktür. Lisa richtet sich auf, Richard setzt sich auf die Bettkante.

»Thad hat das Teleskop runtergebracht«, sagt er. »Ich wusste gar nicht mehr, dass der Junge sämtliche Sternbilder kennt. Nicht nur den Oriongürtel, sondern auch die unbekannten. Und die Geschichten dazu.«

Er steht wieder auf, Lisa ergreift seine Hand. »Bitte. Bleib noch einen Moment. Und schau mit mir unsere Jungs an.«

Sie wünschte, er könnte in ihr Herz blicken. Aber es gibt Schlimmeres, als das zu bekommen, worum man gebeten hat.

Sie möchte daran glauben, dass sie irgendwann nicht mehr an seine Indiskretion denken muss. Und wenn sie sich sehr bemüht, gelingt ihr das vielleicht sogar.

Die Nacht ist klar, die Mondsichel hell. Wie oft hat Lisa hier nachts gestanden und Eulen gelauscht, wie oft morgens den Vögeln beim Erwachen zugesehen?

Sie wird das Zimmer, das Haus, den See vermissen. Sie wird alles hier vermissen, aber nicht so sehr, dass sie lieber bleiben würde.

Im nächsten Sommer wird in Florida das Meer über ihre Füße gischten, der Sand wird unter ihren Sohlen knirschen. Sie werden im Garten nicht Goldspechte, Rotkardinäle und Blauhäher sehen, sondern Schnepfen, Seeschwalben und Möwen. Vielleicht wird sich diese Veränderung als falsch erweisen. Aber in ihrem Alter ist letztlich jede Veränderung gut.

Möge Gott bitte verhindern, dass sie im Alter selbstzufrieden wird. Sie hatten ein gutes Leben. Es wäre eine Kränkung jener wie auch immer gearteten Energien, die Leben hervorbringen, es nicht bis zum Ende zu würdigen.

»Wir werden Großeltern«, sagt sie.

»Mächtig alte Großeltern«, erwidert Richard.

»Wir werden die Kleinen schrecklich verwöhnen.«

Die Kleinen. Lisa ist jetzt schon völlig berauscht vor Liebe.

Sie steht auf, und zusammen gehen sie ins Wohnzimmer, ziehen Schuhe an, treten hinaus auf die Veranda. Lisas geliebter Virginia-Uhu lässt seinen vierfachen Ruf hören.

Sie ergreift Richards Handgelenk, lehnt sich an ihn, küsst seine stoppelige Wange. »Komm.« Sie steigen die Treppe hinunter, schlendern nach unten zum Bootssteg.

Das Boot im Schuppen knarrt. Die Sterne funkeln. Die Gesichter ihrer Kinder schimmern im Mondlicht.

Sie sitzen auf dem Bootssteg, ihre Kinder, und was wird aus ihnen werden?

Michael. Der hebräische Name bedeutet *Wer ist wie Gott,* Frage und Beschwörung zugleich. Als sie ihn auswählte, hat sie vielleicht gehofft, ihren Sohn damit vor dem Schicksal seiner Schwester zu bewahren.

Er sitzt aufrecht, Diane ist an ihn geschmiegt, ihr Kopf unter seinem Kinn. Verpflastert und verletzt ist Michael, aber am Leben. Und im Moment sind sie glücklich, Diane und er. Vielleicht wird die Kraft dieser Nacht die beiden während der Schwangerschaft stärken, sie durch die ersten Monate der Zwillinge begleiten, ihre ersten Schritte, ersten Worte, ersten Küsse, ersten Autos. Vielleicht werden Michael und Diane gute Eltern sein, ihre Kinder lieben, niemals streiten.

Lisa wünscht ihnen ein glückliches Leben. Aber sie haben schwierige Zeiten vor sich. Kinder kosten Geld. Lisa und Richard werden unterstützen, aber Diane und Michael werden ihren Lebensstil ändern müssen. Und Kinder kosten auch Kraft. Es wird Schlafmangel geben, hastige Fahrten zum Krankenhaus, jede Menge unvorhersehbare Sorgen und Ängste, zusätzlichen Stress durch ständige Übermüdung.

Und Freude. So viel Freude.

Wer Diane und Michael sein werden, als Paar und mit ihren Kindern – Lisa kann es nicht erahnen, wird es auch nicht versuchen.

Sie wird beten. Beten ist immer noch möglich, wird für sie immer möglich sein. Gebete zu einem Gott, an den sie beharrlich glaubt, wenn sie auch nicht an ein Leben nach dem Tod glaubt. Und ist es wichtig, ob ihre Gebete erhört werden? Ob sie etwas bewirken? Selbst wenn sie ergebnislos bleiben, sind sie ebenso wenig Vergeudung wie die Hoffnung.

Thad steht auf, richtet das Teleskop auf den Mond aus, dann auf die Sterne.

Der sanfte Thad, der leidende Thad. Unglücklich ist er, klug und warmherzig. Die Spirale seiner Möglichkeiten reicht ins Unendliche wie eines von Richards ungelösten mathematischen Problemen. Thad wird Dichter sein. Oder Psychotherapeut. Oder wird wie sein Bruder Menschen helfen, Schuhe anzuprobieren. Es gibt schlechtere Leben und weitaus unehrlichere.

Thad setzt sich wieder, Jake gesellt sich zu ihm. Ihre Arme berühren sich, und das wärmt Lisas Herz. Sie macht sich Sorgen, wenn sie bedenkt, wie Jake mit ihrem Sohn umgeht. Aber an den meisten Tagen scheinen die beiden miteinander glücklich zu sein, deshalb wird sie Jake Zeit geben, sich zu beweisen. Das ist sie dem Mann schuldig, den Thad liebt.

»Die Klappstühle sind noch nicht verpackt«, sagt sie. »Man könnte sie holen.«

Aber niemand spricht, alle bleiben, wo sie sind, auf den Holzplanken, die Hunderte von Sommermonaten erlebt haben. Lisa und Richard lassen sich nicht in den Liegestühlen nieder, sondern setzen sich zu ihren Kindern auf den Steg.

Lisa schmiegt sich in Richards Arme. Was wird aus ihnen werden?

Vielleicht kehrt der Hautkrebs zurück.

Vielleicht erleben sie aber auch noch, wie ihre Enkel selbst Kinder bekommen.

Wahrscheinlich wird sie länger leben als Richard. Wird sie dann in Florida bleiben, allein am Strand entlangspazieren? Oder näher zu ihren Söhnen ziehen?

Sie betrachtet ihre Kinder in der Umarmung ihrer geliebten Menschen. Jake und Diane werden von Lisas Söhnen mehr geliebt als sie selbst. Das schmerzt, soll aber so sein. Mutterliebe: ungreifbar, stets unerwidert oder falls erwidert, dann so matt und verschwommen wie das Licht eines Sterns, der hinter dicken, blinden Glasschichten leuchtet. Als Mutter gibt man seinem Kind seine ganze Liebe, weil sie – wenn sie echt und gut und richtig ist – nie dafür gedacht war, behalten zu werden.

Weißes Licht der Sterne, unbeirrbar bohrt es sich durch winzige Löcher am Nachthimmel. Lisa sieht den Oriongürtel, das einzige Sternbild, das sie ohne Thad erkennt. Ein Satellit blinkt. Ein Flugzeug spaltet den Himmel.

Lisa steht auf, nähert sich dem Teleskop. Bückt sich und schaut hindurch.

Wonach hält sie Ausschau? Sterne sind keine Landkarten. Was an ihnen bekannt ist, wurde von Menschen ersonnen. Sterne zeigen nicht die Zukunft an, sagen nicht, welchen Weg wir wählen sollen und warum, erklären uns nicht, was als Nächstes kommt. Nein, sie verströmen einfach ihr uraltes Licht, Licht, das Jahrzehnte und Jahrhunderte gereist ist, um dieses Teleskop zu erreichen.

Die Zukunft ist unbekannt und ungewiss. Und es mag ein Geschenk sein, nichts zu wissen. Gelassen zu sein, Überraschungen anzunehmen, wenn sie sich einfinden. Je länger Lisa lebt, desto erstaunlicher wird jeder neue Morgen sein. Eine Freude, einfach nur zu erwachen und den Tag zu begrüßen.

Sie hofft auf den Himmel.

Wenn es den Himmel nicht gibt, wird sie ihr kleines Mädchen nicht wiedersehen und Wendy ihren Jungen nicht.

Die Welt ist voller Wunder und Liebe. Dieser Himmel, diese Sterne, dieser Planet, der unter ihnen kreiselt. Wenn es mehr nicht gibt, ist das schon gut und richtig. Aber es reicht nicht aus. Gott möge ihr verzeihen, aber ein Leben auf Erden wird nie genug sein.

Möge es den Himmel geben. Möge es Wiedersehen geben und Belohnung, für alle. Für jede Seele auf diesem Bootssteg. Für jede Seele unter Wasser, unter der Erde. Für die Seelen von einst und für alle in ihrem Gefolge.

In der Heiligen Schrift steht, der Himmel sei wie eine Hochzeit, und das stellt sich Lisa gern vor. Nicht so sehr die Vermählung selbst, sondern die Feier danach, flirrende Lichter, ein rauschendes Fest. Wenn es wahr ist, dass der Himmel außerhalb der Zeit besteht, dann sind sie schon dort. Wenn man genau hinschaut, kann man sie erkennen. Einer singt, ein anderer will die Torte anschneiden. Und alle sind auf dem Tanzboden, und alle tanzen.

Welch Wunder! Welch glückselige Freude! So soll es sein.

Lisa schaut durch das Teleskop. Das Binokular passt perfekt auf ihre Augen, wie ein erlesenes Fernglas.

Der Mond, die Sterne. Dieses immense Licht – es ist so weit gereist, um ihr zu begegnen.

Sie schaut genau hin. Sie hat keine Angst.

DANKSAGUNG

Der Lake Christopher hat viel Ähnlichkeit mit dem Lake Toxaway in North Carolina. Das Bild, an das Jake sich erinnert, ist *Waiting* (1962) von Margaret Keane aus der Sammlung des Memphis Brooks Museum of Art. Die Schilderung der inhumanen Foltermethoden bei Konversionsbehandlungen beruht auf dem Augenzeugenbericht von Ted Cox »Undercover at a Christian Gay-to-Straight Conversion Camp« auf *AlterNet*. Die Statistik vom SIDS stammt von Centers for Disease Control and Prevention, das Zahlenmaterial zu Verwesungsprozessen bei Leichen im Wasser wurde Informationen des National Underwater Rescue-Recovery Institute entnommen sowie dem Artikel »Dead Man's Float« von David Engber in *Slate*.

Vielen Dank an *American Literary Review*, *Chicago Tribune Draft*, *Glimmer Train*, *Hayden's Ferry Review* und *Best New American Voices*, wo einige Figuren aus diesem Buch erstmals in anderer Form in meinen Texten vorkamen.

Herzlichen Dank auch an Adam Ross und *The Sewanee Review*, wo ein Teil des Romans vorab veröffentlicht wurde.

Ganz besonderen Dank an Bread Loaf, Clarksville, Longleaf, Sanibel Island, Sewanee, Taos, Tin House, Wesleyan Writers Conferences und das Atlantic Center for the Arts für Stipendien und Unterstützung während meiner Arbeit an diesem Roman.

Ich verdanke drei Personen aus dem Lektorat sehr viel: größten Dank an Millicent Bennett, die an den Roman geglaubt hat, bevor er einer war, und eine konstante Quelle der Kraft und Inspiration für mich ist; Dank an Ira Silverberg für die Geduld, mit der er dieses Buch durch seine unruhige Jugend geleitet hat; und Dank an Sean Manning für die sichere Landung. Sein hervorragender Blick, sein Gespür und sein Lektorat haben dafür gesorgt, dass dieses Buch viel besser wurde, als es anfangs war.

Vielen Dank an Carolyn Reidy, Jonathan Karp, Richard Rhorer, Marysue Rucci, Yvette Grant, Lake Bunkley, Stacey Sakal und das gesamte Team von Simon & Schuster für Engagement und Unterstützung.

Vielen Dank an Rodrigo Corral, Alison Forner, Carly Loman und Ashley Inguanta für das traumhafte Cover, das Foto und die Gestaltung.

Herzlichsten Dank an meine Agentin Gail Hochman, die diesen Roman häufiger gelesen hat als irgendwer sonst unter der Sonne und mich mit so viel Fürsorge, Aufmerksamkeit und Feedback betreut hat, wie man es sich nur wünschen kann. Vielen Dank auch an Marianne Merola, Jody Kahn und das Team von Brandt & Hochman für die engagierte Arbeit.

Ich danke Francis Geffard, Eugenia Dubini, Gioia Guerzoni und allen Verlagsleuten und Übersetzer*innen, die das Buch in Europa und Südamerika unterstützen.

Großen Dank an all jene, die das Manuskript in seinen unterschiedlichen Stadien der letzten neun Jahre gelesen haben: Michael Griffith, Leah Stewart, Mical Darley-Emerson, Heather Huggins Sharp, Naomi Williams, Michael Carroll und Justin Luzader.

Ich danke meinen Freund*innen und Kolleg*innen von der

englischen Fakultät und dem MFA Program der University of Central Florida. Herzlichen Dank an Terry Thaxton und Laurie Uttich für eure Weisheit und eure Worte.

Vielen Dank an Sandra Meek und Berry College für mein Zuhause fern von meinem Zuhause.

Großen Dank auch an Kevin und alle vom Oviedo-on-the-Park-Starbucks-Team für Kaffee und meinen Platz zum Schreiben.

Dank an Alicia Ezekiel-Pipkin, deren Begabung für Kinderbetreuung es mir ermöglicht hat, dieses Buch zu beenden.

Herzlichen Dank an Donald Dunbar und Mike Morrell für Unterhaltungen, die Eingang ins Buch gefunden haben, und Matt Pitt für das aufbauende Gespräch, das gerade zur rechten Zeit kam.

John Holman und Frederick Barthelme danke ich für den Gürtelfisch.

Thelma Lynch danke ich fürs Zuhören.

Jonathan Jones danke ich von Herzen für Freundschaft, Unterstützung und nächtliche Gespräche. Deine Liebe und dein großzügiger Geist haben mich zum besseren Menschen und dieses Buch zu einem besseren Buch gemacht.

Ich danke meinen Eltern dafür, dass sie mir ihre Liebe zu Seen weitergegeben und mir beigebracht haben, was es bedeutet, Teil einer Familie zu sein. Ohne eure bedingungslose Liebe gäbe es dieses Buch nicht.

Meine Liebe gilt meinen Töchtern Izzy und Ellie. Euer Leben ist meine größte Freude.

Und Marla, die mich täglich aufs Neue rettet. Mein Herz ist dein.

Die amerikanische Originalausgabe erschien 2020 unter dem Titel »Lake Life« bei Simon & Schuster, New York.

FSC www.fsc.org
MIX
Papier | Fördert gute Waldnutzung
FSC® C014496

Penguin Random House Verlagsgruppe FSC® N001967

1. Auflage
Erstveröffentlichung April 2024

Umschlaggestaltung: Sabine Kwauka
Umschlagmotiv: © T. S. Harris
All rights reserved 2023 / Bridgeman Images
Lektorat: Susanne Wallbaum
Satz: Uhl + Massopust, Aalen
Druck und Einband: GGP Media GmbH, Pößneck

Klü · Herstellung: sc
Printed in Germany
ISBN 978-3-442-77263-6

www.btb-verlag.de
www.facebook.com/penguinbuecher